Eifelmonster

Rudolf Jagusch, Jahrgang 1967, studierte Verwaltungswirtschaft in Köln. 2006 erschien sein erster Krimi, weitere folgten im Jahreszyklus. Inzwischen ist er aus dem Literaturbetrieb nicht mehr wegzudenken. Er lebt und arbeitet als freier Schriftsteller mit seiner Familie im Vorgebirge am Rande der Eifel.
Mehr über den Autor erfahren Sie unter: www.krimistory.de

RUDOLF JAGUSCH

Eifelmonster

KRIMINALROMAN

emons:

Bibliografische Information der Deutschen Nationalbibliothek
Die Deutsche Nationalbibliothek verzeichnet diese Publikation in der Deutschen Nationalbibliografie; detaillierte bibliografische Daten sind im Internet über http://dnb.d-nb.de abrufbar.

MIX
Papier aus verantwortungsvollen Quellen
FSC® C083411

Umschlagmotiv: photocase.com/Knuppi
Umschlaggestaltung: Tobias Doetsch
Gestaltung Innenteil: César Satz & Grafik GmbH, Köln
Lektorat: Marit Obsen
Druck und Bindung: CPI – Clausen & Bosse, Leck
Printed in Germany 2016
ISBN 978-3-95451-778-7
Originalausgabe

Dieser Roman wurde vermittelt durch die
Literarische Agentur Kossack GbR.

»Dat jeht ävver net möt rähte Dönge zoh.«

Prolog

Spätsommer

Marek Dvorák lehnte sich in seinem Klappstuhl zurück und steckte sich eine Zigarette an. Missmutig inhalierte er tief und sah zum Stand gegenüber. Dort stritt ein geprellter Kunde lautstark mit dem vietnamesischen Verkäufer. Der Ton wurde immer ruppiger. Andere Marktbesucher mieden bereits die Gasse oder eilten hastig an Mareks Verkaufstisch vorbei. Niemand wollte in die Nähe der Streithähne geraten.

Diese Schlitzaugen machen mir mein Geschäft kaputt.

Marek holte die Wodkaflasche aus der Tasche, die über der Stuhllehne hing. Er nahm einen Schluck, doch den Ärger konnte er damit nicht runterspülen. Wenn sich das so fortsetzte, musste er die Stadt wechseln. Der Ruf des »Dragon Marktes« hier in Cheb nahe der Grenze zur Bundesrepublik verschlechterte sich. Im Internet kursierten bereits diverse Storys von abgezockten Marktbesuchern, und es wurden täglich mehr.

Vor zehn Jahren war es noch anders gewesen. Da dominierten die Einheimischen an den Ständen, redliche und lebenslustige Tschechen. Doch dann waren die Schlitzaugen gekommen. Sie organisierten sich, bildeten Clans und teilten den Markt untereinander auf. Den Tschechen, die ihnen im Weg waren, wurde in intensiven Gesprächen nahegelegt, ihr Glück woanders zu versuchen. Wer danach nicht freiwillig das Weite suchte, wurde dazu gezwungen.

Marek erinnerte sich noch gut an Svoboda, den alten Geizkragen, der seinen Stand am Ende des Ganges gehabt hatte. Weidenkörbe und Gedrechseltes hatte er angeboten, echte Handarbeit, nicht dieses Chinazeug, das man hier sonst zwischen Zigaretten, Schnaps und gefälschter Markenkleidung fand. Svoboda hatte damals in regelmäßigen Abständen schlitzäugigen Besuch erhalten. Sie bedrohten ihn, stießen seinen Stand um, klauten die Kasse und steckten Körbe in Brand. Doch je mehr sie versuchten, den alten Svoboda einzuschüchtern, desto dickköpfiger wurde der.

»Ich lasse mich nicht verjagen«, hatte er gewettert, wenn Marek einen Wodka mit ihm trank. »Ich habe doch nicht den Prager Frühling überlebt, um mich jetzt von den Fidschis einschüchtern zu lassen.«

Das war ein ganzes Jahr lang gut gegangen.

Dann, eines Morgens, hatte Svoboda in aller Herrgottsfrühe den Stand abgebaut und sämtliche Sachen in seinen klapprigen Lada geräumt. Marek hatte es kaum glauben können. Als er den Alten deswegen zur Rede stellte, hielt Svoboda nur kurz inne und sah ihn mit angsterfülltem Blick an.

»Sie haben mein Enkelkind.« Seine Hand stieß vor und umklammerte Mareks Unterarm. »Sie sagen, es geschieht ihm nichts, wenn ich verschwinde. Marek, ich muss abhauen, der Kleine hat noch sein ganzes Leben vor sich. Er soll nicht zu Schaden kommen, nur weil sein Opa ein dickköpfiger Sturkopf ohne Verstand ist. Das verstehst du doch, oder?«

Er hatte Marek losgelassen und weiter seine Utensilien verstaut. Marek hatte ihm daraufhin stumm auf die Schulter geklopft und war gegangen.

Wie lang war das jetzt her? Sechs Jahre? Oder sogar sieben? Ob der Alte noch lebte?

Selbstverständlich hatten sie auch versucht, Marek zu vertreiben, sich dabei jedoch ins eigene Fleisch geschnitten. Denn er hatte nach dem Zerfall des Ostblocks Weitblick bewiesen und sich Partner gesucht, die äußerst empfindlich auf Einmischung von außen reagierten. Die beiden Schlitzaugen, die Marek kurz nach Svobodas Verschwinden in die Mangel genommen hatten, waren wenig später als Wasserleichen in der Eger aufgetaucht. Seither hatte er Ruhe.

Er nahm noch einen Schluck aus der Flasche.

Manchmal muss man ein Zeichen setzen.

Das beherzigte der Vietnamese am Stand gegenüber jetzt auch. Er zog ein Buschmesser unter dem Tisch hervor und fuchtelte damit vor den Augen seines überraschten Kunden herum. »Was soll der Scheiß denn jetzt?«, rief der Deutsche empört. »Ist das ein dummer Scherz?« Er versuchte, den Vietnamesen mit einer lässigen Geste abzuwehren. Dabei geriet er »versehentlich« an die Messerschneide. Erstaunt drehte er seine Hand vor Augen, Blut tropfte zu Boden. »Verdammte Hacke!«

Der Vietnamese stieß das Messer vor und stoppte kurz vor dem Hals des Deutschen. »Hau ab!«, knurrte er.

Der Mann lief rot an, zögerte kurz, drehte sich dann aber um und lief davon.

Marek stand auf und trat seine Zigarette aus. »Du hättest ihm einfach die Stiefel geben sollen, anstatt ihm alte Turnschuhe in die Tasche zu stopfen. Schau dich mal um. Seit einer Viertelstunde hat sich keine Kundschaft mehr blicken lassen, und bis die Ersten wieder auftauchen, vergeht noch mal mindestens die gleiche Zeit.«

Der Vietnamese wirbelte herum und richtete das Messer auf Marek. »Spar dir deine Scheißratschläge.«

Leidenschaftslos zuckte Marek mit den Schultern. Sollte ihm der kleine Giftzwerg zu nahe kommen, würde er seine CZ 75 unter dem Tisch hervorziehen und ihm ein Loch in die Stirn stanzen. Fast wünschte sich Marek, die Pistole ausprobieren zu dürfen. Als späte Vergeltung für den alten Svoboda und die Ängste, die dessen Enkel ertragen musste. Eine wunderschöne Notwehrsituation. Kein Bulle würde daran etwas zu bemängeln haben.

Der Vietnamese murmelte etwas Unverständliches in seiner Landessprache, das sich anhörte wie das Zischen einer Schlange, und trollte sich hinter seinen Verkaufstisch.

Schade.

Entgegen seiner Erwartung dauerte es sogar fast eine Stunde, bis sich der Gang vor Mareks Stand wieder füllte.

Na vielen Dank auch, du Schlitzaugenpisser.

Um sich nicht weiter mit dem verpassten Umsatz auseinandersetzen zu müssen, fing er an, die Ware umzusortieren. Die Uhren legte er weiter nach vorne, dorthin, wo man sie sofort ausprobieren konnte. Dafür mussten die Zinnteller weichen. Die Dinger gingen ohnehin kaum noch über den Tisch. Die Gartenzwerge stellte er ebenfalls um. Den klassischen mit der Schubkarre hinter die barbusige Lolitazwergin. Daneben den exhibitionistischen Zwerg, der den Mantel weit aufriss und sein bestes Stück präsentierte. Obwohl schon Jahrzehnte auf dem Markt, war dieser Artikel immer noch Mareks absoluter Verkaufsschlager.

»Einen schönen guten Tag.«

Marek drehte sich um. Vor ihm stand ein Typ mit Brille, gescheitelten Haaren und listigen Augen. Er trug unauffällige Bluejeans und ein weißes T-Shirt.

»Sie wünschen?«

Der Mann nahm sich eine Uhr vom Verkaufsstand und betrachtete sie angelegentlich. »Ich habe gehört, Sie liefern auch *Präzisionsgeräte.*«

Marek wurde hellhörig. Das war keine normale Gesprächseröffnung. »Stimmt«, gab er zu.

Jetzt musste die Frage nach dem Herkunftsort folgen.

»Darf ich fragen, woher genau Sie Ihre Ware beziehen?«

Marek grinste. »Aus tschechischen Fabriken.«

»Česká Zbrojovka, CZ, ich verstehe.« Der Mann lachte.

»Genau. Qualität ist allerdings nie günstig.«

»Ich handle im Auftrag. Geld spielt keine Rolle. Aber nichts Registriertes.«

»Selbstverständlich.« Er rief dem Vietnamesen zu: »Eh, Reisfresser, pass mal zehn Minuten auf meine Ware auf.«

»Den Schrott will eh keiner klauen«, gab der Vietnamese mürrisch zurück.

Marek bat den Mann in den kleinen Wohnwagen hinter seinem Stand. Er zog die Vorhänge zu. »Ich muss Sie kontrollieren.«

»Selbstverständlich.« Der Mann hob die Arme. »Bitte sehr.«

Sorgsam tastete Marek ihn ab. Er war sauber. Marek nahm die Brieftasche aus der Gesäßtasche des Mannes und sah hinein. Auf dem Ausweis stand »Holger Ahrens«, eine Visitenkarte wies ihn als Privatdetektiv aus. Garantiert gefälscht, aber das war ihm egal. Bei ihm musste niemand seine wahre Identität offenlegen. Er gab die Brieftasche zurück. »Von wem haben Sie Ihre Information, Herr Ahrens?«

»Ein Name wurde nicht genannt. Ich soll Ihnen die Zahl 672456 nennen.«

Marek schickte eine SMS an diese Nummer, kurz darauf erhielt er eine Antwort. Alles in Ordnung. Seine Partner hatten den Kontakt verifiziert.

»Bitte setzen Sie sich doch«, sagte Marek und goss Wodka ein. »Was benötigen Sie?«

Ahrens beugte sich vor. »Ein Scharfschützengewehr. Ich hatte an ein CZ 537 gedacht. Inklusive Zielfernrohr und Schalldämpfer.«

Marek nickte anerkennend. »Schönes Teil. Damit können Sie auf tausend Meter Entfernung einem nackten Mann die Vorhaut abschießen.« Er nannte seinen Preis, ging dabei weit über den normalen Satz. Sein Bauchgefühl sagte ihm, dass hinter diesem Ahrens eine sprudelnde Geldquelle stand.

»Kein Problem. Wie lange muss ich warten?«

»Ich denke, ein Monat sollte genügen.«

»Doch so lange?«

»Ist es eilig?«

»Nein, nicht direkt. Ich dachte nur ...« Er sah sich um.

Marek lachte. »Hier gibt es keine versteckte Waffenkammer. Ich werde die Einzelteile von verschiedenen Lieferanten kaufen und dann das Gewehr montieren. So wird es fast unmöglich nachzuvollziehen, woher es stammt. Die Sekurität unserer Kunden ist mir und meinen Partnern äußerst wichtig.«

»Sekurität. Wo haben Sie denn solche Wörter gelernt?«

»Bin schon lange im Geschäft. Da schnappt man einiges auf.«

»Interessiert es Sie nicht, wofür ich das Gewehr brauche?«

»Nein, keine Spur. Ich bin nur der Lieferant. Und wenn Sie wirklich im Auftrag handeln, werden Sie es ohnehin nicht wissen.«

Lächelnd hob Ahrens das Wodkaglas und prostete Marek zu. »Also dann: Na zdraví. Auf gute Zusammenarbeit.«

Dagegen hatte Marek nichts einzuwenden.

1

Das Krachen ging Jan Welscher durch Mark und Bein. Das war's, dachte er, es gibt kein Zurück mehr. Es kam ihm vor, als hätte er ein Todesurteil gesprochen. Wie ein römischer Kaiser, der mit dem gesenkten Daumen gnadenlos über den unterlegenen Gladiator richtete.

Am liebsten hätte er sich dem Ganzen hier durch Flucht entzogen. Aber es wäre ihm falsch vorgekommen, sich davor zu drücken.

Die Erinnerung an vergangene Zeiten schnürte ihm den Hals zu. Angestrengt schluckte er gegen den Kloß an und wischte sich mit dem Handrücken über die feuchten Augen.

Die erste Liebe. Gemeinsam waren sie am Mittelmeer gewesen, in Paris, eine Tour hatte sie sogar bis Madrid geführt. Fast elf Jahre lang waren sie zusammen durch dick und dünn gegangen, hatten Berge erklommen und Ebenen durchquert. Als es in den letzten Jahren nicht mehr wirklich rundlief, hatte er geduldig beide Augen zugedrückt. Mit fortschreitendem Alter waren kleine Aussetzer zu erwarten.

»Du bist ein sentimentales Weichei«, murmelte Welscher.

Scheiß Erinnerungen, sie machten die Sache erst so schmerzhaft. Andererseits würde dieses Gefühl vergehen, die schönen Zeiten dagegen waren in seinem Kopf konserviert. Die konnte ihm niemand nehmen.

Oder?

Welscher dachte an seinen an Demenz erkrankten Vater Theo. Von dessen Erinnerungen waren nicht mehr viele übrig. Sie waren dahingeschmolzen wie Schnee in der Sonne. Inzwischen erkannte Theo niemanden mehr, selbst seine Frau war für ihn eine Fremde, die er mit »Sie« ansprach. Sofern ihm überhaupt noch Wörter über die Lippen kamen. Nichts blieb übrig, wenn man von solch einer tückischen und gemeinen Krankheit heimgesucht wurde.

Kreischend schrammte Metall über Metall, Glas splitterte.

Ein Mann mit einem Zigarrenstumpen im Mundwinkel schlenderte auf Welscher zu. Die ölverschmierte Latzhose spannte über seinem fassartigen Bauch, die Ärmel seines fleckigen Arbeitshemdes hatte er hochgekrempelt. Eine Schiebermütze schirmte seine Augen von der Herbstsonne ab. Er stellte sich an Welschers Seite. »Jung, brauchst dich nicht schämen«, nuschelte er. »Bist nicht der Erste, der bei dem Anblick kriisch.«

»Danke.«

Der Mann zog ein Stofftaschentuch aus der Hose und schnäuzte sich lautstark. »Nicht lange, dann bist du froh über die Veränderung. Den da hast du bald vergessen. Wirst schon sehen.«

Welscher schüttelte den Kopf. »Einen guten Freund vergisst man nicht.«

Der Mann lächelte. »Verstehe«, sagte er und klopfte Welscher aufmunternd auf die Schulter. »Aber du wirst darüber hinwegkommen.«

Schweigend blickten sie nach vorne. Eine Hydraulik zischte, dann ertönte ein letztes Knirschen und Knacken, und Welschers geliebter roter Fiesta wurde von der Presse als kompaktes Stahlpaket wieder ausgespuckt.

Ende, dachte Welscher, aus und vorbei.

In dem Moment klingelte sein Handy. Das Display zeigte die Nummer seines Kollegen Hotte Fischbach an. Welscher hatte ihn gebeten, nur in äußerst dringenden Fällen anzurufen, damit er seinem Fiesta in Ruhe das letzte Geleit geben konnte. Mit einem unguten Gefühl nahm er das Gespräch an.

2

Der Taxifahrer lenkte den Benz durch den Kreisverkehr und nahm die dritte Ausfahrt. »So, hier haben wir die Bonner Straße«, sagte er und deutete nach vorne. Über den Dächern der Gewerbehallen prangte an einem Mast das Logo des ADAC. »Da ist das Fahrtrainingsgelände. Ich habe dort einige Kurse absolviert. Die Sicherheit meiner Kunden ist mir sehr wichtig.« Er nickte bekräftigend.

Was für ein Schwätzer, dachte Welscher. Gibt hier den Reiseführer.

»Wissen Sie, Weilerswist ist ja ansonsten nicht mein Ding. Ist ja fast schon Köln.« Er zwinkerte Welscher zu. »Da bleib ich doch lieber in meiner geschätzten Eifel.«

»Ich hätte nichts dagegen, würde sich Köln bis zur belgischen Grenze ausbreiten«, murmelte Welscher.

Der Taxifahrer stutzte, sein Lächeln verschwand. Er sah wieder nach vorne und lenkte den Wagen in eine Linkskurve. »Was ist denn hier los?«, brummte er und stoppte vor einem quer stehenden Streifenwagen. Er reckte den Hals. »Ein Unfall? Ach du Schreck, dahinten steht ein Leichenwagen. Muss ja ganz schön gekracht haben.« Er wandte sich wieder an Welscher. »Tut mir leid, die letzten paar Meter müssen Sie leider zu Fuß gehen. Sie sehen ja selbst, ich …«

»Kein Problem.« Welscher zahlte, legte ein großzügiges Trinkgeld obendrauf, steckte die Quittung ein und stieg aus.

Er ging auf den Streifenwagen zu. Die Seitenscheibe fuhr surrend nach unten. Thomas Gilles, ein Kollege von der Streife, der anscheinend immer zufällig im Dienst und zur Stelle war, wenn es Tote gab, strahlte ihn vom Fahrersitz aus an.

Für Welschers Geschmack trafen er und Gilles viel zu häufig aufeinander. Der Kollege war der Prototyp eines Machos, wenngleich er sich selbst lieber als »stattliches Mannsbild, die Spitze der Evolution« beschrieb. Solche Leute konnte Welscher leiden wie saure Milch. Die junge Kollegin, die auf dem Beifahrersitz saß, tat Welscher leid. Sicherlich musste sie unzählige dumme Sprüche von ihm wegstecken.

»Sieh an«, sagte Gilles, »der Herr Kriminaloberkommissar findet sich auch endlich ein. Wenn wir von der Streife so gemütlich arbeiten würden, wäre im Kreis Euskirchen längst der Ausnahmezustand ausgebrochen.« Gackernd lachte er und stieß die Kollegin mit dem Ellbogen an. Die verzog genervt das Gesicht.

»Wo steckt Hotte?«, fragte Welscher.

»Kannst du dir doch denken.« Mit dem Kinn deutete Gilles in Richtung der gläsernen Ausstellungshalle. »Bis die Leiche zur Rechtsmedizin kann, wird es noch dauern.«

Welscher nickte. Das hatte er sich bereits gedacht. Die grauen Transporter der Tatortgruppe standen hinter dem Leichenwagen neben einer betonierten Fläche vor der Schauhalle des Autohauses, auf der Oldtimer parkten. Große, an den Seiten offene Zelte schützten den empfindlichen Lack der Karossen vor allzu viel Sonnenlicht. Der Tatort wurde somit noch untersucht, und der Chef der Tatortgruppe, Heinz Feuersänger, war ein Einhundertzehnprozentiger. Das konnte dauern. Er würde den Rückzug erst dann einleiten, wenn sie jedes Staubkörnchen abgeklebt hatten.

»Warte, ich bringe dich zu ihm«, sagte Gilles übertrieben fürsorglich, öffnete die Fahrertür und wuchtete seinen schweren Körper aus dem Wagen. »Ich wollte mir die alten Schätzchen sowieso mal genauer anschauen. Du hältst die Stellung, Mädel«, forderte er von seiner Kollegin und stapfte los.

»Ist das nicht ein wenig pietätlos?«, fragte Welscher.

»Bekommt doch niemand mit. Wir haben den Tatort weiträumig abgesperrt.«

Sie betraten das Gelände. Fischbachs Harley, eine Night Rod Special, lehnte neben der Zufahrt auf dem Seitenständer. Bei ihrem Anblick freute sich Welscher einmal mehr darüber, dass Fischbach vor einigen Wochen den Dienst wieder aufgenommen hatte. Sie hatten bereits befürchtet, auf ihn verzichten zu müssen. Durch eine Verwicklung in ihre Ermittlungen wäre Fischbachs Mutter zu Beginn des Jahres beinahe ums Leben gekommen. Die Sorge, dass ihm emotional nahestehende Personen erneut durch seinen Beruf in Lebensgefahr gebracht werden könnten, hatte Fischbach in eine fast acht Monate andauernde Sinnkrise gestürzt. Hätte sich Fischbachs Frau Sigrid in der schweren Zeit nicht so rührend um ihren Mann gekümmert, wer weiß, ob der Dicke jemals wieder aus dem Jammertal aufgestiegen wäre.

»Durch den Haupteingang und einmal quer durch die Halle«, sagte Gilles. »Hinten rechts findest du das Büro. Dort ist der

Besitzer heute Morgen von einem Angestellten gefunden worden. Links hinter dem Rolltor ist die Werkstatt. Dort arbeiten normalerweise ein Meister und drei Gesellen. Die habe ich vorhin, als sie anfangen wollten, abgefangen und nach Hause geschickt. Namen und so weiter habe ich notiert, bekommt ihr nachher per Mail.« Er wandte sich von Welscher ab und strich mit den Fingern über den Kotflügel einer grünen Limousine. Anerkennend pfiff er durch die Zähne. »Ein K70. Sieht aus wie frisch aus dem Prospekt.«

»Ein selten hässlicher Wagen. Kantig wie ein Tetra Pak.«

Gilles lachte. »Besser als deine Schrottkarre, oder etwa nicht?«

»Was weißt du schon«, entgegnete Welscher betrübt und ließ Gilles stehen. Er wollte nicht an seinen Verlust erinnert werden.

Im Schauraum empfing ihn angenehme Kühle. Hier schienen die hochpreisigen Fahrzeuge zu stehen. Welschers Wissen über Oldtimer tendierte gegen null. Aber die Markensymbole von Ferrari, Porsche und Rolls-Royce erkannte er durchaus. Seiner Schätzung nach parkten auf dem edel anmutenden Hochglanzparkett einige Millionen Euro.

Eingerahmt von zwei mächtigen Elefantenfüßen, deren Blätter saftig grün glänzten, saß ein Mann an einem Schreibtisch. Er stützte den Kopf in die Hände und achtete nicht auf sein Umfeld.

Der Angestellte, der seinen Chef gefunden hatte, vermutete Welscher. Sicher wartete er auf seine Vernehmung.

Die Tatortgruppe wuselte in einem von der Halle abgetrennten Büro herum und arbeitete akribisch jeden Quadratzentimeter ab. Glas im oberen Teil der Wand ermöglichte den Blick ins Innere. Neben dem Eingang standen geöffnete Spurensicherungskoffer. Mobile Scheinwerfer leuchteten den Tatort aus, immer wieder flackerten grell Fotoblitze auf.

Das Opfer lag noch so auf dem Boden, wie es gefunden worden war. Einzelheiten konnte Welscher aus dieser Entfernung nicht erkennen. Feuersänger stand neben Fischbach außen vor der Glaswand und leitete von dort mit raumfüllenden Gesten seine Leute an wie ein durchgedrehter Dirigent.

Welscher schritt über den roten Teppich, der zum Büro führte, und stellte sich neben die beiden. »So kenne ich dich gar nicht«, sagte er und klopfte Feuersänger auf den Rücken. »Müsstest du nicht dort drinnen sein und auf dem Boden herumkriechen?«

Feuersänger warf ihm einen bösen Blick zu, widmete sich dann aber wieder dem Tatort. Das rote Feuermal, das sich über eine Gesichtshälfte bis zum Nacken ausbreitete, kontrastierte mit Feuersängers blassem Gesicht und dem weißen Schutzoverall und leuchtete dadurch noch intensiver. Schweiß perlte ihm von der Stirn.

Fischbach beugte sich hinter Feuersängers Rücken zurück, legte den Zeigefinger an die Lippen und schüttelte mit warnendem Blick den Kopf. Dann sagte er: »Gut, dass du da bist.«

Welscher runzelte die Stirn. In welches Fettnäpfchen war er gerade getreten? Feuersänger reagierte mitunter sehr empfindlich, wenn er über die Eifel lästerte. Doch heute hatte er noch gar nicht damit angefangen. »Was wissen wir?«, fragte er und hoffte, niemandem auf die Füße zu treten.

Sein Blick wanderte zum Opfer. Das lag seitlich auf dem Boden. Die Blutlache unter dem Kopf glänzte im Licht der Scheinwerfer fast schwarz. Der Mann trug einen edlen silbergrauen Anzug, dazu dunkle Lackschuhe. Eine klobige Breitling schmückte sein linkes Handgelenk. Die Designerbrille hing ihm schief auf der Stirn. Neben dem rechten Bügel, knapp über dem Ohr, klaffte ein rundes Einschussloch. Mit weit geöffneten, leblosen Augen starrte er zur Decke.

»Das ist Peer Clerk, der Besitzer des Autohauses hier. So, wie es derzeit aussieht, ist er heute am frühen Morgen ermordet worden«, erklärte Fischbach.

Im selben Moment jaulte Feuersänger auf und hämmerte mit der Faust gegen die Glaswand. »Pass auf, wo du hinläufst, verdammt noch mal!«

Einer seiner Kollegen zuckte zusammen und zog schuldbewusst den Fuß zurück. Fast wäre er in die Blutlache getreten.

Fischbach verdrehte die Augen und bedeutete Welscher, ihm zu folgen. Sie verließen die Halle und stellten sich in die Herbstsonne. Fischbach zog seine Lederjacke aus, schob seinen Zeigefinger durch die Schlaufe am Kragen und warf sie sich über die Schulter. Die Hosenträger spannten über seinem Bauch, und die Lederhose schien ihm einige Nummern zu klein zu sein. Vermutlich stammte sie aus durchtrainierten Zeiten. Also mit anderen Worten: aus Fischbachs Jugend.

Erhitzt pustete er sich eine Locke aus der Stirn. »Feuersänger ist heute ein wenig empfindlich. Vor einer halben Stunde hat er die Grätsche gemacht. Kreislaufkollaps. Wurde kalkweiß und fiel um wie ein Sack Reis. Er wird wohl zu alt für den Job.«

Deswegen die ungesunde Gesichtsfarbe.

»Armer Kerl«, meinte Welscher mitfühlend. »Aber empfindlich? Habe ich nicht bemerkt. So ist der doch immer.«

»Tu mir einen Gefallen und lass ihn heute in Ruhe, okay?« Fischbach stutzte, als er Gilles entdeckte. Der hockte in einem olivfarbenen Willys Jeep aus dem Zweiten Weltkrieg und drehte spielerisch am Lenkrad. Dabei ahmte er tief brummend ein Motorgeräusch nach. Im Geiste fuhr er bestimmt über Stock und Stein. Auf Welscher wirkte es, als hätte man Gilles den Jeep gerade zum sechsten Geburtstag geschenkt. »Was macht der denn da?«, fragte Fischbach.

Welscher grinste. »Autos sind wohl eine Leidenschaft von ihm.«

»Das gibt ihm nicht das Recht, sich hier wie ein Kasper aufzuführen. Immerhin ist das ein Tatort.« Fischbach ging auf Gilles zu. »Hör auf mit dem Quatsch. Besorg uns lieber was zu trinken.«

Gilles kletterte aus dem Jeep. »Tolle Karre«, urteilte er und klopfte auf das Blech der Motorhaube. »Wäre was für mich. Mein Opa hat mir früher oft erzählt, wie die amerikanischen Soldaten damit durch die Eifel gebrettert sind. Immer hinter den flüchtenden Deutschen her, die gar nicht wussten, wie ihnen geschieht. Bis Remagen, und dort schwupps über die Rheinbrücke.« Gilles lachte. »Was für ein Spaß.«

Welscher glaubte, sich verhört zu haben. »Spaß. Der Zweite Weltkrieg, ein Spaß?«

Irritiert sah Gilles ihn an. »Nein, der doch nicht … ich meine … ich meinte doch nur das Fahren. Die Dinger hier springen wie die Flummis … ich … äh …« Er brach ab und kratzte sich verlegen im Nacken. »Am Kreisel vor dem Gewerbegebiet ist ein Supermarkt. Ich hole ein Sixpack Wasser, wenn's recht ist.« Ohne eine Antwort abzuwarten, steckte er die Hände tief in die Hosentaschen und stapfte los.

»Manchmal kommt er mir vor wie ein großer Junge«, sagte Fischbach. »Komm mit.« Er führte Welscher zwischen einem VW Käfer und einer Ente hindurch, die die Sicht auf eine Bank versperrt hatten.

Sie setzten sich.

Fischbach sah zur A 61, die keine zweihundert Meter entfernt als graues Band die Eifel vom Vorgebirge und der Mittelrheinebene trennte. Verkehrsgeräusche drangen an- und abschwellend zu ihnen herüber, mal mehr, mal weniger aufdringlich.

»Wir haben einen Sniper.«

»Einen … *was?*« Welscher war von einem Raubmord ausgegangen, ein Schuss aus nächster Nähe, so wie in zig Dutzend Fällen, in denen er ermittelt hatte.

»Du hast richtig gehört. Einen gottverdammten Scharfschützen. Und er scheint ziemlich gut zu sein. Das macht mir ernstlich Sorgen.«

3

Der heiße Sommerwind strich über die reifen Weizenhalme. Von weit her brummte das Geräusch eines Mähdreschers zu Emelie herüber. Er stellte keine Gefahr dar. Mindestens einen Tag würde er noch auf der anderen Seite des Hügels seine Kreise ziehen, bevor er hier auftauchte

Ihre zwei Jahre jüngere Schwester, die mit verschränkten Armen unter dem Kopf neben ihr im Feld lag, nieste. »Es kitzelt in der Nase«, rief sie. »Aber es riecht viel besser als im Krankenhaus.« Um ein erneutes Niesen zu unterdrücken, hielt sie die Luft an und strampelte mit den Beinen.

»Stimmt. Dort war es ekelig«, sagte Emelie. Der Geruch nach Desinfektionsmitteln und alkoholhaltigen Arzneien hing ihr noch in der Nase. Fünf Monate hatte sie mit ihrem mehrfach gebrochenen Bein im Streckbett ausharren müssen. Sogar ihren dreizehnten Geburtstag

hatte sie dort verbringen müssen. Sie dachte an das Bild, das sie in der Zeitung gesehen hatte, und bekam eine Gänsehaut. Ihr Fahrrad, von den riesigen Reifen des Lastwagens verbogen, Striche auf dem Asphalt, ein Krankenwagen. Sie schüttelte sich, versuchte, nicht mehr daran zu denken.

Jetzt war es fast wieder wie früher. Gott hatte im letzten Moment die schützenden Hände über sie gehalten, und jeden Abend dankte sie ihm mit einem inbrünstigen Gebet dafür. Sie würde nur nie wieder so schnell laufen können wie vor dem Unfall. Ein steifes Knie hinderte sie daran. Sie humpelte wie Orry Main in der Serie »Fackeln im Sturm«, die sie und ihre Schwester so liebten.

Der Arzt sagte, dass sich das noch bessern würde. Emelie hoffte, dass er recht behielt, und übte, wann immer es ging. Ihre Schwester half ihr dabei. Sie war stets an ihrer Seite. Emelie liebte ihre Schwester mehr als ihre Eltern.

Auch der Marsch hierher, zu einem Weizenfeld fernab des Dorfes, war die Idee ihrer Schwester gewesen. Zunächst hatte Emelie protestiert, sie traute sich den weiten Weg noch nicht zu, doch ihre Schwester hatte jegliche Bedenken an sich abperlen lassen. »Übung macht den Meister«, hatte sie neunmalklug behauptet, gelacht und Emelie von der Bank vor dem Haus hochgezogen. »Vielleicht sehen wir einen Hasen.«

Emelie liebte Hasen. Obwohl sie bereits dreizehn Jahre alt war, schlief sie noch jede Nacht mit ihrem Kuschelhasen im Arm ein. So hatte sie schließlich eingewilligt.

Über ihnen malte ein Flugzeug Kondensstreifen an den blauen Himmel. Sie sahen ihm nach, bis es in der Ferne verschwunden war und die Streifen sich langsam auflösten.

Sie hatten sich fest vorgenommen, gemeinsam nach Amerika zu fliegen, sobald sie alt genug dazu waren. Sie würden sich die Südstaaten anschauen, das war ihr größter Traum. Wie Orrys Schwester Brett in einem wallenden Kleid über die Veranda oder durch den Garten von Mont Royal zu spazieren, so wie in »Fackeln im Sturm«, musste wunderbar sein.

Sie hatten sich das gegenseitig fest versprochen und freuten sich schon wahnsinnig darauf.

Emelie seufzte sehnsüchtig. »Jetzt ein Eis. Schoko. Oder nein … doch lieber was Erfrischendes. Erdbeere, mhm.«

»Oder Zitrone.«

»Ja, noch besser.« Emelie leckte sich mit der Zunge über die Lippen. »Eine Limo wäre auch schön.«

»Mama hat Eis eingekauft. Wir können auf dem Rückweg am Bach vorbeigehen. Durst habe ich auch.«

Emelie kämpfte sich in die Höhe und stand auf. Prüfend belastete sie ihr Bein. Der Schmerz schoss von der Ferse hinauf bis in die Leiste. »Au!«

»Was ist?« Ihre Schwester klang besorgt.

»Ich glaube, es war doch zu viel.«

»Und jetzt?«

Emelie lachte. »Mach nicht so ein entsetztes Gesicht.« Sie deutete zum Waldrand, der an das Feld anschloss. Vor einem steinernen Wegkreuz stand eine Bank. »Ich setze mich dort in den Schatten. Du läufst zurück und sagst Papa Bescheid. Er kann mich dann abholen.«

Ihre Schwester fasste Emelies Hand. »Es tut mir leid. So weit zu gehen, war eine blöde Idee.«

»Quatsch. Du kannst nichts dafür. Und jetzt düs los, sonst bekommen wir nie unser Eis.« Emelie lächelte aufmunternd und humpelte in Richtung Bank.

»Ich bringe Limo mit«, rief ihre Schwester, bevor sie davonrannte, um den Vater zu holen.

Zum wiederholten Mal blieb Emelie stehen und biss die Zähne aufeinander. Es dauerte fast eine halbe Minute, bis der Krampf im Bein nachließ und sie die letzten Meter bis zur Bank zurücklegen konnte. Stöhnend ließ sie sich auf dem verwitterten Holz nieder. Ihre Muskeln waren noch weit von der alten Form entfernt. Aber sie war zuversichtlich. Sie würde damit klarkommen, da hatte sie keine Zweifel. Jeden Tag ging es besser.

Mit der Hand schirmte sie die Augen ab und suchte ihre Schwester. Die hatte den kürzesten Weg durch das Feld gewählt und war nicht mehr zu sehen.

Die Ähren bewegten sich seicht im Wind, einer Meeresdünung gleich. Ein stetiges Rauschen lag in der Luft und überlagerte den Motorlärm des Mähdreschers.

In spätestens einer Dreiviertelstunde würde ihr Vater hier sein. Bestimmt war er sauer und hielt ihr eine Standpauke. Sie würde es tapfer *ertragen, sie wusste ja, dass es nur seine Sorge war, die in solchen Momenten aus ihm sprach.*

Emelie schloss die Augen und lehnte sich zurück. Hier im Schatten konnte sie es trotz des Durstes ohne Probleme noch eine Weile aushalten.

Das Laub der Bäume raschelte über ihrem Kopf und schläferte sie ein. Glücklich schloss sie die Augen. So konnte man den ausgehenden Sommer genießen. Das war viel mehr, als sie zu Anfang des Jahres zu hoffen gewagt hatte. Dabei war das Leben so schön, einfach phantastisch. Sie spürte in sich eine wiedergefundene Energie, die nur die untrainierten Beinmuskeln bremsen konnten. Ansonsten wäre sie stundenlang gerannt … über die Felder, am Bach entlang, den Hügel hinauf …

Ein Knacken hinter ihr ließ sie zusammenschrecken. Sie wandte sich um und spähte ins Dickicht. Was war das gewesen? Ein Reh? Ihr Herz schlug wild.

»Ist da wer?«, rief sie. »Papa?«

Nein, er konnte noch nicht hier sein, das wäre zeitlich unmöglich zu schaffen.

»Hallo?«

Keine Antwort, stattdessen ein Rascheln halb links von ihr, dort, wo die mannshohen Ginsterbüsche aufragten.

Emelie sprang auf. Sofort schmerzte ihr Bein wieder, die Muskeln verhärteten sich. »Ich habe keine Angst«, sagte sie laut. Leider klang ihre Stimme nicht so fest, wie sie es geplant hatte.

Ein Lachen war die Antwort. Dann erhob sich hinter dem Ginsterbusch ein Mann. Er kam ein paar Schritte auf sie zu.

Emelie hatte ihn noch nie gesehen, es war niemand aus dem Dorf. Er hatte ein sympathisches Gesicht, aus grünen Augen strahlte er sie an. Die gewellten dunklen Haare fielen ihm bis auf die Schultern. Allerdings wirkte seine Kleidung ein wenig abgerissen, die Jeans war ausgeblichen, das karierte Hemd faserte an den Rändern aus.

»Was machst du denn so allein hier?«, fragte er.

Kurz überlegte Emelie, trotz seines freundlichen Auftretens einfach davonzulaufen. Dass er sich angeschlichen hatte, war ihr nicht geheuer. Er hätte doch einfach den Weg nehmen können. Stattdessen zwängte er sich durch das Dickicht. Bestimmt führte er etwas im Schilde. Doch der Mann wirkte trotz eines über den Gürtel quellenden Bauches kräftig und trainiert. Er würde sie nach wenigen Metern eingeholt haben. »Ich bin nicht allein. Meine Schwester ist bei mir.«

Der Mann zuckte beinahe unmerklich zusammen und sah sich prüfend um. Dann stahl sich ein gemeines Lächeln in seine Mundwinkel.

Emelie fröstelte.

»Deine Schwester, so, so. Also, ich sehe niemanden. Spielt ihr Verstecken? Sollen wir sie mal rufen?«

»Mein Vater kommt mich gleich abholen.«

»Nur dich? Deine Schwester nicht?«

Emelie biss sich auf die Unterlippe. Sie hatte einen Fehler gemacht. »Na klar, die auch«, stieß sie hastig aus.

Der Mann machte noch einen weiteren Schritt auf sie zu. »Wie schön. Ist ja ein richtiges Familientreffen.«

Emelie wich zurück und geriet ins Straucheln. Der Länge nach fiel sie zu Boden. Schmerzhaft bohrte sich ein Stein in ihren Rücken. Ihr Puls raste. Dieser Mann war eine Gefahr, das spürte sie. Sie musste fliehen. Sie ignorierte den Schmerz und drehte sich auf den Bauch, um sich hochzustemmen. In dem Moment warf sich der Mann auf sie. Unter seinem Gewicht brach sie zusammen und stieß einen überraschten Schrei aus.

»Wirst du wohl still sein«, krächzte der Mann. Seine erhitzte Wange drückte sich an ihre. Er stank aus dem Mund.

Das Gewicht, das auf ihr lastete, verringerte sich. Der Mann riss sie herum auf den Rücken, stützte sich auf ihre Handgelenke und drückte mit seinen Knien ihre Beine auseinander.

Emelie wollte schreien, doch ihre Stimme hörte sich dünn und ängstlich an. Der Mann presste seine Hand auf ihren Mund.

Zu fest.

Sie bekam keine Luft mehr, schon nach wenigen Sekunden brannten ihre Lungen und gierten nach Sauerstoff. Panisch schlug Emelie um sich. Ihre Sinne schwanden, sie fühlte sich, als würde sie in ein dunkles Loch stürzen.

Das Letzte, was sie spürte, bevor die Schwärze sie vollkommen einhüllte, war ein heißer, heftiger Schmerz zwischen ihren Beinen.

4

»Hinter der Halle ist Brachland.« Fischbach deutete mit der Hand in die entsprechende Richtung. »Der Schuss kam von irgendwo da drüben. Freies Feld, so weit das Auge reicht. Nur wenn du dich dort in einem Busch versteckst, sieht dich niemand.« Er ließ den Arm wieder sinken, sein Magen grummelte. Er war am Morgen ohne ein ordentliches Frühstück aufgebrochen.

Welscher blickte nach rechts. »Was ist mit den Neubauten dort hinten? Von den Terrassen aus hat man einen wunderbaren Blick auf das Niemandsland, vielleicht wurde der Schütze gesehen, als er sich sein Versteck suchte oder es wieder verließ.«

»Ich habe zwei Kollegen losgeschickt, die sich bei den Anwohnern umhören sollen. Dass der Schütze beobachtet wurde, kann ich mir nicht vorstellen. In dem Fall hätte es wohl eine Meldung gegeben. Möglicherweise hat aber jemand den Schuss gehört. Dann hätten wir wenigstens den Tatzeitpunkt.«

»Der Täter wird einen Schalldämpfer verwendet haben.«

»Vielleicht. Vielleicht auch nicht. Auf dem Land regt sich doch keiner über einen Schuss auf. Jeder denkt, dass ein Jäger oder Förster …«

»… oder ein Wilddieb …«

»Von mir aus auch das. Entsprechende Fälle haben die zuständigen Kollegen ja häufiger auf dem Tisch liegen. Was ich aber sagen will: Ein Schalldämpfer wäre nicht zwingend erforderlich, um ungeschoren das Weite suchen zu können. Feuersänger hat vier seiner Leute losgeschickt, um das Gelände abzusuchen. Mit ein wenig Glück finden sie die Patronenhülse. Oder Stofffasern, Schuhabdrücke und so weiter.«

»Die sprichwörtliche Suche nach der Stecknadel im Heuhaufen.«

»Du sagst es. Der Chef hat Verstärkung versprochen.« Fischbach sah auf die Uhr. »Die eigentlich schon hier sein sollte.«

»Ist die Fensterscheibe bei dem Schuss zu Bruch gegangen?«

Fischbach schüttelte den Kopf. »Das Fenster stand offen. Der Angestellte, der den Toten bei Arbeitsbeginn gefunden hat, hat ausgesagt, dass Clerk frische Luft und die Fernsicht liebte. Deswegen auch dieser Glasplast. Bei Autos bevorzugte er Cabriolets. Klimaanlagen waren ihm ein Gräuel, stattdessen riss er sogar im Winter die Fenster gern sperrangelweit auf.«

»Verstehe. Also freie Schussbahn.«

»Ja. Ein paradiesischer Umstand für einen Sniper.«

»Was wissen wir noch?«

»Der Name des Toten ist Peer Clerk, Baujahr 1960. Laut Aussage des Angestellten mit einer gleichaltrigen Frau glücklich verheiratet. Beide Holländer. Er …«

»Oh, du Eifelbauer. Holländer? Du meinst wohl Niederländer«, korrigierte Welscher.

»Mensch, nerv mich nicht«, fuhr ihn Fischbach an. Wenn es irgendwie ging, gab Jan gern den Großstädter, der unter hinterwäldlerischen Eiflern leben musste. Das konnte einem gehörig auf den Wecker gehen. »Also, Peer Clerk hatte die Eifel als seine Wahlheimat auserkoren. Er wohnt … wohnte … mitten in Bad Münstereifel, in einem Fachwerkhaus, dem er zu neuem Glanz verholfen hat. Keine Kinder. Mehr konnte ich bisher nicht in Erfahrung bringen. Ich will den Angestellten gleich noch mal ausführlich befragen. Frank Lux arbeitet seit zwei Jahren für Clerk. Er hat es vorhin mit den Nerven bekommen, brachte auf einmal keinen Ton mehr raus.« Fischbach hatte noch nie zuvor einen Mann derart weinen sehen. »Ich hoffe, er hat sich inzwischen etwas gefangen.«

Feuersänger kam auf sie zu. Er streckte sich und atmete tief durch. Dabei wirkte er weitaus lebendiger als noch vor ein paar Minuten. Seine Gesichtsfarbe hatte wieder einen normalen Ton angenommen. »Die Verstärkung trifft gleich ein«, sagte er. »Ich gehe sie einweisen. Ich habe auch eine 3-D-Kamera angefordert. Damit können wir die Schussbahn genauer bestimmen.«

Fischbach stand auf. »Gut. Wir kümmern uns dann mal um Lux.«

Sie gingen zurück in die Halle und setzten sich vor Lux' Schreibtisch auf die Besucherstühle.

Clerks Mitarbeiter sah mit rot geränderten Augen auf. Sein beigefarbener Anzug war zerknittert, auf dem Stoff des weißen Hemdes zeichneten sich dunkel vergossene Tränen ab. »Wer macht so was? Ich … ich verstehe das nicht. Peer ist … war … so großherzig.«

Welscher reichte ihm ein Papiertaschentuch. »Sie können sich also niemanden als Täter vorstellen? Hatte Ihr Chef keine Feinde?«

Entrüstet richtete sich Lux auf. »Feinde? Peer doch nicht. Mit dem konnte man nicht streiten. Er fand immer einen akzeptablen Kompromiss, übervorteilte niemanden, ist … war äußerst fair.«

»Leben und leben lassen«, sagte Fischbach. Doch seine Erfahrung ließ ihn zweifeln. Je friedliebender ein Mensch charakterisiert wurde, desto schlimmer stank hinterher dessen Leiche im Keller. »Wie war die Ehe der Clerks? Können Sie dazu etwas sagen?«

Lux schnäuzte ins Taschentuch. »Lea ist in Ordnung. Die beiden verstanden sich gut.«

Fischbach fiel auf, dass Lux' Stimme einen sachlicheren Ton angenommen hatte. »Lea Clerk? Ist das der Name der Frau?« Er wollte sein Notizbuch aus der Jackentasche ziehen, da bemerkte er, dass Welscher bereits mit flinken Fingern auf dem Display seines Smartphones herumtippte, und ließ es bleiben.

Lux nickte. »Peer hat nur Gutes über sie berichtet. Hin und wieder taucht sie hier auf, immer höflich, immer freundlich.« Er schlug wieder die Hände vors Gesicht und schluchzte. »Sie weiß es bestimmt noch nicht.«

»Darum kümmern wir uns«, sagte Fischbach. »Wie viele Angestellte arbeiten hier?«

Lux wischte sich mit dem Jackettärmel über die Augen. »In der Werkstatt sind es vier.« Er wollte die Namen aufzählen, doch Welscher stoppte ihn.

»Das ist schon geklärt. Mein Kollege hat sich darum gekümmert. Wer noch?«

»Nun, hier bei uns gibt es noch die Tanja, also Tanja Keller. Die kümmert sich um die Buchhaltung und was noch so anfällt. Sie arbeitet von zu Hause aus. Jeden Nachmittag kommt sie vorbei, lässt Peer Briefe und andere Dokumente unterschreiben, holt Nachschub und bespricht alles mit uns, was am Telefon zu umständlich zu erklären wäre. Wenn sie auftaucht, wird es lustig. Die Tanja hat den Schalk im Nacken, die lacht die ganze Zeit.« Er gab etwas über die Tastatur in seinen Computer ein und drehte den Bildschirm so, dass Fischbach und Welscher ihn sehen konnten. »Ihre Kontaktdaten«, erklärte Lux.

Welscher nahm sie in sein Smartphone auf.

»Dann arbeitet noch Jo bei uns, Jolanda Walser. Sie hält hier alles sauber. Um neunzehn Uhr fängt ihre Schicht an.« Er rief für Welscher auch ihre Adresse und Telefonnummer auf. Anschließend schob er eine Visitenkarte über den Tisch. »Meine Privatanschrift. Wie geht es denn jetzt weiter? Ohne Peer wird das Geschäft den Bach runtergehen.«

Fischbach hätte gern etwas Tröstliches geäußert. Doch was sollte man jemandem sagen, der vor einigen Stunden ein Mordopfer gefunden hatte und dessen Existenzgrundlage dadurch auf einen Schlag gefährdet war? Ihm fiel nichts ein.

Lux sah zum Fenster hinaus und kniff die Augen zusammen. »Was machen die denn da?«

Die Verstärkung war eingetroffen. Feuersänger hatte die gut zwanzig Mann in einer Reihe Aufstellung nehmen lassen und schickte sie nun über das freie Feld in die Richtung, aus der der Schuss gekommen war.

»Die suchen das Feld nach Spuren ab. Wenn dort irgendwo etwas sein sollte, werden sie es finden«, erklärte Fischbach. Er wandte sich an Welscher. »Auf nach Bad Münstereifel?«

Welscher nickte, verzog dann aber das Gesicht. »Ich habe keinen Wagen. Bin mit dem Taxi gekommen.«

Fischbach zögerte. »Ich mach das ja nicht so gern, weißt du ja, aber es geht wohl nicht anders«, sagte er dann. »Wir haben keine Zeit zu verlieren. Ich nehme dich auf der Harley mit.«

»Hast du denn einen zweiten Helm dabei?«

Fischbach sah Lux an. »Sie haben nicht zufällig einen hier herumliegen?«

Lux schüttelte den Kopf, hielt dann inne. »Ach, wissen Sie was?« Er zog die Schreibtischschublade auf und entnahm ihr ein durchsichtiges Mäppchen, in dem ein Wagenschlüssel schimmerte. Er reichte es Welscher. »In der Werkstatt steht unser Leihwagen, direkt vor dem Rolltor. Ich lasse Sie gleich raus.«

»Das geht doch nicht«, protestierte Welscher.

Lux winkte ab. »Als würde es darauf jetzt noch ankommen. Bringen Sie ihn einfach zurück, wenn Sie alles geklärt haben. Nur keine Hemmungen. Er wird Ihnen gefallen. Peer legte großen Wert darauf, seine Kunden bei Laune zu halten.«

Fischbach hieb sich mit den Händen auf die Oberschenkel. »Damit ist ja alles geklärt, vielen Dank, Herr Lux. Sie haben uns …«

Ein scharfer Befehlston schnitt Fischbach das Wort ab.

»Bleiben Sie endlich stehen!«

Fischbach ruckte herum.

Mit hochrotem Kopf lief Gilles hinter einem Koloss von Mann her, der eilig über den roten Teppich schritt und sich mit entschlossenem Gesichtsausdruck umsah. Der Mann trug ein eng anliegendes T-Shirt, das seine Muskelpakete betonte. Die langen blonden Haare hatte er zu einem Zopf zusammengebunden. Gilles erreichte ihn und packte den Mann an der Schulter, doch der schüttelte die Hand ab wie eine lästige Fliege. Kurz blieb sein Blick an Feuersängers Männern hängen, dann bemerkte er die Kommissare. »Was zum Teufel ist hier los?«, rief er, änderte dabei die Marschrichtung und kam direkt auf sie zu.

Fischbach und Welscher standen auf.

»Jetzt ist aber Schluss!«, schrie Gilles.

In dem Moment kam seine Kollegin durch den Eingang geschossen, rannte auf den Koloss zu, ergriff dessen Handgelenk und drehte ihm den Arm auf den Rücken.

Der Mann ging in die Knie und krümmte sich vor Schmerzen. »Hey, was soll das?«

Gilles kam ihr zur Hilfe. »Du solltest doch im Wagen bleiben. Ich hätte das schon allein geschafft.«

»Klar, weiß ich doch«, sagte sie. Der Sarkasmus in ihrer Stimme war nicht zu überhören.

»Was ist hier los?«, fragte Fischbach.

Gilles zeigte anklagend auf den Muskelprotz. »Der ist einfach an mir vorbeigerannt«, erklärte er.

Welscher lachte verächtlich. »Bist du nicht Manns genug, einzuschreiten?«

Gilles lief rot an. »Ich hatte doch die Hände voll. Eure Getränke, vom Supermarkt …«

Fischbach schnitt ihm mit einer forschen Handbewegung das Wort ab. »Es reicht.« Er trat einen Schritt vor und beugte sich zu dem Mann hinunter. »Versprechen Sie mir, sich zu benehmen?«

Der Mann nickte. Er schwitzte, der Baumwollstoff seines T-Shirts war von Feuchtigkeit durchnässt. Ein säuerlicher Geruch stieg Fischbach in die Nase. Er gab der Kollegin ein Zeichen, den Griff zu lockern.

Der Mann richtete sich auf, rieb sich das Handgelenk und schnaufte durch. Er war gut und gern ein Kopf größer als Fischbach.

»Wer sind Sie? Was fällt Ihnen ein, eine Ermittlung zu behindern?«, fragte Fischbach unbeeindruckt.

Auf der Stirn des Mannes bildeten sich tiefe Furchen. »Ermittlung? Etwa Diebstahl?«

Lux räusperte sich. »Das ist Max Gutmann, ein Freund von Peer.«

»Richtig«, krächzte der Koloss. »Um genau zu sein: sein bester Freund.«

»Und warum befolgen Sie die Anweisungen eines Polizeibeamten nicht?«

»Ich habe gedacht … also …« Er warf Gilles einen vernichtenden Blick zu und ging dann in die Offensive. »Was würden Sie denn denken, wenn da ein Kerl in Uniform vor Ihnen steht, in der einen Hand ein Paket Wasser, in der anderen ein Sixpack Bitburger, und Ihnen den Zugang verwehrt? Dazu im Mund eine Schachtel Kippen. Ich habe gedacht, da erlaubt sich jemand einen Scherz, und bin einfach vorbei.«

Welscher grunzte amüsiert. »Bier?«

»Irgendwann habe ich schließlich auch mal Feierabend«, verteidigte sich Gilles halbherzig. Er schwitzte jetzt auch.

Fischbach wollte davon nichts mehr hören. Mit Gilles erlebte man so einiges, seine Überraschung hielt sich daher in Grenzen. Er bedankte sich bei der Kollegin, schob sie mit Gilles zur Tür hinaus und bat Gutmann, auf einem der Besucherstühle Platz zu nehmen.

»Peer ist tot«, sagte Lux. Tränen rannen ihm über die Wangen.

Gutmanns Augen weiteten sich. »Tot? Wie ...« Er schluckte schwer und drehte sich zu Clerks Büro um. »Etwa hier?« Er wandte sich an Fischbach. »Was ist passiert?«

»Ihr Freund ist aller Wahrscheinlichkeit nach ermordet worden. Herr Lux hat ihn heute Morgen gefunden. Wissen Sie, ob Herr Clerk mit jemanden Streit oder Ärger hatte?«

»Streit? Wie ... nein.« Gutmann schüttelte heftig den Kopf. »Ich meine, jeder hat mal unschöne Dinge zu klären, das war bei Peer nicht anders. Ein ärgerlicher Käufer, ein unzufriedener Mitarbeiter, so was. Aber das sind doch Nichtigkeiten. Niemand wird wegen so etwas zum Mörder.«

Welscher beugte sich vor. »Herr Gutmann, Sie würden sich wundern, was wir schon alles erlebt haben. Es gibt die kuriosesten Mordmotive.«

»Mag sein. Aber ihn mochten alle. Er hatte ein einnehmendes Wesen.« Gutmann raufte sich die Haare. »Ich fasse es nicht. Ausgerechnet Peer.«

»Was wollten Sie eigentlich von ihm?«, fragte Welscher. »Warum sind Sie hier?«

»Nächste Woche startet die ›Eifel-Klassik‹, eine Oldtimer-Ausfahrt quer durch die Eifel. Peer und ich sind im Organisationsteam. Es gibt noch ein paar Dinge zu regeln.«

»Einen Moment bitte.« Welscher stand auf, ging zum Eingang von Clerks Büro, redete kurz mit einem Tatorttechniker und kam mit einem iPad zurück. Er tippte darauf herum, dann schien er gefunden zu haben, wonach er gesucht hatte. »Hm, in Clerks Terminkalender stehen Sie nicht.«

Gutmann schnaufte verächtlich. »Als bester Freund braucht man wohl keinen Termin, oder? Und überhaupt, was soll das jetzt? Wollen Sie irgendetwas andeuten?«

Fischbach bemerkte, dass Lux sich versteifte. Der Angestellte öffnete den Mund, schloss ihn dann aber wieder und ballte die Hände zu Fäusten.

»Nein«, sagte Welscher, »ich erledige nur meinen Job. Und dazu gehört es, Fragen zu stellen und Angaben zu überprüfen.«

»Lassen Sie mich raus aus der Nummer«, knurrte Gutmann,

»ich bin nicht Ihr Mann. Ich bin Dachdecker und war den ganzen Morgen auf der Baustelle. Sie können meine Gesellen fragen.«

Welscher legte Clerks iPad auf den Tisch. »Wir werden sehen.«

Fischbach stellte noch einige Fragen, um sich ein besseres Bild von Clerks sozialem Umfeld machen zu können. Dann entließ er Gutmann. Der ging mit hängenden Schultern davon.

»Jetzt aber los«, sagte Welscher. Er fummelte den Wagenschlüssel aus dem Mäppchen und bestaunte das Logo. »Ein Porsche?«

Lux reagierte nicht darauf. Er starrte Gutmann hinterher, bis dessen breiter Rücken hinter dem Leichenwagen verschwunden war. Dann krächzte er: »Gerade ist es mir wieder eingefallen: Herr Gutmann ist Sportschütze. Er muss richtig gut sein, er hat bereits einige Meisterschaften gewonnen.«

Gefolgt von Welscher trat Fischbach aus dem Autohaus. »Den Gutmann knüpfen wir uns noch mal genauer vor, sobald wir aus Bad Münstereifel zurück sind …« Die ersten Töne von »Black Betty« erklangen. Er zog sein Handy aus der Jackentasche und sah auf das Display. »Der Chef.«

Welscher grinste breit. »Ram Jam? Du Blender.«

Fischbach ignorierte ihn und nahm das Gespräch an. Welscher wusste von seiner Vorliebe für Schlagermusik und mutmaßte wohl mal wieder, er würde durch Rockmusik als Handyklingelton davon ablenken wollen. Ein bisschen stimmte das auch. Er konnte schlecht als harter Biker durchgehen, wenn er sein Handy Beatrice Eglis »Mein Herz« trällern ließ. Das ging in der Öffentlichkeit gar nicht, das gönnte er sich nur zu Hause. Nicht selten nahm Welscher ihn deswegen hoch. Was sein Kollege allerdings nicht wusste, war, dass Fischbach mit gerade mal achtzehn auf einer wilden Fete seine erste Frau kennen- und lieben gelernt hatte. Die Musik von Ram Jam, die an dem Abend ihren ersten Kuss begleitete, würde er nie vergessen.

Er spürte Trauer in sich aufsteigen und meldete sich rasch. Ablenkung war die beste Medizin. Nur nicht die bösen Geister der Vergangenheit heraufbeschwören. Es war eine blöde Idee gewesen, das Lied als Handyton auszuwählen.

»Wie schaut es bei euch aus?«, fragte Bönickhausen.

Fischbach stutzte. »Wir machen uns gerade auf den Weg zur Witwe. Soll ich dich wirklich am Telefon über den Fall informieren?«

Normalerweise bevorzugte Bönickhausen, sofern er nicht selbst am Tatort erschien, so bald wie möglich einen ausführlichen schriftlichen Bericht. Blieben Fragen offen, hakte er direkt beim zuständigen leitenden Beamten nach. Persönlich, von Angesicht zu Angesicht.

»Du hast recht«, sagte Bönickhausen. »Ist Jan bei dir?«

»Klar.«

»Er fährt zur Witwe. Du kommst zu mir.«

»Aber …« Fischbach wollte aufbegehren. Zu zweit eine Hinterbliebene zu informieren, war einfacher, als sich dieser unangenehmen Aufgabe allein zu stellen. Doch Bönickhausen schnitt ihm das Wort ab: »Ich bin in meinem Büro und erwarte dich. Bis gleich.«

Ungläubig schaute Fischbach auf das Handy. »Aufgelegt«, murmelte er. »Wo gibt es denn so was?«

5

Frau Kreuz, Bönickhausens Sekretärin, empfing Fischbach mit einem Kaffee. Ihre toupierten Haare standen heute außerordentlich aufrecht und glichen einem aufgeschichteten Heureiter. »Der Chef ist gleich so weit. Dauert bestimmt nicht mehr lange.«

Dankbar nahm Fischbach ihr die Tasse aus der Hand und wärmte seine Finger daran. In der morgendlichen Eile hatte er die Handschuhe in der Werkstatt liegen lassen, und die Herbstkälte hatte beim Fahren eisige Krallen in seine Finger geschlagen. Er schlenderte zum Vorzimmeraquarium, in dem in einer Ecke Luftblasen gurgelnd an die Oberfläche stiegen. Bunte Fische flitzten hin und her. Ein besonders vorwitziger Zwerg hing an der Scheibe und schien Fischbach aus zwei nachtschwarzen Augen heraus zu beobachten.

»Was will er denn?«, fragte Fischbach und schlürfte den Kaffee.

»Bestimmt Futter.« Frau Kreuz öffnete eine Dose und schüttete Flocken ins Wasser. Sofort stürzten sich die bunten Silberlinge darauf.

»Ich meine doch den Chef, nicht Ihre Piranhas.«

»Ach so.« Sie ließ noch etwas Futter nachrieseln, schloss dann die Dose. »Ich habe keine Ahnung.«

Fischbach hörte gedämpft Stimmen durch die Tür schallen. »Wer ist denn gerade bei ihm drin?«

»Neugierig sind Sie aber überhaupt nicht, oder?« Sie setzte sich auf ihren Schreibtischstuhl.

»Berufskrankheit«, sagte Fischbach.

Sie lachte. »Frau Lindenlaub ist bei ihm.«

Seltsam, dachte Fischbach. Er arbeitete eng mit Andrea Lindenlaub zusammen, und auch privat verstanden sie sich gut. Sie hatte nichts von einem Termin beim Chef erwähnt. Gab es Probleme? War vielleicht etwas mit ihrem Sohn? Als Alleinerziehende konnte es sein, dass sie deshalb eine Auszeit nehmen musste. Oder war die Betreuung gesichert, und sie wollte nun endlich ihren lange heimlich gehegten Wunsch von einer Karriere als Fallanalytikerin Wirklichkeit werden lassen? Ihr Ausfall würde Fischbach in jedem Fall hart treffen, gerade jetzt, wo es darum ging, eine Mordkommission zu bilden. Dabei wollte er nicht auf Andrea verzichten müssen. Sie war eine ausgezeichnete Beamtin, pflichtbewusst, ehrlich und mit dem richtigen Gespür für ihren Beruf ausgestattet. Neben Welscher wäre sie eine der Ersten, die er anfordern würde, sobald Bönickhausen ihm offiziell die Leitung der Kommission übertragen hatte.

Die Tür schwang auf, und Bönickhausen erschien im Rahmen. »Komm rein, Hotte.«

Fischbach trat ein. Verwundert stellte er fest, dass Andrea Lindenlaub keine Anstalten machte, das Büro zu verlassen.

Sie begrüßten sich mit einem Handschlag, dann nahm Fischbach an ihrer Seite auf dem freien Besucherstuhl Platz.

Bönickhausen setzte sich auf seinen Bürostuhl. »Fass mal zusammen«, forderte er Fischbach auf. »Was wissen wir?«

Fischbach nahm sein Notizbuch zur Hand und legte los. Was

er sich nicht notiert hatte, ergänzte er aus dem Gedächtnis. Nach zehn Minuten endete er mit dem Satz: »Jan müsste inzwischen bei der Witwe angekommen sein.« Er steckte seine Notizen zurück in die Jackentasche und steckte die Daumen unter seine Hosenträger.

Bönickhausen kratzte sich den Nacken. »Schlimme Sache, das. Meinen Urlaub kann ich wohl abschreiben.« Sehnsüchtig strich er mit seinen Fingern über die Schreibtischunterlage. »Ich wollte unbedingt noch mal raus, bevor sie im Winter aus dem Wasser kommt.«

Fischbach wusste, dass unter dem transparenten Kunststoff die Bilder von Bönickhausens Yacht steckten. Die Leidenschaft für den Bootssport hatte sein Chef vor zwei Jahren für sich entdeckt. Seither verbrachte er fast jede freie Minute auf See.

»Ich entnehme deinen Worten, dass wir wieder ohne die Bonner arbeiten?« Fischbach wusste, dass es so war. Wenn Bönickhausen vor Ort bleiben wollte, war das ein untrügliches Zeichen. Ansonsten hätte jemand aus der ehemaligen Bundeshauptstadt die Leitung der Mordkommission übernommen. Die Verantwortung hätte im dortigen Polizeipräsidium gelegen.

»Ja«, bestätigte Bönickhausen auch sofort. »Die bisherigen Erfahrungen hinsichtlich des Projekts ›Dezentralisierung der Mordkommissionen in Nordrhein-Westfalen‹ waren äußerst vielversprechend. Und daran seid ihr«, er deutete mit präsentierender Geste auf Fischbach und Andrea Lindenlaub, »nicht ganz unschuldig.«

Fischbach ließ die Hosenträger flitschen. »Warum befinden wir uns dann immer noch im Projektstadium?«, fragte er kritisch. Doch insgeheim freute er sich. Inzwischen leitete er lieber selbst eine Mordkommission, als von außen fremdbestimmt zu werden. Zwar trug man mehr Verantwortung und stand im Rampenlicht der Medien. Wenn es schlecht lief, konnte das auch mal nach hinten losgehen. Aber im Gegenzug konnte man auch die Früchte der Arbeit direkt einfahren.

Bönickhausen seufzte. »Wie du dir denken kannst, gibt es allerorten politische Befindlichkeiten, die man nicht außer Acht lassen darf. Auf der einen Seite will man die neuen Strukturen, auf der anderen Seite würde man damit so einigen Parteifreunden schöne Posten stibitzen.«

»Es kann also noch Jahre so weitergehen?«

»Das ist nicht auszuschließen. Das Allerwichtigste für die Politiker sind die Ämter. Finden sich neue Koalitionen, wird zuerst um die leitenden Stellen gebuhlt. Wobei eine Krähe der anderen kein Auge aushackt. Und glaub bloß nicht, dass die Wahlverlierer über Bord gehen. Wäre ja fatal. Käme es bei der nächsten Wahl erneut zu einem Umschwung, würde man selbst auch wieder ohne irgendetwas in der Hand dastehen. Daher werden die Verlierer schonend behandelt und notfalls lieber neue Posten kreiert und verteilt.«

Fischbach widerte ein solches Geschachere an. »Und der Steuerzahler darf alles finanzieren.« Er bemerkte, dass Andrea Lindenlaub unruhig auf ihrem Stuhl herumrutschte. »Was brennt dir denn auf der Seele?«

Auffordernd blickte sie Bönickhausen an. Der druckste ein wenig herum. »Ja, also«, begann er und beugte sich vor. »Die Mordkommission benötigt eine Leitung.«

Energisch schob Fischbach das Kinn vor. »Kannst dich hundertprozentig auf mich verlassen.«

Bönickhausen nickte. »Das habe ich nicht anders erwartet.«

»Dann wäre das ja geklärt«, sagte Fischbach. »Dafür hättest du mich aber nicht extra herbestellen müssen.« Er wollte aufstehen.

»Nicht so schnell«, bremste ihn Bönickhausen. Er griff sich den Tacker und klickte damit herum. »Ich habe entschieden, dass Andrea die Leitung übernimmt.«

Fischbach war ehrlich vor den Kopf gestoßen. Er kramte in seinen Erinnerungen, fand jedoch kein Dienstvergehen, das er sich zuschulden kommen lassen hatte. »Ich … äh … verstehe nicht.«

Neben ihm leuchtete Andrea Lindenlaub wie eine rote Ampel. Offensichtlich war es auch für sie keine angenehme Situation.

»Ich muss wirklich nicht …«, setzte sie an, doch Bönickhausen gebot ihr mit erhobener Hand Einhalt.

»Es hat nichts mit deiner Arbeit zu tun, Hotte. Ich weiß, du machst einen hervorragenden Job.«

»Womit dann, Dieter? Klär mich auf.« Die Enttäuschung über Bönickhausen, seinen guten Freund aus alten Tagen, fraß sich in Fischbachs Eingeweide.

»Es ist eine … also, ich meine …« Bönickhausen erhöhte die Klickrate mit dem Tacker. »Mensch, ich will dich einfach ein wenig schonen, dir den Druck von den Schultern nehmen. Ich bin froh, dass du zurück bist, Hotte. Doch deine Auszeit hat mir Angst gemacht. Ich hatte Sorge, dass du erneut … abgleitest. Ich will dich nicht sofort wieder mit allem belasten, wenn es sich vermeiden lässt. Also nehme ich dich ein wenig aus der Schusslinie. Dann hast du den Kopf freier.«

»Wie ›freier‹?«

Bönickhausen wedelte mit der Hand in der Luft herum. »Na, es bleibt Raum für dich. Privat wie beruflich. Schließlich gehört es zu meinen Aufgaben, auf meine Schäfchen aufzupassen. Fürsorgepflicht des Arbeitgebers, du verstehst schon.«

Fischbachs Enttäuschung verwandelte sich in Ärger. Er war doch kein alter Tattergreis. Auf ihn musste niemand aufpassen, und Rücksicht nehmen schon gar nicht. »Du kannst mir doch nicht einfach …«

Krachend stellte Bönickhausen den Tacker ab. »Es ist beschlossene Sache«, sagte er mit einer Stimme, die keinen Widerspruch zuließ.

Wütend stieß Fischbach den Stuhl nach hinten und verließ das Büro.

6

Jan Welscher schob die Gardine zur Seite und schaute auf das Treiben unter ihm auf der Marktstraße. Das Konzept mit den Outlet-Läden im Stadtkern von Bad Münstereifel schien angenommen zu werden. Mit schweren Tüten beladen schlenderten die Menschen über das Pflaster. Wer vermisste da noch Heinos Café in der Innenstadt?

Hinter ihm schniefte Peer Clerks Frau Lea in ein Taschentuch. Er sah auf die Uhr. Vor einer Viertelstunde hatte er ihr die schreckliche Botschaft überbracht. Nun gab er ihr ein wenig Zeit, den ersten Schock zu überwinden und sich zu sammeln. Er selbst konnte die stummen Minuten ebenso gebrauchen. Eine Todesnachricht zu überbringen, gehörte zum Unerfreulichsten, was ein Polizeibeamter erledigen musste. Sicher ein Grund, warum er sich sogar dabei erwischt hatte, auf der Tour hierher absichtlich langsam zu fahren. Er hatte sich eingeredet, nur vorsichtig mit dem Oldtimer umgehen zu wollen, dabei war es ihm eigentlich darum gegangen, den Zeitpunkt der Ankunft hinauszuschieben. Gejuckt hatte es ihn schon, dem Porsche die Sporen zu geben. Aber dann wäre er umso rascher angekommen.

Jetzt stand er hier in dem mit avantgardistischen Möbeln eingerichteten Wohnzimmer der Clerks. Auf den ersten Blick passte die Einrichtung nicht zu dem aufwendig sanierten Fachwerkhaus. Ließ man die Kombination aber einen Moment auf sich wirken, offenbarte sich ein atemberaubend stilsicheres Arrangement. Stumm zollte Welscher den Clerks Respekt.

Er drehte sich um und betrachtete die Frau. Sie trug eine weiße Bluse zu einer beigefarbenen Baumwollhose. Die Haare hatte sie zu einem Pferdeschwanz zusammengebunden. Obwohl sie bereits auf die sechzig zuging, wirkte sie weitaus jünger. In sich selbst versunken hockte sie auf dem Sofa, ihre Schultern bebten. Am liebsten hätte Welscher sich zu ihr gesetzt und sie in den Arm genommen. Doch das verbot der Anstand. Stattdessen zog er ein Taschentuch hervor und hielt es ihr hin. Sie nahm es erst zur Kenntnis, als er sie leicht an der Schulter berührte. »Danke«, krächzte sie kaum hörbar. Sie versuchte ein Lächeln, doch mehr als ein Zucken ihrer Lippen brachte sie nicht zustande.

Er wartete noch eine Minute, dann bat er leise: »Frau Clerk, darf ich Ihnen einige Fragen stellen? Wenn Sie sich dazu im Moment nicht in der Lage fühlen, kann ich sonst auch später …«

»Nein, nein, es … ist schon in Ordnung.« Sie straffte sich, versuchte tapfer zu wirken. Ihre Hände zerknüllten das Taschentuch.

»Gut. Sagen Sie mir Bescheid, wenn es Ihnen zu viel wird.«

Sie nickte.

Welscher setzte sich ans andere Ende des Sofas. Er wollte seine Fragen nicht von oben herab stellen. »Können Sie mir bitte etwas über Ihren Mann erzählen? Was mochte er? Wie liefen die Geschäfte? Gab es in letzter Zeit etwas, das seine besondere Aufmerksamkeit forderte? Mich interessiert alles, was Ihnen so einfällt.« Er wollte offen einsteigen, um die Hürde niedrig zu halten. Gezielt nachfragen konnte er dann immer noch.

»Ich liebe ihn wie am ersten Tag«, sprudelte es mit einem leicht niederländisch gefärbten Akzent aus ihr heraus. »Er vergöttert …« Sie brach ab und sah Welscher entsetzt an. »Ich meine … er vergötterte …« Sie schluchzte auf.

Welscher zerriss es fast das Herz. Zögerlich streckte er den Arm aus und streichelte ihr über den Rücken. Sie ließ es zu und schien sich dadurch sogar tatsächlich ein wenig zu beruhigen.

Sie sah auf. »Peer war ein feiner Mensch«, sagte sie, »hilfsbereit, sympathisch, verständnisvoll, einfach liebenswürdig. Wenn Sie ihn gekannt hätten … Sie hätten ihn garantiert gemocht. Er hatte so eine besondere Art … Charisma, gepaart mit Empathie. Verstehen Sie? Er konnte mit Menschen umgehen.« Endlich gelang es ihr zu lächeln, doch ihre Augen blickten traurig. »Unter den Angestellten hieß es, dass Peer innerhalb eines Nachmittags einen Weltfrieden aushandeln könnte, bei dem alle Seiten mehr als zufrieden wären.«

Welscher ließ ein kurzes, freundliches Lachen hören.

»Peer und ich, also wir, sind … wir waren … zwanzig Jahre verheiratet, aber dreißig Jahre kennen wir uns schon. Wir sind zusammen durch dick und dünn gegangen. Es waren auch schwere Zeiten dabei, meine Krankheit zum Beispiel.« In einer kaum merklichen Geste strich sie sich über ihre linke Brust.

»Das Herz?«, fragte Welscher. Er zog sein Smartphone aus der Tasche und begann, sich Notizen zu machen.

»Brustkrebs. Vor fünf Jahren sind wir dann hierher in die Eifel gezogen. Ich wollte nicht, das gebe ich zu. Ich war leitende Angestellte bei Philips in Amsterdam. Gut bezahlt, so etwas gibt man nicht so einfach auf. Wenn da nur nicht der Stress gewesen wäre. Ständig stand ich unter Strom, selbst nachts erreichten mich Anrufe. Einfach das Telefon stumm schalten ging nicht, dann wäre ich sofort auf dem Abstellgleis gelandet. In einer solchen Position wird eine Rund-um-die-Uhr-Erreichbarkeit erwartet. Zu der Zeit bestand ich nur noch aus Haut und Knochen und rauchte wie ein Schlot. Hätte Peer nicht die Notbremse gezogen und ein Machtwort gesprochen, wäre ich vermutlich im Irrenhaus gelandet. Oder Schlimmeres. Mit unseren Ersparnissen finanzierte er zunächst den Umbau hier, der Rest floss in das Autohaus. Im Nachhinein bin ich froh, dass er sich durchgesetzt hat.« Das Reden schien ihr gutzutun. Sie wirkte jetzt gefasster als noch vor einigen Minuten.

»Sie waren mit den Plänen Ihres Mannes also zunächst nicht einverstanden«, sagte Welscher. »Gab es deswegen Streit?«

»Nicht so richtig.«

»Wie darf ich das verstehen?«

»Zum Streiten gehören zwei. Doch Peer aus der Reserve zu locken, war quasi unmöglich.«

Welscher lächelte. »Da sind wir wieder beim Weltfrieden, nicht wahr?«

Sie nickte. »Peer präsentierte mir einfach ein sinnvolles Argument nach dem anderen. Als er mir dann noch den Spiegel vorhielt und mir meinen stressbedingten körperlichen Verfall gnadenlos vor Augen führte, lenkte ich ein. Er hatte recht, es konnte mit mir nicht so weitergehen. Wir einigten uns auf eine zweijährige Probezeit. Sollte es mir in der Eifel bis dahin nicht gefallen, würden wir wieder nach Amsterdam zurückkehren.«

»Und Sie vertrauten ihm, dass er sein Versprechen halten würde?«

»Auf sein Wort war Verlass.«

»Und heute? Sehnen Sie sich hin und wieder zurück an Ihre alte Wirkungsstätte?«

Auf die Antwort war Welscher sehr gespannt. Er war selbst vor einigen Jahren zwangsweise in die Eifel abkommandiert worden. Inzwischen hatte er sich mit der ländlichen Gegend und den Sturköpfen hier weitestgehend arrangiert. Dass er ausgerechnet in der verschnarchten Eifeleinöde seine große Liebe Lars gefunden hatte, trug immens dazu bei. Gemeinsam führten sie eine Wochenendbeziehung in Kronenburg nahe der belgischen

Grenze. Vielleicht würden sie bald zusammenziehen. Welscher konnte es aber einfach nicht lassen, den Eiflern das seiner Meinung nach immer noch stark ausgeprägte Hinterwäldlerische aufs Butterbrot zu schmieren. Damit eckte er an, keine Frage. Sollte in der Polizeibehörde jemals ein Preis für den unbeliebtesten Kollegen ausgelobt werden, er würde vermutlich ein Dauerabonnement darauf erhalten.

Lea Clerk zupfte an ihrem Taschentuch. Weiße Fetzen segelten auf die Echtholzdielen. Sie schien sich ihre Antwort gut zu überlegen. »Nein«, sagte sie dann. »Keine Minute.«

Für Welscher klang das nicht überzeugend. Er tippte eine Notiz. Vielleicht würde er im Laufe der Ermittlungen noch einmal darauf zurückkommen müssen. »Sprechen wir wieder über Ihren Mann. Sie haben ihn als den nettesten Kerl auf diesem Planeten beschrieben, überzogen gesprochen. Umso verwunderlicher ist das, was passiert ist. Haben Sie einen Verdacht?«

Sie schüttelte heftig den Kopf. »Ich kann mir niemanden vorstellen.«

»Vielleicht aus der Zeit, bevor sie sich kennengelernt haben?«

»Das ist doch schon ewig her. Keiner wartet Jahrzehnte, wenn er auf Rache oder etwas in der Art aus ist.«

»Es kommt vor, wir hatten letztens so einen Fall.«

»Nun, mag sein, aber bei Peer? Unmöglich. Meine Schwiegermutter hat mir erzählt, dass er schon immer so war, wie ich ihn kenne.«

»Lebt sie noch?«

»Nein. Die Gute ist vor sieben Jahren verstorben.«

Welscher scrollte mit dem Zeigefinger durch seine Notizen. »Wir sind vorhin im Autohaus einem gewissen Max Gutmann begegnet. Kennen Sie ihn?«

»Natürlich. Er ist der beste Freund meines Mannes. Ich meine, er war es.«

»Belasten Sie sich nicht damit«, sagte Welscher. »Es wird sich mit der Zeit von allein ergeben.« Sie nickte, und er lächelte ihr aufmunternd zu. »Dieser Max Gutmann trat recht impulsiv auf. Uns ist zu Ohren gekommen, dass er ein ausgezeichneter Sportschütze ist.«

Lea Clerk legte das zerrupfte Taschentuch auf dem Tisch ab. »Ja, Max hat Hummeln im Hintern, wie man so schön sagt. Er …« Das Läuten der Haustürglocke unterbrach sie. Fragend sah sie Welscher an.

Der nickte. »Nur zu.«

Sie stand auf und öffnete.

Welscher hörte eine Männerstimme, die ihm bekannt vorkam.

»Lea, hast du es schon gehört?«

»Ja. Es ist …« Der Rest ging in einem Heulanfall unter.

Kurz darauf führte Max Gutmann Lea Clerk zurück ins Wohnzimmer. Er hatte den Arm um ihre Schultern gelegt. »Sie schon wieder«, stieß er ärgerlich aus, als er Welscher entdeckte. Er setzte erst sie und dann sich auf das Sofa und zog Lea Clerk an seine Brust.

»Er hat mir Fragen gestellt«, erklärte sie schluchzend.

»Muss das denn sein?«, fragte Gutmann entrüstet. »So kurz nach dem Mord? Hat das nicht Zeit, bis der erste Schock überwunden ist?«

»Die Wahl des richtigen Zeitpunkts lassen Sie mal meine Sorge sein«, sagte Welscher und steckte sein Smartphone ein. »Ich denke aber, es reicht fürs Erste.« Er legte seine Visitenkarte auf den Tisch. »Rufen Sie mich an, Frau Clerk, wenn Ihnen noch etwas einfällt. Alles kann wichtig sein, zögern Sie nicht.« Er verabschiedete sich von Lea Clerk.

»Blöder Wichtigtuer«, murmelte Gutmann. »Ein unmögliches Benehmen, und das von der Polizei. Wie die Aasgeier.«

Welscher blieb im Türrahmen stehen und wandte sich noch einmal zu den beiden um. »Übrigens: Ich werde unten auf Sie warten, Herr Gutmann, und Ihre Sportwaffen zur Untersuchung an mich nehmen. Zehn Minuten gebe ich Ihnen, dann fahren wir los. Und wehe Ihnen, sollte ein Stück fehlen.« Damit verließ er die Wohnung.

Gutmanns lautstarke Empörung wurde von der zufallenden Haustür weitestgehend gedämpft.

7

Missmutig stocherte Fischbach in seinem Abendessen herum. Obwohl Sigrid ihm eine seiner Lieblingsspeisen, Eifler Buureschlaat, zubereitet hatte, verspürte er keinen Appetit.

Sigrid tätschelte seine Hand. »Nimm's doch nicht so schwer. Freu dich lieber.«

Fischbach legte seine Gabel ab. »Worüber soll ich mich denn freuen? Ich gehöre jetzt anscheinend zum alten Eisen. Was ist daran so toll? Dieter zufolge bin ich so etwas wie eine alte Harley, die äußerst pfleglich und schonend behandelt werden muss, damit sie weiterhin ihren Dienst versehen kann.«

»Übertreib nicht.«

»Ich übertreibe nicht. Er macht mich zum Oldtimer, dabei fühle ich mich wie eine Rennsemmel.« Er klopfte sich auf die Brust. »Ich steh meinen Mann, überall und jederzeit. Wenn ich anderer Ansicht wäre, hätte ich den Dienst nicht wieder aufgenommen. Es ist unnötig, Rücksicht auf mich zu nehmen.« Er redete sich in Rage.

Seine laute Stimme verschreckte das Hausschwein Schnüffel, das neben dem alten Emailofen auf einer Decke lag. Unwirsch grunzend sprang es auf. Mit hin- und herwackelndem Bauch lief es in den Flur und verschwand durch die offen stehende Haustür nach draußen.

»Ich brauche keinen Papa, der auf mich aufpasst und schützend die Hand über mich hält. Das ist alles Schnee von gestern.«

Sigrid zögerte. »Weiß ich doch.«

Fischbach beäugte sie misstrauisch. »Bist du etwa anderer Meinung?«

»Nein, nein«, wiegelte Sigrid ab, in seinen Augen etwas zu schnell und zu heftig.

Ihm wurde mulmig. Ahnte sie, wie es wirklich um ihn stand? Dabei hatte er versucht, sie nicht zu beunruhigen. Diese Befürchtung wollte er im Moment aber nicht näher ergründen, lieber später in Ruhe darüber nachdenken, daher sagte er rasch: »Es muss mehr dahinterstecken. Bestimmt hat Andrea gegen mich intrigiert.«

»Ach, ich weiß nicht. Mit Andrea verstehst du dich doch sonst blendend.«

»Bisher, ja. Aber man kann niemandem hinter die Stirn schauen.« Fischbach tippte mit dem Zeigefinger auf den Tisch. »Die Leitung einer Mordkommission macht sich gut im Lebenslauf.« Er dachte an Andreas Wunsch, Fallanalytiker zu werden. »Das hilft bei Bewerbungen.«

Sigrid verschränkte die Arme vor der Brust. »Du meinst, sie benutzt dich als Sprosse auf der Karriereleiter? Hm, das passt nicht zu der Andrea, die ich kenne.«

Fischbach war nahe dran, sich die Haare einzeln auszureißen. Eigentlich musste er ihr recht geben. Vielleicht war er einfach frustriert und verrannte sich in abwegige Mutmaßungen. Aber es schmerzte ihn, abgesägt worden zu sein.

Das Telefon schrillte.

Sigrid ging ins Wohnzimmer und nahm das Gespräch an.

Fischbach hörte nicht hin. Trübsinnig hockte er auf der Bank und starrte auf die Tischplatte. Der Speck auf seinem Teller hatte zwei vorwitzige Fliegen angezogen. Sie trippelten über die Würfel und labten sich daran.

»Für dich.«

Fischbach zuckte zusammen. Er hatte Sigrid nicht reinkommen hören. Sie hielt ihm das Telefon hin.

»Wer ist es denn?«

»Andrea.«

»Ich bin nicht da. Sag ihr, ich bin in der Wanne. Oder dass ich geplatzt bin.«

Sigrids Miene umwölkte sich. »Das werde ich nicht tun. Jetzt stell dich nicht so an.« Nachdrücklich schob sie den Arm mit dem Telefon vor.

Fischbach gab sich geschlagen. »Was gibt es denn?«, raunzte er ohne Begrüßung in den Hörer, um das Gespräch kurz zu halten. Er wollte rüber in die Werkstatt und sich den Frust von der Seele schleifen. Irgendein Lack *musste* heute noch vom Blech.

»Du, Hotte, kannst du morgen die Obduktion übernehmen? Jan will ich nicht fragen. Du weißt ja, wie empfindlich er auf Leichen reagiert. Der würde denen bloß alles vollreihern.«

»Obduktion? Wolltest du da nicht selbst hingehen?«

»Ja, schon. Aber die große Runde steht ja um zehn an. Ich will alles genauestens vorbereiten, damit jeder weiß, was er zu tun hat.«

»Für wie viel Uhr ist die Obduktion denn angesetzt?«

»Auch um zehn.«

»Bitte? Dann kann ich doch nicht an der Besprechung teilnehmen!« Ärgerlich stapfte er mit dem Fuß auf. Sie wollte ihn ausbooten, glasklar. Das war Wasser auf seine Verschwörungsmühle.

»Das ist kein Problem«, sagte Andrea, »ich informiere dich hinterher.« Sie machte eine Pause. Als Fischbach nichts erwiderte, ergänzte sie hastig: »Ich kann natürlich auch Feuersänger fragen. Der würde bestimmt … aber ich denke, bei der Besprechung wäre er besser aufgehoben …«

»Ich übernehme das schon«, lenkte Fischbach ein. Auf keinen Fall wollte er als dickköpfiger Kollege daherkommen. »Wir sehen uns morgen in der Behörde.« Ohne Abschied brach er das Telefonat ab.

»Alles in Ordnung?«, fragte Sigrid, die bereits mit dem Abwasch begonnen hatte.

Fischbach antwortete nicht. Mit den Händen tief den Taschen seiner Cordhose stiefelte er über den kleinen Hof in die Werkstatt. Dort angekommen, holte er aus und versetzte dem Felber-Beiwagen seiner BMW einen wuchtigen Tritt.

8

Pünktlich um zehn betrat Welscher den Konferenzraum, ein großes Büro im Obergeschoss der Polizeibehörde an der Kölner Straße. Andrea Lindenlaub stand am Kopfende des länglichen Tisches und plauderte mit Feuersänger über das Länderspiel am gestrigen Abend. Welscher zählte rasch durch. Zehn Kolleginnen und Kollegen saßen um den Tisch herum. Inzwischen kannte er sie alle. Zynisch wertete er es als ein Zeichen, bereits zu lange in der Eifel tätig zu sein. Wenn Lars nicht wäre, er hätte weiterhin alle Hebel in Bewegung gesetzt, wieder nach Köln zu kommen.

Seine Anstrengungen waren allerdings bisher allesamt vergebens gewesen. Bönickhausen hatte es erfolgreich bewerkstelligt, sie schon im Ansatz abzuschmettern. Irgendwie hatte der Chef einen Narren an ihm gefressen und wollte ihn einfach nicht ziehen lassen. Inzwischen steckte Welscher seine Energie lieber in die Entwicklung und Pflege der Beziehung zu Lars. Das brachte ihm mehr Befriedigung ein, als einen derzeit wohl aussichtslosen Kampf gegen die Windmühlen der Verwaltung zu führen.

Er setzte sich auf einen freien Stuhl und goss sich ein Glas Wasser ein. Kaffee war nicht sein Ding, für seinen Geschmack zu bitter. Mit dieser Einstellung gehörte er zur absoluten Ausnahme im Haus. Die anderen hielten ihre Tassen umklammert, als wäre er ihr Lebenselixier.

Der Beamer und ein Notebook standen angeschaltet auf dem Tisch und summten leise vor sich hin. Er rückte ein Stück zur Seite, um nicht in den warmen Luftstrom des Geräteventilators zu geraten.

Welscher dachte an Fischbach, der jetzt in der Rechtsmedizin vor der Leiche von Peer Clerk stehen und die Sektion verfolgen musste. Er war heute Morgen sehr einsilbig gewesen. Muffelig hatte er eine Weile auf der PC-Tastatur herumgeklappert und war dann bereits um halb neun, lange vor der Zeit, nach Bonn aufgebrochen. Es war unschwer zu erkennen, dass er an seiner unerwarteten Degradierung schwer zu knabbern hatte. Welscher hatte auf Zuspruch und Trost verzichtet und sich vorgenommen, zunächst abzuwarten, wie sich alles entwickeln würde. Andrea war eine tüchtige Kollegin, sie hatte eine Chance verdient. Er wollte ihr das Leben nicht schwer machen, in dem er Partei ergriff.

Bönickhausen trat ein und ließ sich auf einem Stuhl nieder. In Anzug, Hemd und Krawatte wirkte er wie aus dem Ei gepellt. »Die Staatsanwaltschaft lässt sich entschuldigen. Gerichtstermine«, informierte er Andrea Lindenlaub. »Ein schriftlicher Bericht über den Stand der Dinge ist erwünscht.«

Sie nickte. »An wen geht der?«

»Schmitz-Ellinger.«

Welscher schmunzelte. Die Staatsanwältin Doris Schmitz-Ellinger glich nicht nur wegen ihres roten Bürstenhaarschnitts dem Pumuckl, auch ihr Mundwerk stand der kleinen vorlauten Zeichentrickfigur in nichts nach. Dieser Frau konnte man nichts vormachen, sie war mit allen Wassern gewaschen.

Andrea Lindenlaub machte sich eine Notiz und verlor danach keine weitere Minute. Gekonnt fasste sie die Erkenntnisse des gestrigen Tages zusammen, vom Fund der Leiche bis zu Welschers Gespräch mit Lea Clerk. »Die Anwohnerbefragungen haben leider nur eine einzige Sache ergeben«, sagte sie abschließend, »ein Zeuge will zum vermuteten Tatzeitpunkt einen Motorradfahrer auf dem Feld hinter dem Gewerbegebiet gesehen haben. Laut seiner Aussage soll der Fahrer es eilig gehabt haben.«

»Das Kennzeichen?«, fragte Welscher.

»Das konnte der Zeuge nicht erkennen, zu weit entfernt. Trotzdem sollten wir das Motorrad als Fluchtfahrzeug im Hinterkopf behalten.«

Andrea Lindenlaub beendete ihre Ausführungen und übergab das Wort an Feuersänger.

Der Leiter der Tatortgruppe zog das Notebook zu sich heran. »Viel kann ich euch noch nicht berichten.« Er drückte eine Taste, und eine Satellitenkarte erschien auf der weißen Wand. Welscher erkannte das Gewerbegebiet von Weilerswist an der A 61. Feuersänger schob den Mauszeiger auf eine Halle. »Hier haben wir Clerks Autohaus. Im Osten seht ihr die Autobahn.« Er bewegte den Mauszeiger entlang eines grauen Streifens. »Westlich der Autobahn das freie Feld, von wo aus der Täter geschossen hat.« Feuersänger stoppte an einer Straße, die südlich des Gewerbegebietes verlief. »Das ist die Mehlemer Straße. Sie flankiert das Feld. Von ihr gehen mehrere Wirtschaftswege ab. Einer dieser Wege führt in östlicher Richtung über die A 61 und endet auf der L 163. Eine Flucht in diese Richtung ist somit ebenfalls möglich. Es ist unstrittig, dass die Schüsse aus südlicher Richtung abgefeuert wurden. Die Ballistik bestätigt das.«

»Schüsse?«, warf der Kollege neben Welscher ein. »Mehrere?«

»Ja«, bestätigte Feuersänger. »Der erste Schuss verfehlte Clerk und schlug in den Schreibtisch ein. Erst der zweite traf ihn. Ein lupenreiner Kopfschuss mit Ein- und Austritt des Projektils. Das Geschoss zerschlug noch eine wertvolle Vase und blieb dann in der Glaswand stecken. Dankenswerterweise, muss man sagen. Ein echter Glücksfall.«

»Das würde Peer Clerk anders sehen«, wandte Welscher ein.

Verhaltenes Lachen erklang.

Feuersänger warf ihm einen vernichtenden Blick zu, klickte dann erneut auf die Karte. Eine rote Linie erschien, die ihren Anfang im Autohaus nahm und das Feld nach Süden hin zu teilen schien. Links und rechts der Linie war das Gelände fächerförmig schraffiert. »Clerk muss zum Zeitpunkt des Schusses gesessen haben. Die Kugel hat seinen Kopf durchschlagen und wurde auf annähernd gleicher Höhe von der Glaswand gestoppt. Verbindet man diese beiden Punkte und verlängert sie anschließend in südliche Richtung, weiß man in etwa, wo der Schütze positioniert war.« Er fuhr mit dem Mauszeiger die rote Linie entlang. »Hätte Clerk gestanden, wäre der Winkel zu steil. Dann hätte der Schütze einen Hubschrauber oder einen Ballon benutzen müssen.« Er richtete einen prüfenden Blick an die Umsitzenden und fasste zusammen: »Also, wir wissen, dass Clerk saß. Und auch, wo der Schütze positioniert war. Es bleibt zwar ein Toleranzbereich, die schraffierte Fläche hier, aber zumindest können wir so das Gelände eingrenzen. Meine Leute sind bereits wieder vor Ort. Mit ein wenig Glück finden wir Reifenspuren. Oder Fasern an Sträuchern. Die Patronenhülsen wäre auch nicht schlecht.« Er schob das Notebook zur Seite, holte ein Blatt Papier aus seiner Jackentasche und faltete es auseinander. »Kommen wir zu den Projektilen. Kaliber 7.62, also das NATO-Standardkaliber, auch bekannt als .308 Winchester.«

Welscher hob die Hand. »Moment. Habt ihr die Büchsen von Max Gutmann schon untersucht?«

Feuersänger nickte. »Wir haben uns seine Waffen gestern Abend noch näher angesehen. Zurzeit sind sie beim Schusswaffen-Erkennungsdienst. Aber wenn du mich fragst, wird nicht viel dabei rumkommen. Die Waffen wirkten auf mich, als hätte er sie ewig nicht mehr aus dem Schrank geholt.«

»Wie das?«, fragte Welscher. »Max Gutmann wurde uns als aktiver Sportschütze beschrieben.«

Feuersänger zuckte mit den Schultern. »Vielleicht war er das wirklich mal. Doch die Flamme dieser Leidenschaft scheint nicht mehr zu lodern.« Er steckte sein Blatt wieder ein. »Mehr habe ich im Moment nicht.«

»Danke«, sagte Andrea Lindenlaub. »Jan, dieser Gutmann geht dir nicht aus dem Kopf, das sehe ich dir an.«

Welscher konnte das nicht abstreiten. »Sein Auftritt gestern bei Lea Clerk«, sagte er. »Es ist mir nicht sofort aufgefallen, aber jetzt, im Rückblick ... Es war so vertraut, mehr als eine Freundschaft. Und ihre Heiligsprechung des Ehemanns. Ich weiß nicht, so etwas finde ich immer verdächtig.«

»Mord aus Eifersucht?«, schlug Bönickhausen vor.

»Durchaus möglich«, sagte Welscher. »Oder einfach, um freie Bahn zu haben. Kennt man doch: lieber schnell und dreckig als eine langwierige und kräftezehrende Scheidung, bei der man nie sicher sein kann, was finanziell hinterher übrig bleibt.«

Andrea Lindenlaub nickte. »Du hängst dich an Gutmann und an die Clerk dran. Die anderen schwärmen aus und befragen weiter Nachbarn, Angestellte und so fort.« Sie verteilte die Aufgaben. »Die Aktenführung übernimmt der Kollege Fischbach. Bitte schickt ihm alles und setzt mich in Kopie. Noch Fragen?«

Welscher blickte überrascht auf. Hotte sollte die Akte führen? Was hatte sie sich dabei gedacht? Das würde Ärger geben.

Als niemand etwas sagte, erhob sich Andrea Lindenlaub von ihrem Stuhl. »Gut, dann los.«

Einige Kollegen standen ebenfalls auf und räumten ihre Sachen zusammen, andere blieben noch einen Moment sitzen. So auch Welscher. Er fixierte Feuersänger und zählte von drei runter. Bei null sagte der Tatorttechniker: »Eins noch, fast hätte ich es vergessen.«

Welscher grinste. Feuersänger konnte nicht aus seiner Haut. Immer musste er eine wichtige Information bis zum Schluss aufbewahren. Gespannt wartete er, was noch kommen würde.

Feuersänger räusperte sich. »Also, das Kaliber. Es ist, wie gesagt, ein NATO-Standardkaliber. Dabei ist eines besonders zu bedenken: Es wird von Scharfschützen bevorzugt. Natürlich ist die Möglichkeit, dass wir es mit einem Scharfschützen zu tun haben, angesichts der Entfernung, aus der geschossen wurde, für niemanden hier eine Überraschung. Um welche Art Scharfschütze es sich handelt, aber vielleicht schon.« Feuersänger hob die Hände und seufzte. »Es könnte sein, dass hier ein Typ rumläuft, der aus dem Hinterhalt Menschen erschießt. So einer wie dieser John Allen Muhammad in Washington.«

Welscher erinnerte sich an den Fall. Muhammad hatte als Kopf eines Sniperduos seinen jugendlichen Komplizen Lee Boyd Malvo im Oktober 2002 wahllos mehrere Mitbürger ermorden lassen, einfach, weil es ihn antörnte, wie er später gestand.

»Bei der Suche nach dem Täter sollte man daher als denkbares Motiv berücksichtigen«, sagte Feuersänger, »dass möglicherweise jemand *Spaß* daran haben könnte, Eifler abzuknallen.«

9

Fischbach fuhr seine nachtschwarze Harley Davidson Night Rod Special bis vor den Haupteingang der Polizeibehörde. Mit einer lässigen Handbewegung grüßte er die Kollegen, die rauchend um einen Aschenbecher standen, und drehte noch mal am Gas. Ein infernalischer Krach hallte von der Außenwand wider.

Bonickhausen hatte sein Büro auf dieser Seite und mochte es gar nicht, wenn Fischbach mit der Harley bis fast zum Schreibtisch fuhr.

Egal. Damit musste er ab heute klarkommen.

Obwohl Fischbach wusste, dass er sich kindisch verhielt, spürte er doch eine tiefe Befriedigung. Zumindest konnte er so ein wenig den Druck aus dem Kessel lassen.

Von einigen Minuten Dämmerschlaf abgesehen, hatte er sich die ganze Nacht hin- und hergewälzt und in eine Rage hineingesteigert, die ihn früh am Morgen aus dem Bett getrieben hatte. Ihm war klar, dass er überreagierte. Wie so oft in den letzten Monaten. Bönickhausens Sorge um ihn war echt, da hatte er keinen Zweifel. Doch diese rationale Erkenntnis half ihm auch nicht weiter. In die zweite Reihe zurückversetzt zu werden, kratzte trotzdem an seinem Ego. Er fühlte sich um Jahre gealtert. Skeptisch hatte er sich nach dem Aufstehen im Spiegel betrachtet, mit den Fingerspitzen die Falten im Gesicht geglättet und den Kamm nach ausgefallenen Haaren untersucht.

Was, wenn nicht allein seine zuletzt etwas labile Psyche der Grund für Bönickhausens Vorsicht war? Körperlich konnte Fischbach mit den jungen Leuten verständlicherweise kaum noch mithalten. Andrea Lindenlaub war gut fünfzehn Jahre jünger, Welscher sogar zwanzig. Sie agierten entschlossener und zielstrebiger. Dabei strahlten sie bei jeder Bewegung eine Dynamik aus, die andere mitriss und motivierte.

Mit dieser Körpersprache konnte Fischbach nicht konkurrieren, und sein Übergewicht tat ein Übriges: Neben den beiden herumflitzenden Eichhörnchen ließ es ihn wie einen müden Elefanten aussehen.

War es das? Wirkte er auf andere körperlich so abgewrackt, dass ihm niemand mehr etwas zutraute? Hatte Andrea ihn deswegen nach Bonn geschickt und ihm eine Aufgabe übertragen, die wenig Einsatz erforderte? Sah man von der Anstrengung ab, den Mageninhalt bei sich zu behalten, stand man bei einer Obduktion nur daneben und drehte Däumchen.

Wenn dem so wäre, hätte er ein Problem. Er fühlte sich geistig wie Mitte dreißig, und so wollte er auch behandelt werden.

Die Glastür flog auf, und Welscher kam auf ihn zu. »Dreh um. Wir fahren zu Max Gutmann«, rief er ihm über das Blubbern des Harleymotors hinweg zu.

Entgegen der Anweisung schaltete Fischbach die Zündung aus. Der Motor erstarb, und eine wohltuende Ruhe senkte sich über den Parkplatz vor dem Gebäude. »Wie stellst du dir das vor? Zunächst muss ich Bericht erstatten.«

Welscher winkte ab. »Das kannst du später immer noch. Oder hast du überraschende Neuigkeiten im Gepäck?«

»Nein«, antwortete Fischbach. Die Obduktion von Peer Clerk hatte nichts ergeben, was sie nicht ohnehin schon wussten. Der Mann war für sein Alter erstaunlich fit gewesen. Vermutlich hätte er noch Jahrzehnte gelebt, wäre er nicht von der tödlichen Kugel getroffen worden.

»Na siehst du. Also los. Fahr mir einfach hinterher.«

Fischbachs Magen knurrte vernehmlich. »Und was ist mit der Mittagspause?«

Welscher lachte. »Okay, okay, wir legen auf dem Rückweg einen Zwischenstopp ein.« Sein Gesicht wurde ernst. »Ich muss eh mit dir reden.«

10

Zwei Gesellen turnten auf dem ungedeckten Dach herum und nagelten Balken fest. Grau gefleckte Wolken zogen über sie hinweg, ein kräftiger Wind zerrte an ihnen.

Bei dem Anblick wurde Welscher mulmig. Er litt zwar nicht unter Höhenangst, sofern eine Sicherung gegen einen Absturz vorhanden war, ein Geländer etwa oder ein gespanntes Seil. Doch wenn solche Vorrichtungen fehlten, sah die Sache ganz anders aus. Um die beiden Gesellen musste er sich allerdings keine Sorgen machen, wie es schien. Sie bewegten sich so gekonnt über den halb fertigen Dachstuhl wie Turniertänzer übers Parkett.

Fischbach stellte sich neben ihn, schirmte die Augen ab und sah zu den beiden Männern hinauf. »Ich bin schon ewig nicht mehr in Queckenberg gewesen. Ganz schön verschlafenes Nest.«

»Bitte?« Amüsiert schüttelte Welscher den Kopf. »Du tust ja gerade so, als würde woanders in der Eifel der Bär steppen.« Er grüßte eine Frau im Rentenalter, die mit einem Einkaufstrolley an ihnen vorbeispazierte. Als sie ein gutes Stück entfernt war, wisperte er Fischbach zu: »Lass mich dich aufklären, falls es dir entgangen sein sollte: Queckenberg ist im Vergleich zu den an-

deren Orten eher noch lebhaft. Hier gibt es U-Einhunderter.« Er rollte die Augen in Richtung der Passantin.

»U-… was?«

»Unter Hundertjährige.«

Fischbach stieß einen missmutigen Laut aus. »Du kannst es nicht sein lassen, nicht wahr?«

»Ich habe einen Ruf, den ich pflegen muss.«

Sein Kollege beließ es dabei. »Was wollen wir eigentlich hier?«, fragte er.

»Uns umsehen. Das hier ist die derzeitige Baustelle von Max Gutmann. Die Jungs da oben arbeiten für ihn. Ich hoffe, ihn hier anzutreffen.«

»Du hoffst?«

»Ans Telefon ist er nicht gegangen, weder ans Handy noch ans Festnetztelefon. Und wo sollte ein Handwerksmeister tagsüber sonst stecken, wenn nicht auf der Baustelle? Davon abgesehen will ich sein Alibi überprüfen.«

Einer der Gesellen war auf sie aufmerksam geworden. Er wandte sich ihnen zu und rief: »Der Chef ist nicht da.«

»Wieso denken Sie, dass wir Ihren Chef suchen?«, rief Welscher zurück.

»Sie sehen aus, als wären Sie an unserer Arbeit interessiert.«

»Nicht direkt.«

»Eigentlich nicht, nein«, bestätigte Fischbach.

Der Geselle kletterte ein Stück das Dach herab. Er trug eine schwarze Zimmermannshose. Die Ärmel des Hemdes waren hochgekrempelt, ein großer Hut saß auf seinem kantigen Kopf. Darunter schauten strubbelige Locken hervor. In beiden Ohrläppchen steckten goldene Ringe. Das braun gebrannte Gesicht und der buschige Schnäuzer verliehen ihm das Aussehen eines Banditen in einem Italo-Western. »Es geht also nicht um einen Auftrag?«

Fischbach wies sich aus. »Kripo Euskirchen. Wir haben einige Fragen. Können Sie bitte runterkommen?«

Stumm gab der Mann dem anderen Gesellen ein Zeichen und deutete mit dem Zeigefinger nach unten. Dann wandte er sich wieder an Welscher und Fischbach.

Welscher entging nicht der schuldvolle Gesichtsausdruck des Mannes.

Mit zwei Fingern strich sich der Geselle in einer verlegenen Geste über den Schnäuzer. »Also, ich bin echt froh, dass Sie gekommen sind. Ich hätte gestern schon … aber wir reden besser gleich, wenn ich unten bin.«

Sie setzten sich ins Innere des Rohbaus auf die Bänke einer Bierzeltgarnitur, Welscher und Fischbach auf der einen Seite, die beiden Gesellen auf der anderen. Die packten nach einem Blick auf die Uhr ihr Mittagessen aus und verteilten Brotdosen und Thermoskannen auf dem Tisch.

Welscher senkte den Kopf und suchte in den Außentaschen seiner Jacke nach seinem Smartphone. »Ich benötige Ihre Namen.« Auffordernd sah er den Kollegen des Schnauzbärtigen an, der bisher noch keinen Ton gesagt hatte. Welscher schätzte ihn auf Anfang zwanzig. Sein Körperbau entsprach eher dem eines Jünglings als dem eines erwachsenen Mannes. Der Bart wollte auch noch nicht richtig wachsen. Flaum kräuselte sich am Kinn und über der Oberlippe. Silbrige Stecker in Form eines Zimmermannnagels zierten beide Ohrläppchen.

Der Schnauzbärtige nahm seinen Hut ab und legte ihn neben sich auf die Bank. »Sie dürfen nicht nach unten schauen, wenn Sie mit Timo sprechen. Ich bin übrigens der Lutz, Lutz Gappe.« Er füllte den Deckel seiner Thermoskanne mit Kaffee und schob ihn Welscher hin. »Trinken Sie ruhig zuerst.«

Timo tat es ihm nach und reichte Fischbach seinen Becher.

»Timo heißt mit Nachnamen Preisgen«, erklärte Gappe. »Er ist taub, kann aber von den Lippen ablesen.«

»Respekt.« Fischbach nippte an dem Kaffee. »Mit so einem Handicap eine Ausbildung zu meistern, dazu gehören sicher viel Mut, Ausdauer und Selbstvertrauen.«

Timo Preisgen lächelte, seine Wangen färbten sich rosa. Offensichtlich hatte er Fischbach verstanden und freute sich über die Anerkennung.

Welscher lehnte den Kaffee mit einer Handbewegung dankend ab. Obwohl etwas Warmes im Bauch angenehm gegen die Kälte gewesen wäre, die von den Mauern des Rohbaus bis in seine Knochen strahlte.

»Wasser?«

»Dazu sage ich nicht Nein.«

Lutz Gappe wandte sich an Fischbach. »Neben Ihnen steht der Kasten, können Sie bitte eine Flasche herausholen?«

Fischbach rutschte zum Ende der Bank. »Kein Problem.« Er griff sich eine Flasche und reichte sie Welscher.

Der nahm einen Schluck, drückte dann das Kreuz durch und achtete darauf, dass Timo Preisgen sein Gesicht sehen konnte. »Sie wissen, warum wir hier sind?«

Preisgen nickte und biss in seine geschmierte Stulle.

Lutz Gappe wickelte eine Gurke aus der Alufolie. »Es geht um Peer, richtig? Scheißsache, das.«

»Sie kannten ihn näher?«

»Weil ich ihn duze? Das hat nichts zu bedeuten, Peer ging damit ganz locker um. Davon abgesehen konnte ich ihn gut leiden, er war ein feiner Kerl. Immer nett, immer lustig. Den schien nichts aus der Ruhe bringen zu können.«

»Woher kannten Sie ihn?«

»Er kam des Öfteren vorbei, wenn er mit dem Chef was zu klären hatte. Hin und wieder gab er eine Runde Bier aus. Oder er brachte Kuchen mit.«

»Was gab es denn zu klären? Ich meine, so häufig? Ging es um ein Geschäft? Um ein gemeinsames Projekt?«

Das letzte Stück Gurke verschwand in Gappes Mund. »Mhm«, brummte er zustimmend, während er kaute, dann schluckte er und sagte: »Die waren doch zusammen im Vorstand von diesem Oldtimerclub. Da gab es immer etwas zu bereden. Telefonisch ist das hier in der Gegend ja nicht so einfach. Aber selbst wenn wir direkt neben einem Mobilfunkmast gearbeitet haben, kam Peer lieber persönlich. Er war ganz vernarrt in seine Oldtimer und nutzte jeden Vorwand, um auszufahren.«

»Verstehe. Und wie war das in letzter Zeit? Ist Ihnen etwas aufgefallen? Gab es zum Beispiel weniger Besuche? Oder mehr? Gab es Streitigkeiten zwischen Gutmann und Clerk?«

Preisgen schüttelte den Kopf. Gappe sagte: »Die beiden waren ein Herz und eine Seele. Uns ist nichts Ungewöhnliches aufgefallen.« Er senkte den Blick. »Also nicht so direkt zwischen den beiden ... keine Missverständnisse oder so.«

Fischbach straffte sich. »Aber? Sie haben vorhin auf dem Dach schon so eine Andeutung gemacht. Um was geht es?«

Nachdenklich zupfte Gappe an einem Ohrring. »Nun, gestern ist etwas Seltsames passiert.« Er achtete darauf, dass Preisgen alles mitbekam. »Nach dem Mittag schaute der Chef hier bei uns auf der Baustelle vorbei. Er ...«

»Moment«, bat Fischbach. »Erst nach Mittag? Da sind Sie sich sicher?«

Welscher warf ihm einen vielsagenden Blick zu. Max Gutmann hatte angegeben, den gesamten Vormittag auf der Baustelle verbracht zu haben.

Gappe ließ die Schultern hängen und nickte. »Er bläute uns ein, sollte jemand danach fragen, sei er bis elf Uhr hier gewesen.«

»Verstehe ich das richtig? Sie sollten ihm ein Alibi verschaffen?«, fragte Welscher.

»Ja, so sieht es wohl aus. Zunächst konnten wir uns keinen Reim darauf machen. Wir dachten, Max hat wieder mal Probleme mit seinen Frauen. Verheiratet ist er nicht, aber er hat einige Liebchen, die voneinander nichts wissen.« Gappe schmunzelte ein wenig spöttisch. »Damit brüstet er sich gern vor uns. Ist echt ein Weiberheld, der Chef. Die Frau, die bei drei nicht auf den Bäumen ist ... nun, ja, so halt.« Sein Gesicht verfinsterte sich wieder. »Aber als wir dann von Peers Tod erfuhren ... also ... äh ... nun ja. Ich habe mit Timo vorhin noch darüber gesprochen: Uns ist seither ganz schön mulmig zumute.« Er senkte den Blick. »Wir hätten sofort zu Ihnen kommen sollen. Aber Max ... er ist als Chef echt in Ordnung. Dass er jemanden um die Ecke bringt ... also, das können wir uns einfach nicht vorstellen. Peer schon mal gleich gar nicht. Die waren echt dicke miteinander. Wir haben einfach nicht gewusst, was das Richtige ist.«

»Machen Sie sich keine Vorwürfe«, sagte Welscher. »Jetzt sind wir ja informiert. Sie wissen aber nicht zufällig, wo Ihr Chef tatsächlich den Morgen verbracht hat?«

Timo Preisgen schüttelte den Kopf. Er legte seine nur halb

gegessene Stulle zurück in die Tupperbox. Anscheinend war ihm das Gespräch auf den Magen geschlagen.

»Ungewöhnlich ist das aber nicht«, sagte Gappe. »Also, ich meine, dass er uns allein werkeln lässt. Der Chef vertraut uns. Wir arbeiten eigenständig. Oft sehen wir ihn den ganzen Tag nicht.«

»Hat er sich heute schon gemeldet?«, fragte Welscher.

»Nein.«

»Wissen Sie, wo wir ihn erreichen können?«

»Ich würde es bei ihm zu Hause probieren. Dort sind auch die Werkstatt und das Lager.«

Welscher rief auf seinem Smartphone eine Notiz auf. »Gewerbegebiet Rheinbach-Nord, Industriestraße, ist das richtig?«

»Ja. Direkt an der riesigen Fläche mit den Sonnenkollektoren. An der A 61.«

Welscher ließ sich noch die Telefonnummer von Gappe und die E-Mail-Adresse von Preisgen geben. Dann sagte er: »Danke, dass Sie Ihre Mittagspause für uns geopfert haben«, und stand auf. Jetzt wollte er Max Gutmann so schnell wie möglich auf den Zahn fühlen.

Hinter ihm schoss die Bank nach oben und streifte an seinem Rücken entlang. Fischbach schrie auf und donnerte zu Boden. Unsanft landete er auf der Seite. Der Wasserkasten rutschte rasselnd einige Zentimeter weiter, die Flaschen klirrten. Die Bank fiel zurück und landete polternd auf dem Estrich.

Preisgen sprang auf und half Fischbach auf die Beine. Fürsorglich klopfte er ihm den Staub von der Lederjacke.

»Was stehst du einfach auf?«, herrschte Fischbach Welscher an.

Der entgegnete kleinlaut: »Sorry, hab nicht daran gedacht.« Er musste sich anstrengen, nicht laut loszuprusten, obwohl ihm Fischbach sogar ein wenig leidtat.

Dem armen Kerl blieb im Moment aber auch nichts erspart.

11

Fischbach rieb sich den schmerzenden Ellbogen und warf Welscher einen ärgerlichen Blick zu.

Sie verließen den Rohbau und schritten auf ihre Fahrzeuge zu, die sie vor dem Bauzaun abgestellt hatten.

In Fischbach gärte es. Jeder Depp wusste, dass man nicht einfach als Vorletzter von einer Bierzeltbank aufstand, ohne den an einem der Enden sitzenden Letzten von seiner Absicht zu informieren. Er hätte sich etwas brechen können. Und das im Dienst. Die Kollegen hätten über den Unfallbericht vor Lachen Schnappatmung bekommen.

Bevor er Welscher so richtig zusammenstauchen konnte, spielte Fischbachs Handy Ram Jam. Es war Andrea Lindenlaub.

»Hotte! Wo steckst du denn? Immer noch in Bonn?«

»Nein. Ich bin mit Jan unterwegs.«

Stille.

»Mit Jan? Wieso das denn?«

»Vier Augen sehen mehr als zwei.«

»Aber ich brauche dich hier. Du hättest dich melden müssen.«

Fischbach ignorierte Welschers Handzeichen, das Gespräch rasch zu beenden. Max Gutmann konnte auch noch ein paar Minuten länger warten. Er drehte sich weg. »Andrea, was soll das? Ich muss dich doch kaum über jeden meiner Schritte informieren, oder? Schließlich bin ich per Telefon jederzeit für dich erreichbar.«

»Aber du musst dich um die Akte kümmern.«

Fischbach verschlug es die Sprache. Stumm öffnete er den Mund und schloss ihn wieder. Er hasste Papierkram. Auf seiner persönlichen Hass-Skala kam das direkt hinter den auf Platz eins rangierenden Hämorrhoiden, unter denen er vor einigen Jahren sehr gelitten hatte. Er schluckte hart, um die Sprache wiederzufinden. »Andrea, ich denke, ich bin nicht der Richtige, um …«

»Hotte, bitte«, unterbrach sie ihn, »ich weiß, wie du über den Papierkram denkst. Aber ich brauche jemanden an der Akte, dem ich restlos vertraue. Jemanden, der Querverbindungen findet, der die eintreffenden Informationen richtig sortiert und bewertet. Du bist als Ermittler ein alter Hase, am längsten dabei und perfekt für diese Aufgabe. Bitte, Hotte, tu mir den Gefallen, ja?«

In Fischbach brodelte die Wut. Alter Hase? Hatte er richtig gehört? Meinte sie das etwa im Sinne von »zu alt für den Außendienst«? Nach dem Motto: »Lass da mal lieber uns Jüngere ran«? Nur mühsam konnte er sich beherrschen.

Welscher hatte den Veitstanz aufgegeben und sah betroffen zu Boden. Wusste er davon? Na klar, er war ja bei der morgendlichen Besprechung dabei gewesen. Üblicherweise wurden dort alle Aufgaben verteilt. Warum hatte er ihm nichts davon gesagt?

»Hotte?«, fragte Andrea. »Bist du noch dran?«

Er holte tief Luft. »Wir sprechen später darüber, okay? Jetzt müssen wir erst einmal zu Max Gutmann.«

Ohne ihre Reaktion abzuwarten, beendete er das Gespräch und wandte sich Welscher zu. »Ich soll die Akte machen«, raunzte er erbost.

»Blöde Idee, wenn du mich fragst.«

»Warum hast du mir das nicht gesagt? Du weißt doch, wie sehr ich den Papierkram hasse.«

»Was meinst du, warum ich dich vor der Tür abgefangen habe? Ich wollte es dir erzählen, um dich darauf vorzubereiten.«

»So? Wirklich? Warum ist denn dann alles andere wichtiger?« Fischbach riss den Helm vom Lenker und setzte ihn auf. Nur mit Mühe schaffte er es, den Gurt unter dem Kinn zu schließen, so sehr zitterten seine Finger vor Wut.

»Du hast ja recht«, sagte Welscher. »Aber ich habe gedacht, wir hätten nachher noch Zeit, beim Essen.« Er wirkte ehrlich zerknirscht. »Es tut mir leid. Pass auf, ich mach's wieder gut. Ich werde Andrea anbieten, die Akte zu führen. Mir macht das nichts aus. Dann bist du raus aus der Sache.« Er schaute Fischbach an und lachte verhalten. »Ist eigentlich auch besser so. Deine Sortiererei ist ja eher … nun ja, gewöhnungsbedürftig.«

Fischbach, der bereits am Zündschlüssel drehte, stoppte. Was hatte Welscher gerade gesagt? »Denkst du, ich bekomme das nicht hin?«

Welscher fuchtelte abwehrend mit den Händen in der Luft

herum. »Mensch, Hotte, du bist aber im Moment auch dünnhäutig. So war das doch nicht …«

Fischbach startete den Motor. »Wenn du mich suchst: Du findest mich im Büro. Deinen Max Gutmann kannst du allein verhören. Ich habe eine wichtige Aufgabe zu erledigen.«

Mit durchdrehendem Hinterrad fuhr er an. Die Harley machte einen Schlenker, dann zog sie zielgerichtet ihre Bahn.

Die wollen aus mir einen Papiertiger machen, dachte Fischbach. Und bestimmt ist das mit der Bank eben Absicht gewesen.

Die wollen mich fertigmachen.

Doch so nicht, nicht mit ihm.

12

Die Hallen des Rheinbacher Gewerbegebietes zogen an Welscher vorüber. Schwere Lastwagen parkten davor oder rollten vollgeladen in Richtung Autobahn.

Max Gutmanns Anwesen, ein rot geklinkertes Einfamilienhaus mit einer linker Hand angrenzenden riesigen frei stehenden Halle, lag wie beschrieben direkt vor einem weitläufigen Feld aus Sonnenkollektoren. Die Panels streckten ihre schwarz glänzenden Flächen der Sonne entgegen wie Blumen ihre Köpfe.

Welscher parkte den Porsche hinter einem Aston Martin DB5 älterer Bauart. Auf dem Fachgebiet Oldtimer war er nicht sonderlich bewandert. Doch dieses silbrig glänzende Fahrzeug kannte er aus dem James-Bond-Klassiker »Goldfinger«, seiner Meinung nach der beste Bond-Film mit einem atemberaubenden Sean Connery in der Hauptrolle. Als Kind hatte er den stattlichen Schauspieler angehimmelt.

Er nahm sein Smartphone und versuchte, Fischbach zu erreichen. Dessen gekränkter Abgang ließ ihm keine Ruhe. Hoffentlich war ihm nichts passiert bei dem heißen Reifen, den er gefahren war.

Es meldete sich nur die Mailbox. Er versuchte es im Büro, doch auch dort meldete Fischbach sich nicht.

Verdrossen ließ Welscher das Smartphone in die Tasche gleiten. Dass Hotte eingeschnappt war, konnte er schon verstehen. Als erfolgreicher Mordermittler ließ man sich natürlich nicht gern zurück ins Glied stellen. Trotzdem könnte er etwas mehr Gelassenheit an den Tag legen, anstatt die beleidigte Leberwurst zu spielen.

Er stieg aus und klingelte an Gutmanns Haustür.

Zu seiner Verwunderung öffnete Lea Clerk. Sie trug ein eng anliegendes schwarzes Kleid, das ihre Figur betonte. Erstaunt weiteten sich ihre Augen. »Sie?«

Welscher verbarg seine eigene Überraschung, so gut es ging. Es musste nicht das bedeuten, was ihm im ersten Augenblick in den Sinn kam. Vielleicht wollte sie in diesen schweren Stunden nur nicht allein sein. »Ich muss mit Max Gutmann sprechen. Ist er da?«

Sie nickte und machte den Weg frei. »Im Wohnzimmer, geradeaus den Flur runter.«

Welscher trat ein.

Gutmann saß am Esszimmertisch hinter einem Notebook und winkte Welscher zu sich heran. »Ah, der Herr Wächter. Nur hereinspaziert. Sie kommen genau richtig.«

»Welscher«, korrigierte Welscher, »Oberkommissar.«

An der Längsseite des Tisches saß ein weiterer Mann, der nun aufstand und Welscher die Hand reichte. »Lou van Horten«, stellte er sich mit einem niederländischen Akzent in der Stimme vor. Er lächelte freundlich. Ein fülliger Bart zierte sein Gesicht. »Ich bin ein Freund von Max.« Seine Miene verfinsterte sich. »Und natürlich von Peer, Gott hab ihn selig.«

Lea Clerk fragte: »Kann ich Ihnen einen Kaffee anbieten?«

Welscher winkte ab. »Nur keine Umstände.«

Er ließ den Blick schweifen. Das Wohnzimmer glich eher einem Büro. Pflanzen oder andere Dinge, die eine heimelige Atmosphäre schaffen würden, gab es nicht. Auf so ziemlich jeder freien Fläche lagen Papiere herum, selbst zwischen den wenigen Büchern, die im Wandschrank standen, steckten Briefumschläge. Auf dem Boden stapelten sich die Unterlagen.

An der Wand hinter Lou van Horten hingen einige Fotografien. Überwiegend zeigten sie Max Gutmann vor irgendwelchen Oldtimern, mal mit, mal ohne Freunde. Auffällig war ein besonders großes Foto, auf dem der Hausherr neben einer gut aussehenden Frau stand und ihr einen Kuss auf die Wange drückte. Peer Clerk tat es ihm auf der anderen Seite der Frau nach. Lou van Horten hockte vor den dreien und hob mit Siegermiene den Daumen. Alle schienen sich bestens zu amüsieren.

Welscher tippte auf die Landkarte, die ausgebreitet auf dem Esszimmertisch lag. »Planen Sie eine Reise?«

Gutmann klatschte gut gelaunt in die Hände. »So was Ähnliches. Lou und ich haben beschlossen, die ›Eifel-Klassik‹ nicht abzusagen, sondern die Rallye durchzuziehen und sie zu Ehren von Peer zu veranstalten.«

Lou van Horten nickte. »Er hätte das so gewollt, da sind wir uns sicher.«

Welscher beugte sich über die Karte. »Start« stand bei Bad Münstereifel. Von dort ging es zunächst in südliche Richtung durch Rheinland-Pfalz, dann entlang der belgischen Grenze über Monschau um den Rurstausee, mit Station in Vogelsang, anschließend bis nach Blankenheim, das mit »Ende« gekennzeichnet war. »›Eifel-Klassik‹, was genau muss ich mir darunter vorstellen?«

»Ein Rennen«, erklärte van Horten, »das heißt kein eigentliches Rennen. Dafür sind die Fahrzeuge zu wertvoll. Vielmehr geht es darum, eine bestimmte Strecke in einer vorgegebenen Zeit zu absolvieren. Es kommt nicht auf Schnelligkeit an, sondern auf Präzision. Man muss die Kontrollpunkte zeitlich so exakt wie möglich passieren. Am besten mit nur ein oder zwei Zehntel Abweichung.«

»Ja, genau«, meldete sich Gutmann euphorisch zu Wort. »Das ist eine Aufgabenart. Wir wollen aber Abwechslung. Es gibt zum Beispiel auch …«

»Ist nicht so wichtig«, ging Welscher dazwischen. »Das Prinzip habe ich verstanden. Es geht darum, die alten Fahrzeuge nicht allzu sehr zu belasten.«

Das Telefon schrillte, und Gutmann griff zum Hörer. »Ja? – Ach, Sie sind es. – Ja, schrecklich, nicht wahr? – Die Rallye? Nein, nein, die findet statt. Das hat der Vorstand heute beschlossen. –

Gedenkminute? Gute Idee, ja, das werden wir einplanen … – Die Unterlagen gehen heute noch raus, keine Sorge. – Ja, ja, bis nächste Woche. Am Donnerstag, wie geplant. Heute Abend werde ich die neuen Informationen auf der Homepage veröffentlichen. – Ja, wir freuen uns auch. Ciao.« Gutmann legte auf. »Ein Vereinsmitglied«, erklärte er an Welscher gewandt. »Ist heute schon der zigste Anruf. Wir kommen kaum noch hinterher.« Er lachte. »Manchmal lassen wir es einfach bimmeln, sonst kämen wir zu nichts anderem mehr. Die Handys haben wir auch schon abgeschaltet.«

Das erklärt einiges, dachte Welscher. Er wandte sich an Lea Clerk, die wie eine Statue vor der einen Spaltbreit geöffneten Panoramaschiebetür zur Terrasse stand. »Werden Sie auch am Rennen teilnehmen?«

Sie zuckte mit den Schultern. »Ich weiß es noch nicht.« Ihre Stimme klang brüchig.

»Ach, Blödsinn, Lea«, rief Gutmann. »Wir waren uns doch einig: Du fährst bei mir mit. Die Ablenkung tut dir gut.«

Welscher bemerkte den warnenden Blick, den Lea Clerk Gutmann zuwarf. Sie widersprach ihm nicht, schüttelte aber kaum merklich den Kopf. Was sollte das bedeuten? Was verschwiegen sie ihm?

»Warum sind Sie eigentlich hier?«, fragte Gutmann und holte Welscher so aus dem Grübeln.

Er verschränkte die Arme vor der Brust. »Wo waren Sie gestern Morgen?«

»Wie jetzt? Das hatten wir doch schon mal. Ich war auf der Baustelle. Sie können meine Gesellen fragen.«

Das Telefon schrillte erneut, doch bevor Gutmann das Gespräch annehmen konnte, zog Welscher es mit einer raschen Bewegung von ihm weg. »Wir möchten jetzt nicht gestört werden.«

Lou van Horten räusperte sich. »Ich denke, ich gehe mal eine rauchen. Sie benötigen mich doch gerade nicht, oder?«

Welscher verneinte.

»Ich komme mit«, sagte Lea Clerk. Gemeinsam gingen sie auf die Terrasse.

Welscher beugte sich vor und sah Gutmann eindringlich an. »Von Ihren beiden Gesellen komme ich gerade.«

»Dann ist doch alles klar … oder nicht?« Gutmann lief rot an und schwitzte übergangslos.

»Herr Gutmann, warum sollten die beiden Ihnen ein falsches Alibi geben?«

»Ich verstehe nicht …«

»Sie verstehen sehr gut. Sie waren gestern Morgen nicht auf der Baustelle.« Welscher richtete sich auf. »Wo waren Sie wirklich? Und lassen Sie sich nicht einfallen, mir erneut einen Bären aufzubinden.«

Gutmann zog den Kopf ein wie eine Schildkröte, die sich vor einem Feind in Sicherheit brachte. »Ich kann es Ihnen nicht sagen.«

»Wieso nicht?«

»Ich möchte niemanden in Schwierigkeiten bringen.«

»Herr Gutmann, meine Geduld ist bald am Ende.«

Gutmann presste die Lippen aufeinander. Trotzig blickte er Welscher an.

»Okay.« Welscher stand auf. »Ich kann auch anders. Wenn Sie mir nicht sagen wollen, wo Sie waren, als Peer Clerk ermordet wurde, werde ich Sie vorübergehend festnehmen.«

Gutmann ballte die Fäuste, schwieg aber weiter.

»Nun gut.« Welscher nahm das Telefon. »Dann werde ich mal die Kollegen benachrichtigen. In zehn Minuten …«

»Das ist nicht nötig«, hörte er Lea Clerks Stimme von der Terrassentür her sagen.

Er wandte sich zu ihr um.

»Max war bei mir.«

13

Die Stille nervte Fischbach. Obwohl die Bürotür offen stand, war von den Kollegen nichts zu hören. Keine quietschenden Schritte, keine Gespräche, nichts. Es schien fast so, als wäre eine Seuche in der Polizeibehörde ausgebrochen.

Welscher hatte einige Male versucht, ihn anzurufen. Er hatte es ignoriert.

Fischbach zog die unterste Schreibtischschublade auf und suchte in einem Haufen Schmierpapier nach dem Radio, das Sigrid ihm geschenkt hatte. Er fand eine halbe Rolle Toilettenpapier, zwei Kronkorken, eine angebissene Tafel Schokolade mit einem Verfallsdatum aus dem letzten Jahr und ein Paar Einweghandschuhe.

Ärgerlich trat er mit dem Fuß die Schublade zu. Sie rumpelte zurück und krachte in die Ausgangsposition. Die stahlkappenbewehrte Spitze seines Motorradstiefels hinterließ einen unschönen Streifen Lederabrieb an der Schubladenfront. Es kümmerte ihn nicht. Fahrig durchwühlte er die anderen Schubfächer.

Nichts.

Tief holte er Luft, um seinen Puls zu beruhigen. Welscher würde jetzt einfach das Smartphone auf den Tisch legen und es dudeln lassen. Trotz des scheppernden Sounds und der mitunter seltsamen Musikauswahl seines Kollegen wäre das eine willkommene Ablenkung für Fischbach. Doch Welscher war immer noch unterwegs.

Fischbach überlegte, ob er nicht einfach in die Euskirchener Innenstadt gehen und sich selbst ein Smartphone gönnen sollte. Mit seinem alten Handy – Welscher nannte es »Ziegelstein« – konnte er telefonieren, Bierflaschen öffnen und es als Stopper unter einen Autoreifen legen. Zu viel mehr taugte es nicht. Aber es widerstrebte ihm, sich mit dem neumodischen Kram auseinanderzusetzen.

Widerwillig nahm er den nächsten Bericht zur Hand. Der war von Gilles. »Was für eine Sauklaue«, murmelte er und legte das Papier auf den Scanner, den Andrea Lindenlaub ihm besorgt hatte. »Damit du nicht immer den Flur runter zum Kopierer musst«, hatte sie gesagt und ihn mit so leuchtenden Augen angeschaut, als hätte sie ihm den Schlüssel zu einer nagelneuen Harley überreicht.

Ein Lichtstreifen fuhr unter dem Blatt entlang. Kurz darauf leuchtete Gilles' Bericht auf dem Bildschirm auf.

Angestrengt las Fischbach. Gilles hatte einen der Mechaniker befragt. Was stand dort? Mensch, das war keine Handschrift, sondern ein Skandal. Fischbach kniff die Augen zusammen. Stand dort wirklich »Konkurrent« und »Tobsuchtsanfall«? Hm. Es könnte auch »Konkludent« und »Tatsachenfall« heißen. Aber das ergab keinen Sinn. Also doch Variante A? Und dort stand ein Name mit einer Anschrift.

Fischbach griff zum Telefon, rief in der Zentrale an und ließ sich zu Gilles' Privatanschluss durchstellen, da der Kollege zurzeit nicht im Dienst war.

»Wer stört?«, meldete sich Gilles brummig. Im Hintergrund war Musik zu hören.

Wenn Fischbach nicht alles täuschte, war es Helene Fischer. Schwamm Gilles etwa auf seiner Wellenlänge, was die Musik anbetraf? Der Sack, dachte Fischbach. Mich bei jeder Gelegenheit hochnehmen und zum Gespött der Kollegen machen, aber selbst Schlager mögen. »Was hörst du dir denn da an?«, fragte er süffisant.

»Hä? Was?«

»Genau. Was?«

»Ich weiß nicht ... meinst du etwa das Hintergrundgedudel?«

»Was sonst? Heimlicher Fan, was?« Fischbach grinste breit.

»Bist du jetzt total übergeschnappt? Ich sitze in der Kneipe. Ja glaubst du etwa, der Wirt macht hier ein Wunschkonzert unter den Gästen?«

»Du sitzt in der Kneipe?«

»Genau. Bei Bier und Korn. Warum?«

»Weil ... also ... Was ist denn mit dem Sixpack?«

»Das war gestern, du Pappnase. Aber jetzt mal zügig, Hotte, was willst du? Ich hab Feierabend. Du kannst von Glück sagen, dass ich das Gespräch überhaupt angenommen habe.«

Fischbach räusperte sich. »Gut, pass auf, du hast doch gestern die Mechaniker vernommen. Einer hat, sofern ich es richtig entziffere, einen Jochen Bändel erwähnt ... nee, warte, kann auch Joachim Bebel ...

»Jochen Bebel. Ist ein Konkurrent vom Mordopfer. Die beiden verstanden sich wohl nicht so prächtig.«

»Aha.« Fischbach schrieb den Namen mit einem Bleistift direkt auf die Tischoberfläche. Dabei drückte er beim letzten

Buchstaben so fest auf, dass die Grafitspitze abbrach. »Weißt du, Thomas, du könntest den Bericht auch tippen. Dann muss man dich nämlich nicht in deiner Freizeit stören. Ehrlich, man kann kaum etwas lesen. Eine Sauklaue ist das.«

»Übertreib mal nicht.«

»Das liegt mir fern.«

»Jetzt stell dich nicht so an, Mann. Gestern Nachmittag habe ich mit den Jungs von der Feuerwehr bei Kall noch einen Toten aus einem total zerstörten Golf gekratzt. Kannst du dir eigentlich vorstellen, wie der Typ ausgesehen hat? Hat sich mit mindestens hundertzwanzig um einen Baum gewickelt. Meinst du, ich hätte danach noch Lust auf die Scheiß-Büroarbeit verspürt? Ist eh nicht mein Ding, dieses dämliche Getippe.« Gilles hatte sich hörbar in Rage geredet.

»Ist ja schon gut«, versuchte Fischbach ihn zu beruhigen.

»Nichts ist gut. Ich kipp mir jetzt die Birne zu und hoffe, die Bilder aus dem Kopf zu kriegen. Und denk nicht daran, mich noch mal zu stören.«

Fischbach hörte ein stetiges Tuten. Gilles hatte die Verbindung gekappt.

Er legte den Hörer in die Station und strich sich über das Kinn. Fischbach war selbst lange genug Streife gefahren und wusste, wie sich Gilles im Moment fühlte. Diese Bilder konnte man so schnell nicht vergessen.

Fischbach wandte sich wieder dem Protokoll auf seinem Computerbildschirm zu und versuchte, die Adresse von diesem Jochen Bebel zu entziffern. Er wohnte in Kommern, also bei ihm im Dorf. Mehr konnte er allerdings nicht rauskriegen. Bei der Straße und Hausnummer bestand keine Chance auf Dechiffrierung. Genervt gab er auf, öffnete stattdessen das Melderegister und tippte den Namen ein.

Akazienweg 4 in Kommern-Süd.

Fischbach sah auf die Uhr. Ihm blieb genügend Zeit, um vor dem Feierabend Jochen Bebel einen Besuch abzustatten. Anschließend würde er von dort aus direkt nach Hause fahren. Sollten die hier ruhig spüren, dass er auch Dienst nach Vorschrift schieben konnte.

Er stand auf, zögerte aber. Unschlüssig blickte er auf das Telefon. Sollte er Andrea Bescheid geben? Oder sie sogar um Erlaubnis fragen?

»Letzteres bestimmt nicht«, entschied er hörbar. So weit kam es noch.

Trotzig riss er seine Jacke von der Stuhllehne und stürmte mit dem Helm in der Hand die Treppe hinunter. Nach der Tristesse im Büro freute er sich auf die Fahrt nach Kommern. Wenn er es für nötig hielt, jemandem ein paar Fragen zu stellen, tat er das. Er würde niemanden um Zustimmung anbetteln.

14

Lea Clerk setzte sich auf einen Stuhl, zündete sich eine Zigarette an und inhalierte tief. »Max und ich haben ein Verhältnis.«

Gutmann straffte sich. »Was machst du, Lea? Wir hatten doch vereinbart …«

Harsch wischte sie mit der Hand durch die Luft. Die Zigarettenspitze glühte hellorange auf. »Es gibt Zeiten, da ist Schweigen Gold, Max. Hier und jetzt allerdings nicht.« Sie streckte sanft die andere Hand aus und legte sie auf seinen Unterarm. »Ich lasse nicht zu, dass dir etwas angehängt wird.«

»Herr Gutmann war also gestern Morgen bei Ihnen?«, versicherte sich Welscher.

»Ja.«

»Gibt es Zeugen?«

Sie lachte verächtlich. »Wo denken Sie hin? Gerade das gilt es doch zu vermeiden.«

»Okay, klar. Zeugen wären in diesem Fall allerdings ein Vorteil. Sie hätten Ihnen ein Alibi geliefert.«

»Sie haben mein Wort.« Lea Clerk blickte Gutmann an. »Und seins auch.«

Welscher schüttelte den Kopf. »Das reicht leider nicht.«

Lea Clerk schwieg einen Moment, zog an ihrer Zigarette. Sie

blies den Rauch zur Decke und sagte: »Wir haben kein Motiv. Warum sollten wir Peer etwas antun?«

»Immerhin stand er Ihrem Glück im Wege.«

Gutmann klappte das Notebook zu. »Das ist doch Blödsinn. Heutzutage muss man doch niemanden mehr töten, um sein Glück zu finden. Eine Scheidung reicht voll und ganz aus. Peer war mein Freund. Ich hätte ihn niemals töten können.«

Welscher beugte sich vor und fixierte ihn. »Aber ihm die Frau ausspannen?«

Gutmann wurde kreideweiß. »Das ist etwas anderes.«

»Sagen Sie. Peer Clerk hätte es vielleicht nicht so aufgefasst.«

Lea Clerk stand auf und schnippte die Zigarettenkippe raus in den Garten.

Lou van Horten würdigte sie keines Blickes. Wie aus Marmor gemeißelt stand er unbeweglich auf der Terrasse und drehte ihnen den Rücken zu. Anscheinend ahnte er, dass Diskretion das Stichwort der Stunde war.

»Peer wäre damit fertiggeworden«, sagte sie. »Wir hatten bereits über eine Scheidung gesprochen.«

Das überraschte Welscher. Bisher war er von einer vollkommen intakten Ehe ausgegangen, doch das war offenbar nur nach außen hin so gewesen. »Gestern hörte sich das aber noch ganz anders an.«

Ihre Mundwinkel zuckten amüsiert. »Eine Lüge. Ich verspürte keine Lust, in den Fokus Ihrer Ermittlungen zu geraten.« Sie atmete schwer. »Jetzt will ich ehrlich zu Ihnen sein: Die Eifel ist nicht meine Welt. Zu spießig, zu ruhig, zu … ja, sauber. Haben Sie mal den Regionalteil in der Zeitung gelesen? Autounfälle und der Raub von Diesel aus Baustellenfahrzeugen. Als Highlight wird mal ein Kiosk überfallen. Das war's. Nicht dass ich mich nach einem schweren Verbrechen sehne, aber es zeigt, wie die Uhren hier ticken. Es passiert nichts, abends werden bei Einbruch der Dunkelheit die Bürgersteige hochgeklappt. Wenn man Glück hat, bleiben ein paar Straßenlaternen an. Kultur? Ja, gibt es, Bauerntheater und Krimifestivals. Gut und schön, aber es ersetzt nicht die Rolling Stones in der Amsterdam-Arena.« Sie wischte sich mit dem Handrücken eine Träne aus dem Augenwinkel. »Die ersten

Jahre hier waren ja okay, das will ich zugeben. Raus aus dem Stress, endlich Ruhe … Das hat mir gutgetan. Aber inzwischen vermisse ich das lebhafte Amsterdam, meinen Beruf und meine Freunde.«

Unwillkürlich nickte Welscher. Seine alte Sehnsucht nach Köln flammte auf. Ihm ging es ähnlich. Nur dass er eine Liebe gefunden hatte, die ihm darüber hinweghalf.

Gutmann stand auf und wollte Lea Clerk trösten. Doch sie trat einen Schritt zurück und hielt ihn so auf Abstand. »Nicht«, sagte sie kalt.

Unschlüssig ließ Gutmann die Arme baumeln. Er sah zu Boden und schien nicht zu wissen, wie er mit der Situation umgehen sollte. Trotz seines hünenhaften Körpers wirkte er auf Welscher wie ein verstörtes Kind.

Lea Clerk hüstelte und sah Gutmann an. »Max, du bist ein netter Kerl. Doch auf Dauer würde es nicht funktionieren, das ist mir inzwischen klar geworden. Ich muss weg, ich halte das hier nicht mehr aus. Du bist in der Eifel verwurzelt und würdest deinen Lebensmittelpunkt niemals aufgeben. Und wenn doch, wärest du in Amsterdam genauso unglücklich wie ich hier. Hinzu kommt noch der Altersunterschied. Du bist fast zwanzig Jahre jünger als ich. Ich wollte … ich habe es schon länger vor mir hergeschoben …« Sie holte tief Luft. »Es ist vorbei.«

Gutmanns Kopf ruckte hoch. Seine Augen weiteten sich. »Aus?« Er umklammerte ihren Oberarm. »Lea, du bist verwirrt. Peers Tod, er *muss* dir ja zusetzen.« Unsicher lachte er. Es klang wie ein stotternder Motor. »Schon morgen wirst du anderes darüber denken. Triff keine vorschnellen Entscheidungen. Auf mich kannst du immer …«

Sie riss sich los. »Hör auf! Es ist aus.«

Gutmann schwankte. Er schluckte hart, sein Adamsapfel sprang auf und ab. Dann drehte er sich um und ließ sich auf den Stuhl fallen. Er stützte die Ellbogen auf den Tisch und lehnte den Kopf in die Hände.

Das ist nicht gespielt, dachte Welscher. So ein guter Schauspieler kann der gar nicht sein. »Frau Clerk, Sie sprachen also mit Ihrem Mann über Scheidung. Wie wäre das denn für Sie ausgegangen?«

»Nun, ohne Ehemann, hoffe ich doch.«

Irritiert sah Welscher sie an. Dann begriff er, dass seine Frage missverständlich gewesen war. »Okay, klar, ich meinte aber finanziell.«

»Ach so. Wir wollten eine einvernehmliche Scheidung.«

»Einvernehmlich?« Welscher tippte das Wort in sein Smartphone. Er nahm sich vor, das im niederländischen Scheidungsrecht nachzulesen.

»Ja. Es ist eine einfache Sache. Es wird ein gemeinsamer Antrag gestellt, dann noch zwei, drei formale Dinge, und man ist geschieden. Peer wollte mich auszahlen, es wäre für ihn kein Problem gewesen, und für mich bedeutete es einen Neustart ohne Geldsorgen. Was Besseres hätte ich mir gar nicht wünschen …« Sie brach ab. »Der Schmierzettel!«

»Bitte?«

Sie lachte, ihr Gesicht hellte sich ein wenig auf. »Peer und ich haben auf einem Blatt Papier alles notiert. In seinem Büro. Er wollte es später dort abtippen. Bestimmt liegt der Zettel noch auf seinem Schreibtisch. Das wäre doch ein Beweis, oder? Ich meine, dafür, dass ich Sie nicht anlüge, dass wir uns gütlich einigen wollten?«

Das Telefon läutete erneut. Diesmal machte Gutmann keine Anstalten, das Gespräch anzunehmen.

Welscher überlegte. Wenn es diesen Zettel tatsächlich gab, hatte Feuersängers Team ihn schon ausgegraben. »Wir werden sehen«, sagte er unbestimmt. »Vorerst bleiben Sie verdächtig, Frau Clerk. Der Zettel kann daran vermutlich kaum etwas ändern.«

Ihre Miene verdüsterte sich. »Wieso das? Es wäre doch alles geklärt.«

»Nicht ganz«, sagte Welscher, »folgendes Szenario: Die Einigung verlief nicht zu Ihrer Zufriedenheit oder jedenfalls nicht so glatt, wie Sie es mir weismachen wollen. Sie sind eine intelligente Frau, Sie sehen das Unheil auf sich zukommen. Vielleicht sind Ihnen sogar die Hände gebunden, da das Recht den Rücken Ihres Mannes stärkt. Sie sind wütend, fuchsteufelswild, fühlen sich gedemütigt, über den Tisch gezogen. Ein fataler Gefühlscocktail. Sie gehen zu ihrem Liebhaber, der zufällig ein ausgezeichneter

Sportschütze ist.« Welscher deutete auf Max Gutmann. »Sie versprechen ihm die Sterne am Firmament, wenn er Peer erschießt. Und die Liebe ist groß: Er lässt sich erweichen, ermordet seinen Freund und macht Sie so zur steinreichen Alleinerbin.«

Gutmann hatte die Hände sinken lassen und den Kopf gehoben. Wie bei einem Fisch auf dem Trockenen klappte sein Mund auf und zu, doch kein Laut entwich seiner Kehle.

Lea Clerk hatte die Augen weit aufgerissen. »Nein, so war es nicht«, krächzte sie und zündete sich dann mit zittrigen Fingern eine weitere Zigarette an.

»Das wird sich noch zeigen«, entgegnete Welscher. »Im Moment ist es ja nur eine Hypothese. Ich kann sie nicht beweisen, daher kann und werde ich Sie hier und heute nicht festnehmen. Aber Sie werden die Eifel noch etwas länger ertragen müssen. Bis unsere Ermittlungen abgeschlossen sind, halten Sie sich bitte zu unserer Verfügung.«

Er wandte sich ab und verließ das Haus.

15

Fischbach genoss die Fahrt. Das sonore Brummen des Motors beruhigte ihn. Der feucht-erdige Geruch des Herbstes schmeichelte seiner Nase und ließ ihn seinen Ärger fast vergessen. Auf der Harley fühlte er sich zwanzig Jahre jünger, dynamischer und … ja, potenter. Er grinste bei dem Gedanken. Vielleicht würde er Sigrid nachher mit einem Strauß Blumen überraschen. Sie hatte schon ewig keine mehr von ihm bekommen. Sie würde Augen machen und vielleicht das durchscheinende Nachthemd anziehen, das er so sehr an ihr mochte. Freudig schnalzte er mit der Zunge.

Das hätte er besser nicht getan. Er verschluckte eine Fliege, die ihm im Hals stecken blieb. Trotz Räusperns und Hustens klebte sie im Rachen wie Harz in den Haaren.

Er folgte der L61 und passierte Satzvey. Bei Katzvey bog er

nach Kommern-Süd ab. Kurz darauf saß er auf dem Sofa in Jochen Bebels Wohnzimmer.

»Möchten Sie einen Schabau?«, fragte Bebel. »Wacholder?«

»Ein Glas Wasser würde mir genügen«, krächzte Fischbach. Die Fliege in seinem Hals schien anzuschwellen.

Bebel nickte und schob seinen massigen Körper in Richtung Küche. Seine Manchesterbutz saß so eng, dass Fischbach fürchtete, die Naht könnte jeden Moment reißen.

Er musterte den Raum. Die Eichenmöbel sahen abgewetzt aus. Zahlreiche Flecken auf dem Teppichboden ergaben fast ein neues Muster. Die Tapeten, Gardinen und die Zimmerdecke schimmerten nikotingelb. Auf dem Tisch stand ein übervoller Aschenbecher. Fischbach rümpfte die Nase. Der kalte Rauch schien in jedem Winkel zu stecken.

Mit einem Glas Wasser tauchte Bebel wieder auf, stellte es vor Fischbach ab und setzte sich in den Sessel. Die Federn protestierten quietschend. Bebel kratzte sich den Kopf zwischen dunkelgrauen Locken, die sich wirr kräuselten und Fischbach an Stacheldraht erinnerten. »Musste ja passieren«, brummte er.

»Was meinen Sie? Clerks Tod?« Fischbach nahm einen Schluck Wasser, dann noch einen. Doch die Fliege schien sich im Todeskampf in seinem Hals festgekrallt zu haben. Er unterdrückte einen Würgereflex.

Bebel lachte. »Ach was, das doch nicht. Das ist tragisch, keine Frage. Ich meine Ihr Auftauchen. Seit ich von Peers Tod erfahren habe, habe ich auf die Polizei gewartet. Wer hat Sie denn auf meine Spur gebracht?«

Fischbach ignorierte die Frage. Er räusperte sich einige Male ohne Erfolg. Das Scheißinsekt würde eher wieder aus seinem Mund fliegen, als den Abgang in Richtung Magen zu machen. »Es stimmt also, dass Sie sich mit Peer Clerk gestritten haben? Uns wurde von einem Tobsuchtsanfall berichtet. Was hat Sie denn so in Rage versetzt?«

»Eine Übertreibung. Ich poltere gern, wenn ich sauer bin.«

»Was war denn …«, krächzend brach Fischbach ab. Tränen schossen ihm in die Augen. Er musste das Vieh loswerden, ansonsten würde er Amok laufen.

»Geht es Ihnen nicht gut?«, fragte Bebel.

»Fliege im Hals. Kann ich mal zur Toilette?«

»Sicher. Die Tür links vor der Haustür.«

Fischbach stürmte los. Im Gäste-WC angekommen, öffnete er den Wasserhahn und trank gierig. Sein Plan war es, die Scheißfliege sintflutartig nach unten zu spülen. Er hörte Bebel etwas rufen, doch das Rauschen des Wassers übertönte die Worte.

Schluck für Schluck würgte er herunter. Sein Bauch schmerzte bereits, als endlich die Fliege aus dem Hals rutschte. Erleichtert drehte Fischbach den Wasserhahn zu und lehnte sich schwer atmend auf das Waschbecken.

In dem Moment löste sich das Porzellan von der Wand. In einem schiefen Winkel hing es nur noch an den Zuleitungen und dem Siphon. Der Seifenspender polterte zu Boden. Der Deckel sprang ab, und die Seife verteilte sich auf den Fliesen. Die unerwartete Gewichtsverlagerung ließ Fischbach vorschnellen. Heftig stieß er mit dem Kopf gegen den Spiegel, der in tausend Einzelteile zerbrach. Klirrend landeten sie auf dem Boden.

»Scheiße!« Fischbach rieb sich die schmerzende Stirn. Erst jetzt bemerkte er die rasch größer werdende Wasserlache zu seinen Füßen und hörte Wasser zischen. Er ging in die Knie und schaute unter dem Waschbecken nach. Das Röhrchen der Kaltwasserleitung hatte einen Riss. Fischbach versuchte, das Eckventil zu schließen, doch es klemmte. Aus der Innentasche seiner Lederjacke fummelte er den Leatherman hervor. Welscher hatte ihm das Allzweckwerkzeug zum letzten Geburtstag geschenkt. Jetzt war er heilfroh über diese Weitsicht. Rasch klappte er die Zange heraus und setzte sie an.

»Was ist da los?«, hörte er Bebel rufen.

Fischbach drehte. Als nichts geschah, erhöhte er den Druck. »Bin gleich so weit«, rief er über die Schulter hinweg in Richtung Tür. Es knackte laut, ein kalter Sprühregen schoss ihm in die Augen. Fluchend hielt Fischbach die Hand vor das Gesicht, um den Strahl abzuwehren, und hob den Leatherman. Zwischen den Zangenbacken hielt er das Eckventil.

Abgerissen!

Bebel klopfte an die Tür. »Hallo? Was treiben Sie dadrin?«

Fischbach konnte die Situation nicht mehr retten. Resigniert rief er: »Stellen Sie das Wasser ab!«

Er kämpfte sich in die Höhe. Allerdings hatte er nicht mit dem von der ausgelaufenen Seife schmierigen Boden gerechnet. Er rutschte aus. Die Spiegelscherben knirschten unter seinen Stiefelsohlen. Halt suchend warf er die Arme zur Seite. Das Werkzeug rutschte ihm aus den Fingern, flog mit dem Eckventil davon und zertrümmerte das Fensterglas. Er achtete nicht darauf, denn gerade riss er den Handtuchhalter aus der Wand, an dem er sich hatte festhalten wollen.

Taumelnd stolperte Fischbach rückwärts und wurde unsanft von der Toilette gebremst. Die Kante des Porzellans schlug ihm in die Kniekehle, er verlor jeglichen Halt und sank schwer auf den Deckel. Der knackte und brach. Für den Bruchteil einer Sekunde schien die Zeit stillzustehen. Dann rutschte Fischbach tiefer – und steckte fest. Die scharfen Plastikkanten des Klodeckels schnitten ihm ins Fleisch.

»Verfluchte Scheiße!«, brüllte er wütend. So etwas konnte doch nicht wirklich passieren, so was gab es nur in Slapstickfilmen.

Das Wasser spritzte jetzt in einem kräftigen Strahl aus der Wand und durchtränkte die Tapeten auf der anderen Seite oberhalb der Kacheln. An einigen Stellen rollten sie sich bereits ab. Der Raum sah aus, als hätte hier ein Wirbelsturm getobt.

Die Türklinke bewegte sich hektisch auf und ab. »Mann, machen Sie auf!«, forderte Bebel.

»Ich habe nicht abgeschlossen«, entgegnete Fischbach.

»Sie sollten die Tür doch nicht zudrücken. Ich hatte Ihnen das doch extra gesagt. Sie klemmt.«

Fischbach antwortete nicht. Es gab ohnehin nichts, was er noch hätte erwidern können. Angestrengt versuchte er, sich aus seiner misslichen Lage zu befreien. Warum passierte so etwas immer ihm? Wütend boxte er gegen die Seitenwände. Zwei Kacheln polterten zu Boden. Auch das noch.

Die Tür erzitterte unter einem heftigen Stoß, dem ein weiterer folgte. Sie flog auf und krachte gegen die Wand. Weitere Kacheln lösten sich. Bebel rieb sich die Schulter und schaute sich ungläubig um. »Was …«

Der Wasserstrahl zischte.

Eine weitere Kachel donnerte zu Boden und zerbarst.

Durch das kaputte Fensterglas strich ein Windhauch über Fischbachs Stirn. »Äh, tja … kleines … wie soll ich sagen … Malheur.« Er senkte den Kopf und spürte, wie er rot anlief.

Nach schier endlosen Minuten hatte der Hausherr seinen Gast von der gefräßigen Toilettenschüssel befreit. Fischbach saß auf der Sofakante und rubbelte mit dem Handtuch, das ihm Bebel in die Hand gedrückt hatte, seine Lederhose trocken. »Ich werde selbstverständlich für den Schaden aufkommen. Machen Sie sich keine Sorgen.«

Bebel nickte. »Nachher rufe ich den Installateur an. Der kann dann schon mal die Leitung flicken, damit ich den Haupthahn wieder aufdrehen kann. Ist übrigens ein Kumpel von mir, der macht das unter der Hand.«

Fischbach verkniff das Gesicht. »Ehrlich gesagt: Auf Rechnung wäre mir lieber.«

»Echt?« Bebel schaute verdutzt. »Ungewöhnlich.«

»Ich bin Beamter. Und wegen der Versicherung.«

»Sie wollen *das*«, Bebel wies grob in Richtung Toilette, »Ihrer Versicherung melden?« Lauthals lachte er los. »Die Schilderung würde ich gern lesen.«

Fischbach konnte sich ein Grinsen ebenfalls nicht verkneifen.

Bebel verstummte und wischte sich eine Lachträne aus dem Augenwinkel. »Gut, gut, aber zurück zu den wichtigen Dingen des Lebens. Sie hatten ein Anliegen.«

»Ja, genau.« Fischbach faltete das Handtuch zusammen und legte es auf dem Tisch ab. »Sie hatten sich mit Peer Clerk gestritten. Worum ging es dabei?«

Bebels Miene verfinsterte sich. »Er machte uns die Geschäfte kaputt, so sieht es aus.«

»Uns? Wer ist das? Ich verstehe nicht.«

»Na, den alteingesessenen Oldtimerhändlern.«

»Sie handeln auch mit Oldtimern?« Ungläubig wanderte Fischbachs Blick durch das Wohnzimmer. Die Vorstellung, Bebel könnte Geld für schicke alte Wagen übrig haben, erschien ihm absurd.

»Sicher das«, rief Bebel mit Nachdruck. Er streckte die Hände vor. Sie waren vernarbt. Unter den Fingernägeln schimmerte ein schwarzer Rand. »Ich kaufe alte Schätze auf, restauriere sie und veräußere sie dann wieder. Hab jahrelang gut davon leben können. Moment ...« Er sah sich um, wühlte in einem Zeitungsstapel, der neben dem Sessel lag. »Ah, hier.« Er legte Fischbach einen Fotoband vor. »Wenn meine Werkstatt so chaotisch wie die Buchhaltung und der Rest hier im Haus wäre, könnte ich mich einsargen lassen. Aber da ist alles picobello, da mache ich keine Kompromisse.«

Fischbach konnte das kaum glauben. Mit spitzen Fingern blätterte er durch das Buch. Die Bilder zeigten uralte Rostlauben, Bebel, wie er daran hantierte, Detailaufnahmen der Fortschritte und zum Schluss die Ergebnisse: faszinierend neuwertig wirkende Automobile. Bebel schien tatsächlich ein Händchen für diese Aufgabe zu haben.

»Ich stecke jeden Euro in das Geschäft«, erklärte Bebel. »Sie glauben nicht, was sich in manch einer Eifeler Scheune so finden lässt. Die Suche ist dabei genauso spannend wie die Restaurierung der Fahrzeuge selbst. Ich fühle mich dann wie ... hm ... ja, wie Indiana Jones. Es ist eine Leidenschaft, die mich sogar die Ehe gekostet hat. Mit einem Verrückten wie mir hält es niemand lange aus, glauben Sie mir.«

Fischbach klappte das Fotoalbum zu. »Verdient man denn gut mit dieser ... Leidenschaft?«

»Es reicht zum Leben.«

»Mehr nicht? Bei Clerks scheint es für mehr als das gereicht zu haben.«

»Durchaus, ja, ja. Und genau darin liegt das Problem, Sie verstehen?«

Fischbach schüttelte den Kopf. »Nein, tut mir leid.«

»Seine Kapazitäten sind groß. Der muss nicht monatelang alles in Eigenarbeit machen, der kann auf Vorrat ankaufen und eine ganze Batterie an mehr oder minder hochwertig restaurierten Fahrzeugen vor seinen Laden stellen. Die Masse macht's. Hohe Fluktuation, Umsatz, Umsatz, Umsatz, zahlreiche An- und Verkäufe. Er hat uns Kleinen die lohnenswerten Fahrzeuge vor der Nase weggekauft. Es war wie in der Fabel mit dem Hasen und dem Igel: Clerk war immer als Erster am Ziel und hatte das Geschäft bereits gemacht. Und wenn doch mal einer von uns schneller war, dann hat er einfach mehr geboten. Glauben Sie mir, Herr Kommissar, ein Handschlag als Vertragsabschluss ist heute nichts mehr wert. Sobald man sich umdreht und ein anderer winkt mit einem dicken Batzen Geld, werden die Leute gierig. Keine Moral mehr.« Bebel hieb mit der Faust auf die Sessellehne. »Scheiß Käsköppe!«

»War das auch ein Problem für Sie?«

»Was?«

»Dass Ihr Konkurrent ein Ausländer war, ein Niederländer.«

»Die kaufen unsere geliebte Eifel auf. *Das* kann man doch kaum gut finden, oder?«

Fischbach hätte jetzt die Vorteile anführen können, die der Zuzug der Niederländer mit sich brachte. Zum Beispiel, dass sie heruntergekommene Anwesen liebevoll restaurierten. Oder Arbeitsplätze schufen. Clerk war dafür das beste Beispiel. Doch er wusste, dass er bei Bebel auf taube Ohren stoßen würde. Der brauchte einen Schuldigen, dem er seine finanzielle Misere in die Schuhe schieben konnte. Und das waren nun mal die »Käsköppe«, wie er Clerk und dessen Landsleute abfällig betitelte.

Bebel schnaufte schwer und fuhr sich mit der Hand durch die Haare. »Ich bin hin zu ihm. Habe versucht, vernünftig mit ihm zu reden. Ich war und bin der Meinung, dass der Kuchen für alle reicht, wenn man sich abspricht und die Oldtimer gerecht verteilt. Mehr als zwei Wagen im Jahr kann ich sowieso nicht restaurieren.« Er beugte sich vor und spreizte Zeige- und Mittelfinger zu einem V. »*Zwei* läppische Karren. Das reicht für mein Glück.« Er lehnte sich wieder zurück. »Aber nein, der Herr Clerk hat gelacht und gemeint, wenn ich nicht mehr konkurrenzfähig sei, solle ich mir ein anderes Auskommen suchen. Er könne schließlich nichts für meine Unfähigkeit.« Bebel schien gegen seine Wut ankämpfen zu müssen, er atmete schwer. »Ich und unfähig«, presste er hervor. »So etwas lasse ich mir von einem Käskopp nicht sagen.« Er tippte sich auf die Brust. »Ich habe schon Oldtimer restauriert, da haben die noch Deiche gebaut, um überhaupt Platz für Straßen zu schaffen.«

Fischbach wartete einen Moment, um Bebel die Chance zu geben, sich zu beruhigen. Dann fragte er: »Und dann sind Sie laut geworden?«

»Da noch nicht.«

»Sondern?«

»Erst als er mir einen Job in seiner Werkstatt anbot. Sein gönnerhaftes Grinsen brachte das Fass zum Überlaufen. Ich habe ihm so richtig die Meinung gegeigt. Von wegen dass er sich sein Angebot sonst wohin stecken könne und so weiter.« Bebel hob warnend den Zeigefinger. »Wenn ich so richtig loslege, schlagen Seismografen aus.«

»Hat Clerk sich von Ihrem Ausbruch beeindruckt gezeigt?«

»Das nicht. Aber ich habe mich besser gefühlt.«

»Haben Sie dabei eine Morddrohung ausgesprochen?«

Bebel stutzte. »Eine … Blödsinn. Also echt, eine Morddrohung? So weit kommt es noch.«

»Es wäre verständlich. Im Affekt passiert das schon mal.«

»Mir nicht.«

Fischbach nahm sich vor, bei Clerks Angestellten dahin gehend nachzuhorchen. »Wo waren Sie gestern Morgen?«

Bebel seufzte. »Auf die Frage habe ich gewartet. Ich war in meiner Werkstatt und habe aufgeräumt.«

»Kann das jemand bestätigen?«

»Nein, leider nicht. Ich war den ganzen Vormittag allein, und das Rolltor war unten. Vielleicht hat mich jemand durch die Fenster werkeln gesehen. Aber bewusst ist mir niemand aufgefallen.«

»Wie sieht es mit Ihren Schießkünsten aus? Waren Sie mal Schützenkönig oder dergleichen?«

Bebel wich seinem Blick aus und sagte: »Nein, nichts.«

Fischbach spürte, dass er log. »Herr Bebel, Hand aufs Herz. Wenn da etwas ist, bekommen wir sowieso Wind davon.«

»Also gut«, sagte Bebel, »ich kann mit der goldenen Schützenschnur der Bundeswehr prahlen. Ich konnte einer Fliege auf hundert Meter Entfernung ein Auge ausschießen, aber das ist Jahrzehnte her, ich habe doch gar keine Übung mehr. Und selbst wenn ich jemanden erschießen wollte: Ich hätte kein Gewehr. Sie können die Bude gern auf den Kopf stellen, tun Sie sich keinen Zwang an.«

»Vielen Dank für Ihr Angebot. Ich werde vielleicht darauf zurückkommen. Bis dahin bleiben Sie bitte für uns erreichbar.«

16

Missmutig saß Fischbach an der Werkbank in seiner Werkstatt. Das Schutzblech, das er richten wollte, lag unangetastet auf seinem Oberschenkel.

Hausschwein Schnüffel streifte unschlüssig herum, steckte die Steckdosennase mal unter den Beiwagen von Fischbachs BMW, suchte in den Ecken, schnupperte an Fischbachs Beinen. Doch heute würde es keine Äpfel finden, die Fischbach normalerweise für das Tier versteckte. Er hatte sich nicht dazu aufraffen können, sie auszulegen.

Der winzige Launenhöhenflug, den er vorhin auf der Fahrt zu Bebel gespürt hatte, war verflogen. Wie sollte man an so einem Tag auch gut gelaunt bleiben? Auf der Arbeit fühlte er sich gemobbt, und er hatte jemandem das komplette Badezimmer zerstört. Blumen für Sigrid hatte er auch nicht mitgebracht. Total vergessen. Wäre ohnehin schwer gewesen, sie auf der Harley heil nach Hause zu bringen. Es war von Anfang an eine Schnapsidee gewesen.

Schnüffel gab die Suche auf und legte sich auf die Decke, die Fischbach vor dem abgedeckten Wrack des Ford Capri ausgebreitet hatte.

Das Handy begann zu brummen. Er verfolgte, wie es von den Vibrationen angetrieben ekstatisch auf der Werkbank tanzte. Den Klingelton hatte er abgestellt. »Andrea Lindenlaub«, las er vom Display ab.

Heute nicht mehr, entschied er.

Das Klingeln erstarb, nur um dann erneut loszulegen.

Er widerstand dem Reflex, das Gespräch doch noch anzunehmen. »Du kannst mich mal.« Er nahm das Schutzblech zur Hand und spannte es ein. »Ich habe Feierabend.«

Einige Minuten lang versuchte er erfolglos, das Blech in eine Flucht zu bringen. Schließlich gab er es auf. Es hatte keinen Zweck, er konnte sich nicht konzentrieren.

Er schaltete das Radio ein. WDR 4, sein Lieblingssender, den er nur heimlich zu Hause hörte, brachte ein Claudia-Jung-Wunschkonzert.

Die Werkstatttür öffnete sich, Sigrid schaute herein. »Alles klar mit dir? Du warst vorhin so still.«

»Alles okay«, log er. Er wollte sie nicht beunruhigen.

Sie trat ein, zog die Tür hinter sich zu und lehnte sich an die Werkbank. Sie trug eine Kittelschürze, ein Zeichen dafür, dass sie das Abendessen vorbereitete. »Andrea hat angerufen.«

»Ach ja?«

»Sie hat dich auf dem Handy nicht erreicht.« Sigrid nahm das Gerät in die Hand und drückte einige Knöpfe. Verwundert schaute sie auf. »Die Anrufe sind aber eingegangen.«

»So? Habe ich gar nicht mitbekommen.« Fischbach spürte Ärger in sich aufsteigen. Er konnte sich schon vorstellen, was Andrea umtrieb. Sicher wollte sie ihm Vorwürfe machen, weil er eigenmächtig das Büro verlassen hatte. Er spannte das Schutzblech aus und tat geschäftig.

»Willst du nicht wissen, was sie wollte?«

»Wenn es wichtig gewesen wäre, hättest du es mir schon längst gesagt.«

Sigrid legte ihre Hand auf seinen Unterarm. »Schatz, was ist los? Seit du vorhin aufgetaucht bist, machst du ein Gesicht wie drei Tage Regenwetter.«

Ihr konnte er nichts vormachen. »Also gut«, begann Fischbach. Er erzählte Sigrid, dass er sich von Andrea gegängelt fühlte, von der verhassten Schreibtischtätigkeit, zu der sie ihn verdonnert hatte. Dann berichtete er von seinen Sorgen, zum alten Eisen zu gehören, und zum Schluss von dem furiosen Auftritt in Bebels Toilette.

Sigrid kicherte. »Versetz dich mal in diesen Bebel. Wie er in der Tür steht und dich im Bad in der Toilette stecken sieht.«

Fischbachs Wut war fast verflogen. Es tat gut, mit Sigrid über alles zu reden. Wieder einmal hatte er zu lange damit gewartet. »Muss ein komischer Anblick gewesen sein«, bestätigte er und schmunzelte.

Sigrid wurde ernst. »Du hast in den letzten Monaten eine schwierige Phase durchgemacht, Schatz. Da ist es doch nur normal, dass sich auch deine Kollegen um dich sorgen und versuchen, dir zu helfen.«

»Indem sie mir Arbeit aufhalsen, die ich ungern erledige?« Er schnaufte verächtlich. »Na, dann aber ein dickes Dankeschön für gar nichts.«

»Andrea will dich entlasten, mehr nicht.«

»Ich habe nicht darum gebeten.«

»Hast du nicht, das stimmt. Aber Hilfe erhält man von Menschen, die einem nahestehen, auch dann, wenn man nicht darum bittet.«

Fischbach verschränkte die Arme und grübelte. So hatte er es noch gar nicht betrachtet.

»Andrea hat bloß angerufen, um zu hören, ob du gut zu Hause angekommen bist«, sagte Sigrid. »Pass auf, ein Vorschlag: Du schaust dir das eine Weile an, machst deinen Job so gut wie immer und gibst deinen Kollegen eine Chance. Dann sehen wir weiter. Und hör auf, Trübsal zu blasen.«

Fischbach nickte langsam. Warum nicht? Warum sollte er sich an Dingen aufreiben, die er im Moment sowieso nicht ändern konnte? Er stand auf, zögerte kurz, dann nahm er seine Frau in die Arme. »Du hast wie immer recht.«

Sigrid drückte ihm einen Kuss auf den Mund. »Kommst du mit rein? Ich habe einen Döppekoochen im Backofen. Dazu gibt es selbst gemachtes Apfelmus. Das magst du doch so sehr.«

Nachdenklich strich er sich über den Bauch. »Eigentlich wollte ich …«

Sie stöhnte auf und lehnte ihre Stirn gegen seine Brust. »Bitte nicht das Thema. Abnehmen kannst du ein anderes Mal.« Resolut schob sie ihn ein Stück von sich weg und sah zu ihm auf. »Jetzt wird ordentlich geschmaust, verstanden?« Sie drückte ihm einen Kuss auf die Wange. »Ich liebe dich ohnehin so, wie du bist.«

Fischbach lief bereits das Wasser im Mund zusammen. »Gut, überredet. Aber morgen …«

Sigrid knuffte ihn in die Seite. »Ja, ja, morgen. Morgen legen wir los.«

»Versprochen?«

»Ja. Ich schwöre es.«

Mit einem Lächeln auf dem Gesicht folgte Fischbach ihr aus der Werkstatt. So ein listiges Weibsstück, dachte er.

Es war ihm nicht entgangen, dass sie bei ihrem Schwur Zeige- und Mittelfinger überkreuzt hatte.

17

In der Klasse war es ruhig.

Die Kinder saßen artig auf ihren Stühlen und wichen seinem strengen Blick aus. Sie wussten, dass er keinen Lärm duldete.

Vor einer halben Stunde hatte er einen unangekündigten Test ausgeteilt. Hammerschwer, fast unlösbar bei ihrem Kenntnisstand. Er genoss, wie sie schwitzten, musterte zufrieden ihre verzweifelten Gesichter, registrierte freudig ihr Knabbern an den Fingernägeln.

Sie hassten ihn.

Ihm war das egal. Er hatte Macht über sie. Sie konnten ihm nicht entfliehen, nicht so wie seine Schlampe von Ehefrau. Sie mussten hierbleiben und all das tun, was er sagte. Und wenn sie sich weigerten, setzte es drakonische Strafen.

Die Wut brannte in Roland.

Sie loderte heiß und schien jeden Muskel in ihm verbrennen zu wollen. Petra hatte ihn letzte Woche verlassen. War einfach abgehauen. Angeblich würde sie es mit ihm nicht mehr aushalten. In Wirklichkeit fickte sie einen anderen, da war er sich sicher.

Super. Das zum Thema »In guten wie in schlechten Zeiten«. Vor Gott hatte sie ihm Treue geschworen. Für ihren Wortbruch würde sie hoffentlich in der Hölle schmoren.

Ja, gut, er hatte sich verändert, da musste er Petra recht geben. Das konnte er nicht aus der Welt reden. Im Gegensatz zu ihr ahnte er sogar, woran das lag. Irgendetwas war in seinem Kopf, tobte sich dort aus und riss ihn in einen tiefen Abgrund. Das war seit Längerem ein Problem zwischen ihnen. Aber gerade dann sollte man doch füreinander einstehen, oder etwa nicht? Sich gegenseitig helfen, trösten und motivieren.

Ein Bild schwamm unscharf durch seine Gedanken.

Petra, wie sie auf ihn einredete. Dumpf hallten die Worte »Arzt« und »Untersuchung« durch den Raum.

Raum? Welcher Raum?

Ihr Wohnzimmer?

Hinter Petra ein Mann. Der redete auch. »Du bist krank« und »Mensch, lass dir doch helfen!«.

Irritiert horchte er dem nach. Hatten sie es versucht? Ihm zu helfen? Petra und … dieser Mann? Oder war das nur eine Phantasie, eine Wunschvorstellung?

Eine Schmerzwelle rollte durch seinen Kopf. Verdammt. Es wurde schlimmer, wenn er sich auf eine Sache konzentrierte. Er schloss die Augen. Das Licht musste draußen bleiben. Es fachte die Schmerzen an wie Wind ein brennendes Haus.

Am liebsten wäre Roland aufgesprungen und nach Hause gerannt. Die Rollläden im Schlafzimmer runter und ab ins Bett. Manchmal half das.

Doch der Dienst war ihm heilig. Niemand sollte in ihm einen Drückeberger sehen. Er hielt durch. Mit zittrigen Fingern fischte er die Schmerztabletten aus seiner Hemdtasche. Ibuprofen 800. Sie halfen kaum noch, eigentlich benötigte er ein stärkeres Mittel. Trotzdem drückte er zwei Tabletten aus dem Blister und schluckte sie trocken. Immer noch besser als nichts.

Der Druck in seinem Kopf schien den Schädel sprengen zu wollen. Er ballte die Fäuste, öffnete sie wieder, ballte sie erneut, rhythmisch, stetig.

Jemand rutschte mit dem Stuhl über den Boden.

Er blinzelte.

Die Kleine in der zweiten Reihe rechts am Fenster. Ein kurzer Blickwechsel. Schuldbewusst beugte sie sich über ihr Arbeitsblatt.

Er überlegte. Wie hieß sie noch mal?

Es wollte ihm nicht einfallen. In letzter Zeit hatte er Schwierig-

keiten mit seinem Gedächtnis. Manche Erinnerungen verblassten oder verschwanden ganz. Wie ein Mensch in einem Sumpf. Erst die Füße, dann die Beine, der Körper, zum Schluss die Arme und der Kopf. Und weg war er.

Letztens erst hatte Roland sich auf dem Weg zu seinen Eltern verfahren. Er hatte sich einfach nicht mehr daran erinnern können, wo sie wohnten. Er wusste nur noch, dass es nicht weit von ihm entfernt war. Quasi um die Ecke, im nächsten Dorf. Aber in welchem? Resigniert hatte er aufgegeben. Doch auch seine eigene Adresse war mit einem Mal wie weggeblasen gewesen. Das Navi hatte ihn nach Hause geführt. Nur gut, dass seine Heimatadresse auf das Symbol mit dem Haus einprogrammiert war. Dass dieser Knopf gedrückt werden musste, daran hatte er sich noch erinnern können.

Aber wie lange würde das noch gut gehen?

Ein Arzt würde garantiert etwas finden. Etwas in seinem Kopf, da war Roland sich sicher.

Seine Nackenmuskulatur verspannte sich. Er wollte nicht wissen, was mit ihm los war. Nein, niemals! Lieber keine Diagnose als eine beschissene. Lieber mit einem winzigen Rest Hoffnung leben, als die bittere und unumstößliche Wahrheit zu kennen. Die Quacksalber konnten lange auf ihn warten. Auch weil er sich nicht krankschreiben lassen würde, er nicht. Entgegen der vorherrschenden Meinung in der Bevölkerung gab es Beamte, die ihre Aufgaben ernst nahmen und sich auch noch mit dem Kopf unter dem Arm zum Dienst schleppten. Er gehörte dazu, und er war stolz darauf. Er war nicht wie sein Vater, der Frührentner, der dem Staat wegen poröser Rückenwirbel auf der Tasche lag. Arbeiten gehen konnte er angeblich nicht mehr. Aber sobald der Alte auf der Mutti lag, war davon garantiert nichts mehr zu sehen. Dann war er wieder bei bester Gesundheit und rammelte …

Stopp!

Die Kleine. Er durfte sie nicht vergessen.

Mühsam drückte er sich am Lehrerpult hoch. In seinem Kopf tobte eine Feuerwalze. Ihm war schwindelig. Tapfer kämpfte er dagegen an. Nach einigen Momenten der Übelkeit war das Schlimmste überstanden. Er schlenderte zu der Schülerin und stellte sich an ihre Seite.

Sie zitterte und tat so, als würde sie ihn nicht bemerken.

Er genoss es. Wie sie sich wand, einfach köstlich. Es war Balsam für ihn. Die Kopfschmerzen verloren ihre Spitzen und wurden dumpfer, erträglicher.

Jetzt fiel es ihm wieder ein. Das hier war doch die kleine Schwester von dem Mädchen, das vor einigen Monaten schwer verletzt aufgefunden worden war. Vergewaltigt, wie sich herausstellte. War der Täter nicht auf Freigang aus der Psychiatrie gewesen? Die Schwester der Kleinen hieß … Emelie, ja, richtig, Emelie. Der hatten sie übel mitgespielt. Sie mehrfach missbraucht und dann liegen gelassen, weggeworfen wie Müll. Ein Aufschrei war durch die Presse und die Bevölkerung gegangen. Kein Wunder, dass er sich daran erinnerte.

Eine Schlagzeile kam ihm in den Sinn. Ein Name in dem fett gedruckten Satz. Emma? Nein, es war ausgefallener gewesen … Emelie? Ja, richtig. Emelie. Hatte er den Namen nicht gerade schon mal im Kopf gehabt? Hm. Bestimmt hatte er diese … Emma … auch mal unterrichtet. Vermutlich, aber er war sich nicht sicher.

Gut, also die Schwester hieß Emmalie.

Aber wie hieß noch mal die Kleine vor ihm auf dem Stuhl? Die Schmerzen begannen wieder durch sein Gehirn zu schneiden. Er musste sich zusammenreißen, nicht zu zucken.

Ablenkung.

Er musste sich ablenken.

Im Zeitlupentempo nahm er ihr Mäppchen vom Tisch.

Sie hielt den Blick gesenkt, wand sich auf ihrem Stuhl.

Wahnsinn, diese Macht, die ihm mit der Anstellung als Lehrer in die Hand gegeben wurde. Stumm summte er »Master And Servant« von Depeche Mode vor sich hin, während er das Mäppchen durchsuchte. Buntstifte, ein Kugelschreiber, ein Radiergummi und … Bingo!

»Was haben wir denn da?«

Genüsslich zelebrierte er die Präsentation des Spickzettels. Er weidete sich an der Furcht der Kleinen, die jetzt aufschluchzte. Hilfesuchend ging ihr Blick hin und her. Doch ihre Mitschüler starrten auf ihre Tests, froh darüber, nicht selbst zur Zielscheibe geworden zu sein.

»Den hab ich vergessen«, jammerte sie unter Tränen.

Roland überflog das winzige Stück Papier. Nicht schlecht, die Kleine hatte sich echt Mühe gegeben. »Vergessen?«, echote er.

»Ja … ja, es tut mir leid. Ich habe nicht mehr daran gedacht … wirklich nicht.«

»Nicht mehr daran gedacht.«

»Genau. Gelernt habe ich … gestern … und mir alles aufgeschrieben. Für … für …«

»Notfälle?«, bot Roland an. Er beugte sich zur ihr hinunter und raunte gerade so laut, dass auch der Rest der Klasse es noch hören konnte: »Wie zum Beispiel für einen nicht angekündigten Test?«

Sie wich zurück. »Nein! Für … für … meine Schwester. Ich wollte ihr den Zettel geben. Vielleicht … vielleicht hätte sie sich an etwas erinnert.«

»Deine Schwester wird sich an nichts mehr erinnern. Nie wieder. Und du weißt das. Also erzähl mir keinen Mist.«

Hemmungslos heulte sie los.

Wie geil ist das denn?, dachte Roland. Die Kleine macht sich ja fast in die Hosen.

Sie schniefte. »Das … stimmt … nicht. Meine Schwester wird …«

»… auf ewig eine sabbernde Idiotin bleiben«, flüsterte er. So leise, dass nur sie es mitbekam. Wenn es hart auf hart kam, konnte er alles abstreiten. Schließlich wollte er seinen Job nicht verlieren.

Er richtete sich auf und wedelte mit dem Spickzettel vor der Klasse in der Luft herum. »Das wird Konsequenzen haben.« Er riss ihr Aufgabenblatt an sich. »Für dich ist damit Ende. Du kannst den Rest der Stunde darüber nachdenken, wie wohl deine Bestrafung aussehen wird.« Befriedigt drehte er sich um und schlenderte davon.

Die Kleine im Ungewissen zu lassen, war herrlich. Sie würde sich jetzt den Rest der Stunde die schrecklichsten Gedanken machen. Ihm verhalf das zu einem unerwarteten Stimmungshoch. Er freute sich über den geschickten Schachzug. Die Kopfschmerzen summten jetzt auf einer gedrosselten Frequenz.

Na also, geht doch. Alles wird gut.

Zufrieden setzte er sich und hielt nach dem nächsten Opfer Ausschau. Er würde die Schraube noch etwas anziehen und den Gören die Hölle auf Erden bereiten.

Hauptsache, die Kopfschmerzen pegelten sich auf ein erträgliches Maß ein.

18

Im Konferenzraum stand die Luft.

Welscher öffnete das Fenster. Sofort schwoll der Straßenlärm der auf der Kölner Straße fahrenden Autos brausend an. Unwillig verzog er das Gesicht. Aber immer noch besser, als hier drinnen zu ersticken. Es sei ein ungewöhnlich warmer Herbst, behaupteten die Meteorologen. Seinem Empfinden nach war das maßlos untertrieben. Seit Clerks Ermordung waren neun Tage vergangen, an denen die Tageshöchsttemperaturen kontinuierlich gestiegen waren. Heute sollten es siebenundzwanzig Grad werden. Er lehnte sich an die Fensterbank. Ginge es mit der Erderwärmung so weiter, würden in der Eifel bald Palmen wachsen.

Andrea Lindenlaub stand an der Kaffeemaschine und rührte Zucker in ihren Kaffee, Fischbach saß auf seinem angestammten Platz am Kopfende des Tisches. Feuersänger blätterte in den Unterlagen, die er vor sich ausgebreitet hatte. »Habt ihr schon den Bericht der Ballistik gelesen?«, fragte er, wartete allerdings nicht auf eine Antwort, sondern verkündete: »Ein Gewehr, das steht jetzt fest.« Er lachte gackernd.

Da die anderen nicht in sein Lachen einfielen, erklärte er: »Kleiner Scherz, Gewehr war ja klar, oder?« Er räusperte sich. »Also gut, dann eben sachlich: NATO-Standardkaliber 7.62, aber das hatten wir ja auch schon. Muss eine gute Büchse sein, denn …« Er zog ein großes Blatt Papier hervor. »Ihr erinnert euch an die 3-D-Kamera, die wir benutzt haben, um die Schussbahn genauer zu bestimmen? Ich habe das Ergebnis jetzt vorliegen.«

Welscher und Andrea Lindenlaub traten zu ihm an den Tisch, die anderen beugten sich auf ihren Stühlen vor, um besser sehen zu können. Es handelte sich um eine geografische Karte.

Feuersänger tippte auf einen Punkt. »Nach der Analyse mit der Kamera vermuten wir den Standort des Schützen an dieser Stelle, plus/minus wenige Meter. Von diesem Punkt aus sind es vierhundertsiebenundneunzig Meter bis zu Clerks Schreibtisch. Um da noch treffsicher zielen zu können, benötigt man mehr als Kimme und Korn.«

»Dann war es also tatsächlich ein Scharfschützengewehr«, sagte Andrea Lindenlaub. Sie wandte sich an Fischbach. »Bist du die Datenbank durchgegangen? Gab es in der Vergangenheit Diebstähle, die zu einer solchen Waffe passen?«

»Fehlanzeige«, brummte Fischbach. »Das hier verwendete Gewehr ist illegal, dafür würde ich Haus und Hof verwetten.«

»Wir haben bereits am Tattag Fußabdrücke und Reifenspuren auf der Wiese sicherstellen können. Jetzt, wo uns das Ergebnis der 3-D-Kamera vorliegt, können wir das weiter auf den vermuteten Standort des Schützen eingrenzen. Es sitzt schon jemand von meinem Team am Computer und sortiert aus. Vielleicht hilft uns das, sobald wir einen Tatverdächtigen haben.«

Andrea Lindenlaub nickte. »Immerhin etwas. Über eine Woche ist der Mord jetzt her, und was haben wir? So gut wie nichts.«

Stumm stimmte Welscher ihr zu. Trotz intensiver Arbeit hatte bisher nichts zum durchschlagenden Erfolg geführt. Sah man davon ab, dass dieser Jochen Bebel, den Fischbach in die Mangel genommen hatte, als Mörder ausgeschlossen werden konnte. Bebel war am Morgen des Mordes von zwei Passantinnen, die ihre Hunde ausführten, in seiner Werkstatt gesehen worden. Ein einwandfreies Alibi.

Der Zettel, auf dem die Clerks die Scheidungsmodalitäten notiert hatten, war wie erwartet von Feuersänger sichergestellt worden. Lea Clerk hätte eine hohe Abfindung kassiert. Sie wäre als reiche Frau nach Amsterdam zurückgekehrt. Das Motiv, ihren Mann aus Geldgier ermordet zu haben, war damit unwahrscheinlich.

Bei Max Gutmann waren sie auch nicht weitergekommen. Dessen Waffensammlung war unauffällig. Ein Scharfschützengewehr in der zu erwartenden Güte und Qualität war ohnehin nicht darunter gewesen, und mit den anderen war seit Jahren nicht geschossen worden.

Vor zwei Tagen hatten sie Lea Clerk und Max Gutmann getrennt voneinander erneut verhört. Die beiden waren nicht annähernd ins Schwitzen geraten. Ihre Aussagen deckten sich und waren schlüssig, ohne abgesprochen zu klingen. Es blieb dabei: Den beiden konnten sie derzeit nichts nachweisen.

Ansonsten waren sie tagelang unterwegs gewesen, um Clerks Umfeld zu durchleuchten. Familie, Freunde, Bekannte, Kunden, Angestellte und die Mitglieder des Oldtimerclubs, insbesondere den Vereinsvorstand hatten sie ausgehorcht. Neue Ermittlungsansätze hatten sich dabei nicht ergeben.

Welscher warf Andrea einen verstohlenen Blick zu. Sie wirkte zunehmend nervös und angespannt. Wenn er morgens zum Dienst erschien, saß sie bereits in ihrem Büro. Abends ging sie als Letzte. Den zurzeit bei ihren Eltern einquartierten Sohn sah sie kaum noch. Das hatte sie ihm während einer Pause in der Teeküche erzählt. Selbst ohne ausgeprägte Empathie spürte man, dass sie unter der bisherigen Erfolglosigkeit der Mordkommission litt. Nur gut, dass Fischbach ihr das nicht aufs Butterbrot schmierte. Der Dicke hielt sich im Moment dezent zurück. Er brummte und grummelte zwar vor sich hin, schien sich aber weitestgehend mit der Situation abgefunden zu haben. Welscher war sicher, dass Sigrid dabei ihre Finger im Spiel hatte. Sie war eine Seele von Mensch. Bestimmt hatte sie ihrem Ehemann in den vergangenen zehn Tagen nur das beste Essen vorgesetzt, um ihn milde zu stimmen. Ihm selbst lief das Wasser im Mund zusammen, wenn er an Sigrids vorzügliche Kürbissuppe auch nur dachte. Zum Dessert dann noch ein Stückchen von ihrem Apfel-Gewürzkuchen oder dem köstlichen Weckpudding … Selbst ein einfacher »Strammer Max« schmeckte bei ihr nicht nur nach Brot mit Spiegelei. Sie verstand es einfach, auf den Punkt zu würzen.

Welschers Handy vibrierte. Er zog es aus der Tasche und blickte aufs Display. Seine Mutter. Er war mit ihr zum zweiten Frühstück verabredet gewesen. Allerdings war ihm Andrea Lindenlaub mit der überraschenden Einberufung zum Brainstorming dazwischengekommen.

Dabei wäre es ihm wichtig gewesen, sich selbst ein Bild über die neue Pflegekraft zu machen. Obwohl Welscher seinen dementen Vater lieber in einem Heim gesehen hätte, konnte er seine Mutter von diesem Schritt nicht überzeugen. So blieb ihm nichts anderes übrig, als nach Alternativen zu suchen, um seine Mutter zu entlasten.

Er lehnte das Gespräch ab und nahm sich vor, sie am Nachmittag zurückzurufen. »Zumindest hat der Täter nicht noch mal zugeschlagen«, sagte er und nickte Andrea Lindenlaub aufmunternd zu. Er merkte aber selbst, wie belanglos sich die Worte anhörten. Das löste nicht ihren Fall. Und was nicht war, konnte noch werden.

Feuersänger verdrehte die Augen. »Fünf Euro ins Phrasenschwein.«

»Ja, ja. War nur eine Feststellung«, verteidigte sich Welscher matt. Was sollte er auch sagen? Sein Kollege hatte ja recht.

»Also? Was jetzt?«, fragte Fischbach. »Irgendwelche Vorschläge?« Eindringlich sah er Andrea Lindenlaub an.

Die starrte schweigend in ihre Kaffeetasse, die sie mit beiden Händen umklammert hielt, als wäre es ein Rettungsring und sie allein auf hoher See.

Feuersänger kramte seine Unterlagen zusammen und stand auf. »Ich muss noch ein paar Dinge erledigen. Wenn ihr mich braucht, wisst ihr ja, wo ihr mich findet.« Er ging zur Tür.

Welscher hatte erst von drei runter auf eins gezählt, da stoppte Feuersänger bereits und wandte sich ihnen wieder zu. »Ach, eins noch. Fast hätte ich es vergessen.«

Andrea Lindenlaub sah auf, Welscher bemerkte ihren hoffnungsvollen Blick. Sicher erwartete sie von Feuersänger jetzt einen entscheidenden Hinweis, etwas, was sie voranbringen würde.

»Sollten wir den Tatort nicht bald mal freigeben?«

Andrea sackte in sich zusammen. Müde rieb sie sich mit Daumen und Zeigefinger den Nasenrücken. »Ich hatte gedacht … Hotte? Warum ist das noch nicht erledigt?«

Fischbach lief rot an.

»Das ist meine Schuld«, sagte Welscher rasch, um einem Streit vorzubeugen.

Falten gruben sich in ihre Stirn. »Warum?«

»Ich wollte mir noch mal persönlich ein Bild vom Fundort der Leiche machen und habe Hotte gebeten, mit der Freigabe zu warten. Blöderweise kam immer, wenn ich gerade aufbrechen wollte, etwas dazwischen.« Er zuckte mit den Schultern. »Shit happens. Aber weißt du was: Da wir im Moment eh nicht weiterwissen, erledige ich das jetzt.«

Andrea Lindenlaub nickte. »Okay. Hotte, du gehst bitte die Akte …«

»Ich hätte gern, dass Hotte mitkommt.« Welscher sah seinem Kollegen an, dass der dringend an die frische Luft musste. Wenn Blicke töten könnten, würde Andrea jetzt reglos auf dem Boden liegen.

»Wie …«, stieß sie enttäuscht aus, dann endlich schien sie Fischbachs Laune zu registrieren und brach ab. »Klar, von mir aus«, sagte sie kleinlaut.

Welscher warf ihr einen dankbaren Blick zu. Er zog Fischbach auf die Beine und schob ihn an Feuersänger vorbei zur Tür.

»Traust du dich allein nicht?«, fragte der und lachte hämisch. »Keine Angst. Clerks Geist wird dort nicht umgehen. Ich an seiner Stelle würde jedenfalls eher die ›Eifel-Klassik‹ heimsuchen, die heute beginnt, und meiner Konkurrenz posthum den ersten Platz streitig machen.« Er kicherte albern.

Welscher ging nicht darauf ein. Er war heilfroh, den Burgfrieden gerettet zu haben.

19

Frank Lux grüßte mit einem müden Handschlag, als Welscher und Fischbach die Verkaufshalle betraten. Er sah aus, als hätte er eine Woche lang ununterbrochen durchgesoffen. Ein Dreitagebart verdunkelte sein Gesicht, die rot unterlaufenen Augen glichen denen eines Vampirs. »Gibt es etwas Neues?«, fragte er mit heiserer Stimme.

Welscher lehnte sich ein paar Zentimeter zurück, um Lux' Mundgeruch nach zu vielen Zigaretten, gepaart mit unzähligen alkoholischen Getränken, auszuweichen. »Leider nein. Wir schauen uns noch mal das Büro an.«

Lux nickte müde. Fahrig strich er über eine Falte in seinem

Sakko. Dann ließ er die Kommissare ohne ein weiteres Wort stehen, setzte sich hinter seinen Schreibtisch und sah betrübt aus dem Schaufenster. Welscher betrachtete ihn nachdenklich.

»Der ist ja vollkommen von der Rolle«, sagte Fischbach, während sie zu Clerks Büro weitergingen. »Übertreibt er nicht ein wenig?«

Lux' Auftreten war tatsächlich merkwürdig. Schon bei der ersten Begegnung hatte Welscher so eine Ahnung, ein Gefühl gehabt. Doch er konnte es auch jetzt noch nicht greifen.

Mit dem Autoschlüssel ritzte er durch das polizeiliche Siegel, das an der Tür zu Clerks Büro angebracht war.

»Bah!«, machte Fischbach angewidert, als sie eintraten. Er umrundete die Blutflecken auf dem Boden und öffnete alle Fenster. »Hier drin riecht es ja schlimmer als in einer Schlachterei.«

Welscher streifte sich Latexhandschuhe über.

»Die brauchst du doch nicht mehr«, sagte Fischbach. »Es wurde schon alles abgeklebt.«

»Man weiß nie.«

»Stimmt auch wieder. Wonach suchen wir?«

»Nach nichts Bestimmten. Es ging mir bloß darum … ach, egal.«

Fischbach lehnte sich an den Fensterrahmen. »Was meinst du? Nun sag schon.«

Welscher zog eine Schreibtischschublade auf. Er erwartete nicht, auf etwas Unbekanntes zu stoßen. Feuersänger hatte alles, was sein Team hier vorgefunden hatte, digitalisiert. Doch manchmal kamen einem überraschende Ideen, wenn man die Dinge selbst in den Händen hielt. »Ich wollte dich und Andrea trennen. Ich dachte, etwas frische Luft würde dein Gemüt beruhigen.«

Fischbach drückte sich vom Fensterrahmen ab. »Hat man mir das angemerkt?«

Welscher lachte. »Du warst ein offenes Buch.«

»So? War ich?« Fischbachs Miene verfinsterte sich. »Es ist aber auch … ach, alles Scheiße.« Er ballte die Fäuste und verließ das Büro.

Überrascht richtete sich Welscher auf und sah ihm hinterher. Fischbach eilte durch die Verkaufshalle. Er stieß dabei so unsanft mit der Hüfte gegen den Spiegel einer Corvette, dass dieser leicht nach innen gedreht wurde. Draußen bog er nach links ab und verschwand aus Welschers Blickfeld.

»So was«, murmelte Welscher. Er musste mal ein ernstes Wörtchen mit dem Kollegen reden. Und das sollte er nicht auf die lange Bank schieben. Sobald die Arbeit hier im Autohaus beendet war, würde Fischbach ihm nicht mehr einfach davonrennen.

Eine Stunde später saß Welscher am Besuchertisch im Verkaufsraum. Vor ihm lagen Fotos, die Clerk unter die Schreibtischunterlage geklemmt hatte. Feuersänger hatte sie letzte Woche ordentlich gescannt und im digitalen Archiv abgespeichert. Daher kannte Welscher sie bereits, er hatte sie am PC gesichtet. Auch jetzt fiel ihm nichts auf, dem er nachgehen konnte. Die Abzüge noch einmal selbst in Augenschein zu nehmen, war ein hoffnungsvoller Versuch gewesen, doch noch auf eine Spur zu kommen.

Er nahm eines der Fotos hoch. Es war dasselbe Bild, das an der Wand in Max Gutmanns Wohnzimmer hing. Es zeigte Clerk mit Lou van Horten, Max Gutmann und der gut aussehenden Frau, von der sie nach ihren Recherchen über die Personen auf den Fotos inzwischen wussten, dass es sich um eine gewisse Camilla von Pallandt handelte, Vorstandsmitglied des Oldtimerclubs wie die anderen drei und in diesem Sinne eine gute Bekannte des Opfers und seiner Mitstreiter. Glückliche Zeiten, man sah es ihren Gesichtern an. Die Augen strahlten.

Im Zuge der Befragungen von Freunden und Bekannten des Opfers hatten auch Camilla von Pallandt und Lou van Horten ihr Wissen zu Protokoll gegeben. Andrea Lindenlaub hatte die Aufgabe selbst übernommen. Beide hatten ins gleiche Horn gestoßen wie alle anderen: Clerk sei ein netter Kerl gewesen, mit dem man kaum Streit anfangen konnte. Und so weiter und so fort. Es war nichts dabei gewesen, was ihnen weitergeholfen hätte.

Welscher drehte das Foto um. Auf der Rückseite stand das Datum: 24.5.2014.

»Flittchen.«

Welscher zuckte zusammen. Er hatte nicht bemerkt, dass Frank Lux hinter ihn getreten war. »Bitte?«

Lux stellte Welscher ein Glas Wasser hin und tippte mit dem Finger auf Camilla von Pallandt. »Die vögelt mit jedem. Hinter vorgehaltener Hand wird sie auch die ›Adelsmatte‹ genannt.«

»Wie? Verstehe ich nicht.«

»Na, die von Pallandt ist doch adelig.«

»Ja, okay, das ist mir klar. Und?«

Lux verdrehte die Augen. »Ich denke, Sie sind Polizist. Dafür stehen Sie aber echt auf der Leitung. Die Pallandt legt sich für jeden auf die Matte. Soll heißen: auf den Rücken. Jetzt klar?«

Welscher nickte.

»Mit dem Chef war sie auch in der Kiste.« Lux zog sich einen der Besucherstühle heran.

»Das hätten Sie uns sagen müssen.«

»Warum? Was spielt das für eine Rolle?«

»Nun, daraus könnte sich ein Mordmotiv ergeben.«

Lux zog die Stirn kraus. »Jetzt stehe ich auf dem Schlauch.«

»Denken Sie mal an Clerks Frau. Eifersucht ist ein sehr starkes Motiv. Sie wäre nicht die Erste, die ihren Mann wegen einer anderen Frau ermordet hätte.«

»Ah, stimmt. Sieht man ja auch oft in Krimis. Tut mir leid. Sie hätten aber auch danach fragen können.«

»Haben wir. Wir haben Sie gefragt, ob Ihr Chef Feinde hatte.«

»Ja, Feinde, genau. Lea Clerk als Feind zu bezeichnen, ist aber doch ziemlich weit hergeholt, oder nicht?«

»Vor so einem Hintergrund ganz gewiss nicht.« Welscher tippte sich eine Erinnerung in das Smartphone. Dem musste er nachgehen. »Woher wissen Sie das eigentlich?«

Lux nahm das Foto und betrachtete es. »Peer hatte mich ins Vertrauen gezogen. Also, nicht sofort natürlich, er war niemand, der intime Dinge einfach so herausposaunte. Er war auch nicht der Typ, der mit seinen Liebschaften prahlte. Er genoss still und war absolut integer.« Lux strich mit dem Daumen über Clerks Kopf auf dem Foto.

Da fiel bei Welscher der Groschen. Jetzt wusste er, was die

ganze Zeit in seinem Hinterkopf rumort hatte: Lux war in seinen Chef verliebt gewesen.

»Für Peer war es nur ... na ja, eine kurze Affäre, so etwas wie ein One-Night-Stand«, erzählte Lux weiter. »Die Pallandt sah das aber wohl anders. Sie hatte sich Hoffnungen auf eine längere Beziehung gemacht. Die sucht ja schon eine Weile, eigentlich ihr Leben lang. Sie ist das beste Beispiel, dass man sich mit Geld nicht alles kaufen kann. Das lässt sich an ihrem Männerverschleiß mehr als deutlich ablesen. Bisher hat es nämlich kein Mann länger bei ihr ausgehalten, obwohl sie ja durchaus ansehnlich ist.«

»Woran liegt das Ihrer Meinung nach?«

»Am Anfang war es einfach Pech, denke ich. Bald kam ein gewisser Ruf hinzu. Diejenigen, die es trotzdem mit ihr versucht haben, beklagten anschließend die extreme Eifersucht der Pallandt. Auf Dauer nicht ertragbar. Und je mehr es wurden, desto schlechter kam sie dabei weg.«

»Verstehe«, sagte Welscher. »Die Adelsmatte.«

Lux nickte.

»Aber noch mal zurück zu dem One-Night-Stand mit Peer Clerk. Die beiden hatten unterschiedliche Vorstellungen von der Art ihrer Beziehung, sagten Sie.«

»Ach ja, richtig. Also, die Pallandt wollte Peer für sich und drohte, es Lea zu erzählen.« Lux legte das Foto ab. »Damit traf sie seinen wunden Punkt. Peer befürchtete, diese Offenbarung könnte zum Bruch mit Lea führen.«

»Und das wollte Peer Clerk nicht?«

»Nein.«

»Wie ist die Sache ausgegangen?«

»Ich riet Peer, mit offenen Karten zu spielen und den Seitensprung seiner Frau zu beichten. Damit würde die Pallandt ihr Druckmittel verlieren. Peer zierte sich noch einige Tage. Aber weil die Pallandt einfach keine Ruhe gab, nahm er schließlich meinen Rat an. Lea war natürlich nicht begeistert, aber am Ende hat sie ihm verziehen.«

Oder ihm insgeheim Rache geschworen, dachte Welscher. War Lea Clerks Beziehung zu Max Gutmann eine Retourkutsche gewesen? »Wusste Lea Clerk denn von den anderen Malen?«, fragte er Lux.

Der schaute irritiert. »Welche anderen Male?«

Welscher hielt ihm das Smartphone hin und zeigte ihm seine Notiz. »Sie sagten vorhin: ›Er war nicht der Typ, der mit seinen Liebschaften prahlte.‹ Eindeutig die Mehrzahl. Also mindestens zwei.«

»Ach, das meinen Sie.« Lux winkte ab. »Nur ein Versprecher.« Auf seiner Stirn bildeten sich Schweißperlen. »Ich muss dann auch wieder.« Er sprang vom Stuhl hoch.

»Moment«, bremste Welscher ihn. »Bitte setzen Sie sich wieder.«

»Ich muss aber …«

»Nichts da, setzen!«

Lux schob einen Finger unter seinen Hemdkragen und zerrte daran. »Also, was für einen Ton Sie hier anschlagen, das gefällt mir gar nicht.«

»Und mir gefällt nicht, dass Sie mir etwas verschweigen. Wie lange ging das schon mit Ihnen und Peer Clerk?«

Lux' Augen wurden größer. »Bitte … *was*?« Hektisch sah er sich um und kontrollierte die Umgebung. Dann wandte er sich wieder Welscher zu. Er beugte sich vor und stützte sich mit den Fäusten auf dem Tisch ab. »Wollen Sie damit andeuten, dass ich eine sexuelle Beziehung mit Peer hatte? Das ist Rufmord. Wissen Sie, wie ich dastehe, wenn die Kollegen das hören?«

Ungerührt trank Welscher ein Schluck Wasser. »Glauben Sie mir, ich weiß sehr genau, wie Sie sich fühlen. Was Sie empfinden. Welche Ängste Sie haben.«

Lux richtete sich auf und ballte die Fäuste. »Einen Scheiß wissen Sie«, rief er erzürnt.

Welscher bedeutete ihm stumm, sich wieder zu setzen. Nach anfänglichem Widerstand gehorchte Lux.

Ein Mechaniker erschien in der Tür zur Werkstatt. Er wischte sich mit einem Tuch die Hände ab und blickte zu ihnen herüber.

»Alles in Ordnung«, rief Welscher.

Der Mechaniker wartete noch, bis Lux ihm mit erhobener Hand dasselbe signalisierte, dann verschwand er wieder in der Werkstatt.

»So«, sagte Welscher, »Jetzt verrate ich *Ihnen* ein Geheimnis. Obwohl es eigentlich keins mehr ist, denn ich hatte vor einigen Jahren mein Coming-out. Soll heißen: Ich bin so schwul wie Sie. Und das ist auch gut so, um es mit den Worten des ehemaligen Berliner Bürgermeisters Wowereit zu sagen.« Er klopfte Lux aufmunternd auf die Schulter. »Es ist nicht so schlimm, wie es im ersten Augenblick für einen selbst anmutet.«

»Ich bin nicht …«

Welscher sah ihn ernst an, und Lux verstummte. »Die Art, wie Sie sein Foto ansehen, Ihre extreme Trauer … Erzählen Sie mir nicht, dass ich mich irre.«

Lux senkte den Kopf. »War das denn so offensichtlich?«

»Das würde ich nicht unbedingt behaupten. Aber wie gesagt, ich kenne mich ein bisschen aus.«

Lux' Schultern fielen nach vorne. Sein Widerstand schien gebrochen. »Es … ist schwierig. Es fühlt sich … nicht richtig an. Ich hatte vorher nie … ich meine … Ich habe Angst, alles zu verlieren, abgelehnt … nein, schlimmer noch: angefeindet zu werden.«

»Das verstehe ich gut. Und bestimmt wird sich für Sie alles verändern, wenn Sie den Schritt wagen.« Welscher begegnete Lux' leicht panischem Blick mit einem Lächeln. »Letztlich jedoch zum Positiven. Ja, Sie werden Freunde verlieren und sich schonungslos ehrlich mit Ihrer Familie und Ihrer gesamten Umwelt auseinandersetzen müssen. Man wird Sie mit anderen Augen betrachten. Das gilt im Gegenzug aber auch für Sie. Sie werden erkennen, welche Beziehungen es wert sind, dafür zu kämpfen. Außerdem werden Sie feststellen, dass manch einer, von dem Sie es nicht erwartet hätten, Ihnen beisteht, statt Sie zu verurteilen. Vor allem aber werden Sie von der Last Ihres Geheimnisses befreit sein. Seien Sie mutig. Es bringt nichts, es nicht zuzulassen. Es würde Sie nur zerstören.« Welscher trank das Wasserglas leer, ließ sich dabei viel Zeit. Er wollte, dass sich seine Worte in Lux' Geist pflanzten. Der Mann focht innerlich den schwersten Kampf seines bisherigen Lebens aus. Etwas Zuspruch konnte da nur helfen. »Wie ist eigentlich Peer Clerk damit umgegangen?«

»Ausgesprochen abgeklärt. Ich meine, für ihn war es auch …

Neuland. Aber er schien sich keine Gedanken über die … Neuausrichtung zu machen. Er nahm es einfach hin und genoss unser Zusammensein. Zumindest war das mein Eindruck. Nur in die Öffentlichkeit wollte er nicht damit. Nicht weil er sich schämte oder so, sondern weil er fürchtete, dass es sich negativ auf das Geschäft auswirken würde. Mir war es recht. Allein die Vorstellung, von jemandem mit ihm gesehen zu werden, verursachte bei mir Schweißausbrüche.« Übergangslos bebte Lux' Körper. Er schluchzte auf und rieb sich mit dem Ärmel über die Augen. »Ich vermisse Peer *so* sehr. Es ist, als hätte man mir das Herz herausgerissen. Zu wissen, er kommt nicht wieder, ist … ist … unvorstellbar. Es tut so weh.«

Welscher reichte ihm ein Papiertaschentuch. Geduldig wartete er einige Minuten. Was musste der Mann in den letzten Tagen gelitten haben. Allein mit seiner Verzweiflung, der Trauer, niemanden an der Seite, dem er sich anvertrauen konnte. Schrecklich. Die Vorstellung trieb Welscher eine Gänsehaut über die Arme. »Wie lange ging das schon zwischen Ihnen beiden?«, fragte er, als Lux sich wieder beruhigt hatte.

»Ein halbes Jahr.«

»Und niemand hat Verdacht geschöpft?«

Lux schnäuzte in das Taschentuch. »Niemand. Wir waren vorsichtig.«

»Wusste Lea Clerk davon? Oder ahnte sie etwas?«

»Nie im Leben.« Heftig schüttelte Lux den Kopf. »Nicht auszumalen, was dann passiert wäre.«

»Ach? Was meinen Sie denn genau?«

»Nichts«, stieß Lux eilig aus, »nichts. War nur so dahergeplappert.«

Welscher sah genervt zur Decke. »Schon klar.«

Er wusste genau, was Lux damit andeutete: Vielleicht hatte Lea Clerk die Schmach, dass ihr Mann sie mit Camilla von Pallandt betrog, verkraften können. Aber ob sie die gleiche Stärke aufbrächte, wenn die Nebenbuhlerin sich als ein Nebenbuhler entpuppte, das stand in den Sternen.

Womöglich wäre es ihr auch völlig egal gewesen. Immerhin war die Scheidung bereits geplant.

Welscher wollte endlich wissen, was Lux wirklich über Lea Clerk dachte. Dessen höfliche Zurückhaltung und Neutralität in den Aussagen über die Ehefrau seines Geliebten überzeugte ihn nicht. »Dass Sie immer noch keinen Klartext reden, wundert mich etwas. Schließlich könnte Lea Clerk Peers Mörderin sein.

Verstohlen blickte Lux ihn an. »Meinen Sie, das wäre möglich?«

Welscher zuckte mit den Schultern. »Durchaus.«

»Dieses Miststück! Ich wusste immer, dass sie berechnend ist und kalt wie ein Fisch, ich …«

»Halt, Stopp, so einfach ist es nun auch wieder nicht. Ich wollte damit nur sagen, dass wir Lea Clerk zum jetzigen Zeitpunkt nicht aus dem Kreis der Verdächtigen ausschließen können. Das bedeutet aber nicht etwa im Umkehrschluss, dass sie die Täterin ist. Also bitte nicht vorverurteilen.« Welscher lehnte sich zurück. »Lassen wir Lea Clerk mal beiseite. Es wäre auch noch ein anderes Szenario denkbar.«

»Ja? Welches denn?«

»Peer Clerk könnte seiner Frau wie schon bei Camilla von Pallandt alles über Ihre Affäre gebeichtet und sich mit ihr ausgesöhnt haben.«

»Davon weiß ich nichts. Hat denn Lea das angedeutet?«

»Nein. Es ist nur ein Gedankenspiel. Was wäre, wenn der Liebhaber damit nicht fertiggeworden wäre?«

Lux presste die Lippen aufeinander. Seine Gesichtsfarbe wechselte von hektischem Rot zu Kalkweiß. »Was wollen Sie damit andeuten?«

»Wo waren Sie an dem Morgen, als Peer Clerk erschossen wurde?« Welscher widerstrebte es, die Frage zu stellen. Er zweifelte nicht an Lux' innerer Zerrissenheit, seiner Trauer. Dass der Mann entsetzlich litt, war offensichtlich. Dennoch konnte es eine Reaktion sein, ausgelöst durch ein Schuldgefühl. Er *musste* den Finger in die Wunde legen.

»Ich habe Peer geliebt«, hauchte Lux.

»Das bezweifele ich nicht im Geringsten.«

»Wieso denken Sie dann … dass ich ihn … ermordet habe?«

»Aus Enttäuschung darüber, dass er Sie hat sitzen lassen, um zu seiner Frau zurückzukehren. Oder noch einfacher: Weil er keine Lust mehr auf eine Beziehung mit Ihnen verspürte.« Welscher betrachtete aufmerksam Lux' Gesichtsausdruck. »Wird man so vor den Kopf gestoßen, reagiert man mitunter irrational. Da sieht man schon mal rot. Also? Wo waren Sie?«

Im ersten Augenblick schien Lux heftig widersprechen zu wollen. Er straffte sich, dann hob er beide Hände. »Okay, okay.« Er nickte ergeben. »Sie machen nur Ihren Scheißjob. Mann, ich möchte nicht mit Ihnen tauschen. In der dreckigen Wäsche von Leuten rumzuwühlen, wäre nichts für mich.«

»Nicht ablenken. Wo waren Sie?«

»Ich war zu Hause. Wo sonst, am frühen Morgen?«

»Gibt es Zeugen?«

Lux setzte eine bittere Miene auf. »Nein, ich war allein.«

»Hm, ungünstig für Sie.« Welscher zückte das Smartphone und überflog seine Notizen. »Ich habe hier Ihre Adresse. Friesheim, Bolzengasse 4. Ist das richtig?«

Lux nickte.

»Ich werde meine Kollegen bitten, Ihre Nachbarn zu befragen. Vielleicht wurden Sie ja gesehen.«

»Sie wollen … Um Himmels willen, tun Sie das nicht! Was sollen die denn denken?«

»Das sollte im Moment nicht Ihr Problem sein. Ein Alibi wäre Gold wert, und nichts anderes wünsche ich mir für Sie. Wann genau sind Sie denn am Tattag zu Hause aufgebrochen?«

Lux überlegte. »Hm, es war, meine ich, kurz nach acht. Ja, doch, sicher. Ich habe die Nachrichten noch gehört und das Wetter. Ich bin an dem Tag mit meiner Honda los und wollte wissen, ob ich mit Regen rechnen muss.«

»Sie fahren im Anzug Motorrad?«

»Nur wenn das Wetter mitspielt. So weit ist es ja nicht.«

Welscher dachte an Fischbach. Der fuhr zwar in entsprechender Montur, aber bei Wind und Wetter und in jeder Jahreszeit Motorrad. So ungewöhnlich war Lux' Verhalten somit nicht, es gab noch extremere Charaktere.

»Ich war es nicht«, flüsterte Lux. Tränen liefen über seine Wangen. »Bitte glauben Sie mir.«

Welscher wollte genau das, doch berufsbedingt durfte er es nicht leichtfertig. Er stand auf und wollte gehen, zögerte jedoch.

Lux war völlig fertig. Sein schlaksiger Körper bebte heftiger als zuvor, die Hände zitterten unkontrolliert.

Der Mann war ein Häufchen Elend. Es rührte Welscher, ihn so zu sehen. Er streckte die Hand aus, wollte ihm noch einmal aufmunternd auf die Schulter klopfen, besann sich aber. Stattdessen sagte er: »Ich verspreche Ihnen, ich werde mein Bestes tun, um das zu beweisen.«

20

Zufrieden saß Stephan Tries hinter dem großen Lenkrad seines Mercedes W110, auch bekannt als »die kleine Heckflosse«. Der beige Lack glänzte in der Herbstsonne, der Dieselmotor tuckerte vor sich hin, und die neuen Stoßdämpfer bügelten jede Bodenwelle glatt.

Er passierte das Ortsausgangsschild von Wershofen und kurvte die L74 entlang, die sich leicht in Richtung Tal neigte. Wenn er unten angekommen war, musste er die Zeitnahme in Fuchshofen passieren. Von dort ging es als Nächstes zum Pulvermaar. Endstation für den heutigen Tag war die historische Wassermühle in Birgel. Dort wartete nicht nur ein Grillfest mit Spanferkel auf ihn, sondern hoffentlich auch seine Frau Charlotte von Berg. Sie wäre gerne mit ihm mitgefahren. Doch ein unaufschiebbarer Arztbesuch hatte ihre Teilnahme an der ersten Etappe der »Eifel-Klassik« verhindert.

Beim Gedanken an den Untersuchungstermin huschte für einen kurzen Moment eine Eiseskälte über Tries' Haut, und er fröstelte. Er sah auf die Uhr. Noch zwei Stunden, dann würde Charlotte erfahren, woran sie war.

Er hatte die Rallye absagen wollen. Aber Charlotte hatte auf seine Teilnahme bestanden. »Das bringt dich auf andere Gedanken«, hatte sie gesagt. »Trübsal blasen hilft uns auch nicht weiter.«

Er schob die Erinnerung beiseite und versuchte, sich wieder auf die vor ihm liegende Strecke zu konzentrieren. Rechts zogen Wiesen vorbei, auf denen schwarz-weiß gefleckte Kühe grasten. Links ragten Laubbäume in die Höhe.

Die Veranstalter hatten bisher ausgezeichnete Arbeit geleistet. Obwohl der Vorstand des Clubs letzte Woche einen äußerst bedauerlichen Todesfall zu beklagen gehabt hatte, lief alles reibungslos.

»Du kannst langsam machen«, sagte seine Beifahrerin. »Wir liegen gut in der Zeit.«

Camilla von Pallandt war ihm am Morgen zugeteilt worden. Sie gehörte dem Clubvorstand an und stand während der Ausfahrt als Springer für diejenigen zur Verfügung, deren Beifahrer abkömmlich waren. So wie in seinem Fall Charlotte. Ihr süßes Parfüm hing schwer in der Luft. Für seinen Geschmack hatte sie etwas zu viel davon aufgetragen.

»Ist es nicht bedauerlich, nicht selbst zu fahren?«, fragte er. »Oder besitzt du keinen Oldtimer?«

Sie lachte, legte ihm eine Hand auf den Oberschenkel und neigte sich zu ihm herüber. »Daran würde es nicht scheitern. Um meinen Fuhrpark werde ich von vielen beneidet. Aber wenn man zum Vorstand gehört, muss man seine eigenen Interessen hintanstellen, damit die Teilnehmer voll auf ihre Kosten kommen.«

Irritiert warf Tries einen Blick auf ihre Hand. Hatte das etwas zu bedeuten? Machte sie ihn an? Er dachte an den Morgen. Zur Begrüßung hatte Camilla von Pallandt ihn umarmt und links und rechts einen Kuss auf die Wange angedeutet, obwohl sie sich nie zuvor begegnet waren. Sofort waren sie beim Du gewesen. Sie schien also mit Berührungen großzügig umzugehen. Daher entschied er, die vertraulichen Gesten als eine Eigenart von ihr zu werten.

Sie zog die Hand weg und wies mit dem Kinn nach vorne. »Schau mal. Vor uns fährt der Max.«

Max Gutmann, den kannte Tries vom Telefon. Er fuhr einen silberfarbenen Aston Martin DB5. Der Lack glänzte frisch poliert und reflektierte die Sonne. »Schicker Wagen.«

»Gehört nicht ihm, sondern Lou van Horten. Max könnte

sich so etwas gar nicht leisten. Mehr als ein Käfer ist nicht drin. Er kann von Glück sagen, dass Lou so großzügig ist und ihn hin und wieder mit dem Aston fahren lässt.« In ihrer Stimme schwang Hochmut mit.

»Ein schicker Käfer ist doch auch in Ordnung«, sagte Tries.

Sie kicherte mädchenhaft und zupfte ihre Seidenbluse zurecht, wobei sie ihre Brüste vorstreckte. »Aber nur auf zwei Beinen.«

Tries spürte, dass er rot anlief, und ärgerte sich darüber. Das war ihm ewig nicht mehr passiert. Wie ein Schuljunge bei der ersten Verabredung. Dabei ging er stramm auf die fünfzig zu. Aber das hieß gar nichts. Er fühlte sich wie Mitte zwanzig. Seit er nicht mehr im Dienst war, genoss er das Leben. Jeden Morgen drehte er mit seinem Hund eine Runde um sein Heimatdorf Sechtem im Vorgebirge. Dazu hatte er das Schwimmen für sich entdeckt. Wann immer er konnte, zog er Bahnen im Wesselinger Gartenhallenbad, und das mit nennenswerten Nebenwirkungen: War er früher eher pummelig gewesen, zeigte er sich inzwischen mit kräftigen Schultern und straffen Bauchmuskeln. Bestimmt wollte Camilla von Pallandt einfach nur ein wenig mit ihm flirten. Er schätzte sie auf etwa sein Alter. Ihre Jeans saß hauteng und betonte ihre schlanken Beine. Sie war hübsch, für seinen Geschmack aber zu zierlich.

Der Aston Martin verringerte das Tempo.

»Zeit?«, fragte Tries. Er wollte den DB auf der engen Straße nicht überholen müssen. Sie fuhren eine Wertigkeitsprüfung. Das Ziel war, eine bestimmte Strecke in einer vorgegebenen Zeit zurückzulegen. Üblicherweise gab man dabei am Anfang ordentlich Gas, um die letzten paar hundert Meter abzubummeln. So erhielt man den Spielraum, der nötig war, um möglichst sekundengenau mit der vorgeschriebenen Zeit die Zeitnahme zu passieren.

Camilla von Pallandt kontrollierte auf dem Rallye-Uhrenbrett die Stoppuhr und den Streckenverlauf. »Kein Problem. Einfach rollen lassen. Noch knapp einen Kilometer, dann sind wir in Fuchshofen. Du musst an Max nicht vorbei.«

Er beobachtete aus dem Augenwinkel, wie sie auf der Unterlippe kaute und nach vorne starrte. »Das ist aber auch ein Idiot.«

Die Straße führte jetzt in einer Linkskurve durch ein Waldstück. Auf einmal begann der Aston Martin vor ihnen zu schlingern. Der Motor heulte auf, der Wagen schoss vorwärts.

Tries trat erschrocken auf die Bremse. »Verdammt, hat der getrunken?«

Noch während er das fragte, brach Gutmanns Wagen aus der Spur, schleuderte links die Böschung hoch und rammte mit dem linken vorderen Kotflügel einen Baum. Die Frontscheibe flog aus dem Rahmen und zersplitterte am Holz. Der Wagen wurde von der Wucht des Aufpralls um neunzig Grad gedreht und zurück auf die Straße geschleudert. Dort krachte er mit dem Heck in die rechte Leitplanke.

»Scheiße!«, rief Tries, hielt an und stieß die Tür auf. »Du sicherst nach hinten«, wies er Camilla von Pallandt an.

Ohne eine Antwort abzuwarten, rannte er zur Fahrerseite des zerbeulten Aston Martin. Ein Ölfleck breitete sich unter dem Wagen aus. Oder war das Benzin? Tries hörte den erkaltenden Motor knacken. Hoffentlich sprühte die Elektrik keine Funken.

Die Tür klemmte. Er packte den Griff mit beiden Händen, stemmte sich mit dem Fuß am Blech ab und zog. Dabei versuchte er, die auf der Innenseite blutverschmierte Scheibe zu ignorieren. Endlich gab die Tür mit einem protestierenden Knirschen nach.

Max Gutmann hing blutüberströmt im Gurt des Fahrersitzes. Tries beugte sich über ihn, öffnete das Gurtschloss und zog den bewusstlosen Körper vom Sitz. Irgendwo hinter sich hörte er ein Motorengeräusch. Hoffentlich stand Camilla von Pallandt auf ihrem Posten.

Keuchend packte er Gutmann unter den Achseln und schleifte ihn aus der Gefahrenzone, bis hinter das Heck seines Mercedes. Hier fühlte er sich einigermaßen sicher. Er legte Gutmann vorsichtig auf dem Boden ab und kontrollierte Puls und Atmung.

»Ist er tot?«, fragte Camilla von Pallandt mit erstickter Stimme.

Tries spürte einen schwachen, aber regelmäßigen Puls und atmete erleichtert durch. »Nein«, beschied er sie. »Er lebt.«

Ihm gegenüber kniete sich ein Mann neben Gutmann auf den Boden. Wo kam der denn her? Tries fiel das Motorgeräusch wieder ein. Der Mann knallte einen Verbandskasten auf den Asphalt. »Ich bin Arzt«, sagte er. »Ich übernehme.«

Tries reagierte nicht. Sein Blick haftete an Gutmanns Oberarmwunde. Sie sah … konnte das sein? Doch, ja, er war sich fast sicher. Als ehemaliger Polizist hatte er derartige Verletzungen schon gesehen. Tries stemmte sich hoch. Nachdenklich rieb er sich das Kinn.

»Alles in Ordnung mit dir?«, fragte Camilla von Pallandt.

Er antwortete nicht, sondern ging zurück zu dem Autowrack. Ein Mann, vermutlich der Beifahrer des Arztes, hatte den Motorraum mit dem Schaum eines Handfeuerlöschers geflutet.

Langsam umrundete Tries den Blechhaufen. Auf der Beifahrerseite fand er, wonach er gesucht hatte. Er hockte sich hin und befühlte mit dem Daumen das Loch in der Tür: fast kreisrund, der Lack drumherum sternförmig abgeplatzt.

Er beugte sich vor und sah hindurch. Auf der anderen Seite schimmerte Licht.

Tatsächlich.

»Was machen Sie da?«, fragte der Mann mit dem Feuerlöscher.

Tries stand auf. »Wissen Sie, was das ist?« Er deutete auf die Stelle.

Der Mann sah kurz hin. »Äh … tja … ein Loch?«

Tries nickte. »Aber kein gewöhnliches.«

»Nicht? Was ist denn Besonderes daran?«

»Ganz einfach: Es ist ein Einschussloch.«

21

»Das sind wirklich die besten Bratwürste in der ganzen Eifel«, sagte Welscher und schob sich ein Stück in den Mund.

Er hatte Fischbach nach dem Gespräch mit Lux vor Clerks Verkaufshalle auf der Harley sitzend vorgefunden. Seinem Vorschlag, nach Euskirchen zu fahren, um eine Kleinigkeit zu essen, hatte Fischbach ohne sichtbare Gefühlsregung zugestimmt. Dann hatte er schweigend den Motor gestartet und war, ohne ein weiteres Wort zu verlieren, losgefahren.

»Wenn ich wieder in Köln bin«, sagte Welscher, »werde ich die Metzgerei Esser echt vermissen.«

Sie standen an einem Tisch nahe der Schaufensterscheibe. Auf der Hochstraße ging es ruhig zu. Nur wenige Passanten schlenderten vorbei.

Fischbach erwiderte nichts. Schlecht gelaunt starrte er auf seinen Teller. Dass Hotte keinen Appetit verspürte, machte Welscher Sorgen. Er hatte gehofft, Fischbach mit dessen Lieblingsbratwurst ein wenig aufmuntern zu können. Der Plan war nicht aufgegangen.

»Willst du eigentlich gar nicht wissen, was ich so in Erfahrung gebracht habe, während du dir draußen eine kleine Auszeit gegönnt hast?«

»Ich werde es in deinem Bericht lesen, sobald ich wieder an der Akte dran bin«, sagte Fischbach bissig.

Welscher legte das Besteck zur Seite. »Hotte, echt, was ist los? Ich erkenne dich gar nicht wieder.«

»Nichts«, brummte Fischbach. »Was soll schon los sein?«

»Das frage ich dich.«

»Alles in Ordnung.«

»Sehe ich. Deine Bratwürste haben normalerweise eine Halbwertzeit von dreißig Sekunden. Schau selbst. Du hast noch nicht mal probiert.«

»Hab halt keinen Hunger.«

Welscher stöhnte auf. »Jetzt erzähl mir doch keinen Mist. Wenn du Essen liegen lässt, ist das ein Zeichen dafür, dass dir etwas auf der Seele liegt. Ist es wegen Andrea?«

»Nein … ja … Ach, was weiß denn ich.« Fischbach verschränkte die Arme vor der Brust und sah trotzig an Welscher vorbei. »Sie macht nur ihre Arbeit, das ist mir klar. Aber irgendwie … es geht mir halt auf die Nerven, wie sie mich herumkommandiert.«

»Weil sie eine Frau ist?«

»Was?« Entrüstet schüttelte Fischbach den Kopf. »So'n Quatsch! Wie kommst du denn darauf?«

»Nun, die Eifel ist nicht gerade als fortschrittlichster Teil der Gesellschaft bekannt. So ungewöhnlich ist es nicht, hier noch klassisch geprägte Rollenbilder vorzufinden.«

»Du solltest mich besser kennen. Bei Sigrid und mir …« Fischbach brach ab und runzelte die Stirn.

Welscher schmunzelte. »Der Mann geht arbeiten, die Frau kocht und schmeißt den Haushalt?«

Endlich stahl sich auch bei Fischbach ein Grinsen in die Mundwinkel. »Ist wohl so. Aber Sigrid ist glücklich damit. Und sie hat ihre Landfrauen.«

»Natürlich. Das zeichnet sofort ein ganz anderes Bild.«

»Arsch.« Fischbach nahm die Wurst mit den Fingern auf und biss ab. »Das hat aber alles nichts mit Andrea zu tun«, beteuerte er mit vollem Mund.

»Sicher?«

Fischbach tunkte die Spitze der Wurst in den Senf und überlegte. »Hm, das Problem ist nicht, dass sie eine Frau ist. Es macht mir zu schaffen …« Er brach ab und riss mit den Zähnen ein weiteres Stück Wurst ab.

»Ja?«, drängte Welscher.

»Ich fühle mich gegängelt. So, jetzt weißt du es.«

»Weil Andrea hin und wieder einen Wunsch äußert?«

»Pah, Wunsch.« Fischbach wischte mit der Wurst in der Hand hektisch durch die Luft. Ein Senfspritzer löste sich und landete auf Welschers Unterarm. »Einen Wunsch könnte ich abschlagen. Ist aber keiner. Andrea kostet die Leitung der Mordkommission aus. Endlich sitzt sie am längeren Hebel, und jetzt zahlt sie es mir heim.«

Welscher nahm die Serviette und wischte den Senfspritzer ab. »Sie zahlt es dir heim? Hat sie denn einen Grund dazu? Hast du sie schlecht behandelt?«

»Natürlich nicht!«

»Aber trotzdem behauptest du, sie würde dir etwas heimzahlen wollen, ja? Passt ja toll zusammen, diese Theorie.« Welscher zog missbilligend einen Mundwinkel nach oben. »Hotte, echt, du hast dich da in irgendetwas verrannt.«

»Ach ja? Und was sollte das vorhin mit dem Tatort? Warum macht sie mir Vorwürfe, ihn noch nicht freigegeben zu haben?«

»Das war kein Vorwurf.«

»Doch, das war es. Sie arbeitet gegen mich, will mich schlecht dastehen lassen, damit sie auch in Zukunft die Fäden zieht. Sie sägt den Ast ab, auf dem ich sitze. Weißt du, ich habe es echt versucht. Es war Sigrids Vorschlag, alles in Ruhe anzugehen und erst mal zu schauen, Andrea eine Chance zu geben. Die letzten Tage habe ich mich zusammengerissen und gute Miene zum bösen Spiel gemacht. Da kann mir keiner etwas vorwerfen. Aber als Andrea dann heute mit diesem Vorwurf …«

Welscher hob die Arme und ließ sie auf den Tisch fallen. »Okay, okay, du *willst* es so sehen. Das ist unschwer zu erkennen. Was ich aber nicht verstehe: Warum sprichst du die Dinge, die dich stören, nicht einfach an? Mann, schnapp dir Andrea und rede mit ihr!«

Fischbach kaute stumm den Rest der Wurst. Dann sagte er: »Ich spiele für euch doch nicht die beleidigte Leberwurst. Andrea wird alles, was ich sage, ins Gegenteil verkehren. Und sie ist viel besser mit den Kollegen vernetzt als ich. Du weißt, wie der Flurfunk tickt. Ich bin dann mit einem Mal der alte Sack, der Nörgler, der nur noch herummault und nichts mehr beiträgt. Nee, nicht mit mir.«

Welscher war der Appetit vergangen. Dass Fischbach sich derart in eine Verschwörungstheorie hineingesteigert hatte, war ihm nicht bewusst gewesen. Im Moment wusste er nicht, was er dazu sagen sollte. Er warf die Serviette auf den Teller, trank in einem Schluck seine Fanta leer und knallte das Glas auf den Tisch. »Hotte, ehrlich, du hast ein ziemliches Problem.« Er tippte sich an die Stirn.

Fischbach plusterte sich auf. »Was fällt …« In dem Moment ertönte »Black Betty«, und Fischbach nahm das Gespräch an. »Ja? – Richtig, ich arbeite an dem Fall Clerk mit.« Er hörte eine Weile zu.

Welscher sah, wie sich Fischbachs Miene veränderte. Am Anfang genervt, hörte er jetzt mit großem Interesse zu. Es schien etwas Wichtiges zu sein. Fischbach glättete eine Serviette, schnippte mit den Fingern und bedeutete Welscher so, ihm einen Stift zu organisieren.

Welscher ließ sich von der Verkäuferin einen Kugelschreiber reichen.

»Wo genau war das noch mal?«, fragte Fischbach und kritzelte hastig etwas auf den Serviettenrand.

Welscher drehte den Kopf und las »Fuchshofen« und »L 74«. Was hatte das zu bedeuten?

»Ja … ja, kein Problem. Das finden wir«, sagte Fischbach. »Bis gleich.« Mit Elan steckte er sein Handy ein. »Das war eine Kollegin aus Koblenz. Unser Sniper hat womöglich erneut zugeschlagen.«

22

Der Regen prasselte in dicken Tropfen auf den Asphalt. Glucksend sammelte sich das Wasser im Rinnstein, floss zum nächstgelegenen Gully und verschwand gurgelnd darin.

»Mann, die Welt geht unter«, sagte Harald mit Grabesstimme zu seinen Kumpels Fred und Jochen. Sie standen unter dem Vordach der ausgedienten Tankstelle. Vor einigen Monaten hatte sein Vater hier noch Benzin verkauft und in der Werkstatt kleinere Reparaturen durchgeführt. Doch dann hatte ein Großkonzern direkt an der neuen Umgehungsstraße eine hypermoderne Tankstelle mit integriertem Shop eröffnet. Der Beginn eines ruinösen Preiskampfes, in dem Haralds Vater von vornherein der erklärte Verlierer gewesen war. Von Tag zu Tag hatten weniger Kunden Vaters Zapfsäulen angefahren. Zum Schluss gab es Tage, an denen überhaupt niemand kam.

Harald klopfte sich eine Zigarette aus der Schachtel und zündete sie an. Seine Eltern wollten nicht, dass er rauchte. Er sei mit vierzehn noch zu jung dafür, behaupteten sie. Doch Harald interessierte das genauso wenig wie alles andere, was seine Eltern von ihm forderten. Die hatten doch keine Ahnung, was heutzutage wichtig und angesagt war. Der Lauf des Lebens hatte die beiden Alten überrollt und niedergewalzt. Den Anschluss an die Wirklichkeit hatten sie längst verloren. Ohnehin kontrollierten sie ihre erzieherischen Vorgaben nicht mehr, die Zeiten waren vorbei. Sie hausten auf Kosten des Staates in ihrer kleinen Drei-Zimmer-Wohnung, sahen den ganzen Tag fern und soffen sich den Arsch zu. Was um sie herum los war, registrierten sie kaum noch. Der Verlust der Tankstelle hatte ihnen das Rückgrat gebrochen.

Nur wenn die Schule anrief, raffte sich sein Vater zu einer Standpauke auf. Harald ertrug das geduldig und mit einer Gleichgültigkeit, die jedem Actionheld zur Ehre gereicht hätte. Ohnehin glich das Gebrüll seines Vaters normalerweise eher einem Sommergewitter als einem Vulkanausbruch: zwar laut und heftig, doch rasch vorbei und ohne Folgen.

Normalerweise.

Heute war es anders gewesen. Heute hatte er ihm das Taschengeld gestrichen.

Vermutlich hatte sein Vater schon länger nach einem Grund gesucht, die letzten paar Kröten, die er Harald zusteckte, auch noch einzusparen. Für zwei Flaschen Korn zum Bier reichte es immerhin. Da war der Anruf aus der Schule wohl zur rechten Zeit gekommen. Haralds Beteuerung, dass an den Vorwürfen des Mädchens nichts dran sei, hatte ihn nicht interessiert. Ungerührt hatte er das Brüllprogramm durchgezogen und ihm zum Schluss den Geldhahn zugedreht.

In einem neuerlichen Anfall von Wut hieb Harald mit der Faust auf die rostige Zeitungsbox, ein Überbleibsel aus besseren Zeiten. Inzwischen füllte die Box niemand mehr auf. Das Blech des Deckels schepperte und wölbte sich nach innen. Mit der Stiefelspitze trat er das Plexiglas ein, hinter dem früher ein Ansichtsexemplar gesteckt hatte, um die Schlagzeile zu präsentieren.

Wovon sollte er jetzt die Kippen kaufen? Und das Bier? Mann, er musste doch ohnehin schon sparsam sein. Ohne Geld ging gar nichts mehr. Auf Dauer würden Fred und Jochen ihn auch nicht aushalten. Die hatten ja selbst kaum was in der Tasche. »Scheiße!«, stieß er zwischen zwei Zügen an der Kippe aus.

»Und dein Vater meint es wirklich ernst?«, fragte Fred.

Harald kniff das rechte Auge zu, als der aufsteigende Rauch der Zigarette darüberstrich. »Nee, war nur ein schlechter Scherz von ihm«, knurrte er. Der Glimmstängel wippte zwischen seinen Lippen auf und ab. »In echt fand er es toll und hat mir spontan das Taschengeld erhöht.«

Freds Gesicht verlor jeglichen Ausdruck. »Häh? Echt jetzt?« Er war nicht der Hellste und nahm zunächst alles für bare Münze, was man ihm erzählte. Harald hatte ihn mit den zwei gegensätzlichen Aussagen überfordert.

Jochen nahm eine Bierflasche aus dem mitgebrachten Sixpack und hebelte mit dem Feuerzeug den Kronkorken ab. »Mensch, Fred, du bist so was von blöd.«

Harald trat die Zigarette aus und machte sich ebenfalls ein Bier auf. »Leute, ohne Kröten ist das Leben Scheiße. Ideen?« Er lehnte sich an die ausgediente Zapfsäule.

Eine Weile schwiegen sie. Harald dachte an den kleinen Tante-Emma-Laden, den eine Freundin seiner Mutter keine hundert Meter die Straße runter betrieb. Dort könnte er die Regale auffüllen. Das hatte er vor zwei Jahren in den Sommerferien auch getan. Es fiel zwar vermutlich unter Kinderarbeit, aber hier im Dorf interessierte das niemanden. In der Eifel beherzigte man das kirchliche »Ora et labora«: Bete und arbeite. Der Papst hätte seine reine Freude daran. Wer fleißig war, der wurde gelobt, egal, wie illegal das war.

Der Wind klimperte mit den Klampen des Fahnenmastes, an dem früher die Fahne mit dem Firmenlogo der Tankstelle gehangen hatte. Ein Auto rauschte vorbei. Wasserfontänen spritzten zur Seite, das Licht der Scheinwerfer spiegelte sich grell in den Regenfluten auf der nassen Straße.

Garantiert würde die verwitwete Ladenbesitzerin Haralds Hilfe annehmen. Nicht nur, um seiner Mutter einen Gefallen zu tun, sondern auch aus praktischen Gründen. Drei Bandscheibenvorfälle machten es ihr unmöglich, schwere Kisten anzuheben. Zurzeit half sie sich damit aus, ihre Kunden um Hilfe zu bitten, was ihr allerdings peinlich war. Harald wäre für sie bestimmt so etwas wie ein Sechser im Lotto. Nur verspürte er überhaupt keine Lust auf Arbeit. Uncool war es noch dazu, sich für ein paar Kröten abzurackern.

»Und wenn du dich bei dem Mädchen entschuldigst?«, fragte Fred.

Harald grunzte verächtlich. »Du hast doch eine Vollmeise. So weit kommt es noch, dass ich mich für einen kleinen Flirt entschuldige.«

Fred ließ nicht locker. »Nee, echt, Mann, denk darüber nach. Deinem Vater wird das gefallen. Dann hat er keinen Grund mehr, dir kein Taschengeld zu geben.«

Jochen gab Fred eine Kopfnuss. »Halt's Maul. Harald schleimt sich nicht ein.«

»Au!«, rief Fred. Er senkte den Kopf und rammte die Stirn gegen Jochens Brust.

Die folgende Rangelei ließ Harald kalt. Jochen und Fred balgten sich häufig. Von Gemüt her waren sie wie zwei junge Hunde, die bei jeder sich bietenden Gelegenheit spielerisch ihre Kräfte maßen. In fünf Minuten würde der Spuk vorbei sein. Abgekämpft, aber zufrieden würden sie Schulter an Schulter stehen und wie die Irren kichern.

Harald steckte sich noch eine Kippe an. Er ließ den Rauch genießerisch durch die Mundhöhle rollen und spülte dann mit einem Schluck Bier nach.

Sie könnten sich Masken besorgen und beim Tante-Emma-Laden in die Kasse greifen. Eine Weile würde das erbeutete Geld sicher reichen. Aber mehr als einmal konnte man das nicht durchziehen. Die Witwe würde Gegenmaßnahmen ergreifen, da war er sich sicher. Kameras, Bewegungsmelder und so ein Zeugs. Ohnehin würde jeder im Ort ihn und seine Kumpels verdächtigen. Sie hatten ihren Ruf als Halbstarke weg. Garantiert würde irgendjemand sie anschwärzen. Und dass Fred die Klappe hielt, falls die Polizei ihn unter Druck setzte, davon durfte man nicht ausgehen. Nein, wenn schon ein Bruch, dann besser nicht in der Nähe des Dorfes.

In Haralds Blickfeld tauchte eine Person auf, ein Mädchen in seinem Alter. Sie kämpfte mit einem Regenschirm gegen das Unwetter an. Eine heftige Böe griff unter den Schirm, drückte das Gestänge nach oben und klappte es um. Mit einem verbissenen Gesichtsausdruck versuchte sie, den widerborstigen Schirm zurück in seine ursprüngliche Position zu bringen. Es gelang ihr nicht. Mit der freien Hand versuchte sie, ihr Gesicht vor dem Platzregen zu schützen, und spurtete los, genau in Haralds Richtung. Bestimmt wollte sie sich ebenfalls unter dem Vordach der Tankstelle unterstellen.

Haralds Puls schnellte in die Höhe. Er hatte sie sofort erkannt. Das war die Kleine, deretwegen er Stress mit seinem Vater hatte. Sie war schuld daran, dass er kein Taschengeld mehr erhielt. Was wollte die denn bei dem Scheißwetter hier draußen?

Er drückte sich mit dem Rücken von der Zapfsäule ab. »Ey, ihr Pisser. Schluss mit dem Quatsch.« Zu seiner Überraschung hörten sie sofort mit der Balgerei auf.

»Was ist denn?«, fragte Jochen.

Harald nickte in Richtung des Mädchens.

»Oh!«, stieß Fred aus. »Mann, hast du ein Glück, Harald. Dann kannst du dich ja sofort entschul…«

»Fresse, Kleiner«, entgegnete Harald. Ihm war eine Idee gekommen. Mit wenigen Worten erklärte er den beiden sein Vorhaben.

»Geil«, sagte Jochen, als Harald geendet hatte. »Das wird ein Spaß.«

Fast an der Zapfsäule angekommen, sah das Mädchen auf. Übergangslos stoppte sie, als sie die drei Jungs bemerkte. Doch bevor sie sich umdrehen und die Flucht antreten konnte, war sie umzingelt. Harald, Fred und Jochen drängten das Mädchen zur Tür der alten Werkstatt, für die Harald noch immer einen Schlüssel besaß. Er schloss auf, Jochen schubste das Mädchen hinein.

Der Regen trommelte überlaut auf das Flachdach und auf die milchige Kunststoffhaube des Oberlichts. Harald schaltete das Licht an. Leuchtstoffröhren flackerten auf und rissen die Hebebühne in der Mitte des Raums aus der Dunkelheit. Die monatelange Stilllegung hatte dem über Jahrzehnte in jeder Ritze festgesetzten Geruch nach Öl und Schmierfett nichts anhaben können.

Fred zog die Tür ins Schloss. Sie bauten sich im Kreis um das Mädchen auf.

»Was soll das? Lasst mich in Ruhe!« Ihre Stimme stockte vor Angst. »Ich schreie.«

Harald grinste. »Na mach doch.« Bei dem Unwetter draußen hört dich sowieso keiner.« Er ging einen Schritt auf sie zu.

Sie wich zurück, prallte dabei gegen Jochen. Der schubste sie in Haralds Richtung. Dabei verlor sie ihre Handtasche. Sie fiel auf den Boden, ein Portemonnaie und eine Packung Papiertaschentücher rutschten heraus.

»Wie war das? Ich soll dich gestern ›unsittlich‹ angefasst haben?«

»Du hast mir an den Busen gegrapscht«, rief sie.

Harald griff ihr in die nassen Haare und zerrte sie zu sich heran, wobei er sie gleichzeitig nach unten drückte. »Das war ein Versehen.«

Sie heulte auf und schlug um sich. »War es nicht … du hast … hast … sie gequetscht.«

»So? Habe ich gar nicht bemerkt.« Gehässig lachte er, Fred und Jochen stimmten ein.

Sie hatten die Kleine gestern in der Freistunde ohne ihre Freundinnen entdeckt und die Gelegenheit genutzt, um sich vorzustellen. Allein, nur mit einem Schulbuch in der Hand, hatte sie in der heruntergekommenen Grillhütte im Wäldchen hinter dem Schulkomplex gesessen. Harald hatte schon lange ein Auge auf sie geworfen. Mit ihrer Stupsnase und den geschwungenen Lippen passte sie bestens in sein Beuteschema. Anfänglich hatte er sich von seiner guten Seite gezeigt. Ein wenig quatschen, hier und da eine Berührung, dann ein versuchter Kuss. Letzteres hatte ihm die Ohrfeige eingebracht, die ihn hatte rot sehen lassen. Wer weiß, was er mit ihr angestellt hätte, wäre nicht zufällig ein Pauker vorbeigekommen! Sie hatte ihn natürlich sofort angeschwärzt, das Miststück.

Sie wehrte sich, als er auf sie zutrat und sie packte. Unbeeindruckt ließ Harald die Schläge von sich abprallen. Er spürte so gut wie nichts und achtete darauf, ihr nicht den Unterleib zum Schlag anzubieten. Adrenalin pumpte durch seinen Körper und heizte die Wut an. Mit der freien Hand packte er ihren Arm, drehte ihn auf ihren Rücken und drückte ihren Unterarm nach oben.

Sie schrie auf. Augenblicklich erlahmte ihr Widerstand.

Er beugte sich über sie, ganz nah an ihr Ohr. Er konnte nicht widerstehen und leckte ihr über das Ohrläppchen. Wie aus weiter Ferne hörte er die anderen lachen.

»Zeig's der kleinen Schlampe«, rief Jochen.

»Ich habe Ärger bekommen«, sagte Harald. »Wegen dir.«

Sie drehte den Kopf und schielte zu ihm hoch. In ihren Augen flackerte Angst. »Das … das … wollte ich nicht. Wirklich nicht.«

»Schnauze.« Er zog sie näher an sich heran, griff mit der freien Hand nach vorne und fummelte an ihrem Busen herum. »Du hast aber auch geile Möpse.« Er unterdrückte ein wollüstiges Stöhnen. »Gefällt es dir?«

Sie hatte den Widerstand aufgegeben. Stocksteif stand sie da und weinte.

Ihre Temperamentlosigkeit fachte Haralds Wut nur noch mehr an. Er war doch kein Monster. Bildete sie sich vielleicht ein, etwas Besseres zu sein? Er kniff ihr in die Brustwarzen. »Stehst du nicht auf Jungs? Bist du eine Lesbe?«

»Lesbe? Ja … ja … genau.« Sie wand sich, versuchte, seinen gierigen Fingern auszuweichen. »Tut mir leid, aber es ist … eben so. Ansonsten hättest du mir schon gefallen. Du siehst ja …«

Harald holte sein Springmesser aus der Hosentasche und ließ die Klinge vor ihren Augen herausschnellen. »Verarsch mich nicht!« Er bemerkte, wie Fred und Jochen alles aus weit aufgerissenen Augen beobachteten. Ihr Lachen war verstummt.

Gut so. Er würde ihnen zeigen, wie man mit so einer Schlampe umsprang. Die Niederlage von gestern hatte an seinem Image gekratzt, nun würde er sie vergessen machen.

Er beugte sich wieder an ihr Ohr. »Jetzt pass mal schön auf, Schätzchen. Ab heute ist jeder Montag Zahltag. Verstanden?«

Sie schüttelte leicht den Kopf.

»Montag für Montag bringst du mir einen Zehner ... ach was, warum kleinlich sein, schließlich hast du mir den Ruf eines gierigen Fummelbruders eingebracht. Es wird mich einiges kosten, den wieder zu verlieren. Das muss bestraft werden. Also, du bringst mir jeden Montag einen Zwanziger.« Er strich ihr mit der Klinge über die Wange. »Und wehe, du petzt wieder. Dann wirst du es bereuen. Ist das jetzt klar?«

»J... ja«, presste sie hervor.

Mit Nachdruck stieß Harald sie von sich. Sie taumelte vorwärts und prallte mit der Stirn gegen eine Säule der Hebebühne. Benommen ging sie zu Boden.

»So, mal sehen, was du heute für mich dabeihast.« Harald hob das Portemonnaie auf und öffnete es. Ein Zwanzig-Euro-Schein steckte im Seitenfach. »Krass.« Er zog den Schein heraus und präsentierte ihn stolz Jochen und Fred.

»Bitte nicht«, flehte sie heulend. »Ich muss zur Apotheke. Meine Schwester ... sie ... ihre Medikamente ...«

Harald beförderte die Handtasche mit einem Tritt in ihre Richtung und warf das Portemonnaie hinterher. »Dir wird schon was einfallen.«

»Du schuldest mir noch zehn«, sagte Jochen und hielt die Hand auf.

»Penner. Soll ich den Schein durchschneiden, oder was? Kommt, wir holen uns bei der Tanke Nachschub.«

»Und die Kleine?«, fragte Fred.

Gleichgültig zuckte Harald mit den Schultern. »Ich glaube nicht, dass sie unsere Gastfreundschaft noch länger genießen möchte.« Er ging vor ihr in die Knie und musterte sie.

Gott, was hatte er nur an ihr gefunden? Mit den verquollenen Augen sah sie aus wie eine grippekranke Kröte.

»Worauf wartest du noch? Verschwinde. Wenn du nachher noch hier sein solltest, wird es sehr, sehr, sehr ungemütlich für dich. Klar?«

Sie nickte heftig. Auf den Knien herumrutschend, klaubte sie ihre Sachen zusammen.

Harald stand auf.

Eine euphorische Welle brandete durch seinen Körper. Er fühlte sich stark, so als wäre er soeben um mehrere Zentimeter gewachsen.

Ungehemmt folgte er einer Eingebung.

Er fingerte seinen Pimmel aus der Hose und pisste sie an.

Einfach so, weil er es konnte.

Er war der Größte, der Beste, der Coolste. Er hatte alles im Griff.

23

Fischbach hängte den Helm über das Lenkrad. Mit dem Handschuh wischte er das Benzin vom Tank, das er vorhin beim Auftanken in der Eile verkleckert hatte, dann sah er sich um. Ein kleiner Talkessel, eingerahmt von Bäumen. Eine Lichtung auf der rechten Seite. Dort waren früher mal Gleise verlaufen. Ein überwucherter Tunnel am Ende der Lichtung wies darauf hin. Die Straße beschrieb eine lang gezogene Kurve und endete unten auf der L 73, was von hier aber nicht einsehbar war.

Vor Welschers Porsche parkten zwei weitere Oldtimer, ein beigefarbener Mercedes und ein knalloranger BMW. Drei Männer und eine Frau standen zusammen und redeten miteinander. Sicherlich waren das Teilnehmer der Rallye.

Etwa zwanzig Meter vor dem beigefarbenen Benz konnte er die zerbeulten Überreste des Unfallwagens erkennen.

Drei Leute von der Tatortgruppe untersuchten den Wagen, eine weitere Person lief herum und fotografierte, ein anderer vermaß die Schleuderspuren, ein Sechster kümmerte sich um die Splitterspuren an einem Baumstamm. Ein zweites Team schien sich auffällig für die Lichtung und den Tunneleingang zu interessieren. Sie gossen Reifenspuren aus und suchten den Boden ab.

Zwei Einsatzwagen riegelten oberhalb der Unfallstelle die Straße ab, und er war sich sicher, dass es unten an der L 73 ebenso gehandhabt wurde. Der Fahrer eines gelben Abschleppwagens stand an die Tür seines Führerhauses gelehnt und rauchte. Ein Mann mit Weste schlenderte Pfeife rauchend herum. Der etwas abseits auf dem Seitenstreifen geparkte Mini-SUV musste seiner sein, er gehörte jedenfalls nicht zum Ermittlungsteam. Ab und zu zückte er seinen Fotoapparat, ein Gerät mit einem Objektiv von der Länge einer Panzerfaust, fixierte seelenruhig ein Motiv und drückte dann ab. Bestimmt einer von der Presse, dachte Fischbach. Ihm fiel ein, dass er von einem Reporter gehört hatte, der bei Hillesheim wohnte und der dort zuständigen Polizei wohl einige Male bei der Aufklärung von Mordfällen geholfen hatte. Der könnte es vielleicht sein. Der Mann sprach jetzt mit den zwei Feuerwehrleuten, die bereitstanden, um Bindemittel auf das auslaufende Öl und Benzin zu schütten. Horchte er sie aus?

Egal, Wissenswertes würde der Reporter von den beiden ohnehin kaum erfahren.

Den verletzten Fahrer sah er nirgends. Garantiert war er schon auf dem Weg ins nächste Krankenhaus.

Welscher, Feuersänger und Andrea Lindenlaub standen vor der Motorhaube des Mercedes und unterhielten sich mit zwei Frauen, die Fischbach nicht kannte. Eindeutig Polizistinnen in Zivil, denn sie trugen ihre Waffen in Holstern an der Hüfte. Andrea Lindenlaub winkte ihn heran.

Als ob er nicht von allein zu ihr gekommen wäre.

Mit einem knappen Nicken grüßte Fischbach im Vorbeigehen die Teilnehmer der Rallye und steuerte auf die Kollegen zu.

Andrea ergriff seinen Oberarm. »Das ist der Kollege Hotte, äh … Horst Fischbach«, stellte sie ihn vor, bevor er selbst die Gelegenheit dazu hatte. »Hotte, das sind die Kolleginnen aus Koblenz.« Sie wies auf die kleinere Frau, die ein paar Pfunde zu viel auf den Hüften hatte. »Regine Gruber«, sagte sie. »Und das ist Ines Holbruch.« Sie deutete auf die andere Frau, die deutlich schlanker und durchtrainierter war. Sie trug ihre Pistole lässig an der Hüfte. Typ Flintenweib, dachte Fischbach. »Mit ihr hast du vorhin telefoniert.«

»Ich leide nicht an Demenz«, entgegnete er und gab den beiden aus Koblenz die Hand.

»Schön, dass ihr alle so schnell hier sein konntet«, sagte Ines Holbruch. »Bist gerade rechtzeitig eingetroffen, Hotte. Ich wollte gerade die ersten Ergebnisse zusammenfassen.«

Fischbach nickte und forderte sie mit einer knappen Geste auf, doch bitte gleich loszulegen.

»Also«, begann Ines Holbruch, »die Strecke hier ist eine Etappe der ›Eifel-Klassik‹. Dabei handelt es sich, wie ihr schon wisst, um eine Oldtimerrallye quer durch die Eifel. Alles angemeldet und bestens organisiert, um das am Rande zu erwähnen. Das Opfer ist Max Gutmann, Mitorganisator der Rallye. Gefahren hat er dieses wunderschöne Stück Technik.« Sie wies in Richtung des Fahrzeugwracks. »Ein Aston Martin DB5, berühmt aus dem James-Bond-Klassiker …«

»… ›Goldfinger‹«, warf Welscher ein. »Ist bekannt.« Er zwinkerte ihr wissend zu.

»Fachmann?«

»Nicht direkt«, wiegelte er ab, »aber ich mag Sean Connery.«

Ines Holbruch legte die Hand auf den Knauf ihrer Waffe. »Und Clint Eastwood? Dirty Harry?«

Bevor Welscher antworten konnte, stöhnte Regine Gruber auf. »Mensch, Ines, konzentriere dich auf die Sache und geh nicht wieder allen mit deinem Filmwissen auf die Nerven.«

Verstohlen musterte Fischbach die Umgebung. Sein Blick blieb wieder an diesem Reporter hängen. Der saß fünfzig Meter entfernt auf der Leitplanke und stopfte sich lässig eine Pfeife. Während er sie anzündete, sah er auf und hob fragend die Augenbrauen.

Fischbach warf ihm einen warnenden Blick zu.

Der Mann nickte, schob sich die Pfeife in den Mund, hob die Hand zum Abschied und schlenderte zu seinem Wagen. Dabei stieß er eine riesige Rauchwolke aus. Auf Fischbach wirkte das wie eine Reminiszenz an die Dampflokomotiven, die hier früher durchs Tal gerollt waren.

»Ist ja schon gut.« Ines Holbruch verschränkte die Arme vor der Brust. »Man wird bei all dem Leid doch auch mal an die schönen Dinge …«

»Ines!« Regine Gruber straffte sich. »Mach endlich weiter.«

»Okay, okay. Also, Gutmann ist hier auf der L 74 unterwegs gewesen.«

Ines Holbruch fasste das Unfallgeschehen ohne weitere Abschweifungen zusammen und endete mit den Worten: »Bislang haben unsere Techniker drei Einschusslöcher feststellen können. Alle trafen den Wagen auf der rechten Seite. Daher gehen wir davon aus, dass der Schütze von der Lichtung aus gefeuert hat. Eine Kugel blieb im Motorblock stecken, zwei haben die Karosserie durchschlagen. Eine davon streifte Max Gutmanns Oberarm. Die andere steckt in seinem Oberschenkel.«

»Oje«, murmelte Andrea Lindenlaub.

»Kaliber?«, fragte Welscher.

»7.62 NATO«, informierte ihn Regine Gruber.

Feuersänger schnalzte mit der Zunge. »Ah, okay, dann werden wir das doch gleich mal mit den Projektilen vergleichen, die wir in Clerks Büro gefunden haben.«

Regine Gruber nickt. »Wir gehen davon aus, dass alle aus derselben Schusswaffe stammen. Ist ja schon auffällig, dass eine gute Woche nach dem Mordanschlag auf ein Vorstandsmitglied des Oldtimerclubs ein weiteres Vorstandsmitglied Ziel eines Attentates wird. Eben deshalb haben wir euch ja auch direkt benachrichtigt.«

»Können wir uns ein wenig umschauen und umhören?«, fragte Fischbach.

»Nur zu«, sagte Regine Gruber. »Dafür seid ihr ja hier.«

Der Tunneleingang wirkte auf Fischbach wie ein dunkler Schlund, der sie zu verschlingen drohte. Im Inneren huschten helle Flecken über das Mauerwerk. Das spärliche Licht reichte aber nicht aus, um Einzelheiten zu erkennen.

»Drei Jungs von der Tatortgruppe sind dort drinnen unterwegs«, sagte Regine Gruber, die neben ihm stand.

Fischbach schaute sich nach Feuersänger um und bemerkte, dass der abhandengekommen war. Er entdeckte ihn an der Straße, im Gespräch mit den Kollegen, die das Autowrack untersuchten. Sein Feuermal war selbst aus dieser Entfernung nicht zu übersehen. Weiter hinten hörte Fischbach einen Motor röhren.

Das war bestimmt Welscher, der mit dem Leihwagen auf dem Weg nach Bad Neuenahr war. Gemeinsam mit Ines Holbruch wollte er Max Gutmann aushorchen. Ein Arzt aus der Klinik hatte sie vor einer Viertelstunde informiert, dass Gutmann bei Bewusstsein war. Seine Verletzungen waren zwar schmerzhaft, aber nicht lebensbedrohlich. Die Kugel im Oberschenkel hatte sogar unter örtlicher Betäubung entfernt werden können. Glück im Unglück, wie sich der Arzt ausdrückte: Sie hatte die Aorta nur um Millimeter verfehlt.

Während er sich mit Regine Gruber hier auf der Lichtung umsah, befragte Andrea Lindenlaub die Zeugen. Das war Fischbach nur recht. So blieb ihm erspart, alles zu Papier zu bringen.

»Die suchen Zentimeter für Zentimeter alles ab«, sagte Regine Gruber. »Wir gehen bis auf Weiteres davon aus, dass der Täter den Tunnel als Fluchtweg benutzt hat. Bietet sich zum Verschwinden aus diesem Talkessel einfach an. Willst du durchgehen?« Sie hielt ihm eine der zwei Stabtaschenlampen hin, die sie vorsorglich mitgenommen hatte.

»Dürfen wir da denn schon rein?« Er dachte an Feuersänger und wie der sich an einem Tatort aufführte. Solange seine Leute Spuren sicherten, war alles absolute Sperrzone. Und wer die nicht respektierte, den stauchte Feuersänger auf die Größe eines Däumlings zusammen.

Regine Gruber warf sich in die Brust. »Selbstverständlich. Wer sollte uns hindern?«

Fischbach nahm die Taschenlampe und sparte sich die Antwort. Offensichtlich tickten die Uhren bei den Koblenzer Kollegen anders.

Unter ihren Sohlen knirschte der Kies. Schon nach wenigen Schritten wurde es merklich kühler, die Luftfeuchtigkeit stieg an. Fischbach hörte Wasser von den Wänden tropfen. Der Tunnel schnitt nicht gerade durch den Berg, sondern bog sich nach links. Ein Rußstreifen am Scheitel der Decke erinnerte Fischbach an die Fahrt mit der Brohltalbahn, dem Vulkan-Express, die er im Frühling auf ihren Wunsch mit Sigrid unternommen hatte, eine Sonderfahrt mit einer von Grund auf restaurierten Dampflok. Obwohl ihm anfänglich nicht der Sinn danach stand, hatte sich seine Laune von Minute zu Minute gebessert. Er hatte das gemächliche Tempo genossen. Mal hell, mal schwarz hatte die kleine Lok den Rauch aus dem Schornstein gepustet und den blauen Himmel damit eingefärbt.

Das stetige Rumpeln des altertümlichen Waggons hatte ihn in seine Kindheit zurückversetzt, in Zeiten, als der Schienenbus »Flitsch« noch regelmäßig durch das Oleftal gefahren war: er und sein Opa auf Tour durch die Eifel, zur Pilzsuche, zum Angelausflug oder zum Wandern. Es waren glückliche Tage, an die Fischbach gern, jedoch nicht ohne Wehmut zurückdachte.

Nach der Fahrt waren Sigrid und er noch in Brohl eingekehrt. Im »Eifelhof Brohl« hatte er sich einen perfekt gebratenen Hirschrücken gegönnt. Ihm lief schon allein bei der Vorstellung das Wasser im Mund zusammen.

»Irgendwie gruselig«, meinte Regine Gruber und holte ihn so in die Gegenwart zurück. »Als Kind habe ich immer die ›Drei Fragezeichen‹ gehört. Da gibt es eine Folge mit einem Geisterzug. Kennst du die?«

»Nein, nie gehört.«

»Da hast du etwas verpasst. In der Geschichte sollen die beim Bau verunglückten Arbeiter angeblich im Tunnel herumspuken. Mann, war das spannend. Ich habe eingemummelt unter der Bettdecke gelegen und mit angehaltenem Atem dem Hörspiel gelauscht.« Sie kicherte. »Und jetzt laufe ich selbst durch so eine Art Geistertunnel und suche nach einer verschwundenen Person.«

»Nur dass es kein Spuk ist, sondern die bittere Wahrheit.«

Sie erreichten eine von der Tatortgruppe mit einem Flatterband abgesteckte Stelle. Fischbach richtete den Lichtkegel der Taschenlampe darauf. Ein Fußabdruck im Schlamm einer flachen Pfütze. »Bin gespannt, ob der mit einem von denen, die wir gefunden haben, übereinstimmt.«

In der Ferne sah man jetzt das helle Oval des Tunnelausgangs. Die Lichter des Teams der Tatortgruppe wurden größer. Anscheinend waren sie auf dem Rückweg. Wenig später trafen sie aufeinander. Jeder von den dreien aus der Tatortgruppe trug eine imposante Taschenlampe mit sich herum. Ein Flakscheinwerfer ist vermutlich nicht heller, dachte Fischbach. Dagegen wirkt die Stablampe in meiner Hand wie ein Spielzeug.

»Wir haben alles abgesucht«, berichtete einer der Männer. Ein Spitzbart verlieh ihm das Aussehen eines Piraten. »Den Fußabdruck habt ihr gesehen?«

»Ja«, antwortete Regine Gruber. »Sonst noch was gefunden?«

»Nichts. So sauber wie ein frisch gewickelter Babypopo. Ihr könnt umdrehen, gibt nichts, was ihr euch ansehen müsstet.«

»Von wegen«, sagte Regine Gruber, »ich will mir noch ein Bild vom Ausgang machen.«

»Immer dem Licht am Ende des Tunnels entgegen«, witzelte der Pirat und deutete mit dem Handscheinwerfer die Richtung an. »Passt nur auf, dass ihr euch nicht verirrt. Kennt ihr die Folge von den Drei Fragezeichen, die mit dem Geister–«

»Hab ich von gehört«, unterbrach ihn Fischbach.

»*Von* gehört?«

»Na ja, halt nicht selbst gehört.«

»Hm, verstehe«, brummte der Pirat und drückte Fischbach kollegial die Schulter. »Vermutlich bist du zu alt dafür.«

Fischbach zuckte zusammen. Warum musste ihn in letzter Zeit jeder Hinz und Kunz auf sein fortgeschrittenes Alter hinweisen? Es war schwer genug, sich einzugestehen, nicht mehr zu den Jüngsten zu gehören. Da musste man doch nicht auch noch Salz in die Wunde reiben. »Also, *so* alt …«, setzte er an, doch der Pirat hörte gar nicht mehr zu.

»Na, ihr wisst also Bescheid, nehmt euch vor den Chinesen in Acht.« Er lachte und ging mit den anderen beiden weiter.

Fischbach unterdrückte den Wunsch, dem Mann ein Bein zu stellen, und trottete hinter Regine Gruber her. Wenige Minuten später traten sie aus dem Tunnel. Fischbach blinzelte und schirmte mit der flachen Hand die Augen ab. »Das ist also Fuchshofen.«

Gemächlich floss die Ahr zu ihren Füßen dahin. In der fast perfekten Einhundertachtzig-Grad-Schleife des Wasserlaufs gruppierten sich zu seinen Füßen rund fünfzig Häuser. Früher hatte die Bahnstrecke hier über ein Viadukt geführt. Ein leichtes Gefälle sorgte dafür, dass sich das ehemalige Gleisbett in der Ferne auf Höhe des Dorfes senkte. Unter dem Mauerwerk rauschte der Verkehr auf der L 73 dahin.

Regine Gruber deutete in Richtung Dorf. »Ab Fuchshofen führt der Ahr-Radweg auf der ehemaligen Bahntrasse bis nach Dorsel. Schöne Strecke, gut befahrbar. Bin ich im Sommer mit meinem Mann geradelt.«

»Hm, ein schöner Fluchtweg also«, sagte Fischbach. »Perfekt für ein Motorrad.«

Sie gingen bis zur Mitte der Brücke. Fischbach schaute hinunter. Das Wasser der Ahr gurgelte über Steine, weiße Schaumkronen bildeten sich dort, wo es strudelte. Büsche säumten das Ufer. In einigen tief hängenden Ästen hatte sich Unrat verfangen.

»Wie kommst du auf ein Motorrad?«

»Einem Zeugen im Mordfall Peer Clerk ist ein Motorrad aufgefallen. Vielleicht hat hier auch jemand eins gesehen.«

Regine Gruber holte ihr Handy aus der Tasche. »Gebe ich sofort weiter.«

Fischbach nickte zufrieden. Die Gruber schien eine zu sein, die anpacken konnte. Das gefiel ihm. Ohne viele Worte das Richtige ankurbeln, so kam man voran.

Er ließ sie in Ruhe telefonieren und ging noch ein Stück weiter. Das Rauschen der Ahr wurde leiser. Am Ende der Brücke flimmerte die Luft über dem Asphalt eines großen Parkplatzes, an dem eine breite Straße endete. Im Schatten einiger Bäume stand ein quadratischer Baldachin. Darunter saßen zwei Männer auf einer Bierzeltgarnitur.

»Hallo«, grüßte Fischbach.

»Hi«, sagte der Jüngere. Auf seinem T-Shirt prangte das Bild eines Oldtimers. Er saß mit den Fingern über der Tastatur vor einem Notebook.

Der andere, etwa in Fischbachs Alter, sah kurz von den Blättern auf, die auf dem Tisch lagen, und nickte zur Begrüßung. Dann widmete er sich wieder den Unterlagen.

Einige fahrbare Koffer standen sorgfältig aufgereiht neben der Bierzeltgarnitur. Aufgewickelte Kabel lagen obenauf.

»Setzen Sie sich«, sagte der Jüngere und reichte Fischbach die Hand. »Ben Schüller. Aber sagen Sie ruhig Ben.«

Fischbach schlug ein und nahm auf der Bank Platz. Dabei achtete er darauf, nicht am Rand zu sitzen. Aus Schaden wird man klug, dachte er. Leider rückte er dabei dem Älteren mehr auf die Pelle, als es ihm eigentlich recht war.

»Also! Was soll das denn werden?«, beschwerte sich dieser auch sofort, warf ihm einen ärgerlichen Blick zu und rückte etwas ab.

Fischbach zeigte seine Messingmarke und stellte sich vor.

Skeptisch beäugte der Ältere die Marke. »Haben Sie auch einen Dienstausweis?«

»Ja«, sagte Fischbach, ließ es aber bleiben, auch noch den Ausweis zu zücken. Der Jüngere, dieser Ben, hatte einen offenen und freundlichen Gesichtsausdruck. Der würde ihm auch ohne Dienstausweis Rede und Antwort stehen, da war er sich sicher.

»Sie sind heute nicht der erste Beamte hier«, berichtete Ben Schüller. »Es geht um den Unfall, stimmt's?«

Der Ältere winkte ab. »Pah, Unfall. Dass ich nicht lache.«

Überrascht war Fischbach nicht. Es war zu erwarten gewesen, dass die Gerüchte schneller ins Grün schossen als die Raketen der Amerikaner in den Sechzigern ins All. »Und Sie heißen?«

Unwillig zog der Ältere die Nase kraus. »Habe ich alles schon zu Protokoll gegeben.«

»Nun, das liegt mir im Moment ja nicht vor, oder?«

»Hören Sie, ich will hier fertig werden. Die Polizei hat uns schon genug Zeit …«

»Dann würde ich vorschlagen, Sie beantworten meine Fragen, und ich bin schneller wieder fort, als Sie blinzeln können.«

Der Ältere zögerte noch einen kurzen Moment, dann sagte er: »Carl Josten.«

»Bestens, geht doch.« Fischbach wandte sich wieder Ben Schüller zu. »Sie haben recht, ich bin wegen des Unfalls hier. Nennen wir es ruhig weiterhin so, okay?«

»Ja, klar, passt schon. Um es abzukürzen, denn wir haben hier wirklich noch einen Arsch voll Arbeit: Wir haben von der ganzen Sache überhaupt nichts mitbekommen.«

»Waren Sie den ganzen Nachmittag hier?«

»Ja.«

»Um was zu tun?«

»Wir kümmern uns um die Zeitnahme für die Oldtimerrallye.«

Das hatte Fischbach bereits vermutet. In den Koffern war bestimmt das notwendige Equipment verstaut, Lichtschranken, Laser und so weiter. »Ihnen ist also nichts Ungewöhnliches aufgefallen?«

»Nein. Hier ging es vor dem Unfall zu wie in einem Bienenstock. Wissen Sie, man muss echt höllisch aufpassen. Fehler werden selten toleriert. Die Fahrer reißen einem eher den Kopf ab.«

»Ein Motorrad ist Ihnen nicht aufgefallen?«

»Nicht direkt, nein.«

»Vielleicht haben Sie eins gehört?« Fischbach dachte an seine Harley. »Die klingen ja nicht unbedingt so wie ein Auto.«

Ben Schüller lachte abgehackt. »Wissen Sie, was allein zwei Oldtimer für einen Krach produzieren? Da kommt kaum was drüber. Früher legte man bei der Konstruktion noch nicht so viel Wert auf Lärmschutz.«

Auffordernd blickte Fischbach zu Carl Josten. »Und wie sieht es bei Ihnen aus?«

»Also, jetzt, wo Sie es ansprechen … ja, mir ist ein Motorrad aufgefallen. Ich war kurz austreten, zwischen den Bäumen, und da rauschte so ein Teil vorbei. Ich dachte noch: He, der hat es aber eilig. Ich meine, in dem Tempo auf einem Radweg, das geht ja gar nicht. Da fahren doch auch Kinder. Ich hätte ihn sogar gemeldet, doch er war zu schnell vorbei. Das Nummernschild konnte ich nicht mehr erkennen. Schließlich … äh …«, er sah an sich herab, »ich hatte ja was in der Hand, mit dem ich nicht die ganze Umgebung begießen wollte.«

»Verstehe«, sagte Fischbach. »Wie sah denn die Maschine aus? Können Sie etwas zum Fahrer sagen? Groß? Klein? Welche Farbe hatte der Helm?«

»Alles schwarz wie die Nacht, Klamotten, Helm, Stiefel, die Maschine auch. Eher hochbeinig.«

»Bitte? Hochbeinig? Eine Fahrerin, oder was wollen Sie damit sagen? Dann aber doch eher langbeinig, oder?«

Josten schüttelte den Kopf. »Nee, ich meine die Maschine. War so ein Crossdings, mit dem man einen Acker umpflügen könnte. Zum Fahrer kann ich gar nichts sagen, also ob Männlein oder Weiblein, keine Ahnung. In den Klamotten sehen die doch alle gleich aus.« Unwillig verzog er das Gesicht. »Brettern auf ihren Krachschleudern durch die Eifel und vermiesen uns die Freizeit. Verbieten müsste man das.«

Ben Schüller lachte. »Mensch, Carl, hör auf. Die Oldtimer sind, wie ich eben festgestellt habe, auch nicht gerade leise.« Er wandte sich an Fischbach. »Carls Katze ist im Frühling dem Vorderreifen eines Motorrads zum Opfer gefallen. Seitdem sind Zweiräder ein rotes Tuch für ihn.«

Carl sah Fischbach von oben bis unten abschätzig an. »Fahren Sie etwa auch so eine Mördermaschine?«

»Das tut nichts zur Sache«, wich Fischbach aus. »Auf jeden Fall haben Sie mir sehr geholfen. Sollte Ihnen noch etwas einfallen, melden Sie sich bitte.« Er diktierte Ben Schüller seine Büronummer und stand auf. »Rein aus Interesse: Was machen Sie eigentlich noch hier? Die Oldtimer sind doch alle fort. Heute kommt bestimmt keiner mehr.«

»Carl hat die Ankunftszeiten analog genommen«, antwortete Ben Schüller und drehte das Notebook so, dass Fischbach einen Blick auf den Bildschirm werfen konnte. »Er liest seine Ergebnisse vor, ich gleiche das mit den Zeiten im Computer ab. Muss man nicht machen, doch wir haben uns im Club einen hohen Standard verordnet. Der Computer ist genauer, jedoch nicht unfehlbar. Grobe Fehler würden wir auf diese Weise sofort bemerken. So ganz ist der Technik halt nicht zu trauen. Nach dem Abgleich errechnen wir die Ranglisten, aufgeteilt nach den teilnehmenden Oldtimerklassen. Die werden dann morgen vor dem Start den Teilnehmern präsentiert. Und um ihre Frage vorwegzunehmen: Diejenigen, die durch den Unfall aufgehalten wurden und nicht gewertet werden konnten, erhalten einen Bonus für die morgige Etappe. So können sie alles wieder aufholen. Es sind aber nur fünf an der Zahl, der Rest war vor Gutmann unterwegs.«

Fischbach versteifte sich. Hatte er gerade richtig gehört? »Wie jetzt? Das Rennen wird fortgesetzt?«

»Warum nicht?«, fragte Carl Josten.

Fischbach deutete in Richtung Straße. »Ein Vorstandsmitglied ist verunglückt. Möglicherweise ist der Grund dafür ein Attentat. Das kann man doch nicht einfach ad acta legen und so tun, als wäre nichts passiert.«

Jetzt sahen die beiden Männer Fischbach verständnislos an.

Der drehte sich um und stapfte davon. Was nutzte es, seiner Empörung Luft zu machen? Offensichtlich waren die Würfel bereits gefallen.

Wieder auf der anderen Seite des Tunnels angekommen, ging Fischbach schnurstracks auf Andrea Lindenlaub und Feuersänger zu. Beide verfolgten gerade, wie der zerstörte Aston Martin auf die Ladefläche des Abschleppwagens gehievt wurde. Die Feuerwehrleute standen mit Bindemittel bereit. Sie würden sofort eingreifen, sollte bei dieser Aktion Benzin oder Schmiermittel auslaufen.

»Die machen weiter«, rief Fischbach aufgebracht. »Tun so, als wäre nichts passiert. Nicht zu fassen, oder?«

»Wo hast du denn Regine gelassen?«, erkundigte sich Andrea Lindenlaub.

»Was?« Irritiert sah Fischbach sie an. »Wieso ist das jetzt wichtig?«

»Nun, es interessiert mich halt.«

Der Kran schwenkte zur Seite und senkte sich. Mit einem Knarzen landete der Aston Martin auf der Ladefläche. Die Stoßdämpfer des Lastwagens knarrten unter dem zusätzlichen Gewicht.

Feuersänger sprang vor. »Das muss noch gesichert werden«, rief er dem Fahrer des Abschleppwagens zu. Er schnappte sich ein Spannband und stemmte sich auf die Ladefläche. Der Fahrer brummte etwas Unverständliches, ließ Feuersänger aber gewähren.

»Sie ist noch drüben«, Fischbach deutete in Richtung Tunnel. »Der Täter ist anscheinend mit einem Motorrad geflohen. Sie telefoniert rum, damit die Kollegen gezielt danach fragen.«

»Immerhin ein Ansatzpunkt.«

»Ja, ja, besser als nichts. Aber hast du schon mitbekommen, dass die Rallye fortgesetzt wird?«

Andrea Lindenlaub strich sich eine Haarsträhne hinters Ohr. »Ja. Eine Zeugin berichtete mir davon. Sie gehört zum Vorstand.«

Fischbach suchte die Umgebung ab. »Ist die noch irgendwo?«

»Nein. Vor etwa zehn Minuten sind alle wieder gestartet.«

»Mist! Ich hätte sie überzeugen … na egal, Chance vertan.« Er wandte sich wieder an Andrea. »Und?«

»Und?«

»Was und?«

»Was unternehmen wir dagegen?« Fischbach konnte kaum glauben, dass sie nicht zu wissen schien, wovon er sprach. Er an ihrer Stelle hätte schon längst alle Hebel in Bewegung gesetzt, um das Rennen zu stoppen. Er hatte Andrea Lindenlaub immer als fähige Beamtin eingeschätzt, eine, auf die man sich blind verlassen konnte. Doch er schien sich in ihr geirrt zu haben. Zumindest was das Leiten einer Mordkommission anging. Offensichtlich war das eine Nummer zu groß für sie.

»Wieso sollten wir …« Sie bemerkte seinen wütenden Blick, brach ab, räusperte sich und setzte neu an. »Also gut, was schlägst du vor?«

»Verbieten! Wir dürfen keine weiteren Todesopfer riskieren. Das Rennen muss abgesagt werden.«

»Hotte, komm mal runter. Wir können … also, wie stellst du dir das vor? Verbieten? Wir haben doch gar keine Handhabe.«

»Doch. Gefahr im Verzug.«

»Ach, hör auf. Die Staatsanwältin wird dir was husten. Wie willst du das denn begründen?«

Fischbach holte tief Luft, zwang sich zur Ruhe. Andrea Lindenlaub benahm sich wie ein dickköpfiges Kind. Es würde nichts bringen, aus der Haut zu fahren. Wollte er etwas erreichen, musste er Geduld aufbringen. Ansonsten würde sie nur auf stur schalten. »Denk doch mal nach, Andrea. Peer Clerk, ein Vorstandsmitglied in dem Verein hier, wurde von einem Scharfschützen ermordet. Max Gutmann, der ebenfalls Vorstandsmitglied ist, hat gerade einen Mordanschlag durch einen Scharfschützen überlebt. Das fällt doch auf.« Er machte eine ausholende Handbewegung. »Und an diesem Wochenende tourt der gesamte Vorstand nebst Mitgliedern durch die Eifel. Auf einer Route, die allgemein bekannt ist. Das sind fahrende Zielscheiben, Andrea. Der Täter muss sich nur auf die Lauer legen und abwarten. Wie ein Jäger im Hochstand. Nur dass der Jäger nicht weiß, ob tatsächlich Beute vorbeikommt.«

Abschätzend wiegte Andrea Lindenlaub den Kopf hin und her. »Ich gebe zu, daran habe ich auch schon gedacht. Ganz neu ist die Überlegung schließlich nicht. Dahin gehend haben wir ja bereits ermittelt. Aber Hand aufs Herz, Hotte: Selbst wenn wir genug Überzeugungskraft aufbringen und das Rennen tatsächlich beenden können – was dann? Der Täter wird sich davon nicht abhalten lassen. Die Gefahr besteht weiterhin. Er wird seinen potenziellen Opfern trotzdem nachstellen. Eine Absage bringt also nichts.«

Fischbach glaubte, sich verhört zu haben. »Du willst die also einfach in ihr Verderben fahren lassen?«, echauffierte er sich. »Wie kann man nur so ignorant sein?«

»Also, Hotte, ehrlich, dein Ton gefällt mir nicht«, gab Andrea Lindenlaub scharf zurück. »Glaub mal nicht, dass du dir als alter Hase *alles* erlauben kannst.«

In Fischbach eruptierte ein Vulkan. *Alt?* Hatte sie gerade gesagt, er wäre *alt*? Erfahren, ja, damit konnte er leben. Aber *alt*? Er spürte förmlich, wie die Synapsen in seinem Gehirn Funken schlugen. Sein Sichtfeld verengte sich, fokussierte Andrea Lindenlaubs Nasenspitze. In seinen Ohren rauschte es. Überall hörte er nur noch alt, alt, alt.

»Weißt du was: Da scheiß ich drauf«, polterte er. »Ich werde meinen Senf immer dazugeben, ob es dir passt oder nicht.«

Hatte er tatsächlich gebrüllt? Die Worte hallten in seinem Kopf nach. Sein Hals brannte, ob vor Zorn oder wegen des Geschreis, wusste er nicht. Es war, als hätte Andrea in seinem Kopf eine wunde Stelle berührt. Wütend drehte er sich um und lief los. Erst nach einigen Schritten merkte er, dass er die falsche Richtung eingeschlagen hatte. So würde er nie zu seiner Harley gelangen. Er korrigierte den Weg.

Punkte tanzten vor seinen Augen.

Alt!

Von wegen.

Jetzt würde er allen zeigen, was noch in ihm steckte.

24

Welscher stand am Fenster, die Hände hinter dem Rücken verschränkt.

Gutmann konnte sich über den Ausblick nicht beschweren. Das Marienhaus Klinikum in Bad Neuenahr lag direkt am Dahlienpark. Vom Herbst bunt gefärbte Laubbäume streckten sich dem blauen Himmel entgegen. Hinter den am Ufer stehenden Büschen glitzerte die müde dahindümpelnde Ahr im Licht der tief stehenden Sonne.

Vor zehn Minuten hatte Welscher mit Frank Lux telefoniert. Der hatte es allein zu Hause nicht mehr ausgehalten. Kurz entschlossen hatte er seine Sachen gepackt und am Flughafen ein Last-Minute-Angebot nach Ibiza gebucht. Jetzt saß er in Ibiza-Stadt und versuchte dort, über den Kummer hinwegzukommen. Welscher hatte sich die Adresse des Hotels und die Flugnummer notiert. Er würde das noch überprüfen müssen. Aber er war überzeugt, dass Lux die Wahrheit sagte. Damit hätte er zumindest für das Attentat auf Max Gutmann ein Alibi.

Auch bei Lea Clerk hatte er es versucht. Bisher ohne Erfolg. An der »Eifel-Klassik« nahm sie seines Wissens nicht teil, und wo sie sich stattdessen aufhielt, war ihm nicht bekannt. So musste er es wohl oder übel weiterprobieren.

Welscher drehte sich um.

Gutmann sah aus, als hätte man ihn durch den Wolf gedreht. Sein Gesicht glich einer Aubergine. Ein Cut verunzierte das Jochbein. An einer Stelle schräg über der Stirn hatte man ihm die Haare abrasiert, um eine Platzwunde zu nähen. Aus blutunterlaufenen Augen sah er Ines Holbruch an, die am Fußende des Bettes stand. Seit fünf Minuten stellte sie ihm Fragen. Doch bisher haderte Gutmann mehr mit dem Schicksal, als dass er konstruktive Hinweise beisteuerte.

»Ich könnte kotzen, wenn das nicht so weh…« Gutmann brach ab und hustete bellend. Sogleich stöhnte er auf. »Verdammte Scheiße. Die gebrochenen Rippen sind echt Horror.« Er hob die Hand, in der die Infusionsnadel steckte. Von dort führte ein durchsichtiger Schlauch zur transparenten Flasche mit der Medikamentenlösung. »Was geben die mir eigentlich? Placebos? Haben die kein Schmerzmittel, das mich so richtig wegknallt?«

Ines Holbruch verlagerte ihr Gewicht vom rechten Bein auf das linke und legte eine Hand auf ihren Pistolenhalfter. »Das geschieht auf unseren Wunsch hin«, erläuterte sie. »Erst brauchen wir Ihre Aussage. Danach können Sie sich von mir aus ins Traumland schießen lassen.«

»Ist doch Kacke«, murrte Gutmann. »Am besten, Sie kommen morgen wieder. Ich will nur noch schlafen.«

»An was erinnern Sie sich?« Ines Holbruch kannte kein Erbarmen.

Gutmann warf ihr einen vernichtenden Blick zu, dann sah er zur Decke und überlegte. »Also gut, Sie Nervensäge. Ich bin die Straße entlanggefahren, schön gemächlich. Ich hatte es nicht eilig.«

»Warum nicht?«, fragte Welscher. »Lagen Sie gut in der Zeit?«

»Ach was. Ich fahre … fuhr … ach, scheiß drauf. Ich fahre nur so mit«, antwortete Gutmann. »Schaue, ob jemand liegen geblieben ist, ob an den Kontrollstellen alles in Ordnung ist, kümmere mich um Beschwerden und so weiter. Halt alles, was so anliegt. Ich bin kein Teilnehmer, sondern ich organisiere. Sie verstehen?«

Welscher nickte.

»Ich fahre da also so vor mich hin«, erzählte Gutmann weiter, »und plötzlich höre ich einen Knall … ein Knacken … halt so ein Geräusch. Ich weiß nicht, wie ich es besser ausdrücken soll. Es hat mich total verunsichert. Ich meine, ich kenne mich ja mit Autos aus. Normalerweise kann ich alles zuordnen. Doch dieses Geräusch kannte ich nicht. Als Nächstes spürte ich eine unsägliche Hitze am Oberarm.« Er hob demonstrativ den Arm mit der Schusswunde. Der weiße Verband leuchtete hell und sauber. »Dann sah ich das Blut. Und stellte fest, dass es höllisch wehtat. Als hätte man mir den Arm abgerissen. Ich trat das Gaspedal durch, hörte wieder so ein Geräusch, und ...« Gutmann überlegte einige Sekunden. »Nichts, an mehr kann ich mich nicht erinnern. Oder ... warten Sie ... ja, ich glaube, ich bin von der Straße abgekommen.«

»Richtig.«

»Der Aston?« Panik flackerte in Gutmanns Augen auf. »Der ist doch in Ordnung, oder? Wenn nicht, macht mir Lou die Hölle heiß. Bei dem zählt jeder Kratzer.« Er richtete sich stöhnend auf. »Mit dem Wagen ist ...«

»... nichts, was man nicht reparieren könnte«, fiel Welscher ihm ins Wort. Er hielt es für besser, dass Gutmann erst einmal den Unfallschock überstand, bevor man ihm die nächste Hiobsbotschaft überbrachte.

Gutmann ließ sich ins Kissen zurückfallen. »Da fällt mir ein Stein vom Herzen. Ich dachte schon, ich hätte den Wagen zu Klump gefahren.« Er verstummte. »Schon scheiße, wenn man sich nicht erinnern kann«, ergänzte er kleinlaut.

»Durchaus nicht ungewöhnlich«, stellte Ines Holbruch fest. »Eine sogenannte retrograde Amnesie kommt bei Unfallopfern häufig vor. Es ist eine Schutzfunktion Ihres Körpers. Machen Sie sich also keine Sorgen.«

»Das beruhigt mich jetzt aber nicht unbedingt«, knurrte Gutmann. »Was ist, wenn ich den Schützen erkannt habe und mich wegen dieser verfluchten Retro-Amme nicht daran erinnern kann? Der kann doch dann einfach so hier reinstiefeln und mir eine Kugel durch den Kopf jagen.«

»Daran haben wir natürlich gedacht«, sagte Ines Holbruch. »Vor der Tür sitzt ein Kollege von mir. Der passt auf Sie auf.«

Welscher schaltete sich ein. »Kommen wir zur Sache zurück. Sie sahen also das Blut, dann kamen die Schmerzen, und Sie gaben Gas.« Er rieb sich das Kinn. »Was ich mich frage: Warum beschleunigten Sie? Bremsen wäre doch logischer gewesen, finden Sie nicht?«

Gutmann überlegte angestrengt. Er wirkte trotz seines geschwollenen und blutunterlaufenen Gesichts auf einmal fahl und grau. »Nein … oder … ja … doch.« Er wischte mit der Hand über die Bettdecke. Der Infusionsschlauch zog sich straff. Gutmann stöhnte auf und rieb mit dem Daumen über die Stelle, an der sich die Infusionsnadel durch die Haut bohrte. »Was weiß denn ich? Ich kann mich einfach nicht erinnern. Vielleicht wollte ich nur weg da. Ich meine, das wäre doch verständlich. Niemand stoppt freiwillig, um sich abmurksen zu lassen.«

»Sie sagten doch, dass Sie das Geräusch nicht zuordnen konnten. Von einer Bedrohung sind Sie daher wohl nicht ausgegangen.«

»Ach, drauf geschissen. Vielleicht habe ich die Pedale verwechselt.«

Welscher glaubte ihm. Gutmann machte nicht den Eindruck, als würde er irgendetwas verbergen wollen. Zumindest nicht hier und jetzt. »Haben Sie in letzter Zeit Drohungen erhalten?«

»Wie? Drohungen?«

Ines Holbruch verdrehte ungeduldig die Augen. »Briefe, Anrufe, E-Mails. Sind Sie verfolgt worden? So etwas. Das kennt man doch aus den Krimis im Fernsehen.«

Gutmann wollte den Kopf schütteln, beließ es aber bei einer Seitwärtsbewegung. Er stöhnte auf und fasste sich an die Stirn. »Mann, ich kann wirklich was Härteres gebrauchen. Ich sehe schon Sternchen.« Die Frage schien er vergessen zu haben.

Welscher stellte sich neben Ines Holbruch. »Hat wohl keinen Zweck mehr«, raunte er ihr zu.

Sie beugte sich an sein Ohr. »Einen kleinen Moment noch. Da geht bestimmt noch was.« Sie wandte sich wieder Gutmann zu. »Mensch, jetzt reißen Sie sich aber mal zusammen«, fuhr sie ihn an. »Jemand wollte Sie umbringen. Mit Ihrer Hilfe können wir denjenigen vielleicht aus dem Verkehr ziehen. Das ist doch in Ihrem Sinne. Offensichtlich stehen Sie ganz oben auf seiner Abschussliste, und wir können Ihnen nicht ewig einen Bodyguard mit auf den Weg geben. Also? Was ist mit Drohungen?«

Sie spielte den bösen Cop sehr überzeugend. Auf Welscher wirkte sie wie eine Domina, die mit scharfer Stimme forderte: »Ruf! Mich! An!«

Tatsächlich schien ihre Ansprache gewirkt zu haben.

»Mann, ist ja schon gut.« Gutmann stützte sich auf den Ellbogen seines unverletzten Armes. »Nein, keine Drohungen. Bei mir ist nichts angekommen.«

»Haben Sie Feinde?«

Er lachte müde. »Einen, der mich umbringen will? Doch wohl eher nicht. Aber man weiß ja nie, nicht wahr? Peer hätte es vielleicht drauf angelegt haben können. Doch der ist ja tot.«

»Peer Clerk?« Sie sah Welscher an. »Ist das nicht euer Mordopfer?«

»Ja. Gutmann hatte eine Beziehung mit dessen Frau.«

»Ah, okay, verstehe. Könnte dieser Clerk dann vielleicht jemanden auf ihn angesetzt haben? Ich meine, vor seinem Tod? Und derjenige weiß nichts davon, dass der Auftrag quasi storniert wurde, weil sein Auftraggeber selbst dran glauben musste?«

Welscher überlegte kurz, dann schüttelte er den Kopf. »Unwahrscheinlich, da vermutlich dieselbe Waffe von demselben Schützen abgefeuert wurde. Wie sollte das zusammenpassen? Aber wir sollten unsere Theorien woanders diskutieren, findest du nicht?«

Gutmann schwankte auf den Ellbogen hin und her. Es schien ihm schwerzufallen, sich noch halbwegs aufrecht zu halten. »Sie verrennen sich da in was. Peer wusste von nichts. Dafür würde ich meine Hand ins Feuer legen.«

Welscher deutete stumm mit dem Kinn zur Tür.

Diesmal nickte Ines Holbruch. »Wir melden uns wieder bei Ihnen, Herr Gutmann«, sagte sie und legte eine Visitenkarte auf den Nachtschrank. »Ich lasse Ihnen meine Nummer hier. Sollte Ihnen noch etwas einfallen, melden Sie sich bitte. Verstanden?«

»Ja, ja«, nuschelte er.

»Und Herr Gutmann?« Ines Holbruch wartete, bis sie davon überzeugt war, dass er ihr zuhörte. »Ihre Verletzungen sind bereits schlimm genug. Seien sie vorsichtig mit der Hand, die Sie ins Feuer legen wollen. Wir sollten nichts voreilig ausschließen, klar?«

25

Die hausgemachte Currywurst hatte Guido nicht angerührt. Die Soße klebte kalt und zäh an dem Fleisch, die Fritten pappten am Rand fest. Warum hatte er sich überhaupt etwas zu essen besorgt? Unbewusst hatte er sich in die Schlange gestellt und sich den Teller vollschaufeln lassen, obwohl er keinen Hunger, geschweige denn Appetit verspürte.

Die Cola perlte nicht mehr. Angewidert schaute er ins Glas. Er mochte keine abgestandenen Getränke.

Inzwischen leerte sich die Kantine, gesättigt schlichen die Kollegen in die Büros zurück. Einige gönnten sich auf dem Weg dorthin noch einen munter machenden Kaffee an der Bistrotheke. Ihr Lachen drang an seine Ohren. Normalerweise würde er ebenfalls dort stehen, doch heute hätte er am liebsten alles zu Kleinholz verarbeitet. Sein Hals schnürte sich zu, seine Fingernägel drückten schmerzhaft ins Fleisch seiner zu Fäusten geballten Hände.

Er hatte schon öfter einen Anschiss vom Chef erhalten. Das allein war es nicht, was sein Blut zum Sieden brachte. Jeder Streifenpolizist eckte hier und dort an, wenn er es mit den Vorschriften nicht ganz so genau nahm. Pro forma erhielt man anschließend vom Chef eine Zigarre verpasst. Man entschuldigte sich, gelobte Besserung, und die Angelegenheit war erledigt.

So lief es normalerweise.

Doch diesmal hatte das einen ganz anderen Charakter.

Da war kein Journalist gewesen, der sich über Guido beschwert hatte. Auch hatte er keinen seiner »Kunden« zu hart angefasst. Streng genommen hatte er rein gar nichts gemacht.

Und genau das war diesem Miststück übel aufgestoßen.

Er hieb mit beiden Fäusten auf den Tisch. Das Besteck hüpfte hoch und schepperte metallisch.

Ein Kollege ging mit seinem Tablett an ihm vorbei. »Probleme?«, fragte er.

Guido kannte ihn nur flüchtig und ignorierte ihn. Man musste ja nicht jedem auf die Nase binden, was einem im Kopf herumging.

Achselzuckend ging der Kollege weiter, stellte das Tablett auf das Förderband und verschwand aus Guidos Blickfeld.

Verfluchte Scheiße.

Es gab halt diese Phasen, da passierte nicht viel in der Stadt. Die Nacht von Ostersonntag auf Montag war so eine ruhige Zeit. Wenn man lange genug dabei war, wusste man das. Und klar, man nutzte es aus, schnaufte durch, freute sich auf eine friedliche Schicht. Das war nur verdient nach all den Einsätzen im Jahr mit prügelnden Ehemännern, Hooligans, Unfalltoten, randalierenden Jugendgruppen und alkoholisierten Möchtegernrambos. Deshalb war es an einem solchen Tag doch wirklich nicht zu viel verlangt, die Karre zwei Stunden vor Schichtende mal unbehelligt auf dem Parkplatz stehen zu lassen, am Schreibtisch sitzen zu bleiben und die Augen ein wenig zu schließen. Man wäre ja sofort hellwach und einsatzbereit, würde ein Notruf eingehen.

Aber nein, der Frischling wusste es besser.

Was heutzutage für übereifrige Scheißer in Köln den Dienst aufnehmen durften. Und mit welcher Selbstsicherheit sie auftraten. Das war zu seinen Anfangszeiten noch ganz anders gewesen. Einen altgedienten Kollegen hatte niemand in Frage gestellt. Bei Dienstantritt durften die Neuen die Alten nicht mal duzen. Dieses Privileg musste man sich verdienen, zum Beispiel indem man eine Kneipenschlägerei schlichtete. Oder einen kleinen Drogendealer hochnahm. Manchmal reichte es auch schon, im Berufsverkehr auf der Zoobrücke einen Unfall aufzunehmen und ein paar Stunden lang den Verkehr zu regeln. Unglaublich, was sich die Diener des Staates alles von vorbeifahrenden Pendlern anhören mussten.

Heutzutage gab es keinen Respekt mehr vor der Erfahrung. Der jungen Generation schien man auf der Fachhochschule Ecstasy verabreicht zu haben. Die trommelten so intensiv um Aufmerksamkeit wie Duracell-Hasen und forderten vom ersten Tag an Gleichberechtigung.

»Noch eine Runde durch den Eigelstein drehen«, dass er nicht lachte. Trotzdem hatte er sie mit Worten nicht davon abbringen können. Nicht im freundlichen und auch nicht im daran anschließenden harschen Ton.

»Präsenz zeigen«, hatte sie gesagt, weil sich doch die Geschäftsleute so bitter beschwert hätten.

Erst als er stur die Füße auf den Tisch gelegt und demonstrativ die Augen geschlossen hatte, war sie still gewesen. Doch diesen Sieg im Ränkespiel hatte er nicht lange genießen können.

Wieder beschleunigte sich sein Puls. Die Wut drückte seinen Brustkorb zusammen. Er keuchte.

Eine Beschwerde beim Polizeipräsidenten. An allen Vorgesetzten vorbei, auf direktem Weg nach ganz oben. Mit der Drohung, an die Öffentlichkeit zu gehen.

Dienstpflichtverletzung, Disziplinarverfahren, Strafversetzung im Wiederholungsfalle und noch viel mehr unliebsame Stichworte hatten zu der Tirade gehört, die er sich vor gut zwei Stunden hatte anhören müssen.

Heilige Scheiße!

Er war seit dreißig Jahren im Dienst, doch so etwas hatte er bisher noch nicht erlebt.

Und alles nur wegen dieser selbstgerechten Schlampe, die sich für was Besseres hielt.

Das würde er sich nicht bieten lassen. Dafür musste sie bluten.

Guido zwang sich, die Fäuste zu öffnen, um das Tablett zu packen. Er brachte es zum Geschirrförderband. Den sauren Geruch der kalten Currysoße ignorierte er.

Zuerst mussten die Kollegen von dem Vorfall erfahren, von ihrem Anschwärzen. So etwas machte niemanden beliebt. Und ihren gemeinsamen Vorgesetzten gefiel es garantiert nicht, von ihr übergangen worden zu sein. In diese Wunden würde er Salz streuen. Fehlten nur noch einige Gerüchte hinter vorgehaltener Hand an den richtigen Stellen. Sex mit Minderjährigen vielleicht. Oder noch besser: mit Hunden. Das konnte niemand nachprüfen.

Er steckte die Hände in die Hosentaschen. Sie zitterten nicht mehr. Er hatte jetzt einen Plan, der die Nerven beruhigte.

Sie hatte sich mit dem Falschen angelegt.

26

Stephan Tries verließ das vom Zigarettenqualm verräucherte Festzelt. Er hielt inne und roch reflexartig an seinem Oberhemd. Angewidert verzog er das Gesicht. Das konnte er direkt in die Wäsche geben.

Einen Moment lang ärgerte er sich darüber, sich unters Volk

gemischt zu haben. Doch das ging rasch vorüber. Es war ein schöner Abend gewesen, daran gab es nichts zu rütteln.

Nach dem Telefonat mit Charlotte hatte er einfach feiern müssen. Es ging ihr gut. Die Geschwulst, wegen der sie beunruhigt gewesen war, hatte sich als harmlose Ansammlung von Fettzellen herausgestellt. Ein winziger Eingriff übernächste Woche würde dem verkapselten Gewebe den Garaus machen.

Nur schade, dass Charlottes Freundinnen eine spontane Party organisiert hatten, um die frohe Botschaft zu feiern. So verzögerte sich ihr Eintreffen um einen weiteren Tag, und er musste das Doppelbett heute allein wärmen.

In seinen Ohren klang noch die Musik der Band nach, die den Abend mit sattem Discosound bestritt. Erst hier an der frischen Luft merkte er, wie laut im Zelt die Bässe hämmerten. Obwohl er nicht gern tanzte, hatte Camilla von Pallandt es mehrmals geschafft, ihn auf die Tanzfläche zu locken.

Eine wunderbare Person. Lebensfroh und irgendwie drollig. Beim Fachsimpeln mit den anderen Fahrern hatte sie sich einige Male auf seinen Schoß geschoben und ihm die Haare durchgewuselt. Dabei war sie ihm vorgekommen wie eine junge Hündin, die um Aufmerksamkeit buhlte. Doch damit konnte er umgehen. Wenn es ihm trotzdem mal zu viel geworden war, hatte er sie zur Bar geschickt, um Nachschub zu holen. Treuherzig war sie aufgesprungen, um die Getränke zu organisieren, und er hatte einige Minuten Ruhe gehabt. Das anzügliche Lächeln der anderen Fahrer hatte er ignoriert. Sollten sie doch denken, was sie wollten.

Tries spürte den Alkohol. Sein Kopf fühlte sich an wie in Watte gepackt, und beim Gehen musste er sich zusammenreißen, um eine gerade Linie hinzulegen. Nur gut, dass der Start morgen erst um elf Uhr angesetzt war. So blieb genug Zeit für ein ausgiebiges Frühstück, und der Restalkohol im Blut würde abgebaut sein.

Er schlenderte zu einem Findling und setzte sich. Über ihm leuchteten die Sterne. Sie funkelten wie winzige Diamanten. Der große Wagen mit dem hell glitzernden Polarstern am Anfang der Deichsel dominierte den Nachthimmel. Zwischen den beiden

Sternbildern schlängelte sich der Drache. Damit endeten seine Kenntnisse über die Sternenkarte der Nordhalbkugel.

Die Sterne funkelten wie winzige Diamanten.

Morgen würde sie wieder ein strahlend blauer Himmel erwarten.

»Wenn Engelchen reisen, lacht der Himmel«, würde seine Mutter jetzt sagen, Gott hab sie selig. Zehn Jahre war ihr Tod jetzt her. Wie die Zeit verging, kaum zu glauben. Fast ebenso lange war er nicht mehr im Polizeidienst. Erst beurlaubt, dann hatte er nach der Hochzeit mit Charlotte und dem Verkauf des Elternhauses den Dienst quittiert.

Jetzt bewohnte er mit Charlotte zusammen die Graue Burg in Bornheim-Sechtem. Der Familiensitz der von Bergs glich eher einer riesigen Villa als einem Trutzbau. Ein rechteckiger Kasten mit unzähligen Fenstern, eigentlich viel zu groß für zwei Personen. Doch Charlotte hing an dem alten Gemäuer. Obwohl der Unterhalt ein kleines Vermögen kostete, zahlte sie stoisch die Rechnungen.

Sein Handy spielte eine Fanfare.

Tries sah auf das Display. Eine SMS von Charlotte: »Die Party war klasse :) Bis morgen. Gehe jetzt zu Bett. XXX«

Er schmunzelte. Als sie ihm das erste Mal drei Xe sendete, hatte er sich gefragt, was das sollte. Erst eine Recherche im Internet hatte ihm die Augen geöffnet: Küsse! Da wäre er von allein nie drauf gekommen. Obwohl sie einige Jahre älter war, kannte Charlotte sich im Bereich der sozialen Medien wie Facebook, Twitter und dem ganzen Kram deutlich besser aus als er.

Er steckte das Handy ein und stand schwankend auf. Mist, der Alkohol setzte ihm immer noch zu. Ein Spaziergang an der frischen Luft könnte helfen, wieder klar zu werden. Wenn Tries eins hasste, war das eine geistige Karussellfahrt im Bett. Dann doch lieber noch ein paar Minuten die Beine vertreten.

Er schlenderte los.

Die historische Wassermühle hier in Birgel gefiel ihm. Bei der Ankunft hatte er an einer Führung über das Gelände teilgenommen. Das richtige Mittel, um die schrecklichen Bilder des Nachmittags aus seinem Kopf zu verjagen, wie er fand. Eine reizende Dame hatte ihnen erzählt, wie die Mühle und das sie umgebende Gelände in den letzten Jahren zu dem geworden waren, was man heute hier sah. Vor dem Erwerb eher eine Ruine, war die Mühle von ihrem derzeitigen Eigentümer liebevoll restauriert worden. Und damit nicht genug: Nach und nach wuchs auf dem weitläufigen Gelände ein Haus nach dem anderen aus dem Boden. Allerdings keine Neubauten, sondern geschichtsträchtige Gebäude, die anderswo in der Eifel abgebaut und hierherverfrachtet worden waren. Inzwischen gab es neben dem Hauptgebäude zahlreiche wunderschön restaurierte Fachwerkhäuser, die an Touristen vermietet wurden, ein rustikales Restaurant, eine Olivenmühle, eine Senfmühle und eine Festhalle. Im Backhaus wurde das Brot für die Gäste hergestellt, selbstverständlich mit Getreide aus der Mühle. Und eine Hausbrennerei fehlte auch nicht. Stephan Tries gefiel der Idealismus, mit dem der Eigentümer seinen Traum verwirklichte.

Rund um das Festzelt parkten die Oldtimer auf dem riesigen Parkplatz und schlummerten dem kommenden Tag entgegen. Morgen würden sie entlang der belgischen Grenze bis zur ehemaligen Ordensburg Vogelsang fahren. Das versprach eine landschaftlich reizvolle Fahrt zu werden. Tries freute sich darauf und hoffte inständig, dass diesmal alles glattlief.

Die Frau, die ihn am Nachmittag befragt hatte, Lindenlaub, wenn er sich richtig an den Namen erinnerte, war recht einsilbig gewesen. Ihm war es nicht gelungen, ihr etwas über die Ermittlungen zu entlocken. Auf der einen Seite zollte er ihr Respekt für ihre Integrität, auf der anderen Seite hätte er gern mehr erfahren. Schließlich war er jahrzehntelang selbst bei der Kripo gewesen. Seine Spürnase war nicht eingerostet.

Er wusste, es war ein Attentat gewesen. Warum sonst hätte die Tatortgruppe auftauchen sollen? Die Jungs und Mädels rückten nicht für einen Verkehrsunfall aus.

Blieb die Frage, warum Max Gutmann das Ziel gewesen war? Welches Motiv steckte dahinter?

Im Fahrerlager kursierten die unterschiedlichsten Gerüchte. Unter anderem war von einem eifersüchtigen Ehegatten die Rede. Gutmann gehörte wohl zu den Männern, auf die ein

Ehering wie ein Magnet wirkte. Dann wieder hieß es, er hätte einen Kunden dermaßen übervorteilt, dass dieser sich den Strick genommen hatte. Jetzt würde dessen Bruder Jagd auf Gutmann machen. Selbst von einem Racheanschlag der Dachdecker-Mafia wurde gemunkelt. Es würde ihn nicht wundern, wenn in Kürze auch noch Außerirdische ins Spiel gebracht wurden. Oder der Geist eines im Zweiten Weltkrieg gefallenen Soldaten.

Tries grinste und stellte sich vor, wie man eine solche Geschichte in der Eifel wohl weiter ausschmücken würde.

Vermutlich würde es heißen, der deutsche Soldat habe den Tunnel bei Fuchshofen verteidigt und mit dem Maschinengewehr eine Kompanie Amerikaner abgewehrt. Zum Schluss seien nur noch er und der amerikanische Kompanieführer übrig geblieben. Sie schritten aufeinander zu. Nur noch wenige Meter trennten sie. Der deutsche Soldat legte an. Doch in dem Moment, als er abdrücken wollte, erkannte er in seinem Gegenüber einen alten Freund. Wie war der auf die amerikanische Seite geraten? Ein kurzer Gedanke nur, doch dem Soldaten brachte er den Tod: Der Amerikaner zog in bester Westernmanier den Colt und schoss. Seither sinnt die Seele des deutschen Soldaten auf Rache.

Tries kicherte beschwipst. So könnte es gewesen sein. Wobei er den Eiflern, die ausgezeichnete Geschichtenerfinder waren, durchaus weitere kreative Ausschmückungen zutraute.

Wie auch immer. Gutmann war buchstäblich aus dem Rennen. Wer immer ein Problem mit ihm hatte, konnte ihn nicht mehr während der Rallye erledigen. Gute Aussichten also, den Rest der Veranstaltung ohne weitere Zwischenfälle genießen zu können.

Er schlug den Weg in Richtung der Fachwerkhäuser ein, wo er ein Zimmer für sich reserviert hatte. So blieb ihm die Übernachtung im Schlafsaal, der provisorisch im Festsaal der Birgeler Wassermühle eingerichtet worden war, erspart. Er mochte sich gar nicht vorstellen, wie es morgen früh rund um die mobilen Duschen, die aussahen wie Dixi-Klos, zugehen würde. Die sanitären Einrichtungen eines Campingplatzes waren dagegen vermutlich komfortabel zu nennen.

Als er um die Ecke des Gebäudes herumging, in dem sich die

Rezeption und der Mühlenladen befanden, hörte er Stimmen, kaum wahrnehmbar, mehr ein Wispern.

Erst wollte er weitergehen, schließlich gehörte es sich nicht, anderen nachzuspionieren. Doch die unterdrückte Wut, die in der einen Stimme mitschwang, ließ ihn stoppen. Ein Streit? Was war da los? Oder handelte es sich womöglich um einen Überfall? Benötigte jemand Hilfe?

Könnte er doch nur mehr verstehen.

Das Zuhören wurde durch den Beat der Musikband, die immer noch das Festzelt zum Schwanken brachte, zusätzlich erschwert.

Angestrengt horchte er und versuchte, die Richtung auszumachen, aus der die Stimmen kamen. Leider befand er sich in einem Innenhof zwischen provisorischem Schlafsaal, Rezeption, Fachwerkhäusern und einem nach vorne offenen Fuhrparkschuppen. Die Stimmen hallten von den Mauern wider, was eine genaue Peilung fast unmöglich machte.

»Du hast es verbockt!«, zischte die wütende Stimme.

»Es ist nicht so einfach, wie Sie sich das vorstellen.« Die andere Stimme, trotzig. Ob Mann oder Frau, war leider nicht herauszuhören.

»Hör auf! Ich will keine Ausreden! Ich will das, was ich bestellt habe.«

Tries gab es auf, die Stimmen anzupeilen. Es hatte keinen Zweck. Stattdessen versuchte er, etwas zu erkennen. Leider war der Mond bereits untergegangen, die nächtlichen Schatten dominierten. Das Licht der Sterne reichte kaum aus, um mehr als Umrisse wahrnehmen zu können. Warum, in Gottes Namen, war es hier so dunkel wie in einem Bärenarsch? Er bemerkte die Lampe direkt über sich an der Wand der Rezeption. Das Leuchtmittel hatte den Geist aufgegeben.

»Ich habe alles minutiös ausgetüftelt«, verteidigte sich die trotzige Stimme. »Trotzdem können Dinge schiefgehen.«

»Nur dass das klar ist: Ich wünsche …«

Der Wind frischte auf. Im Laub der Bäume neben der Fuhrparkhalle rauschte es wie der Dreimühlen-Wasserfall. Ärgerlich sah Tries zum Himmel. Musste das denn gerade jetzt passieren?

»… werde das wiedergutmachen. Versprochen.«

»Gut, aber noch einmal darf … nicht …«

Der Wind jagte einige Böen über den Hof. Dann hörte Tries davoneilende Schritte und das Klappen einer Tür. Obwohl es ihn in den Beinen juckte, die Verfolgung aufzunehmen, verharrte er. Die andere Person befand sich noch in der Nähe.

Was war da los gewesen? Sie hatten von irgendeiner Bestellung gesprochen. Hatte sich ein Gast bei dem Koch über ein misslungenes Gericht beschwert? Und der hatte nun seinen Untergebenen zusammengestaucht?

Oder …

Tries hielt die Luft an.

Konnte das, was ihm gerade durch den Kopf ging, wahr sein? War es in dem Gespräch um den Anschlag auf Gutmann gegangen?

Ihm wurde es heiß und kalt gleichzeitig. Womöglich verrannte er sich in eine absurde Hypothese. Oder es war ein Funken Wahrheit daran.

Um Gewissheit zu erlangen, musste er den anderen abfangen.

Er schlich zur Fuhrparkhalle. Es war das einzige Gebäude, in dem man sich hinter diversen Landmaschinen verstecken konnte. Er vermutete die Person deshalb am ehesten dort. Als er eingetreten war, bemerkte er am anderen Ende der Halle eine offen stehende Hintertür. Bestimmt hatte die davoneilende Person diesen Ausgang für ihren Abgang benutzt. Ansonsten hätte sie über den Innenhof gehen müssen, und das hätte er mitbekommen.

Er schob sich am Traktor vorbei. Der Geruch nach Maschinenöl stieg ihm in die Nase. Er spähte um das schulterhohe Hinterrad herum. Lehnte dort nicht ein Schatten an der historischen Dreschmaschine? Oder spielten ihm seine Sinne einen Streich? Egal, jetzt oder nie. Er sprang vor. Entschlossen packte er den Fremden an den Schultern. Das fühlte sich überraschend weich an. Es knisterte trocken, und etwas piekte ihn in die Handfläche.

»Autsch!« Was war das denn?

Er zog die Person hinter sich her aus der Wagenhalle. Viel zu leicht, signalisierte ihm sein Gehirn. Und keine Gegenwehr. Ein Hut fiel zu Boden und kullerte wie ein loses Wagenrad davon.

Tries stoppte, drückte das Federgewicht auf Armlänge von sich weg und sah genau hin.

»Unglaublich«, murmelte er, als er erkannte, wen beziehungsweise was er in den Händen hielt. Ein heiseres Lachen entrang sich seiner Kehle. »Toll, Stephan, du bist mir ja ein Held.«

Die ausrangierte Vogelscheuche lächelte ihn höhnisch an. Irgendjemand hatte auf den Kopf aus Sackleinen mit einem schwarzen Filzschreiber ein Gesicht aufgemalt. Der Mund ein schiefes Lächeln, die Augen dunkel, als würden sie tief in Tries' Seele blicken.

Erneut klappte irgendwo eine Tür.

Die Person hatte seinen Kampf mit der Vogelscheuche genutzt, um zu verschwinden.

Tries warf das strohige Etwas zu Boden und kickte es mit dem Fuß zur Seite. »Verdammtes Scheißding, verdammtes!«

27

Fischbach schob die Night Rod Special auf den Seitenständer und ging auf die Rezeption der Birgelmühle zu. Ein großes Transparent über dem Eingang wies darauf hin, dass dort die Rennleitung zu finden war.

Mit denen wollte er ein Hühnchen rupfen.

Die ganze Nacht hatte er sich im Bett hin- und hergewälzt und sich Gedanken gemacht, wie er sein Vorhaben am besten in die Tat umsetzen konnte. Beim Frühstück war er schließlich zu dem Ergebnis gekommen, es mit einer scharfen Ansprache versuchen zu wollen.

Er hatte darauf verzichtet, irgendjemanden einzuweihen. Er würde sich nicht wie ein übereifriger Wachhund zurückpfeifen lassen. Sollte Andrea ihn hinterher ruhig zum Rapport rufen, Hauptsache, es würde keine Verletzten mehr geben. Möglicherweise rettete er dadurch sogar Menschenleben.

Jemand hatte es auf die Vereinsmitglieder abgesehen, das stand für ihn fest. Und derjenige konnte jederzeit wieder zuschlagen. Dem Schützen auch noch als leichte Beute vor der Nase herumzufahren, musste nicht sein.

Auf dem Mühlengelände ging es lebhaft zu. Vor den mobilen Duschen hatte sich eine Personenschlange gebildet, einige Fahrer schraubten auf dem Parkplatz an ihren Fahrzeugen, andere frühstückten unter freiem Himmel. Raucher standen in Grüppchen zusammen und gönnten sich die morgendliche Kippe zum Kaffee. Und über alles spannte sich ein derart blauer Himmel, dass selbst ein Maler mit einer Palette voll indigoblauer Farben vor Neid erblasst wäre.

»Hallo? Hallo!«

Fischbach reagierte nicht sofort darauf. Wer sollte ihm hier schon hinterherrufen? Erst als ein fragendes »Sie sind doch der Kommissar von gestern« folgte, blieb er stehen und sah sich um.

Ein sportlicher Mann etwa in seinem Alter kam auf ihn zu.

»Kennen wir uns?«, fragte Fischbach verwundert.

»Stephan Tries.« Er reichte Fischbach die Hand. »Ich habe Max Gutmann aus dem Autowrack befreit.«

Jetzt fiel es Fischbach wieder ein. »Oh … ja, stimmt. Meine Kollegin hat Sie vernommen, nicht wahr?«

»Stimmt. Haben Sie ein paar Minuten Zeit für mich?«

Fischbach zögerte. Er wollte sich nicht davon abhalten lassen, das Rennen zu stoppen, indem er mit diesem Tries die Zeit vertrödelte. Die ersten Teilnehmer würden schon bald aufbrechen. »Also, wenn ich ehrlich bin …«

»Es dauert nicht lange, keine Sorge.« Tries setzte ein entwaffnendes Lächeln auf. »Gewissermaßen ein kurzes Wort unter Kollegen.« Er lachte, als er Fischbachs irritierten Blick sah, und hob die Hände. »Gut, ich gebe zu, ich bin nicht mehr im Dienst. Aber irgendwie bleibt man ja im Herzen immer ein Bulle, oder?«

»Bulle?« Fischbach drückte den Rücken durch und verschränkte die Arme vor der Brust. »Das Wort höre ich in diesem Zusammenhang nicht gerade gern.«

Tries grinste. »Kann ich verstehen, ich war früher nicht anders. Aber sobald der tägliche Gang zum Dienst hinter einem liegt, verliert man diese Empfindlichkeit. Ich kann inzwischen sogar über Beamtenwitze lachen.«

»Sie wollen mir hoffentlich keinen erzählen. Dafür fehlt mir die Zeit.«

»Nein, nein«, wiegelte Tries ab. »Ich würde Ihnen nur gern von einem Gespräch erzählen, das ich gestern … hm, ja, ich gebe es zu, belauscht habe. Sollen wir ein Stück die Straße entlangspazieren?«

Neugierig geworden willigte Fischbach ein und trabte neben Tries her. Ein belauschtes Gespräch? Das hörte sich interessant an. Sie schlugen den Weg in Richtung Lissendorf ein. Schon nach wenigen Metern lief Fischbach der Schweiß über die Stirn. Die Sonne besaß bereits genug Kraft, um ihn ins Schwitzen zu bringen. Er zog die Lederjacke aus und hängte sie sich über die Schulter. »Also, dann erzählen Sie mal«, forderte er Tries auf.

Der sah sich um und versicherte sich so, dass niemand in der Nähe war. Dann erzählte er von dem Gespräch.

28

Andrea Lindenlaub lief im Büro auf und ab. »Wo steckt der nur?« Besorgt sah sie zur Uhr über der Tür. »Schon fast elf.«

Welscher wippte auf dem Schreibtischstuhl auf und ab, seine Finger trommelten auf der Lehne herum. Sigrid hatte ihm vorhin am Telefon erzählt, dass Hotte wie immer um acht Uhr gestartet war. Wenn er den direkten Weg nach Euskirchen genommen hatte, hätte er schon längst auftauchten müssen.

»Nichts als Ärger mit dem alten Sack«, schimpfte Andrea Lindenlaub.

»Lass das ja nicht Hotte hören«, warnte Welscher sie. »Das Wörtchen alt ist bei ihm im Moment so etwas wie ein Zünder. Kaum gesagt, explodiert er.«

»Aber ist doch wahr. Seit er wieder im Dienst ist, benimmt er sich seltsam. Der Abgang gestern spricht Bände.«

Welscher konnte das nicht entkräften. Einen Augenblick lang war er versucht, Andrea von seinem Gespräch mit Fischbach in der Metzgerei Esser zu erzählen. Dann ließ er es doch lieber bleiben. Er wollte Fischbachs Vertrauen nicht missbrauchen.

Andrea Lindenlaub ließ sich auf Fischbachs Stuhl fallen. Sie warf Welscher ein bedrucktes Blatt Papier zu.

Der hörte auf zu wippen und nahm es auf. »Was ist das?«

»Ich habe mit Camilla von Pallandt telefoniert und sie auf ihre Affäre mit Peer Clerk angesprochen. Das ist das Protokoll. Sie hat es gleich zugegeben, ich musste noch nicht einmal drängen. Auch mit der ihr eigenen überbordenden Gefühlsregung, von der dir berichtet wurde, hielt sie nicht hinterm Berg.« Andrea rieb sich die Stirn. »Sie war mächtig sauer auf Clerk, und ich habe den Eindruck gewonnen, dass mit ihr nicht zu spaßen ist. Nur hat sie ein glasklares Alibi. Sie hat zur Tatzeit bei der Geburt eines Fohlens geholfen. Mehrere Angestellte und der Tierarzt haben das bestätigt. Und genau wie bei allen anderen Bekannten und Geschäftspartnern von Peer Clerk haben wir im Umfeld der Pallandt bisher nichts finden können, was auf einen Auftragsmord hindeuten würde.« Entkräftet stützte sie den Kopf in die Hand. Sie wirkte müde und abgekämpft. »Ich hätte die Bitte einfach abschlagen sollen«, murmelte sie.

»Ich kann dir nicht folgen. Hat Camilla von Pallandt dich um etwas gebeten?«

Andrea wich Welschers Blick aus. »Nein, so war das nicht gemeint. Es geht … Äh … ach, nichts. Vergiss es.«

»Jetzt rück schon raus.«

Grübelnd sah sie zum Fenster hinaus. »Also gut. Aber solltest du es an Hotte weitertratschen, rede ich nie wieder mit dir.«

»Ah, bei dem bist du wieder. Mein Schweigen gegen dein Vertrauen, versprochen.«

»Der Chef will Hotte von der Straße haben. Bönickhausen fürchtet einen Rückfall in alte Zeiten. Und ganz abwegig ist dieser Gedanke wohl nicht. Du weißt selbst, dass unser Dickerchen nicht mehr ganz der Alte ist. Seit der Entführung seiner Mutter ist Hotte … hm … sprunghaft, empfindlich, dünnhäutig und wenig belastbar.«

Welscher war nicht sicher, ob er diese Meinung teilte. »Ein Rückfall? Ich weiß nicht. Ist das nicht ein wenig zu weit hergeholt? Bei seinem Zusammenbruch damals hatte er Frau und Kind verloren. Dass man danach abstürzt und es einem egal ist, ob das Leben den Bach runtergeht, ja sogar nachhilft, finde ich durchaus nachvollziehbar. Aber hier? Seiner Mutter geht es blendend. Sie hat alles gut überstanden.«

Andrea zuckte mit den Schultern. »Was weiß denn ich? Ich kann ja nicht in Hottes Seele schauen. Und ich kenne ihn nicht so gut wie der Chef, schließlich sind die beiden von Kindsbeinen an befreundet. Was ich aber weiß, ist, dass der Chef sich Sorgen macht. Deswegen hat er mich gebeten, die Leitung der Mordkommission zu übernehmen.« Sie seufzte. »Dass das Probleme mit sich bringen würde, habe ich geahnt. Für Hotte muss das doch aussehen, als würde ich an seinem Stuhl sägen. Aber anstatt abzulehnen, habe ich mich gebauchpinselt gefühlt. Ich habe es als besondere Wertung meiner Leistung gesehen, dass er ausgerechnet mich ausgesucht hat. Als Chance, weiterzukommen. Ab über die Leichen und nach mir die Sintflut. Ich egozentrische, blöde Kuh.«

Welscher löste das Ladekabel von seinem Smartphone und rüstete sich für den Aufbruch. Sie konnten nicht ewig auf Fischbach warten. Bei der Morgenbesprechung hatten sie beschlossen, den Fokus der Ermittlungen von nun an auf Gutmanns Wirkungskreis zu legen. Vielleicht ergaben sich ja interessante Schnittmengen zu Clerks Umfeld. »Du gehst zu hart mit dir ins Gericht. Bönickhausen hat das entschieden. Du machst nur deinen Job. Und Hotte wird sich schon wieder einkriegen.«

Andrea Lindenlaub fasste sich mit beiden Händen in den Nacken und atmete schwer durch. »Ich hoffe, du behältst recht.«

»Rede doch mal unter vier Augen mit ihm.«

»Das geht nicht«, fuhr Andrea auf. »Ich kann Hotte das doch nicht so einfach erklären wie dir. Der Chef diktiert mir die Aufgaben, die ich Hotte übertragen darf, hat mir hinsichtlich seiner Motive aber Stillschweigen auferlegt.« Sie fixierte Welscher. »Wenn du nur ein Wort darüber …«

»Ruhig Blut. Diesen Teil der Geschichte behältst du einfach

für dich. Nimm Hotte zur Seite und erklär ihm, wie wichtig dir seine Mitarbeit ist. Dass du auf ihn zählst, seinen Rat zu schätzen weißt. Suche den direkten Draht zu ihm. Du kannst dabei ruhig zugeben, dass du auch an deine Karriere denkst. So etwas ist ja nicht verboten, und Hotte vermutet es ohnehin. Sei offen und ehrlich, sicher findet ihr dann wieder zueinander.« Er stand auf. »Komm, lass uns endlich loslegen. Wir haben genug Zeit vertrödelt.«

Das letzte Wort war noch nicht zu Ende gesprochen, da flog die Tür auf und schlug krachend gegen die Wand. Gilles stand keuchend im Türrahmen. »Leute … Abmarsch. Ein Anruf … gerade eben … in der Zentrale … ich habe mir gedacht … ihr wollt …« Pfeifend holte er Luft. »Scheißkippen … bin die Treppe hochgestürmt …«

»Mensch, Thomas, komm auf den Punkt«, fuhr Welscher ihn an.

Gilles nickte. »Klar, klar, also … Wir müssen los. Hotte dreht durch!«

29

Diese verdammten Hooligans!

Guido sah zum Breslauer Platz hinüber, auf dem der Mob tobte. Tausend bis zweitausend Demonstranten waren angekündigt gewesen. Gekommen waren mehr als fünftausend. Und es strömten immer noch welche aus den Portalen des Hauptbahnhofes. Die Kollegen der Hundertschaft konnten den Ansturm kaum noch kanalisieren. Ihre Reihen wogten vor und zurück. Die wilden Schreie der Hooligans schallten bis zu ihnen herüber.

Guido schnaubte verächtlich. Von wegen Demonstration. Angeblich protestierte man gegen die Überfremdung der Gesellschaft. In Wirklichkeit ging es denen nur ums Aufmischen. Man hätte alles verbieten und damit im Keim ersticken sollen.

»Los! Fahr zu! Wir sollen doch die Kreuzung dichtmachen«, sagte

seine Kollegin, die auf dem Beifahrersitz saß. Sie fischte ihre Schirmmütze vom Armaturenträger und griff nach dem Türöffner, als er keine Anstalten machte, den Wagen zu starten.

Er warf ihr einen vernichtenden Blick zu. Nicht genug, dass sie ihn beim Chef angeschwärzt hatte. Jetzt wollte sie ihm auch noch Befehle erteilen. »Bleib mal schön sitzen«, wies er sie an. »Das ist ein Himmelfahrtskommando. Wir haben kaum Schutzausrüstung dabei. Wenn die Bekloppten durchbrechen, stehen wir ganz schön beschissen da. Das kann mächtig nach hinten losgehen.«

Anklagend wies sie auf das Funkgerät. »Aber du hast doch …«

»Mensch, halt den Ball flach. Eigenschutz geht vor, oder etwa nicht? Das bringen die euch doch in der Ausbildung bei, oder?«

Sie biss sich auf die Unterlippe. »Schon«, gab sie zu.

»Na siehst du. Die Situation erfordert eine genaue Analyse. So werden wir es dann auch in den Bericht schreiben.« Er lehnte sich in den Sitz zurück, befriedigt, sie überzeugt zu haben. Es ging doch nichts über jahrelange Erfahrung.

»Aber wenn wir die Kreuzung nicht abriegeln, kommt es hier zum Verkehrschaos. Und wer weiß, vielleicht umgehen die Hooligans den Bahnhof und kommen als Nächstes von hinten. Dann stehen unsere Kollegen zwischen den Fronten.« Sie öffnete die Tür. Die wütenden Rufe klangen augenblicklich noch wütender und damit bedrohlicher. Sie holte die Kelle aus dem Seitenfach der Tür.

Guido stöhnte innerlich auf. »Tu, was du nicht lassen kannst«, sagte er resigniert und schloss demonstrativ die Augen.

Sie stieg aus und setzte die Mütze auf. Dann beugte sie sich zum ihm hinunter. »Jetzt komm schon mit. Lass mich doch nicht so hängen.«

Guido zog es vor zu schweigen. Sollte das blöde Huhn doch in ihr Unglück laufen. Sie hatte fürs Petzen ohnehin eine Abreibung verdient. Warum nicht hier und jetzt? Eine blutige Nase würde sie lehren, vorsichtiger zu sein und Ratschläge der Altgedienten anzunehmen.

»Okay. Dann eben nicht«, sagte sie. »Das wird ein Nachspiel haben.« Sie warf die Tür so heftig ins Schloss, dass der Einsatzwagen schwankte.

Guido sah ihr zu, wie sie sich auf die Straße stellte und anfing, die einfahrenden Autos zum Umkehren zu zwingen.

Das wird ein Nachspiel haben?

Was meinte sie damit?

Wollte sie schon wieder das Maul aufreißen und ihn anschwärzen?

Er spürte, wie ihm die Luft wegblieb. Krampfhaft umklammerte er das Lenkrad. Die kleine Göre nahm sich eindeutig zu viel heraus. Sobald der Einsatz vorbei war, würde er mal ein ernstes Wörtchen mit ihr reden. Das ging so nicht weiter. Es mussten …

Seine Aufmerksamkeit wurde auf die Menschen vor dem Bahnhof gelenkt, als mit einem Mal ein Loch in der Reihe der Hundertschaft aufklaffte. Erst vereinzelt, dann in Massen strömten die Hooligans hindurch und prügelten nach links und rechts auf alles ein, was ihnen im Weg stand. Sie rannten direkt auf die Kreuzung zu.

Guido fuhr die Scheibe runter und rief: »Hey!« Als sie sich zu ihm umdrehte, deutete er in Richtung der Menge.

Seine Kollegin stutzte, ihre Augen weiteten sich. Eine Schrecksekunde später rannte sie auch schon um die Motorhaube herum auf die Beifahrertür zu.

Ein elektrisierendes Gefühl breitete sich in Guido aus. Bevor sie den Türgriff erreichte, betätigte er die Zentralverriegelung. Mit einem satten Klacken verschlossen sich alle Türen.

Ohne Erfolg riss sie am Griff. Hämmerte gegen die Scheibe. Immer wieder sah sie über ihre Schulter auf die heranstürmende Meute.

Guido genoss die Panik in ihrem Blick. Stumm formte er die Worte: »Dumme Kuh!«

Die ersten Hooligans erreichten sie. Ein Knüppel donnerte auf die Motorhaube. Unwillkürlich zuckte Guido zusammen. Es wurde Zeit, den Rückwärtsgang einzulegen. Er startete den Motor, setzte so schnell er konnte zurück und wendete den Wagen. Immer wieder zerbeulten Schläge das Blech der Karosserie. Ein spinnennetzartiges Muster überzog die rechte Seite der Frontscheibe. Er hatte diesen Schlag gar nicht registriert.

Guido legte den Vorwärtsgang ein und gab Gas. Im Rückspiegel konnte er sehen, wie seine Kollegin zu Boden ging.

Selbst schuld, dachte er und brauste davon.

30

Gilles stoppte direkt vor der Eingangstür der Rezeption. Kaum dass die Räder stillstanden, sprang Welscher aus dem Einsatzwagen. Gilles und Andrea Lindenlaub folgten auf dem Fuß.

Hinter ihnen starteten auf dem Parkplatz der Birgelmühle gerade röhrend die letzten Oldtimer in die nächste Etappe. Als letztes Fahrzeug fuhr ein beigefarbener Mercedes am Zelt der Zeitnahme vorbei.

Lou van Horten erwartete sie bereits. Er wirkte gleichzeitig verlegen und aufgekratzt. »Endlich sind Sie da«, rief er.

»Danke, dass Sie uns benachrichtigt haben«, sagte Welscher.

»Ich habe mir gedacht, es ist bestimmt besser, wenn jemand mit ihm redet, den er kennt. Daher habe ich auch nicht einfach die 110 angerufen, sondern direkt in Euskirchen ... aber das ist ja jetzt nebensächlich. Ihr Kollege führt sich auf wie ein Derwisch. Kommen Sie.«

Sie betraten das Gebäude. Links befand sich eine Empfangstheke. Im hinteren Teil des Raums standen die Produkte der Mühle auf Regalen zum Verkauf bereit. Rechts führte eine Tür in ein Nebenzimmer. Lou van Horten zeigte darauf. »Er ist dort drin.«

»Hallo?«, hörte Welscher Fischbach von drinnen rufen. »Hallo? Sie brauchen sich nicht tot stellen. Ich weiß, dass Sie da sind.« Heftige Schläge ließen die Tür in den Angeln erzittern. »Aufmachen! Polizei!«

»Mann, das ist ja mal originell«, meinte Welscher lakonisch. Zu van Horten sagte er: »Öffnen Sie bitte die Tür.«

Der schüttelte entschieden den Kopf. »Auf gar keinen Fall. Ich möchte lieber im Hintergrund bleiben.« Er hielt Gilles den Schlüssel hin. »Ich bin doch nicht von Sinnen. Der zerreißt mich in der Luft, wenn er mich sieht.«

Gilles grinste, steckte den Schlüssel ins Schloss und drückte die Klinke. »Da trauen Sie dem Möchtegernrocker aber ein wenig zu viel ...« Das Ende des Satzes ging in einem überraschten Aufschrei unter.

Fischbach hatte sich genau in dem Moment gegen die Tür

geworfen, als Gilles den Griff nach unten gedrückt hatte. Ohne großen Widerstand flog die Tür auf und schlug Gilles gegen die Stirn. Benommen taumelte er zurück. Dabei stieß er gegen eins der Regale. Polternd fielen einige Tontöpfchen zu Boden und zerschellten auf dem Steinfußboden. Sofort verbreitete sich ein aromatischer Senfgeruch.

Fischbach stürmte aus seinem Gefängnis. Bevor Lou van Horten ausweichen konnte, hatte er ihn beim Kragen gepackt. »Das wird Konsequenzen haben, das verspreche ich Ihnen«, brüllte er. »Freiheitsberaubung! Und dazu noch an einem Polizeibeamten im Dienst. Was fällt Ihnen ein?«

Lou van Horten packte Fischbachs Unterarme und versuchte, sich zu befreien, allerdings ohne Erfolg. »Lassen Sie mich sofort los«, forderte er. »Sie spinnen doch!«

Fischbach schob ihn vor sich her und drückte van Horten mit dem Rücken gegen die Empfangstheke. »Ha! Beamtenbeleidigung. Das wird ja immer besser.«

»Hotte, es ist genug«, sagte Andrea Lindenlaub. »Lass den Mann los.«

»Misch du dich nicht ein«, giftete Fischbach sie an. »Du hast mir gar nichts zu sagen.«

Welscher beschloss einzuschreiten. Er bedeutete Gilles, der sich jammernd den Kopf hielt, aber wieder bei Sinnen schien, ihm zu helfen. Sie stellten sich an Fischbachs linke und rechte Seite, packten seine Arme und rissen sie nach hinten.

»Was …«, rief Fischbach aus.

Lou van Horten duckte sich weg und wich zur Seite aus. Der ersten Gefahr entronnen, baute er sich hinter Andrea Lindenlaub auf. »Der ist ja gemeingefährlich«, schimpfte er. »Und so etwas nennt sich ›dein Freund und Helfer‹.«

Fischbach, der immer noch von Welscher und Gilles festgehalten wurde, ruckte vor. »Passen Sie auf, was Sie sagen. Ich kann auch anderes.«

»Oh Mann, können wir uns jetzt mal langsam wieder beruhigen?«, moserte Gilles. »Was für ein Affentheater.«

Stumm stimmte Welscher ihm zu.

Andrea Lindenlaub hob beschwichtigend die Arme. »So, alles

auf null. Wir setzen uns jetzt an einen Tisch und reden wie vernünftige Menschen.« Sie musterte Fischbach. »Okay?«

Welscher spürte, dass Fischbachs Körperspannung nachließ. Anscheinend wich die Wut aus ihm.

Wie zur Bestätigung sagte Fischbach: »Ja, gut, von mir aus.« Er schüttelte ihre Hände ab. Dann drehte er sich um und ging ohne ein weiteres Wort in den Raum hinein, der bis gerade eben als sein Gefängnis gedient hatte.

»Da bin ich jetzt aber mal gespannt, was Hotte so in Rage versetzt hat«, sagte Gilles kopfschüttelnd und setzte sich ebenfalls in Bewegung.

»Ich auch«, murmelte Welscher und hoffte, Lou van Horten würde auf eine Dienstaufsichtsbeschwerde verzichten.

31

Stephan Tries fuhr im Kopf die Strecke ab, die sie heute absolvieren mussten: Stadtkyll, Hallschlag, dann ein Stück durch Belgien auf der N 658. Mittagspause in Monschau, von dort weiter rund um den Rursee, Simmerath, Heimbach. Als Endstation war die ehemalige Ordensburg Vogelsang auserkoren.

Der Dieselmotor des Benz brummte satt, die Karosse schaukelte sanft wie ein Schiff bei ruhiger See. Da ging noch was. Tries beschleunigte. Die Bäume zu beiden Seiten der Allee zogen schneller an ihnen vorbei. Dann reduzierte er das Tempo wieder.

Es fiel ihm schwer, sich zu konzentrieren. Der Vorfall mit dem Polizisten vorhin ging ihm nicht aus dem Sinn. Dieser Fischbach war nach ihrem Gespräch losgespurtet, als wäre der Teufel persönlich hinter ihm her. Tries hatte ihm kaum folgen können. Zurück in der Birgelmühle war Fischbach in das Organisationsbüro gestürmt und hatte sich Lou van Horten vorgenommen. Er verlangte die Absage des Rennens mit der Begründung, der Attentäter plane weitere Anschläge. Allerdings hatte er Lou van Horten damit nicht überzeugen können. Zum einen zweifelte dieser Fischbachs Interpretation des von Tries belauschten Gesprächs an. Aber selbst unter der Prämisse, dass die Beobachtung stimmte und tatsächlich über den Anschlag gesprochen wurde, seien die Clubmitglieder überall gefährdet, so van Hortens Schlussfolgerung. Und ob sie in dem Fall an einem Rennen teilnahmen oder ob ihnen zu Hause aufgelauert wurde, sei ja wohl egal.

Die Stimmung war schnell aggressiv geworden, Fischbach begann zu poltern, van Horten zu keifen. Dann hatte Lou van Horten plötzlich eingelenkt und vorgeschlagen, in den Nebenraum zu gehen, um in Ruhe alles durchzusprechen. Die Rallye sei ja bereits im Gange, man müsse die Fahrzeuge erst wieder einfangen. Er hatte Fischbach vor sich hergeschoben, vertraulich gelacht und den Kommissar mit einer erstaunlichen Kraft ins Zimmer geschubst. Fischbach war vorwärtsgestolpert, van Horten hatte die Tür zugeschlagen und von außen abgeschlossen.

Camilla von Pallandt, die auch heute wieder neben Tries saß und mit dem Kartenmaterial hantierte, sagte irgendetwas. Es drang nicht zu ihm durch.

»Ich lasse mir von so einem durchgedrehten Spinner doch nicht das Rennen verbieten«, hatte Lou van Horten gegiftet. »Wir machen weiter.«

»Erde an Stephan!«

Tries zuckte zusammen. »Äh … ja?«

Camilla von Pallandt schlug ihm neckisch auf den Oberarm. »Muss ich mir Sorgen machen? Ich hatte gedacht, du seiest ein sicherer Fahrer. Und jetzt träumst du am helllichten Tage bei Tempo achtzig.«

»Ich träume nicht, ich … äh … habe gehorcht. Da war ein Rasseln. Ist aber schon wieder vorbei. Bestimmt nur das Ventilspiel.«

»Klar doch, nur das Ventilspiel.« Sie kicherte. »Bin ich wenigstens in deinen Träumen vorgekommen, wenn du mich schon in Gefahr bringst?«

Tries runzelte die Stirn. »Du? Also … hm …«

»Vergiss es, das war bloß ein Scherz, nichts weiter. Du musst deswegen nicht rot werden.« Sie schob geschickt die Folie über die Karte. »Bei der nächsten Möglichkeit links.«

Das hätte Charlotte nicht so gut hinbekommen, stellte Tries ohne jeden Tadel fest. Mit einer Folienaufgabe, bei der Wegpfeile auf einer transparenten Folie mit dem Straßenverlauf auf dem Kartenausschnitt in Übereinstimmung zu bringen waren, war sie stets überfordert.

Camilla von Pallandt zeigte die Richtung an. »Da vorne.«

Gut zweihundert Meter vor ihnen fuhr soeben ein weißer Renault Dauphine Gordini, eine riesige blaue Rauchfahne hinter sich herziehend, an der Einmündung vorbei.

»Bist du dir sicher?« Nach den Erfahrungen, die er mit Charlotte als Copilotin an seiner Seite gesammelt hatte, fragte er lieber einmal zu viel als zu wenig.

Diesmal tätschelte Camilla von Pallandt seinen Oberschenkel. »Ganz sicher. Verlass dich auf mich, Schatz.«

Tries verringerte das Tempo. Nur noch wenige Meter, bis er links abbiegen musste. Die Rauchfahne des Renaults hing noch in der Luft, der Ölgeruch stieg ihm in die Nase. »Kennst du die Strecke? Ich meine, du hast doch bei der Organisation …«

»Nein. Bei der Ausarbeitung des Routenverlaufs war ich nicht dabei. Ich war ja von Anfang an als Springerin eingeplant. Wäre ansonsten unfair, nicht wahr? Jetzt mach schon. Ich bin wirklich gut im Kartenlesen.«

Tries setzte den Blinker und bog ab.

Tatsächlich tauchten keine fünf Minuten später am Horizont zwei Streckenposten auf, die die Durchfahrt der Teilnehmer protokollierten. Camilla von Pallandt hob grüßend die Hand, als sie an den beiden vorbeifuhren.

Zufrieden schmiegte sich Tries in den Sitz. Das Lenkrad, das einem Hochseekreuzer zu Ehren gereicht hätte, hielt er locker in den Händen. Mit einer solchen Beifahrerin konnte er sich entspannen und die Fahrt genießen.

32

Fischbach musste sich zwingen, nicht erneut die Wände hochzugehen. Draußen lief ein Killer herum, der es auf die Vereinsmitglieder des Oldtimerclubs abgesehen hatte, und sie *redeten*. Palaverten darüber, ob es wirklich etwas bringen würde, das Rennen abzusagen. Die gleichen Argumente, die er vorhin bereits mit Lou van Horten ausgetauscht hatte, kamen, ohne sie auch nur einen Schritt weiterzubringen, wieder und wieder aufs Tapet.

Sie alle saßen um den rechteckigen Tisch herum. Gilles trommelte nervös mit den Fingern auf die Oberfläche. Andrea Lindenlaub hielt sich mal wieder an einer Kaffeetasse fest, und Welscher tippte auf dem Smartphone herum. Niemand schien eine Entscheidung fällen zu wollen. Unterdessen fuhren die Teilnehmer der Rallye vor der Flinte des Snipers spazieren. Zum wiederholten Male fragte sich Fischbach, warum er mit seiner Auffassung allein dastand. Es war doch besser, Vorsicht walten zu lassen, als wieder ein Opfer beklagen zu müssen.

Er würde überreagieren, hatte Andrea Lindenlaub ihm eben vorgehalten. Und den Alleingang hatte sie ihm auch noch nicht verziehen. Warum er sich nicht mit ihr abgesprochen hätte? Weil sie zu feige sei, unangenehme Maßnahmen einzuleiten, hatte er entgegnet. Man müsse doch Fakten schaffen, vorbei an Hierarchien und Zögerern.

Verstohlen sah er sie an. Sie hatte abgenommen. Ihre Wangenknochen stachen deutlich unter der Haut hervor.

Um Jahre gealtert, dachte Fischbach. Das junge Gemüse taugt einfach nichts mehr. Alles Weicheier. Die sitzen lieber im Büro, als sich die Finger schmutzig zu machen, und fabulieren Theorien oder bremsen sich mit einer übereifrigen Gesetzestreue selbst aus.

Früher war alles viel einfacher gewesen. Da konnte man auch mal fünfe gerade sein lassen, ohne dass der Staatsanwalt einem direkt einen Strick daraus drehte. Das Ansehen der Polizei in der Bevölkerung war noch intakt gewesen. Wann immer sie irgendwo auftraten und ihre Messingmarken zückten, hatten alle gespurt. Heutzutage konnte man froh sein, beim Verlassen des Dienstgebäudes nicht vom erstbesten Passanten angespuckt zu werden. »Wir müssen die Rallye stoppen«, sagte er und erntete dafür von Welscher ein genervtes Stöhnen.

»Hotte, Mann, du hörst dich an wie eine springende Platte. Noch mal: Du kannst gern versuchen, unsere geliebte Staatsanwältin Doris Schmitz-Ellinger davon zu überzeugen. Solltest du das schaffen und bewirken, dass sie die Fortsetzung des Rennens untersagt, stehe ich sofort an deiner Seite und schwenke die schwarz-weiß karierte Fahne. Allerdings bezweifle ich, dass du mit deinem Überzeugungsversuch Erfolg haben wirst.«

In der Luft hing ein zarter Schweißgeruch. Fischbach vermutete, dass er dafür verantwortlich war. Die Ereignisse des Morgens hatten ihn ins Schwitzen gebracht. Am liebsten hätte er ein Fenster geöffnet. Doch in diesem Kabuff hier gab es nur getäfelte Wände. Er kam sich vor wie in einer übergroßen Holzkiste gefangen.

»Wir machen das ohne Staatsanwaltschaft«, sagte Fischbach.

Andrea Lindenlaub fuhr auf. »Nein, machen wir nicht. Auch das hatten wir schon.«

»Sie wissen doch noch nicht einmal, ob der Anschlag auf Max mit dem Mord an Peer zusammenhängt«, tönte van Horten.

»Davon können wir aber ausgehen«, sagte Fischbach.

»Sie haben nichts, was das beweisen würde. Es ist nur eine Theorie.«

»Aber eine logische.«

»Egal, es bleibt eine Annahme.«

Dieses Argument hatte van Horten schon des Öfteren vom Stapel gelassen. Entschlossen schob Fischbach den Stuhl nach hinten. »Das ist mir zu blöd. Ich kläre das jetzt.« Er ging in die Ecke, in der das Telefon auf einem Sideboard stand, und wählte Feuersängers Nummer. »Hotte hier. Hast du schon die ballistische Auswertung aus Koblenz vorliegen?«

»Wie jetzt? Glaubst du eigentlich, die können zaubern?«, maulte Feuersänger.

»Es ist wichtig.«

»Alles ist wichtig.«

Fischbach schloss die Augen und rieb sich mit Daumen und Zeigefinger über den Nasenrücken. »Ich brauche das Ergebnis. Kannst du dich nicht einschalten, dass sie das vorziehen?«

»Was zahlst du?«

Fischbach riss die Augen auf. Hatte er richtig gehört? »Also, das geht eindeutig zu weit. Wir sind hier doch nicht in … in … Usbekistan. Du bekommst …«

»Reg dich ab, war doch nur ein Scherz. Mensch, du bist aber auch empfindlich geworden. Liegt das am Alter?«

Vor Fischbachs Augen tanzten rote Punkte. »Das hat überhaupt nicht mit meinem Alter zu tun«, presste er mit größter Mühe hervor. Am liebsten hätte er ins Telefon geschrien.

»Schon klar, liegt am Stress, nicht wahr?«

»So ist es. Du könntest helfen, den ein wenig abzubauen. Ich brauche das Ergebnis der ballistischen Untersuchung.«

Fischbach hörte Feuersänger mit Papier rascheln.

»Gut, von mir aus«, sagte er. »Du rufst im richtigen Moment an. Das Ergebnis ist mir gerade zugefaxt worden. Sehr interessant.«

Fischbach wartete, doch außer Feuersängers Atem konnte er nichts hören. Wieder spürte er die Wut wie einen Tsunami auf sich zurollen. Innerlich rannte er davon. Wenn er Feuersänger jetzt anschrie, hätte er bestimmt bald den unerwünschten Ruf als Stinkstiefel weg. In dem Fall zu Recht, wie er fand. »Wie lautet das Ergebnis? Was ist mit der Waffe?«, presste er hervor, wobei er jedes Wort drohend betonte.

»Bitte? Ich versteh dich so schlecht.«

»Die Waffe. Ist es die gleiche?«

»Ach so, ja. Mehr sogar.«

Fischbach stutzte. »Wie? Was soll das denn jetzt heißen?«

Feuersänger lachte. »Du hattest gefragt, ob es sich um die gleiche Waffe handelt. Und das tut es nicht, es ist vielmehr dieselbe. Du kennst doch den Unterschied, oder?«

»Ja, du Arsch!«, brüllte Fischbach ins Telefon und legte auf. Tief schnaufte er durch, dann wandte er sich den anderen zu, die ihn aus großen Augen anstarrten. Er widerstand der Versuchung, sich zu erklären. Stattdessen verkündete er: »Es steht jetzt fest, dass es die gleich… dieselbe Waffe war. Sind damit die Karten neu gemischt?« Er fixierte Lou van Horten.

Der kratzte sich nachdenklich an der Wange. »Hm, es wirft ein anderes Licht auf die Sache. Dem kann ich mich nicht verschließen. Aber wer sagt uns denn, dass der Täter erneut zuschlagen wird?«

Fischbach hob die Hände flehend in Richtung Decke. »Herr, ich habe wirklich alles probiert.« Er ließ sich resigniert auf seinem Stuhl nieder.

»Ein Vorschlag zur Güte«, meldete sich Gilles zu Wort. »Das Wild ist draußen. Statt weiter zu diskutieren, könnten wir uns auf die Lauer legen, um den Jäger zu jagen und dingfest zu machen.«

»Häh?«, machte Lou van Horten, wurde jedoch von den anderen ignoriert.

»Ja.« Welscher nickte. »Ja, warum nicht? Wir können die Rallye zwar nicht abblasen, aber mit den entsprechenden Mitteln können wir sie für unsere Zwecke nutzen. Sollte der Täter tatsächlich einen weiteren Anschlag planen, sind wir zur Stelle. Das könnte funktionieren. Da hätten wir auch eher drauf kommen können.« Er zeigte Gilles den erhobenen Daumen. »Auf jeden Fall ist es besser, als hier untätig herumzusitzen und keine Lösung zu finden. Andrea? Was meinst du dazu?«

Andrea Lindenlaub schob ihre Tasse fort und setzte eine entschlossene Miene auf. »So machen wir es. Ich telefoniere mit dem Chef. Der soll uns Verstärkung schicken. Die Koblenzer werde ich auch informieren. Je mehr, desto besser.«

Welscher und Gilles erhoben sich und verließen voller Tatendrang den Besprechungsraum, gefolgt vom verwundert hinter ihnen herschlurfenden van Horten. Fischbach fummelte den Zündschlüssel der Harley aus seiner Hosentasche und wollte ihnen ins Freie folgen. Doch Andrea Lindenlaub fasste ihn an der Schulter und drehte ihn zu sich herum. In ihren Augen blitzte die Wut. »Noch so eine Nummer wie heute Morgen«, zischte sie, »und ich serviere deine Eier dem Chef zum Frühstück.«

33

Stephan Tries schob den leeren Teller von sich. »War das lecker.«

Seit einer knappen Stunde saß er mit Camilla von Pallandt im Obergeschoss des Restaurants »Schnabuleum« mit Blick auf die historische Monschauer Senfmühle und hinunter zum großen Parkplatz, auf dem die Oldtimer parkten. Interessierte Fahrzeugliebhaber, Einheimische und Touristen schlenderten an den Karossen vorbei, und auch im Zelt des Caterers war der Teufel los. Obwohl das Essen dort für Rallyeteilnehmer kostenfrei war, hatte Tries die rustikale und gemütliche Atmosphäre des »Schnabuleums« dem Trubel auf dem Parkplatz vorgezogen und entschieden, Camilla von Pallandt zum Essen einzuladen. Die hinter ihnen liegende Etappe hatten sie mit Bravour gemeistert, was allein ihrer Finesse im Umgang mit dem Kartenmaterial geschuldet war.

»Einfach nur herrlich, dieser Rostbraten. Die Note nach Apfel-Meerrettich-Senf ist einfach köstlich«, schwärmte er.

Trotz seiner Liebe zur mediterranen Küche bereute er keine Sekunde, hier eingekehrt zu sein. Selten zuvor hatte er so gut gegessen.

Camilla von Pallandt hatte sich für einen Schweinerücken mit Kümmel-Senf-Soße entschieden. Großen Hunger schien sie jedoch nicht zu verspüren. Mehr als zwei, drei Bissen hatte sie bisher nicht auf die Gabel geschoben. Dafür hatte sie ihn die ganze Zeit unterhalten. Tries wusste jetzt, dass sie einem rheinischen Adelsgeschlecht entstammte, eine schwere Kindheit gehabt hatte, ein äußerst lukratives Unternehmen führte, nie verheiratet gewesen und, wenn er alles richtig verstanden hatte, steinreich war. Im vergangenen Jahr war es ihr nach langen und harten Verhandlungen gelungen, Schloss Palant, den ehemaligen Stammsitz der Familie im Eschweiler Stadtteil Weisweiler, zurückzukaufen.

»Schmeckt es dir nicht?«, fragte Tries.

Sie legte das Besteck auf den Tellerrand und tupfte sich mit der Serviette über die Lippen. »Es ist ausgezeichnet.«

»Aber?«

»Nichts aber. Ich esse selten mehr.« Kokett strich sie sich über die schmale Taille und drückte die Brust raus. »Diesen wunderschönen Körper schuf nicht allein der liebe Gott. Es steckt auch harte Arbeit in Form eines anstrengenden Fitnessprogramms darin. Gepaart mit ausgewogener Ernährung passe ich in Negligés, für die selbst Models zu beleibt sind.«

Tries grinste. »Eindeutig mangelt es dir nicht an Selbstbewusstsein.«

»Und? Kannst du damit umgehen? Mit einer starken Frau, die weiß, was sie will?«

Er hob die rechte Hand, spreizte die Finger und deutete auf seinen Ehering. »Ich bin mit einer verheiratet.«

Ein spöttisches Lächeln umschmeichelte Camilla von Pallandts Lippen. »Das ist gut. Sehr gut. Dann weißt du ja, dass es für solche Frauen nur einen Weg gibt: ihren eigenen. Rücksicht auf die Befindlichkeiten anderer wird nicht genommen.« Zärtlich umfasste sie seine Hand und streichelte mit dem Daumen den Ehering. »Und Hürden sind für sie keinesfalls unüberwindbar, sondern vielmehr eine Herausforderung.«

Verdutzt ließ Tries sie gewähren. In seinem Bauch spürte er ein warmes Kribbeln. »Du … äh … übertreibst.«

Sie sah ihm fest in die Augen und strich mit der Zunge über ihre Lippen. »Keine Sekunde.«

»Ist alles zur Ihrer Zufriedenheit?« Wie aus dem Nichts war der Kellner neben ihnen aufgetaucht.

Erschrocken zuckte Tries zurück und barg die Hände fast züchtig in seinem Schoß. Er flirtete mit der Pallandt. Oder … nein, es war andersherum. Sie flirtete mit ihm. Er hatte sie nicht dazu ermuntert. Oder vielleicht doch? Sandte er unbewusst Signale aus, die sie ermutigten? Äußerst tückisch, das Ganze. Aber egal. Dass sich jemand für ihn interessierte, gefiel ihm. Deswegen hatte er nicht, wie er es hätte tun sollen, kategorisch den Riegel vorgeschoben, sondern fasziniert zugehört. So hatte er, obwohl die Dielen knarrten wie das Gebälk einer sturmumtosten Scheune, die Bedienung gar nicht kommen hören.

Er schluckte seine Verlegenheit hinunter. »Ich hatte auf der Karte ein Honig-Mohn-Parfait gesehen. Das hätte ich gern.«

»Und ich nehme die Kugel Vanilleeis mit der fruchtigen Honig-Senf-Sahne«, sagte Camilla von Pallandt und schob dem Kellner ihren kaum angerührten Teller hin. »Außerdem möchte ich eine Senfpraline probieren.«

Die Bedienung, ein gertenschlanker Mann mit einem ehrlichen Lächeln auf den Lippen, nickte. »Kommt sofort.« Er räumte ab und eilte mit federnden Schritten die Treppe hinunter.

Sicherheitshalber wich Tries Camilla von Pallandts Blicken aus. Er wollte sich nicht wieder in ihren Augen verlieren. Stattdessen sah er aus dem Fenster. Ein Einsatzwagen rollte langsam die Laufenbergstraße oberhalb des Parkplatzes entlang. »Schau mal«, brummte er.

Camilla von Pallandt folgte seinem Blick. »Was genau? Die Polizei?«

»Ja. In der letzten Stunde haben sie die Präsenz erhöht.«

»So, denkst du? Vielleicht ist es immer derselbe Wagen. Kann doch sein. Bestimmt sind die Beamten Oldtimerfans.«

»Hm, möglich«, entgegnete er, obwohl er nicht daran glaubte. »Jedenfalls habe ich, seit wir aus Belgien zurück sind, so viele Einsatzwagen gesehen wie sonst in einem Jahr nicht. Kurz vor unserer Ankunft habe ich sogar den Kommissar gesehen, der heute Morgen in der Birgelmühle war.«

»Den Dicken? Der, der die Beherrschung verloren hat?«

Tries nickte. Sie waren unweit der Oleftalsperre über die N 658 kommend auf die B 258 in Richtung Monschau abgebogen, als er ihn auf der Harley sitzend am Straßenrand gesehen hatte.

Die Bedienung brachte die Nachspeisen.

Während sie ihre Desserts genossen, plauderten sie über Gott und die Welt. Schließlich legte Camilla von Pallandt ihren Löffel zur Seite und schob sich die Senfpraline in den Mund.

Tries konnte sich nicht vorstellen, dass eine Kombination aus Schokolade und Senf irgendjemandem schmecken könnte. Jede Sekunde erwartete er, dass sie die Praline wieder ausspuckte. Doch ganz im Gegenteil: Camilla von Pallandt schloss die Augen, spitzte die Lippen und machte: »Mhmmm.«

»Gut?« Tries konnte es nicht glauben.

Sie schluckte, schnalzte mit der Zunge. »Perfekt. Das ist was für mich. Den Senf schmeckt man nur dezent, ein herber Hauch, der die Süße der Schokolade unterstreicht. Probier doch auch mal.«

»Meinst du?«

Sie lachte. »Zier dich nicht so.«

Tries gab sich einen Ruck. »Okay, warum nicht. Ich werde gleich ein paar davon kaufen und mitnehmen.« Wie beiläufig ergänzte er: »Die kann ich dann heute Abend vor dem Schlafengehen mit Charlotte verputzen.«

Camilla von Pallandt sollte ruhig wissen, dass die Flirterei heute Abend ihr Ende nahm. Zu viel musste schließlich auch nicht sein. Tries hatte nicht vor, Charlotte zu hintergehen.

Doch Camilla von Pallandt schien das überhaupt nicht zu interessieren. Langsam krabbelten ihre Finger auf seinen Handrücken zu wie eine Spinne auf der Jagd nach Beute. Bevor sie ihn erreichten, zog Tries seine Hand weg und kratzte sich am Kopf. »Du und Max Gutmann, kanntet ihr euch gut?«

Als hätte sie sich die Finger verbrannt, ruckte ihre Hand zurück. »Wie kommst du denn jetzt auf Max?«

»Na, so ungewöhnlich ist das wohl nicht. Schließlich ist der Unfall keine vierundzwanzig Stunden her. Ich habe das schon noch im Gedächtnis.«

»Das meinte ich nicht. Deine Frage zielte doch darauf ab, ob ich etwas mit Max hatte.«

Überrascht riss Tries die Augen auf. »Bitte was? Da hast du mich aber komplett falsch verstanden.«

»Ach ja?«

»Ja.« Er wunderte sich über ihre Wandlung. Eben noch gut gelaunt und in Flirtlaune, jetzt abweisend und distanziert. Anscheinend hatte er unbewusst einen wunden Punkt angesprochen. Nichts lag ihm ferner, als darin herumzubohren. Lieber wechselte er das Thema. Es wurde ohnehin Zeit, in zwanzig Minuten stand der Restart an. Doch er konnte sein Vorhaben nicht in die Tat umsetzen.

»Max kann mir gestohlen bleiben«, krächzte Camilla von Pallandt mit hassverzerrter Stimme. »Für ihn war ich nur eine Eroberung, ein Punkt auf seiner Liste, den er abhaken konnte. Er hat mich ausgenutzt, mein Vertrauen missbraucht. Am liebsten würde ich …« Sie ballte die Hände zu Fäusten. »Ehrlich, ich habe kein Mitleid mit ihm. Was gestern passiert ist, geschieht ihm recht. Es ist die Strafe dafür, wie er mit mir umgegangen ist.«

»So kann man das doch nicht …«

»Doch. Kann man.«

Ihr Gesichtsausdruck ließ Tries erstarren. Camilla von Pallandt sah aus, als würde sie auf ihn losgehen wollen. Sie hatte die Beherrschung verloren und zeigte offen ihre wahren Gefühle. Ob Max Gutmann wusste, wie sehr er diese Frau verletzt hatte? Und was, wenn Gutmann reihenweise Frauen enttäuscht hatte? Könnte eine darunter sein, die auf blutige Rache sann?

Tries' Handy surrte. Erleichtert über die Ablenkung nahm er das Gespräch an.

Es war Charlotte.

Mit einer entschuldigenden Geste drehte er sich von Camilla von Pallandt ab. »Du, ich sitze im Restaurant«, teilte er Charlotte leise mit. Er wollte die anderen Gäste nicht stören und das Telefonat kurz halten. Später könnte er ja zurückrufen.

»Es tut mir leid. Ich kann heute leider doch nicht kommen«, sagte Charlotte. »Bitte verzeih mir, ja? Edith wollte mich fahren. Du kennst sie doch noch?«

Und ob Tries sie kannte. Von allen Freundinnen, die Charlotte hatte, war Edith diejenige, die er am wenigsten ausstehen konnte. Bei jeder Gelegenheit ließ sie ihn spüren, dass er ihrer Auffassung nach nicht gut genug für Charlotte war. Dass er sich ins gemachte Nest einer reichen Adligen gesetzt hatte, um nicht länger arbeiten zu müssen. Dass er Charlotte schamlos ausnutzte und ihr Geld verprasste. Wenn sie auftauchte, verdrückte er sich so schnell wie möglich.

»Edith ist leider erkrankt und fällt aus. Freundlicherweise hat sich ihr Sohn als Ersatz angeboten. Nur hat der Spätschicht und kann mich erst morgen fahren.«

»Frag doch jemand anderes. Oder nimm ein Taxi.«

»Bis in die Eifel?« Charlotte kicherte. »Haben wir im Lotto gewonnen, und du hast mir nichts davon erzählt? Nein, vergiss es. Ich fange jetzt nicht an herumzubetteln. Du musst noch einen Abend ohne mich auskommen, so leid es mir tut.«

»Aber …«

»Nun hör schon auf. Du wirst schon Anschluss finden.«

Tries blickte zu Camilla von Pallandt, die sich anscheinend wieder beruhigt hatte. Sie wirkte gefasst wie eh und je. Nur eine leichte Röte an ihrem Hals zeugte noch von ihrem Wutausbruch. Anschluss ist gut, dachte er. Wenn er wollte, könnte er vermutlich mehr als das erhalten. »Und wenn du mit deinem Wagen kommst? Wir können ihn hier in Monschau stehen lassen und nach der Rallye abholen.«

»Der ist doch in der Werkstatt. Der Zahnriemen.«

»Stimmt.« Daran hatte er nicht mehr gedacht. Um ihren Roadster kümmerte sich Charlotte selbst. Da vergaß er schon mal, wann der Wagen gewartet wurde. Er musste ja nicht darauf achten. Resigniert sagte er: »Also gut. Da kann man wohl nichts machen.« Er sah auf die Uhr und stellte fest, dass es nur noch zehn Minuten bis zum Restart waren. Dementsprechend kurz fiel die Verabschiedung aus.

Tries bestellte die Rechnung und zahlte mit einem üppigen Trinkgeld obenauf.

»Was war denn los?«, fragte Camilla von Pallandt auf dem Weg zum Parkplatz. »Schlechte Nachrichten? Du bist auf einmal so schweigsam.«

»Wie man's nimmt.« Tries fasste den Inhalt des Telefonats zusammen und seufzte. »Zumindest kann ich mich im Doppelzimmer allein so richtig ausbreiten.«

Eine Kellnerin trat bepackt mit motorhaubengroßen leeren Servierplatten aus dem Cateringzelt. Fast hätte sie Tries umgerannt. Sie zögerte kurz, unschlüssig, wie sie das Hindernis angehen sollte. Fast ängstlich musterte sie Camilla von Pallandt.

Tries trat zur Seite und zog Camilla von Pallandt mit sich. »Bitte sehr.«

Stumm nickte ihm die Kellnerin zu und schlug den Weg in Richtung der provisorischen Feldküche ein.

Tries staunte über ihre Geschicklichkeit. Vermutlich hätte er nicht einmal die Hälfte der Platten tragen können.

Er schloss den Benz auf. Die im Innenraum angestaute Hitze strich über seine Haut. Wie so oft bedauerte er das Fehlen einer Klimaanlage und sah sehnsüchtig zu dem Rolls-Royce Silver Shadow II hinüber, dessen polierter Lack goldig im Licht der frühen Nachmittagssonne schimmerte. Der hatte garantiert eine Kühlung an Bord.

Er setzte sich, Camilla von Pallandt nahm auf dem Beifahrersitz Platz.

»Du schläfst also nicht im Fahrerlager?«, fragte sie.

Tries verzog angewidert das Gesicht. »Nee, das ist nichts für mich. So viele Männer auf einem Haufen. Ich habe mir ein Zimmer im neuen Tagungshotel gebucht.« Er steckte den Schlüssel ins Zündschloss und drehte ihn. Die Signallämpchen neben dem Bandtachometer leuchteten auf. Er griff zum Knopf links neben dem Tacho und zog ihn ein Stück heraus. Die Vorglühüberwachung glich dem Deckel eines Pfefferstreuers. Geduldig wartete Tries, bis die Anzeige orange leuchtete. Dann zog er den Knopf ganz heraus. Der Motor schüttelte sich einmal, als würde er aus dem Mittagsschlaf erwachen, dann sprang er an und tuckerte zufrieden.

Tries ließ den Benz anrollen. Vorsichtig reihte er sich in die Wartenden vor der Zeitnahme ein. Er wollte keinem der Zuschauer über die Füße fahren. Im Rückspiegel erhaschte er einen Blick auf das Restaurant. »Ach, Mist, jetzt habe ich die Senfpralinen vergessen.«

Camilla von Pallandt schmunzelte. »Mach dir darüber keine Gedanken. Du hast doch eine hübsche Praline auf dem Beifahrersitz. Die darfst du jederzeit vernaschen.«

34

Mit quietschenden Schuhsohlen eilte Dr. Schrapohl über den Flur der Inneren im Kalker Krankenhaus. Unter dem Arm hatte er die Akte der nächsten Patientin, einer jungen Polizistin, die bei einer Auseinander-

setzung mit Hooligans schwer verletzt worden war. Schlimme Sache. Die Frau hatte acht Wochen auf der Intensivstation gelegen. Nur knapp war sie dem Tod entronnen. Es hatte Tage gegeben, da hätte er keinen Cent mehr auf sie gesetzt.

Dabei hatte er mehr als gewöhnlich Anteil genommen. Es gehörte zu seinem Selbstschutz, Patienten, soweit es möglich war, lediglich als die Krankheitsbilder zu sehen, die sie hatten. Mit Distanz verwahrte er sich vor einer seelischen Zerfleischung.

Doch hier war es anders. Seine Tochter spielte mit dem Gedanken, eine Laufbahn bei der Polizei einzuschlagen. Immer wenn er am Bett dieser Patientin gestanden und ihren verkabelten Körper gesehen hatte, die Schläuche, die das Wundsekret abtransportierten, und das unregelmäßige Blinken und Piepen der Maschinen, hatte er sich vorgestellt, seine Tochter würde dort liegen. Ein schrecklicher Gedanke, der ihn bis ins Mark ängstigte.

Er grüßte eine entgegenkommende Krankenschwester und klopfte an die Tür des Patientenzimmers. Dann trat er ein.

Sie saß im Rollstuhl mit dem Rücken zu ihm und sah zum Fenster hinaus.

Niemand sonst hielt sich im Raum auf. Sie genoss das Privileg eines Einzelzimmers, dafür hatte Schrapohl sich eingesetzt.

»Guten Tag«, sagte er, zog sich einen Stuhl heran und setzte sich vor sie.

Kurz irrlichterte ihr Blick zu ihm, dann sah sie wieder zum Fenster hinaus. Aufgrund einer Kehlkopfprellung mit anschließender Entzündung der Stimmbänder konnte die Frau nur flüstern.

»Wie geht es Ihnen heute?« Er nahm die Akte zur Hand und blätterte darin. Bereits einige Sekunden später schloss er sie wieder. Er kannte die Diagnose auswendig, benötigte keine Gedankenstütze. Es war nur eine Angewohnheit.

Die Liste ihrer Verletzungen las sich wie folgt: Schädelbasisbruch, Jochbein zerschmettert, Nase mehrfach gebrochen, vier Zähne ausgeschlagen, Rippenprellungen, Bruch des Schambeins, Bruch des rechten Schienenbeins, innere Verletzungen an den Nieren und an der Leber, Milzriss, unzählige Hämatome, das Rückgrat angebrochen und die Kehlkopfquetschung. Erst vor einer Woche war sie aus dem künstlichen Koma erwacht.

»Sie glauben mir nicht«, hauchte sie. Jeder Buchstabe hörte sich an, als müsste sie ihn hervorwürgen.

Dr. Schrapohl wusste nicht, was sie meinte. »Bitte?«

»Meine Chefs.«

»Sie hatten also Besuch von den Kollegen?« Erst jetzt bemerkte er die Blumen auf dem Tisch. Ein großer Strauß Tulpen. Er wusste, dass sie außer ihrer schwerstbehinderten Schwester keine Verwandtschaft mehr hatte. Sie befand sich zurzeit in einem Pflegeheim. Freunde hatten sich seines Wissens auch nicht gemeldet. Sie musste ein zurückgezogenes Leben führen.

Sie schluckte schwer. »Sie sagen, ich hätte mir das nur eingebildet.« Vorsichtig drehte sie den Kopf und sah ihn an. In ihren Augen schimmerten Tränen. »Sie wollen mich ruhigstellen. Der Dienststellenleiter hat mir sogar gedroht.«

»Gedroht?«

Ihre Kiefermuskeln spannten sich. »Guido hat mich denen ausgeliefert.«

Dr. Schrapohl holte tief Luft. »Ich kann Ihnen leider nicht folgen.«

»Guido, mein … Partner. Im Dienst, meine ich. Wir fahren oft zusammen Streife.«

Selbst mit der Flüsterstimme hörte er aus ihren Worten die Abscheu heraus.

»Ich hätte es in den Wagen geschafft. Doch er hat mich einfach stehen lassen.«

»Sie erinnern sich wieder?« Schrapohl lächelte erfreut. Kurz nach dem Aufwachen hatte sie sich noch nicht mal an den Einsatz erinnern können. Es schien ihr besser zu gehen. »Sie machen gute Fortschritte.«

»Das ist doch unwichtig«, zischte sie. »Haben Sie mir überhaupt zugehört?«

Dr. Schrapohl hüstelte verlegen. »Sie haben recht, es tut mir leid. Sie sprachen von Ihrem Partner, er hieß … äh …«

»Guido.«

Er sah ihr an, dass sie den Namen am liebsten laut herausgeschrien hätte.

»Richtig. Es gab also Probleme?«

»Das Schwein hat den Wagen verriegelt und ist einfach abgehauen.«

»Wieso sollte er das tun?«

»Er wollte mir eins auswischen. Wir verstehen uns nicht so gut. Ich habe ein anderes Verständnis vom Polizeidienst. Damit kommt er nicht klar.«

»Und deswegen soll er Sie in Lebensgefahr gebracht haben?« Dr. Schrapohl konnte seinen Zweifel nicht verbergen. »Ich will nicht in Abrede stellen, dass Sie das im Moment so empfinden. Es kann aber sein … unter Umständen … dass Ihre Erinnerungen nicht der Wirklichkeit entsprechen. Trugbilder, ausgelöst durch das Koma, Träume, die als Realität angesehen …«

»Schluss!«, giftete sie ihn an. »Ich weiß, was ich gesehen habe. Es ist die Wahrheit.«

Schrapohl zuckte zusammen. Sie glaubte offensichtlich fest daran. »Was sagt denn Ihr Kollege dazu?«

»Er hat behauptet, die Hooligans hätten den Wagen eingekesselt und mir dadurch den Weg abgeschnitten.«

»Aussage gegen Aussage?«

»So sieht es wohl aus. Meine Chefs wollen nichts unternehmen.«

»Unter diesen Umständen verständlich, finden Sie nicht?«

Sie presste die Lippen aufeinander.

Einige Sekunden schwiegen sie, dann sagte sie: »Ich werde den Dienst quittieren.«

»Brechen Sie bitte nichts übers Knie. Die Ereignisse sind noch zu frisch …«

»Ich höre auf. Wenn ich nur daran denke, Guido wiederzusehen, dreht sich mir der Magen um. Und diese verlogenen Schweine, die ihm auch noch den Rücken stärken … Ich habe nicht hören wollen, als man mir sagte, Frauen hätten im Polizeidienst einen schlechten Stand. Einige meiner fähigsten Kollegen sind Frauen. Mit denen wäre mir das niemals …« Sie stutzte. »Wenn ich es recht überlege, sind es immer Männer gewesen, die mir das Leben zur Hölle gemacht haben. Schon vor Guido und diesen Schlägern. Sie alle sind schuld an meinem Leid. Und an dem meiner Schwester.« Sie holte tief Luft und ballte die Fäuste. »Ich hasse sie!«

35

Trotz des Hämmerns des Harleymotors spürte Fischbach das zarte Vibrieren seines Handys in der Jackentasche. Er verwarf den Gedanken, anzuhalten und das Gespräch anzunehmen. Ohnehin würde er in fünf Minuten sein Ziel erreichen, dann könnte er zurückrufen.

Das Wetter hatte sich in den letzten Stunden verschlechtert. Von Westen zogen dunkelgraue Wolken auf. Seit dem Mittag war die Temperatur gesunken. Er spürte es durch die ungefütterten Motorradhandschuhe hindurch. Seine Finger fühlten sich im Fahrtwind an wie in einem Kühlschrank. Der Altweibersommer hatte sich verabschiedet, der Herbst zog, wenn auch verspätet, in die Eifel ein.

Er war auf dem Weg zur Ordensburg Vogelsang. Die einstige Kaderschmiede der Nazis thronte oberhalb des Urftstausees weithin sichtbar auf einem Bergrücken. Nach dem Zweiten Weltkrieg hatten zuerst die britischen, dann die belgischen Streitkräfte die Gebäude als Kaserne genutzt. Seit 2006 war die Anlage der Öffentlichkeit zugänglich. Nach kleineren Baumaßnahmen hatte man 2012 mit dem Umbau der Burganlage zu einem Ausstellungs- und Bildungszentrum mit einer NS- und einer Nationalparkausstellung begonnen. Inzwischen war auch ein Tagungshotel hinzugekommen.

Fischbach hatte das ganze Prozedere in der Presse verfolgt. Der kostenintensive Umbau hatte Bürgerproteste hervorgerufen. In den Gemeinden des Kreises Euskirchen wurden Schwimmbäder und Sportstätten mangels finanziellen Spielraums geschlossen. Bei den Schulen bestand Renovierungsstau, viele Straßen glichen Stoßdämpferteststrecken. Und dort oben verbuddelte man eine Million Euro nach der anderen für einen nur geringfügig verbesserten Nutzwert.

Er verringerte das Tempo. Vor ihm tuckerten die Oldtimer, die das Feld von hinten anführten: ein himmelblauer VW Karmann Ghia Coupé, ein putziger Fiat 500 und ein rotes Goggomobil. Bei dem Karmann schien der Auspuff abgefallen zu sein. Er röhrte lauter als der Motor der Harley unter Vollgas.

Eigentlich hätte Fischbach ihn aus dem Verkehr ziehen müssen. Doch er drückte ein Auge zu, überzeugt, dass der Fahrer selbst ein Einsehen haben und das Rennen nach Erreichen des heutigen Etappenziels abbrechen oder die Nacht durchschrauben würde, um es fortsetzen zu können.

Sie bogen auf die breite Zufahrt zur Ordensburg ein, passierten die offen stehende Schranke und rollten durch den spärlich bewachsenen Wald. Die Nadelbäume sahen aus, als hätte man sie mit Benzin übergossen und angezündet. Nicht zum ersten Mal fragte sich Fischbach, ob der Boden wohl durch die jahrzehntelange militärische Nutzung kontaminiert war. Niemand wusste, wie viele Liter Panzersprit und Motoröl in die Humusschicht gesickert waren und die Pflanzen immer noch schädigten.

In der Ferne ragte der fast fünfzig Meter hohe Wasserturm in die Höhe und kratzte an den tief hängenden Wolken. Doch Fischbach registrierte das kaum. Seine Aufmerksamkeit richtete sich auf das Chaos auf dem Parkplatz. Die Oldtimer parkten kreuz und quer, umringt von einer aufgebrachten Menschenmenge. Sie veränderte ständig ihre Form wie eine riesige Amöbe. Ratlos standen die Ordner daneben und versuchten gar nicht erst, ihrer Aufgabe nachzukommen. Sicher fürchteten sie, dass sie ansonsten ordentlich Prügel kassieren würden.

Fischbachs Puls beschleunigte sich. Hatte der Attentäter wieder zugeschlagen? War seine Prophezeiung in Erfüllung gegangen? Schnell verwarf er den Gedanken, als er die hochgereckten Banner las: »Weg mit dem Dreck« – »Uns stinkt's!« – »Die Eifel den Eiflern« – »Holländer raus!«

Ganz offensichtlich handelte es sich um eine Demo.

Vorsichtig rollte er seitlich an der Menschenmenge vorbei. Zu seiner Überraschung sah er ein Nagelband, das quer über der Straße lag. Mit derart drastischen Methoden hatte er nicht gerechnet. Eine Corvette stand mit platten Reifen dahinter. Ein rotgesichtiger Mann, vermutlich der Fahrer, schrie eine Frau an, die ein Schild mit der Aufschrift »Nagel sie platt!« hochhielt.

Das Gelände fiel zum Hauptgebäude hin ab. Fischbach sah Welscher mit Andrea Lindenlaub, Lou van Horten, Gilles und einer Handvoll Kollegen von der Streife vor dem Haupteingang stehen. Ihre Wagen parkten neben dem Gebäude, in dem sich die Touristeninformation und das riesige Kino befanden. Er fuhr zu ihnen, stieg ab und schob die Maschine auf den Seitenständer. »Was ist denn hier los?«

Andrea Lindenlaub warf ihm einen ärgerlichen Blick zu. »Wenn du mal an dein Handy gehen würdest, wüsstest du es.«

Sofort spürte Fischbach wieder die Wut, die ihn am Morgen zu der unrühmlichen Tat in Birgel getrieben hatte, in sich aufsteigen. Der Nachmittag auf der Harley hatte ihn entspannt, seine Gedanken geklärt und sortiert. Fast schämte er sich für das Auftreten vorhin. Trotz der Gefahr, die er für die Rennteilnehmer sah, hätte er besonnener agieren müssen. Er hatte es tatsächlich übertrieben, daran gab es nichts zu deuteln. Eine Entschuldigung bei den Kollegen war das Mindeste, was er sich vorgenommen hatte. Vielleicht hätte er sie sogar zum Essen eingeladen. Doch von jetzt auf gleich hatte Andrea Lindenlaub mit ihrem Anpfiff sein Vorhaben zunichtegemacht. Wie kam sie dazu, ihm die Leviten zu lesen? Er verspürte überhaupt keine Lust mehr, um Verzeihung zu bitten. »Meine Freisprecheinrichtung ist kaputt«, knurrte er.

»Du hast doch gar keine Freisprecheinrichtung.«

»Ach, sieh an. Dann ist das vielleicht der Grund, warum ich dein Gespräch nicht annehmen konnte.« Fischbach wandte sich von ihr ab und blickte zu den Demonstranten. Ihr Gegröle schallte über die Anhöhe: »Eins, zwei, drei, gleich sind eure Karren Brei!«

»Ogottogott«, jammerte Lou van Horten und rang die Hände. »Die drehen vollkommen durch.«

»Ruhig Blut«, sagte Gilles, der aus müden Augen heraus die Menge beobachtete. Er sah aus, als hätte er seit Tagen keinen Schlaf mehr gefunden. »Wir sind ja auch noch da. Auf geht's, Jungs.« Er gab seinen Kollegen einen Wink.

Gemeinsam gingen sie auf die Protestler zu. Die Uniformierten mit Gilles an der Spitze schritten voran, dahinter folgten die Kommissare.

»Neun gegen fünfhundert?«, fragte Fischbach Welscher. »Ist das vernünftig?«

»Wir haben eine Hundertschaft angefordert. Die wird in Kürze hier sein.«

Fischbach sah Stephan Tries, der mit erhobenen Händen neben seinem Mercedes stand und lautstark forderte, ihm zuzuhören. »Leute, wir können doch über alles reden«, rief er. Aber niemand achtete auf ihn.

Gilles teilte die Menge wie das Blatt eines Pflugs den Acker. Er schien keine Furcht zu haben.

Jemand stieß Fischbach unsanft von hinten. Er stolperte vorwärts und trat mit den schweren Motorradstiefeln auf irgendeinen Fuß.

Gilles sprang auf die Motorhaube der Corvette mit den platten Reifen. Entsetzt schrie der Besitzer: »Kommen Sie sofort da runter!« Er griff nach Gilles' Bein, doch Andrea Lindenlaub drängte ihn ab. Welscher, Fischbach und die Grün-Weißen bildeten einen Halbkreis und sicherten so die Motorhaube der Corvette.

»Wer ist hier der Chef?«, rief Gilles über die Köpfe der Demonstranten hinweg.

Die Menge skandierte: »Bul-len-schwei-ne! Bul-len-schweine!« Irgendwo klirrte Glas.

»Meine Frontscheibe!«, heulte jemand auf.

Mit einem raschen Handgriff zückte Gilles die Pistole und schoss in die Luft. Einige Demonstranten duckten sich und senkten die Köpfe, Schilder fielen krachend zu Boden. Augenblicklich kehrte Ruhe ein.

Fischbach war ebenfalls zusammengezuckt. »Hast du den Verstand verloren?«, zischte er Gilles zu. »Du kannst doch hier nicht rumballern. Das wird Ärger geben.«

Gilles achtete nicht auf ihn. Er zeigte auf einen Mann keine fünf Meter von ihnen entfernt, der unerschrocken das Kinn vorstreckte. »Sie! Wer hat das hier angeleiert?«

Der Mann zwängte sich vor und blieb vor Fischbach stehen. Zwei Frauen flankierten ihn, sie hielten ein Banner über seinen Kopf, auf dem »Am Wochenende gehört die Eifel uns« stand. »Ich. Ich habe das organisiert«, sagte der Mann mit stolz geschwellter Brust.

»Das ist doch …« Fischbach konnte es kaum glauben. Vor ihm stand Jochen Bebel, der Mann, dessen Badezimmer er zertrümmert hatte. Und die beiden Frauen mit dem Banner kamen ihm auch bekannt vor. Waren das nicht die Passantinnen, die Bebel ein Alibi verschafft hatten? Die, die ihn am fraglichen Morgen in der Werkstatt gesehen haben wollten?

»Das stimmt so nicht«, hörte Fischbach eine Männerstimme sagen. Die Menge glitt auseinander, und ein zwergengroßer Mittvierziger watschelte durch die Reihen. Das schüttere Haar trug er nach hinten gekämmt und zu einem Zopf zusammengebunden. »Jochen hat mir nur geholfen. Ich bin verantwortlich.«

»Och nö.« Gilles stöhnte auf. »Du schon wieder. Ich hätte es mir ja denken können.«

»Wer ist das?«, fragte Andrea Lindenlaub.

»Gleich«, vertröstete Gilles sie und wandte sich an den Kleinwüchsigen. »Können wir reden?«, fragte er.

»Reden? Wir sind nicht zum Reden hier«, rief der Mann. »Die Zeit des Handelns ist gekommen.«

»Genau!«, bestätigte Bebel.

Jubel brandete auf.

Gilles hob den Arm mit der Pistole.

»Untersteh dich.« Fischbach trat einen Schritt vor und baute sich vor den beiden Aufwieglern auf. »Hauptkommissar Fischbach«, er zeigte seine Messingmarke, »Kripo Euskirchen. Sie behindern eine Ermittlung.«

Bebel runzelte die Stirn. »Was denn für eine Ermittlung? Das Einzige, was wir verhindern, ist das unnötige Durch-die-Eifel-Fahren und Unsere-schöne-Luft-Verpesten.«

»Wer absichtlich oder wissentlich ganz oder zum Teil vereitelt«, zitierte Fischbach frei, »dass ein anderer dem Strafgesetz gemäß wegen einer rechtswidrigen Tat bestraft wird, kann mit einer Freiheitsstrafe bis zu fünf Jahren bestraft werden. Paragraf 258 Strafgesetzbuch, wenn Sie es überprüfen wollen.« Zufrieden sah er, wie die Entschlossenheit aus den Gesichtern der Umstehenden wich.

»Das ist doch ein Trick«, sagte der Kleinwüchsige. »Ermittlungen? Welche Ermittlungen? Dass ich nicht lache.«

»Nein, kein Trick. Warum sonst sollte die Kripo hier sein?« Er zeigte auf Welscher und Andrea Lindenlaub. »Die gehören auch dazu.«

Das Brummen eines Motors kam näher.

»Na bitte«, sagte Gilles. »Die Hundertschaft. Gleich weht hier ein anderer Wind.«

Die Menge wurde unruhig. Die Ersten rollten ihre Banner zusammen.

»Also gut. Wenn das so ist, verziehen wir uns für heute«, lenkte der Kleinwüchsige ein. »Recht und Ordnung wollen wir nicht im Weg stehen.« Er hob den Arm, streckte den Zeigefinger aus und zeichnete Kreise in die Luft. Offensichtlich war dies die Ansage, die Demonstration aufzulösen. Murrend schlichen die Leute von dannen.

Gilles sprang von der Motorhaube. »Prächtig.« Er grinste siegesbewusst von Ohr zu Ohr.

Bebel wandte sich ab und wollte ebenfalls gehen. Doch Fischbach hielt ihn an der Schulter zurück. »Moment. Nicht so schnell. Erst arbeiten wir das auf. Die beiden Damen bitte auch.«

»Wir?«, fragte eine der beiden Frauen überrascht.

Fischbach nickte und sah nach unten. »Und Sie kommen ebenfalls mit.«

36

Stephan Tries lehnte an seinem Benz und wartete auf Camilla von Pallandts Rückkehr. Sie hatte sich bereit erklärt, ihre Ankunft im Rennbüro zu melden, damit er bei seinem Wagen Wache halten konnte. Die Demonstranten schienen unter den wachsamen Augen der Hundertschaft der Polizei zwar kein Interesse mehr an Krawall zu haben. Fast wirkten sie wie Besucher eines wunderschönen Musikfestivals. Sie schlenderten mit glücklichen Gesichtern an ihm vorbei und hoben sich so von den Rennteilnehmern mit den ernsten Mienen deutlich ab. Aber sicher war sicher, fand Tries.

Die Restauration des Benz, ein Erbstück seines Vaters, hatte Unsummen verschlungen und Tries' letzte Ersparnisse aufgezehrt.

Dafür wirkte der Wagen jetzt, als wäre er gerade erst vom Band gerollt. Allein der Hauch eines Kratzers, eine winzige Delle nur, würde ihm schlaflose Nächte bereiten. Natürlich wusste er, wie manisch das auf andere wirken musste. Aber so einen Spleen wurde man nicht so schnell wieder los. Immerhin hatte er auf vieles verzichtet, Essen, modische Kleidung, die neusten technischen Spielereien, um sich zum Beispiel einen Satz Glühkerzen kaufen zu können. Oder neue Radkappen. Das schweißte Fahrzeug und Fahrer zusammen.

Nachdenklich strich er über das Blech des Kotflügels. Ein Abschleppwagen bahnte sich den Weg durch die abziehenden Demonstranten und hielt neben der Corvette mit den vom Nagelband zerstörten Reifen. Lässig sprang der Fahrer heraus, reichte dem Eigentümer die Hand und begann, die Corvette an den Haken zu nehmen. Lou van Horten eilte hinzu und entschuldigte sich gestenreich für das »Malheur«, wie er es nannte.

Die Rallye stand unter keinem guten Stern. Erst die Sache mit Max Gutmann und dessen vollkommen zerstörtem Aston Martin, heute Morgen dieser Fischbach, der sich nicht im Griff gehabt hatte, und jetzt die Demo. Persönlich konnte er zu den Fatalitäten noch Charlottes erzwungenes Fernbleiben ergänzen. Vielleicht wäre es ratsam, kein Risiko mehr einzugehen, an dieser Stelle alles abzubrechen und nach Hause zu fahren.

Lou van Horten kam auf ihn zu. »Herr Tries, ich hoffe, Sie verzeihen uns die kleine … äh … Beeinträchtigung. Es wird nicht wieder vorkommen, das versichere ich Ihnen. Ich hoffe, Sie gedenken, das Rennen fortzusetzen.« Mit einem Taschentuch wischte er sich über die schweißnasse Stirn. Er deutete auf das kastenförmige Gebäude, in dem sich das Kino befand. »Wir haben für heute ein ganz besonderes Programm auf die Beine gestellt, wie Sie bestimmt schon den Anmeldeunterlagen entnommen haben. Die ›Eifel-Gäng‹ tritt auf, das wird ein mordsmäßiger Spaß werden. Dann kommen die Cheerleader vom FC, was fürs Auge. Für Partymusik haben wir auch wieder gesorgt. Und es wird ein zünftiges Büfett geben.«

Tries grinste. Lou van Hortens verzweifelter Versuch, ihn bei Laune zu halten und gute Stimmung zu verbreiten, gefiel ihm. Der Mann lebte für die Rallye, das war sein Ding, seine Leidenschaft, und man kam fast nicht umhin, es anzuerkennen. »Die Cheerleader vom FC, so, so. Das sollte man sich tatsächlich nicht entgehen lassen.«

Im Glauben, Tries vom Bleiben überzeugt zu haben, hellte sich Lou van Hortens Gesicht auf. »Ich darf also weiterhin auf Sie zählen?«

Tries gab sich einen Ruck. »Selbstverständlich.«

Überschwänglich schüttelte Lou van Horten ihm die Hand. »Sie werden es nicht bereuen.« Schon lief er zum nächsten Fahrer.

»Was war denn?«, fragte Camilla von Pallandt, die mit einem Stapel Papier und zwei Piccolo in der Hand auf Tries zukam. Er konnte sie kaum verstehen, da gerade ein Ferrari Dino mit grollendem Motor und röhrendem Auspuff an ihm vorbeirollte.

»Nichts Besonderes. Es ging nur um das Abendprogramm.«

»Ach so.«

Tries sah dem Ferrari nach. Der Fahrer stellte den Wagen im *parc fermé* ab, der sich auf der großen Freifläche vor dem Tagungshotel befand. »Was für ein tolles Fahrzeug«, schwärmte er. »Wusstest du, dass Enzo Ferrari den Wagen nach seinem jung verstorbenen Sohn Alfredo genannt hat?«

»Natürlich. Alfre-Dino.« Sie öffnete die Beifahrertür und warf die Unterlagen auf den Beifahrersitz. »Ü-ber-rasch-ung«, trällerte sie etwas verärgert, »es gibt auch Frauen, die sich mit Autos auskennen.«

Tries sah sie über das Wagendach hinweg an. »Wenn ich dir auf die Füße getreten habe, tut es mir leid. Das war nicht meine Absicht.«

Sie packte den Fensterrahmen der Beifahrertür.

Für den Bruchteil einer Sekunde fürchtete Tries, sie würde die Tür zuknallen. Das Schloss hatte er gerade erst generalüberholen lassen. Er konnte nicht sagen, ob es eine solche Belastung ohne Blessuren wegstecken würde.

Erleichtert beobachtete er, wie Camilla von Pallandt sich entspannte und den Rahmen losließ. Sie schmunzelte. »Ich kann schon eine Kratzbürste sein, nicht wahr?«

»So schlimm habe ich es jetzt auch wieder nicht empfunden.«

»Ich hab's nicht so gemeint. Ich war nur …« Sie winkte ab. »Vergiss es einfach, ja?«

»Ist was?«

»Ich will dich nicht mit meinen Problemen belästigen.«

Tries umrundete das Heck des Mercedes. »Kannst du aber.«

Camilla von Pallandt beugte sich in den Wagen und nahm sich eins der Piccolofläschchen vom Beifahrersitz. Sie öffnete den Verschluss und trank einen großen Schluck. Mit dem Handrücken wischte sie sich den Mund ab. »Ich bin so was von sauer. Wie ich gerade erfahren musste, hat das Hotel die Buchung meines Zimmers vermasselt. Angeblich ein Systemfehler. Die haben das Zimmer doppelt vergeben. Leider ist der andere Gast vor mir eingetroffen. Das Zimmer ist somit weg. Und weil sie ausgebucht sind, haben sie mich jetzt mit den anderen im Schlafsaal untergebracht.« Erneut setzte sie die Flasche an. Gluckernd lief der Sekt in ihren Mund.

»Das ist doch kein Grund, sich zu besaufen«, scherzte Tries.

»Meinst du? Ich verspüre jedenfalls keine Lust, die Nacht mit vierzig grunzenden, schnarchenden und furzenden Leuten zu verbringen.«

»So schlimm wird es schon nicht werden.«

»Du willst doch auch nicht im Schlafsaal nächtigen.«

»Das stimmt, aber wenn ich müsste …«

»Vergiss es.« Mit einem letzten Schluck leerte sie den Sekt und warf die Flasche in den Fußraum des Benz. »Ich werde meine Tasche nehmen und nach Hause fahren.« Sie schritt an Tries vorbei und öffnete den Kofferraumdeckel.

Unauffällig musterte er sie. Ihre Kiefermuskeln traten hervor, so fest presste sie die Zähne aufeinander, und ihre Augen hatten den sonst allgegenwärtigen schelmischen Glanz verloren. Eine steile Falte stand auf ihrer Stirn.

Sie wuchtete ihre Reisetasche aus dem Kofferraum und warf den Deckel zu. »Das war's. Ich bin raus. Ich lasse mich von meinem Chauffeur abholen. Viel Spaß noch.«

Tries sah ihr nach, als sie den Weg in Richtung Hotel einschlug. Ohne Rücksicht zu nehmen, überquerte sie die Straße, die zum *parc fermé* führte. Damit zwang sie den Fahrer eines

Ford 17M, in die Eisen zu gehen. Mit quietschenden Reifen stoppte er keine zwanzig Zentimeter vor ihr. Camilla von Pallandt schien tatsächlich richtig sauer zu sein.

Tries rang mit sich. Sollte er ihr anbieten, sein Doppelzimmer mit ihm zu teilen? Dann hätte er heute Abend eine ausgesprochen sympathische Begleitung mit Esprit und Charme an seiner Seite. Möglicherweise aber war Camilla von Pallandt eine ausgezeichnete Schauspielerin und hatte es genau darauf angelegt. So ganz traute er ihr nicht. Wäre er stark genug, sie in ihre Schranken zu weisen, sollte sie mehr als ein Nachtlager begehren?

Nachdenklich schloss er die Beifahrertür und setzte sich hinters Lenkrad.

Ihr Parfüm hing in der Luft.

Er stellte sich vor, wie sie mit einer sinnlichen Bewegung den Duft mit dem Glaspfropfen des Flacons auf ihrer zarten Haut verteilte. Wie ihr Odeur den ganzen Abend seine Geruchsnerven umschmeichelte.

In seiner Magengrube kribbelte es.

Er wollte Charlotte auf keinen Fall enttäuschen.

Aber er wollte Camilla von Pallandt auch nicht einfach ziehen lassen.

Was sollte er tun? Sie einzuladen, wäre ein gewagtes Spiel. Wie das Balancieren auf einer scharfen Schneide.

Camilla von Pallandt umrundete den *parc fermé* und ging zum Haupteingang des Hotels. Ihre Hüfte schwang verzückend hin und her.

Nein, dachte Tries, nicht verzückend, sondern gemeingefährlich.

Er startete den Motor.

37

Andrea Lindenlaub setzte sich auf die Kante des Schreibtisches. Sie nickte in Richtung des Kleinwüchsigen, der mit Gilles,

Jochen Bebel und den beiden Frauen am Konferenztisch saß. »So, jetzt möchte ich endlich wissen, wer Sie sind.«

»Ich auch«, murmelte Fischbach. Er stand neben Welscher am Fenster und verschränkte die Hände hinter dem Rücken.

Draußen regelten die Kollegen die Auflösung der Demonstration. Aufgeregt und wild gestikulierend sprang Lou van Horten zwischen den Oldtimern hin und her, er schien sich bei den Rennteilnehmern für die Unannehmlichkeit zu entschuldigen. Nicht alle wollten den Vorfall einfach so auf sich beruhen lassen. Ihre ärgerlichen Gesichtszüge sprachen Bände. Ein gelber Abschleppwagen nahm gerade die Corvette mit den platten Reifen an den Haken. Wie ein Fisch an der Angel hing sie von Gurten gehalten am Kran. Der Fahrer stand mit hängenden Schultern daneben und achtete darauf, dass sein Fahrzeug nicht noch mehr Schaden nahm.

Fischbach wandte sich ab.

Der Hoteldirektor hatte ihnen sein Büro zur Verfügung gestellt, ein Raum in der Größe einer halben Turnhalle. Die spärliche Einrichtung verstärkte den Eindruck noch. An den nackten Betonwänden hingen Fahnen mit den Wappen der Gemeinden, die zum Nationalpark gehörten oder an ihn angrenzten.

Gilles rieb sich die Augen und gähnte. »Der Zwerg heißt Ansgar Reichelt«, sagte er an dessen Stelle.

»Ich bevorzuge den Begriff ›Kleinwüchsiger‹.«

Welscher kicherte. »Hier in der Gegend ist das Verlangen nach einer politisch korrekten Bezeichnung ein Kampf gegen Windmühlen.«

Gilles winkte ab. »Ja, ja, geschenkt. Herr Reichelt und ich sind gute … *Freunde.*« Mit Zeige- und Mittelfinger schrieb er Anführungszeichen in die Luft. »Wir sind uns schon des Öfteren begegnet. Leider stets unfreiwillig, zumindest von meiner Seite aus: Ruhestörung, unangemeldete Demonstrationen, Freiheitsberaubung, Sachbeschädigung. Eine hübsche Liste an Fehlverhalten, die sich der liebe Herr Reichelt inzwischen erarbeitet hat. Ich weiß gar nicht mehr, wie viele Einsätze ich wegen dem schon fahren musste.«

Reichelt grinste frech. »Um ans Ziel zu kommen, ist uns jedes Mittel recht.«

Andrea Lindenlaub fasste mit beiden Händen in ihre Haare und strich sie nach hinten. »Klar, Reichelt, jetzt fällt der Groschen. Sie haben doch diese Interessenvertretung gegründet. Einen Verein, der den Zuzug und die Touristik in der Eifel anprangert und verhindern will. Ich habe in der Zeitung darüber gelesen. Auf den Fotos sahen Sie allerdings größer aus.«

Reichelt hob einen imaginären Hut. »Freue mich, Sie kennenzulernen, Madame.«

»Lass den Mist«, fuhr ihn Gilles an.

»Die Eifel den Eiflern?«, fragte Welscher.

»Genau richtig«, antwortete Reichelt. »Schauen Sie sich doch mal um. Überall nur noch Holländer. Gelbe Kennzeichen, wo man hinschaut. Und ist doch mal ein deutsches darunter, stammt es garantiert nicht aus einem Eifelkreis.« Anfänglich noch hoch und fast piepsig, gewann die Stimme nun mit jedem weiteren Wort an Kraft und Volumen. Er redete sich in Rage. »Wo kommen wir denn da hin? Bald bekommt man hier in den Supermärkten nur noch Heineken, Vla, Hagelslag, Poffertjes, Pindakaas und Speculoos. Das ist nicht meine Welt. Ich will meine Eifel behalten. Und als würde das noch nicht reichen, kurven am Wochenende die Touris durch die Gegend, verpesten die Luft oder zertrampeln unsere schöne Landschaft. Dagegen *muss* man doch etwas unternehmen. Da darf man nicht tatenlos zusehen, bis alles verkommen ist. Vor einigen Jahren gab es sogar mal ein U-Boot im Urftsee. Unfassbar, ein U-Boot! In einem Trinkwasserspeicher. Wo soll das noch hinführen?«

»Das Boot gehörte aber einem Einheimischen«, gab Fischbach zu bedenken.

»Das ist doch egal«, fuhr Reichelt auf. »Es zeigt, wie sehr die Unsitten bereits auf die Eifler übergreifen. Warum sollen wir noch die Natur respektieren, wenn ohnehin alles den Bach runtergeht?« Energisch strich er mit dem Zeigefinger durch die Luft. »Wir dürfen nicht warten. Wir müssen jetzt handeln. Sonst sind wir bald eine holländische Enklave.«

Fischbach fasste sich an den Kopf und stöhnte auf. Selten zuvor hatte er so einen Unsinn gehört. Seinem Empfinden nach waren seit Öffnung des Eisernen Vorhangs der Tourismus in der

Eifel rückläufig, der Wochenendverkehr weniger intensiv, die Gasthäuser nicht mehr so überfüllt. Grund dafür war nicht nur das Freizeitverhalten der Deutschen, das sich geändert hatte – heutzutage flog man am Wochenende lieber nach Mallorca, als die Eifel zu besuchen –, sondern auch die Landflucht. Die junge Generation suchte ihr Glück lieber in den Ballungszentren. Zahlreiche leer stehende Häuser waren die unerfreuliche Konsequenz. Sie verfielen schneller als eine Sandburg im Regen. Manche Dörfer glichen so der Kulisse eines Kriegsfilms. Daher begrüßte Fischbach nach anfänglicher Skepsis inzwischen den Zuzug der Holländer. Wurde heutzutage ein Haus renoviert, entdeckte er nicht selten ein Fahrzeug mit gelbem Kennzeichen vor der Haustür.

Welscher verzog das Gesicht, als hätte er einen sauren Drops gelutscht. »Also, nicht dass ich die Niederländer verstehen würde, die sich hier in der Gegend ein Häuschen kaufen. Wer will schon freiwillig in die Eif…«

»Jan, verschon uns damit«, murrte Andrea Lindenlaub.

»Ja, ja, okay. Also, Herr Reichelt, für mich hört sich das alles ziemlich nach einer rechten Gesinnung an. Deutschland den Deutschen, Sie verstehen schon.« Er legte Zeige- und Mittelfinger auf seine Oberlippe, drückte den Rücken durch und sagte mit verstellter Stimme: »Die Eifel heim ins Reich! Subversive Elemente gehören ausgemerzt! Was Eifel ist, muss Eifel bleiben!«

Reichelt drehte sich beleidigt in seinem Stuhl zur Seite. »Da haben wir es wieder. Kaum setzt man sich für nationale Interessen ein, ist man gleich ein Nazi.« Er drehte sich zurück und giftete Welscher mit zusammengekniffenen Augen an: »Wissen Sie, was die Nazis mit mir gemacht hätten? Vergast hätten die mich. Oder für abartige Versuche missbraucht. Glauben Sie mir, nichts liegt mir ferner als der Nationalsozialismus. Ich will einfach nur meine Ruhe, wenn ich am Wochenende auf der Terrasse sitze. Ich brauche keine Käsköppe in der Nachbarschaft, die in ihrem Haus herumwerkeln. Und wissen Sie, wie laut so ein Motorrad ist? Was für einen infernalischen Krach die stinkenden Dinger verursachen?« Er hielt sich demonstrativ die Ohren zu. »Das geht einem durch Mark und Bein. Da könnte ich kotzen.«

»Wenn ich so einen Mist höre«, murmelte Welscher, »könnte ich mich Ihnen beim Kotzen glatt anschließen.« Er wischte mit dem Daumen über das Smartphone in seiner Hand und zeigte Fischbach das Display.

Der las die Namen der beiden Frauen: Helga Laufenberg und Karin Rübensam. Dankend nickte er, verließ den Platz am Fenster, setzte sich an den Tisch und ließ die Hosenträger flitschen. »Und Sie, Herr Bebel, unterstützen die … äh … abenteuerlichen Eingebungen des Herrn Reichelt? Und die Damen ebenfalls?«

Alle drei nickten.

»Wir stehen hundertprozentig an Ansgars Seite«, bekräftigte Bebel. »Wir gehören zum engeren Kreis, setzen uns voll für die Sache ein. Zum Beispiel das Nagelband. Es ist von mir.« Er tippte sich mit dem Finger auf die Brust. »Da steh ich zu.«

»Verstehe«, sagte Fischbach. »Und es stört Sie auch nicht, wenn man mal übers Ziel hinausschießt? So wie heute. Ich meine, so ein Nagelband, das ist nach Maßstäben der Zerstörung fremden Eigentums ja schon eine Hausnummer, nicht wahr?«

Bebel lächelte. »Immer noch harmloser, als jemandem das Bad zu demolieren, oder?«

Fischbach unterdrückte den Anflug von Scham. »Dem kann ich nicht zustimmen. Das eine war ein Missgeschick. Bei einem Nagelband sieht das ganz anders aus. Damit fügt man gezielt und mit voller Absicht anderen einen Schaden zu. Da kann man nicht mehr von ›friedlich‹ sprechen.«

»Was ist schon groß passiert?«, mischte sich Helga Laufenberg ein. »Ein paar Plattfüße.«

»Das ist Sachbeschädigung«, erklärte Fischbach und sah ihr fest in die Augen. »Frau Laufenberg, wie weit sind Sie bereit, für Ihre Ideale zu gehen? Was kommt als Nächstes? Ein Auto anzünden, an dem ein holländisches Kennzeichen pappt? Und ist es dabei egal, ob sich noch jemand im Wageninneren befindet? Oder nennen Sie das einen akzeptablen Kollateralschaden? Vielleicht reicht ein Auto aber nicht. Ein Haus lodert doch viel schöner, schreckt Zuzugswillige ab und bringt auch mehr Presse, nicht wahr?«

Helga Laufenberg lief rot an. »Das ist doch … das ist … die

Höhe. Ich lasse mir von Ihnen nichts unterstellen, von Ihnen nicht, nein. Ich bin doch keine Mörderin.«

»Schön zu hören. Aber so eine kleine Notlüge, um einem Freund zu helfen, das ist sicherlich nicht so schlimm, oder? Da kann man schon mal über seinen Schatten springen.«

Helga Laufenberg schluckte hart und wechselte einen unsicheren Blick mit Jochen Bebel und Karin Rübensam. Die hatte ihre Handtasche auf dem Schoß und knetete sie wie einen Brotteig.

»Frau Laufenberg?«, drängte Fischbach. »Haben Sie uns etwas zu beichten?«

Reichelt schien nicht zu verstehen, worum es ging. »Was soll das jetzt? Was wollen Sie andeuten?«, verlangte er zu erfahren.

Fischbach ignorierte ihn. »Also?«

Jochen Bebel war es, der schließlich einlenkte. »Mädels, ich will nicht, dass ihr meinetwegen Ärger bekommt. Wer weiß, wer euch irgendwann verpetzt. Also gut, Sie haben recht, die beiden können mich an dem Tag, als Clerk erschossen wurde, nicht in der Werkstatt gesehen haben.«

»Weil sie ganz woanders waren?«

»Ja. Beide haben im Wartezimmer ihres Hausarztes gehockt. Den ganzen Vormittag.«

»Die Wartezimmer sind ja immer so voll, seit die Holländer …«, mischte sich Reichelt wieder ein.

Welscher platzte der Kragen. »Das kommt daher, weil sich Landarztpraxen nicht mehr lohnen«, grollte er. »Weil es für einen Arzt einfacher ist, in der Stadt sein Geld zu machen. Weil das Gesundheitssystem den besonderen Einsatz, den Landärzte erbringen, nicht honoriert. Und weil die Politiker das Problem über Jahre hinweg ausgesessen haben, anstatt Lösungen zu finden. So sieht es aus, Herr Reichelt, und nicht anders.« Mit energischen Schritten kam er zum Tisch und stützte sich mit den Fäusten auf der Platte ab. Er stand da wie ein Stier, der die Hörner zum Angriff senkte. »Verschonen Sie uns also mit Ihren schwachsinnigen Parolen. Sparen Sie sich Ihre Verleumdungen für Ihre gleichgesinnten Kleingeister auf.« Er sah zu Reichelts Nebenmann. »Herr Bebel, ich nehme Sie hiermit wegen des Verdachts des Mordes an Peer Clerk vorübergehend fest.«

Von dieser Aktion kalt erwischt, wechselte Fischbach mit Andrea Lindenlaub einen entgeisterten Blick. In ihren Augen las er das, was er auch gerade dachte: Was ist denn in den gefahren?

38

Welscher öffnete das Gartentor. Durch das Küchenfenster sah er, dass Fischbach und Andrea Lindenlaub bereits am Tisch saßen. Kein Wunder, dass sie eher eingetroffen waren. Er hatte den Umweg über Euskirchen nehmen müssen. Mit Gilles zusammen hatte er Jochen Bebel in die Zelle verfrachtet und den notwendigen Papierkram erledigt.

Es war ein turbulenter Aufbruch gewesen, da Bebel sich heftig gewehrt hatte. Kaum zu glauben, was so ein Mensch für Kräfte entwickelte, wenn er sich ungerecht behandelt fühlte. Zeit zum Reden war nicht mehr geblieben. Sie hatten alle Mühe gehabt, ihm die Handschellen anzulegen und ihn in einen Einsatzwagen zu bugsieren. Im Büro hatte Welscher dann die Einladung zum Essen bei den Fischbachs per SMS erhalten und zunächst dankend abgelehnt, denn er wollte so schnell wie möglich zu Lars nach Kronenburg und den Tag mit einem Beruhigungstee ausklingen lassen. Doch dann war eine weitere, unmissverständliche SMS, diesmal von Andrea Lindenlaub, eingetroffen: »Du kommst! Wir müssen reden.«

Und so stand er jetzt hier im Hof der Fischbachs, anstatt zu Hause das heute-journal zu schauen.

Sigrid entdeckte ihn und winkte ihm, hereinzukommen.

Schnüffel grunzte erfreut, als er die Küche betrat, und strich um seine Beine herum.

Mit dem Fuß schob Sigrid das Schwein zur Seite und umarmte Welscher herzlich. »Setz dich. Ich habe einen Brot-Kohl-Auflauf im Ofen. Geht gleich los.« Sie ließ ihn los und deckte weiter den Tisch. Ihre Schürze trug die Aufschrift »Knackige 50. Mal knackt es hier, mal knackt es da«. Fischbach hatte ihr die Schürze zum runden Geburtstag geschenkt. Welscher konnte es immer noch nicht glauben, wie wenig feinfühlig er dabei gewesen war.

Er schob sich auf die Bank neben Andrea Lindenlaub, die wie Fischbach missmutig auf die Tischoberfläche starrte.

Als wollte sie damit die frostige Stimmung vertreiben, summte Sigrid vergnügt.

»Also? Warum hast du Jochen Bebel festgenommen?«, wollte Andrea wissen. »Was sollte die Aktion? Dreht ihr jetzt alle durch?«

»Leute!«, rief Sigrid. »Wollt ihr nicht erst essen? Mit vollem Magen kann man die Dinge gelassener betrachten.«

Andrea sah auf. »Wenn ich noch länger auf eine Antwort auf diese Frage warten muss, bekomme ich keinen Bissen runter. Den Rest können wir dann von mir aus später klären.«

»Oh, oh«, sagte Sigrid. »Eine gesellige Runde scheint heute schwierig zu werden, oder? Also Jan, dann red schon. Ich will nicht, dass hier jemand meinen Auflauf verschmäht.«

»So abwegig ist die Festnahme nicht«, sagte Welscher. »Bebels Alibi ist geplatzt, und er versteht sich aufs Schießen.«

»Und das Motiv?«, brummte Fischbach.

»Fremdenhass.«

Andrea Lindenlaub verzog skeptisch das Gesicht. »Gut, bei Peer Clerk passt das. Aber doch nicht bei Max Gutmann. Der stammt gebürtig aus der Eifel.«

»Verbrüderung mit dem Feind. Er war Clerks engster Freund. Und vielleicht finden sich in Gutmanns Stammbaum ja auch irgendwelche Immigranten, die Bebel nicht passen.«

»Weit hergeholt.«

»Ja, mag sein. Trotzdem hielt ich es für eine gute Idee, Bebel für morgen aus dem Verkehr zu ziehen. Falls ich falschliege und noch mal etwas geschieht, wissen wir dann zumindest sicher, dass er es nicht gewesen sein kann. Und vergiss nicht Bebels wirtschaftliche Situation. Ein weiterer Grund, warum er es auf Peer Clerk abgesehen haben könnte.«

Fischbach grunzte verächtlich. »Hör auf, uns für dumm zu verkaufen. Das ist doch alles vorgeschoben.«

Welscher hob entnervt beide Arme. »Okay, also gut, ich gebe es zu: Es sollte ein Denkzettel werden.«

»Ein Denkzettel?«

»Ja. Ich lass den Bebel einen Tag in der Zelle schmoren. Mal sehen, wie es ihm bekommt. Vielleicht ist er dann in Zukunft mit der Wahl seiner Mittel vorsichtiger. Ich meine, hallo? Ein Nagelband! Wo kommen wir denn dahin? Was kommt als Nächstes? Eine Panzerfaust?« Er fasste sich an die Stirn. »Mann, ich habe einfach rot gesehen. Wie die dasaßen und diesen Mist abgesondert haben. ›Die Eifel den Eiflern‹. Das unterscheidet sich in nichts von ›Deutschland den Deutschen‹. Da steckt die gleiche Denke hinter.«

Welscher nahm einen großen Schluck von der Fanta, die Sigrid ihm hingestellt hatte, und ergänzte: »Wenn solche Typen mit ihrer falschen Moral mit so was durchkommen, leiden irgendwann Andersgläubige, Sinti und Roma oder andere Randgruppen darunter.«

»Schwule zum Beispiel«, sagte Andrea Lindenlaub. Sie zögerte, dann legte sie ihm eine Hand auf den Unterarm. »Also gut, von mir aus, lassen wir ihn einen Tag schmoren.«

Welscher nickte. »Danke.«

Fischbach räusperte sich. »Eins möchte ich aber noch wissen. Warum hast du dann nicht auch den Zw… äh … Kleinwüchsigen eingelocht? Der ist doch der eigentliche Drahtzieher.«

»Hatte ich sogar überlegt. Doch der hätte das ausgenutzt, da bin ich mir sicher. Reichelt hätte sich garantiert als eine Art Märtyrer aufgespielt. Diese Chance wollte ich ihm nicht geben. Zumal wir ja auch nichts gegen ihn in der Hand haben außer einer nicht angemeldeten Demo.«

»Da hast du natürlich recht. Trotzdem sollten wir ein Auge auf ihn haben und ihn auch ein wenig durchleuchten. Vielleicht lassen sich deine Argumente nämlich von anderer Seite bekräftigen. Dann hätte er genau wie Bebel ein Motiv.«

»Was meinst du?«, fragte Andrea Lindenlaub.

»Mir ist heute etwas in den Sinn gekommen«, sagte Fischbach. »Vielleicht war Max Gutmann gar nicht das Ziel des Anschlags. Er hatte sich den Wagen von Lou van Horten geliehen. Möglicherweise hatte der Attentäter es auf ihn abgesehen.«

Welscher schürzte die Lippen. »Natürlich, das könnte sein.

Ich wollte morgen sowieso noch mal zu Max Gutmann fahren. Vielleicht ist ihm ja noch etwas eingefallen. Bei der Gelegenheit forsche ich mal nach, was er von der Theorie hält. Anschließend quetsche ich van Horten dahin gehend aus.«

»In Ordnung. Ich werde Reichelt einer genaueren Prüfung unterziehen und mich mit den Koblenzern austauschen. Mal sehen, wie weit die gekommen sind.« Andrea Lindenlaub fixierte Fischbach. »Und du begleitest weiter das Rennen. Jan wird dann später zu dir stoßen. Abgemacht? Kannst du mit der Aufteilung leben?«

Fischbach nickte.

Sigrid öffnete den Backofen. Ein herzhafter Speckgeruch breitete sich aus. »Braucht ihr noch lange?«

Welschers Magen knurrte hörbar. Er lachte. »Also, von mir aus können wir.«

»Warte«, bat Fischbach. Mit dem Zeigefinger ließ er die Gabel auf dem Tisch rotieren. »Also Andrea, heute Morgen, was ich da zu dir gesagt habe, also ... wie soll ich es erklären ... äh ...«

»Du wirst nicht damit fertig, dass ich die Mordkommission leite?«, half Andrea Lindenlaub ihm aus.

Fischbach stoppte das Spiel mit der Gabel. »Nein«, stieß er aus. »Wie kommst du ...«

Welscher wurde es zu bunt. »Hotte, jetzt sag es schon.«

Erneut drehte Fischbach die Gabel, jetzt schneller und energischer. »Ja, okay. Ich habe meine Probleme damit.«

»Also wirklich, Schnäuzelchen«, tadelte Sigrid ihren Mann. »Ich hatte gedacht, du wärest souveräner.«

»Ist schon gut, Sigrid«, sagte Andrea Lindenlaub. »Irgendwie kann ich das schon verstehen. Wenn man in dem Alter ...«

»Was hat mein Alter damit zu tun?«, fuhr Fischbach sie an.

Beschwichtigend hob Andrea Lindenlaub die Hände. »Ich meine als Dienstältester, entschuldige bitte. Aber was ich eigentlich mal klarstellen wollte: Ich habe das Angebot, die Mordermittlung zu leiten, gern angenommen, ja. Das gebe ich freiheraus zu. Aber ich habe es nicht darauf angelegt, Hotte. Es wurde mir vom Chef angetragen, du warst dabei, er hat es dir selbst gesagt.«

»Aber *warum* hat Bönickhausen ...«

»Darüber musst du mit ihm persönlich reden«, unterbrach ihn Andrea. Sie presste die Lippen fest aufeinander und bedeutete ihm so, zu diesem Thema nichts weiter sagen zu wollen.

Fischbach legte die Hand auf die sich immer noch drehende Gabel. »Das werde ich. Ich muss wirklich ein ernstes Gespräch mit Dieter führen. Ich will wissen, wie er auf die Idee gekommen ist, mich schonen zu müssen. Ich muss doch nicht mit Samthandschuhen an…«

Krachend stellte Sigrid den Auflauftopf auf den Tisch und sagte: »*Ich* habe Dieter darum gebeten.« Entwaffnend lächelte sie in die Runde. »Jetzt wird aber gegessen, sonst brennt mir alles an.«

39

Rhythmisch klatschend verabschiedeten die Rennteilnehmer die Cheerleader des FC Köln. Dazu spielte die Band den Radetzkymarsch, was die jungen Frauen irritiert mit einem schiefen Lächeln quittierten.

Stephan Tries beugte sich zu Camilla von Pallandt hinüber. »Die hätten sich bestimmt etwas Moderneres gewünscht.«

Sie nickte dem Bandleader zu, einem kräftigen Burschen mit Vollbart und langen Haaren, der beherzt in die Gitarrensaiten griff. »Ich kenne Tom und die anderen Musiker privat. Er hat eine diebische Freude daran, die Künstler mit ungeeigneten Stücken zu verabschieden. Das ist deren Markenzeichen.«

»Und das kann er sich erlauben? Bekommt er keinen Stress mit den Künstlern?«

Sie schmunzelte. »Da steht die Band drüber.«

Tries nickte anerkennend. »Coole Säue.«

»Du sagst es.«

Er warf einen letzten Blick auf die abziehenden Cheerleader. Sie hatten eine mitreißende Show gezeigt, ausgezeichnete Tanzqualitäten gepaart mit akrobatischen Fähigkeiten. Der Saal hatte getobt.

Die Band ließ den Radetzkymarsch ausklingen und spielte eine rockige Coverversion von Markus' »Ich will Spaß«. Tom, der Bandleader, legte dazu ein derart atemberaubendes Headbanging hin, dass die langen Haare vor- und zurückflogen, als hätten sie ein Eigenleben entwickelt.

Tries lachte. Nicht zum ersten Mal an diesem Abend war er froh, nicht abgereist zu sein. Die Stimmung stieg von Minute zu Minute. Niemand schien sich die Laune von der Demonstration verderben lassen zu wollen. In der Menge entdeckte er sogar den Eigentümer der Corvette mit den zerstörten Reifen. Etwas hüftsteif scharwenzelte er um eine rassige Schönheit herum und schien alles daranzusetzen, sie heute Abend abzuschleppen. Er wich nicht von ihrer Seite. Insgeheim vermutete Tries, dass es sich bei der Frau um eine Professionelle handelte. Er traute Lou van Horten zu, sie engagiert zu haben, um den Eigentümer der Corvette den Schaden zumindest für diese Nacht vergessen zu lassen.

Tries sah wieder zur Band, räusperte sich und fragte: »Möchtest du tanzen?« Eigentlich hasste er es, auf die Tanzfläche zu gehen. Aber die vier Gläser Dornfelder, die er bereits intus hatte, zeigten ihre Wirkung. Er fühlte sich so beschwingt wie schon lange nicht mehr.

»Wie? Wir beide?«, antwortete eine Bassstimme.

Irritiert löste Tries den Blick von der Band und sah zur Seite. Camilla von Pallandt war verschwunden. Stattdessen stand neben ihm ein rundlicher Mann mit ungewöhnlich buschigen Augenbrauen. Sie glichen Eichhörnchenschwänzen.

Brauenvoll, dachte Tries und unterdrückte ein angewidertes Schütteln. »Nein, nicht doch. Eine Verwechslung«, sagte er und sah sich nach Camilla von Pallandt um.

Er entdeckte sie am Ausgang, und seine Stimmung trübte sich ein wenig. Zwar war sie ihm keine Rechenschaft schuldig. Trotzdem hätte sie ihm Bescheid geben können. So stand er jetzt hier wie bestellt und nicht abgeholt.

Camilla von Pallandt blieb stehen und zückte ihr Handy. Kurz blickte sie aufs Display und schob das Handy zurück in ihre Handtasche. Unschlüssig verharrte sie einige Sekunden, dann hastete sie aus dem Saal. An ihren energischen Schritten erkannte Tries, dass sie wütend war.

Seltsam. Was hatte ihre Laune so schnell kippen lassen? Er konnte nicht anders, die Neugierde trieb ihn an. Was war da los?

Tries wollte sich an dem Mann mit den buschigen Augenbrauen vorbeidrücken, um Camilla von Pallandt hinterherzueilen. Doch der streckte den Bauch raus und sagte: »Auch wenn es eine Verwechselung war, von mir aus können wir gern eine Runde schwofen.« Er zwinkerte Tries zu, die Augenbraue hob und senkte sich wie eine behaarte Raupe. »Ich bin zu allen Seiten offen.« Er kicherte. »Du verstehst schon. Mein Motto lautet: ›Egal ob Frau oder Mann, Hauptsache, ich komm ran.‹« Wieder zwinkerte er, wobei er übertrieben das Auge zudrückte.

Angewidert rümpfte Tries die Nase. »Äh … hat dieser Spruch jemals funktioniert?«

»Ach, weißt du, mein anderes Motto ist: ›Will es nicht beim ersten Mal gelingen, soll der Spruch erneut erklingen.‹«

Wieder zwinkerte der Mann. Tries fragte sich, ob es sich dabei um einen krankhaften Tick handelte.

»Ich muss jetzt los. ›Lieber bin ich auf der Flucht, als von dir im Zimmer besucht‹«, reimte er. »Mein Motto.«

Diesmal gelang es ihm, sich an dem Eichhörnchen vorbeizuwinden.

»Och … schade«, hörte er ihn hinter sich sagen. »Dein knackiger Hintern ist nicht von schlechten Eltern.«

Unwillkürlich musste Tries lachen. Im tatsächlichen Leben traf man auf Typen, die konnte man sich nicht ausdenken.

Er schlängelte sich durch die Menge hindurch in Richtung Ausgang und verließ den Kinosaal. Im großen, lang gezogenen Foyer, in dem die Besucherinformation untergebracht war, wandte er sich nach rechts. Vielleicht war Camilla von Pallandt übel geworden, und sie suchte ihr Heil in einer kleinen Stärkung am Büfett. Mit dem Smartphone hatte sie womöglich nur ihren besorgniserregenden Puls kontrolliert.

Tries verwarf den Gedanken. Sie hatte nicht geschwächt gewirkt, sondern überaus ärgerlich.

Er betrat den Gastronomiebereich, ein Raum in der Größe einer Fabrikhalle. Das inzwischen ziemlich geplünderte Büfett war rechts an der Wand aufgebaut. Vorhin hatte die hungrige Schlange der Rennteilnehmer bis auf den Gang gereicht. Jetzt saßen nur noch einige wenige Versprengte an den Tischen und ließen sich einen zweiten Durchgang schmecken. Von Camilla von Pallandt war nichts zu sehen.

Hatte sie die Veranstaltung verlassen und sich ins Hotelzimmer zurückgezogen? Ohne ihm Bescheid zu sagen? Würde er sie nachher schlafend vorfinden? Na ja, besser das, als halb nackt in Dessous und einer verführerischen Pose, dachte Tries. Obwohl der Anblick garantiert erquicklich wäre, wollte er nicht in Versuchung geführt werden.

Vielleicht war sie ja auf der Toilette, um sich die Nase zu pudern. In dem Fall wäre es besser, einige Minuten abzuwarten, bevor er die Suche fortsetzte.

Er schlenderte zu den Nachspeisen und löffelte sich ein wenig Tiramisu auf einen Teller. Mit spitzen Lippen probierte er. Es war eine seiner Lieblingsspeisen, vorausgesetzt, es war exquisit zubereitet. Auf eine stümperhafte Zubereitung reagierte er überaus ungnädig. Mit der Zeit hatte er für sich eine eigene Kreation gefunden. Die Zutaten bestellte er in Italien, eine Komposition aus Cantuccini, Mascarpone, Vin Santo und Espresso.

An diesem Tiramisu schmeckte er einen Hauch zu viel Zitrone. Auch hätte die Masse etwas cremiger sein können. Doch das war bei der Menge, die der Koch für eine Horde Rennfahrer zubereiten musste, durchaus verzeihlich.

Tries häufte sich mehr auf den Teller und setzte sich an einen freien Tisch. Er blickte durch eins der Fenster hinaus in die wolkenverhangene Nacht. Aus der Küche drang das Klappern und Scheppern von Geschirr und Töpfen. Ein Pärchen flirtete flüsternd an einem Nebentisch, die anderen Gäste klimperten mit ihrem Besteck. Eine Oase der Ruhe im Vergleich zum Kinosaal, wo gerade der Bär steppte.

Ein Koch kam aus der Küche und begann, das Büfett abzuräumen. Tries sah auf die Uhr. Halb eins. Geisterstunde. Er hatte gar nicht mitbekommen, wie schnell die Zeit verflogen war.

Vielleicht hatte sich Camilla von Pallandt doch schon zurückgezogen.

In dem Moment sah er sie. Von rechts kommend ging sie über die Außenterrasse und stoppte unter einem Heizstrahler genau vor dem Fenster, an dem Tries saß. Sie kramte in ihrer Handtasche und fummelte eine Packung Zigaretten heraus.

Dass Camilla von Pallandt rauchte, war Tries bisher nicht aufgefallen.

Sie benötigte einige Versuche, bis das Feuerzeug endlich aufflammte. Gierig inhalierte sie. Sie sah immer noch wütend aus. Irgendetwas schien ihr über die Leber gelaufen zu sein. Gab es Probleme mit dem weiteren Ablauf des Rennens? Eine neue Hiobsbotschaft? Immerhin gehörte sie zum Kreis der Verantwortlichen und würde derartige Informationen mit als Erste erhalten.

Tries' Aufmerksamkeit wurde abgelenkt, als Lou van Horten lachend eintrat und auf den Koch zuging. »Ganz großes Kino«, rief er und klopfte dem Mann anerkennend auf den Rücken. »Wenn Sie und Ihr Team uns morgen auch noch mal so gut verpflegen, gebe ich Ihnen allen einen aus.« Er entdeckte Tries und kam zu ihm. Er strahlte wie die aufgehende Sonne an einem wolkenlosen Horizont. Man sah ihm an, dass ihm ein riesiger Stein vom Herzen gefallen war. »Und, Herr Tries? Alles zu Ihrer Zufriedenheit?«

»Ausgezeichnet. Ich freue mich schon auf morgen.«

»Heute«, korrigierte van Horten und tippte auf seine Armbanduhr. »Wenn man feiert, rennt die Zeit schneller als bei einer Zeitprüfung, nicht wahr?« Er lachte ausgelassen und wollte sich dem nächsten Tisch zuwenden, an dem das flirtende Pärchen saß.

»Ach, Herr van Horten«, hielt Tries ihn zurück.

»Ja?«

»Es wird doch keine weiteren Vorfälle geben, oder? Ich meine, ist Ihnen irgendetwas bekannt? Läuft etwas schief?«

Van Horten schüttelte entschieden den Kopf. »Nein. Wie kommen Sie denn darauf? Alles bestens. Das verspreche ich Ihnen.«

»Gut. Danke.« Tries sah aus dem Fenster. Dort trat Camilla von Pallandt gerade den Zigarettenstummel aus. Dabei drehte sie die

Spitze ihrer Schuhsohle so heftig, als wollte sie einer Vogelspinne das Leben aushauchen.

Tries fragte sich, was diese Frau nur derart in Rage versetzt hatte?

40

Fischbach konnte nicht schlafen. Der Auflauf lag ihm schwer im Magen. Am liebsten hätte er die Zeit zurückgedreht und auf die dritte Portion verzichtet.

Sigrid hatte darauf bestanden, sich erst dann zu erklären, wenn sie wieder allein waren. Welscher und Andrea Lindenlaub hatten das für eine ausgezeichnete Idee gehalten. Fischbach nicht. Am liebsten hätte er sofort Bescheid gewusst. Doch Sigrid konnte stur sein. So war ihm nichts anderes übrig geblieben, als gegen den Frust anzufressen. Als sie dann endlich für sich waren, hatte er sich beleidigt zurückgezogen und war zu Bett gegangen.

»Jetzt will *ich* nicht mehr«, hatte er ihr beleidigt mitgeteilt. Sie startete daraufhin zwar noch einen Versuch, mit ihm zu reden. Doch er hatte sich die Bettdecke über die Ohren gezogen und so getan, als würde er bereits schlafen.

Fischbach schwitzte unangenehm, obwohl er die Decke bereits zur Seite geschoben hatte. Sie lag jetzt wie ein Wall zwischen ihm und Sigrid. Der Schlafanzug klebte an seinem Körper. Er fummelte die Knöpfe auf. Der letzte hakte, und nach einigen misslungenen Versuchen riss er ihn einfach ab. Leise klackernd sprang er über den Dielenboden davon.

Durch die Ritzen der Rollläden drang das Licht der Straßenlaterne und erhellte den Raum gerade so weit, dass man die Umrisse im Raum erkennen konnte. Ab und zu hörte Fischbach in der Ferne ein Motorengeräusch, wenn ein Fahrzeug auf der Kölner Straße durch den historischen Ortskern von Kommern rollte. Eine streunende Katze miaute. Lang gezogene, grässliche Töne, die ihn an eine Kreissäge erinnerten.

Minutenlang wälzte er sich hin und her. Er spielte mit dem Gedanken, eine Schlaftablette zu schlucken. Doch es ging bereits auf drei Uhr zu, nur noch wenige Stunden, bis er zum Dienst musste. Viel zu knapp, um die Wirkung der Tablette wieder loszuwerden.

Inzwischen platzte er fast vor Neugierde.

Wieso hatte Sigrid seinen Chef um einen derartigen Gefallen gebeten? Was war nur in sie gefahren?

»Kannst du auch nicht schlafen?«

Fischbach zuckte zusammen. Dass Sigrid ebenfalls wach lag, hatte er nicht bemerkt. Er drehte sich auf die Seite, mit dem Rücken zu ihr, und grummelte etwas Unverständliches in sein Kissen. Sollte sie ruhig merken, dass sie ihn verletzt hatte.

Eine Weile lag er so da, dann spürte er ihre Hand auf der Schulter.

Zärtlich streichelte Sigrid über seinen Oberarm. »Du hast dich verändert.«

Fischbach schnaufte verächtlich. »Klar, ich bin *alt* geworden.«

»Das meine ich nicht. Wir alle werden alt, das ist der Lauf der Dinge.«

Er spürte, wie Sigrid seine Decke wegschob und sich an seinen Rücken kuschelte. Er wunderte sich. Eigentlich müsste sie sich doch vor seinem »Altmännerschweiß« ekeln. Stattdessen streichelte sie ihn weiter.

»Seit der Sache mit der Entführung deiner Mutter brütest du vor dich hin«, flüsterte sie. »Monatelang schon. Du hockst in der Werkstatt und sinnst über Dinge nach, die du mir nicht verraten willst. Wenn ich dich frage, wiegelst du ab. Dabei spüre ich, dass es dir nicht gut geht. Als du nach deinem Ausfall wieder zum Dienst gegangen bist, habe ich gedacht, du hättest das Schlimmste überwunden. Den Rest würde die Arbeit erledigen, die Ablenkung, deine Kollegen. Sie würden dich schon aus dem dunklen Tal deiner Gefühle herausholen. Ja, das habe ich gehofft. Doch dem war nicht so.«

»Ach, nun hör aber auf«, verteidigte sich Fischbach. »Gut, ich bin vielleicht ein wenig reizbar in letzter Zeit, aber ansonsten …«

»Oberflächlich betrachtet bist du der alte Hotte. Das mag sein.

Aber du spielst uns etwas vor. In dir gärt es, etwas nagt an dir. Es tut dir nicht gut.« Sie schniefte. »Schatz, ich habe Angst um dich.«

Fischbach lief eine Gänsehaut über den Rücken. Er spürte, wie Sigrid bebte. Sie weinte so gut wie nie. Anders als andere Frauen war sie weit vom Wasser gebaut. Sie musste sich tatsächlich um ihn sorgen.

Eigentlich wollte er aufspringen und sich erklären. Ihr sagen, wie unbegründet ihre Sorge war, dass sie weit danebenlag. Dass mit ihm alles in bester Ordnung war.

Doch wie gelähmt blieb er liegen.

Es wäre alles gelogen.

Mit ihm stimmte tatsächlich etwas nicht.

Angst und Panik hatten sich in den letzten Monaten immer tiefer in seine Seele gegraben. Wie riesige dunkle Wellen schwappten die Gefühle über ihn hinweg, drohten ihn in die Tiefe zu ziehen. In eine Welt ohne Hoffnung und Freude, dafür aber voller Selbstzweifel und -vorwürfe.

Schon einmal, nach dem Tod seiner ersten Frau und seiner kleinen Tochter, war er dort unten gewesen. Damals hatte er es mit Sigrids Hilfe überlebt. Geduldig hatte sie ihn aus seiner dunklen Welt geholt und wieder ans Licht geführt. Ohne sie hätte er sich den Strick genommen.

Doch er spürte, dass er es nicht noch einmal schaffen würde, wäre er erst wieder dort unten angekommen. Und genau das verstärkte seine Panik. Er saß in einer Achterbahn der Gefühle. Vor ihm neigte sich die Strecke immer steiler dem Abgrund entgegen. Allerdings gab es hier, anders als in einer echten Achterbahn, keinen Ausstieg auf Bodenniveau. Es gab ausschließlich ein Abwärts. Noch gelang es ihm, sich dagegen zu stemmen. Doch mit jedem Tag wurde es schwerer. Daher rührten seine permanente Unzufriedenheit, das Aufbrausen, die Gereiztheit. Er hatte einfach nicht mehr die Kraft, eine die Seele schützende, notwendige Gelassenheit aufzubringen.

All das wusste er im Grunde genau.

Aber anstatt sich Hilfe zu holen, hatte er es lieber verdrängt. Dabei wusste er, dass das der falsche Weg war. Seine Hoffnung, dass er sich am eigenen Schopf aus dem Sumpf ziehen könnte, war ein blödsinniges Unterfangen, das von Anfang an keine Chance auf einen Erfolg gehabt hatte.

Er hatte Sigrid schützen wollen. Sie sollte sich keine Sorgen um ihn machen. Sie hatte mit ihm schon genug durchgestanden, da musste nicht noch mehr Unheil hinzukommen.

Das war gründlich schiefgegangen.

Was daran besonders schmerzte, war, dass Sigrid die Maskerade von Anfang an durchschaut hatte. Und er hatte sie mit ihren Ängsten um ihn im Stich gelassen. Was musste seine Frau gelitten haben.

Die Erkenntnis drückte wie ein Betonklotz auf seine Brust. Sein eigenes Leid war eine Sache, aber das Elend seiner Frau durfte er nicht einfach so abtun. Das *musste* Konsequenzen haben.

Wie durch Watte hörte er Sigrid sagen: »*Deswegen* habe ich Dieter gebeten, auf dich achtzugeben. Weil ich Angst um dich habe, Schatz.« Sie schluchzte auf. »So fürchterliche Angst.«

Fischbach drehte sich um und zog sie in seine Arme. Tröstend strich er über Sigrids Haare. Was er ihr zugemutet hatte, hatte sie nicht verdient. Schuldbewusst weinte er ebenfalls.

Er liebte sie doch so sehr.

41

Florian Lobowski blätterte in der Verfahrensakte. Nicht dass es nötig gewesen wäre. Er wusste alles über den Fall, doch wusste er nicht so recht, wie er das Gespräch beginnen sollte. Wer überbrachte schon gern schlechte Nachrichten?

Die junge Frau, die ihm gegenübersaß, nestelte nervös an den Manschetten ihrer Bluse. Sie wirkte älter, als sie war. Dunkle Augenringe, ausgeprägte Krähenfüße und eine fahle Gesichtsfarbe ließen sie krank aussehen.

Lobowski wusste von ihren Schicksalsschlägen. Der frühe Tod der Eltern. Eine schwerstbehinderte Schwester, um die sie sich kümmerte.

Der Zusammenstoß mit gewalttätigen Hooligans im Dienst, der sie fast das Leben gekostet hätte. Ihre Nase stand immer noch leicht schief. Eine Klage gegen den Dienstherrn, die sie mit Pauken und Trompeten verloren hatte. Und jetzt musste die Frau noch mehr ertragen.

Am besten wäre es, sofort zur Sache zu kommen. Er klappte die Akte zu und setzte eine ernste Miene auf. »Also, Frau Ley, ich habe mir alles angesehen. Es sieht leider wenig erfolgversprechend für Sie aus.«

Aus ihrem Gesicht wich die Farbe. »Wie? Das kann doch nicht sein.«

»Leider kann man in solchen Dingen nicht viel unternehmen.«

»Das kann doch nicht … unmöglich. Ich will nicht fort.« Jetzt färbten sich ihre Wangen rot. »Ich bin in dem Haus groß geworden. Meine Schwester fühlt sich dort wohl.« Trotzig hob sie das Kinn. »Ein Umzug kommt gar nicht in Frage. Sie wurden mir empfohlen. Ich habe in der Zeitung von Ihnen gelesen. Sie haben neulich erst einen wegen Mordes angeklagten Mandanten vollständig entlasten können. Dagegen müsste meine Sache doch ein Klacks für Sie sein.«

»Frau Ley, ich verstehe Ihre Enttäuschung. Eine Enteignung ist frustrierend. Man wird aus der Heimat vertrieben, fühlt sich hilf- und schutzlos, das soziale Umfeld bricht auseinander. Orte, mit denen man schöne Erinnerungen verbindet, werden weggebaggert. Und wenn sie meine Meinung dazu hören wollen: Es ist ein großes Verbrechen, was unser Staat einigen seiner Bürger damit antut. Dass man dem keinen Riegel vorschiebt, ist unverantwortlich. Landstriche von der Größe mehrerer tausend Fußballfelder werden umgegraben und Menschen, die im Weg sind, wie lästiges Ungeziefer entsorgt. Geopfert auf dem Altar des maximalen Wirtschaftswachstums.«

Tränen schimmerten in ihren Augenwinkeln. »Ich gehe nicht. Sollen die mit ihren Baggern nur kommen. Ich kette mich am Heizungsrohr fest.«

»Das könnten Sie machen. Doch am Ende wird es auch nichts bringen«, sagte er mitfühlend.

»Soll ich etwa einfach so aufgeben?«

Lobowski schloss die Augen und rieb sich die Stirn. Was sollte er ihr darauf antworten? Die bittere Wahrheit würde ihr das Herz brechen, das sah man ihr an. Sie zitterte bereits am ganzen Leib. Andererseits: Was blieb ihm schon übrig? Eine Klage wäre nutzlos und würde sie nur in den Ruin treiben. Mit dem Ergebnis, am Ende trotzdem alles zu verlieren.

Klar, er könnte sich über seine Bedenken hinwegsetzen. Den Fall vor Gericht zu bringen, wäre für ihn äußerst lukrativ und würde sicher auch allerlei öffentliche Aufmerksamkeit mit sich bringen. Eine kostenlose Werbung für die Kanzlei. Doch so war er nicht. Niemand wurde von ihm aufgrund eigener Vorteile ausgenommen wie eine Weihnachtsgans.

Er gab sich auch nicht der Illusion hin, eine Klage gegen die Enteignung gewinnen zu können. Der Braunkohletagebau gehörte zu Nordrhein-Westfalen wie der Schönheitsfleck zu Marilyn Monroe. Wobei Letzteres dem Sexsymbol gut zu Gesicht gestanden hatte, was man von den monströsen Löchern im Westen der Republik nicht behaupten konnte.

Seine Klientin war kein Einzelfall. Unzählige Verfahren waren bereits bei Gericht anhängig gewesen. Sogar das Bundesverfassungsgericht hatte sich in jüngster Vergangenheit mit dem Thema befasst. Das Urteil hatte zwar den Rechtsschutz der Betroffenen gestärkt, aber grundsätzlich nicht an dem Braunkohletagebau gerüttelt. Aus alldem konnte man nur einen einzigen Schluss ziehen: Eine Klage war aussichtslos. Er könnte ihr nur helfen, indem er versuchte, den Abschied womöglich etwas erträglicher für sie zu machen.

Lobowski riss ein leeres Blatt aus seinem Notizblock. Eigentlich arbeitete er nicht mehr mit solchen antiquierten Methoden und zog digitale Möglichkeiten der Textverarbeitung vor. Aber seinen Erfahrungen nach beeindruckten ein Blatt und einige dynamisch hingeschriebene Stichwörter die Klienten mehr als das Tippen auf der Tastatur. »Wissen Sie was, Frau Ley? Das ist die Enteignungsentschädigung, die Ihnen die Abbaufirma angeboten hat.« Lobowski notierte die Summe, verdoppelte sie, rundete auf und schrieb die Zahl unter die erste. Dann hielt er den Zettel so, dass sie ihn lesen konnte. »Was sagen Sie dazu? Das werde ich mindestens für Sie herausholen, das verspreche ich Ihnen. Ganz ohne Klage und Gericht, auf dem kurzen Weg. Ich kenne da jemanden im engsten Kreis des Vorstandsvorsitzenden. Der wird …«

»Der Vorsitzende ist ein Mann?« Ihre Finger umkrampften die Stuhllehnen.

Lobowski fragte sich, warum das von Bedeutung war. »Ja. Alles andere wäre schon eine Überraschung, meinen Sie nicht? Gleichberechtigung hin oder her, in den Vorständen der großen deutschen Aktiengesellschaften gibt es eindeutig …«

»Jetzt wird mir alles klar.« Sie sprang auf und schleuderte den Besu-

cherstuhl zur Seite. Er schlitterte über das Parkett und prallte gegen die Wand. »Männer!«, spie sie aus. Sie funkelte Lobowski an und stieß den Zeigefinger in seine Richtung. »Sie sind auch nicht besser. Sie stecken doch mit denen unter einer Decke. Ich will mein Haus behalten, und Sie reden von Geld.«

»Frau Ley, beruhigen Sie sich doch. Mit dem Geld können Sie …«

»Nein.« Ihre Stimme klang eisig und bestimmt.

»Es ist wirklich das Beste, glauben Sie …«

»Nein. Niemals.« Sie drehte sich um und schritt hinaus. Mit einem verbitterten Ausdruck im Gesicht warf sie die Bürotür hinter sich zu.

Lobowski starrte ungläubig auf das Holz der Tür. Einen derart heftigen Abgang eines Klienten hatte er bisher noch nicht erlebt.

Kopfschüttelnd stand er auf und stellte den Besucherstuhl an seinen Platz zurück.

42

Das Rauschen der Dusche weckte Stephan Tries. Verschlafen setzte er sich im Bett auf und rieb sich die Augen. Es war spät geworden. Oder früh, wie man es nahm. Erst gegen halb fünf war er ins Bett gekrochen. Da hatte Camilla von Pallandt bereits leise vor sich hin geschnarcht.

Neben ihm knüllte sich die Decke zerwühlt auf dem Laken. Seine Sachen lagen kreuz und quer im Zimmer verteilt, ein jedes dort, wo er es ausgezogen hatte. Ihre Kleidungsstücke hingen ordentlich sortiert über einem Bügel an der Außentür des Schranks.

Nachdem Camilla von Pallandt ihre Zigarette aufgeraucht hatte, war sie gegangen. Er hatte darauf verzichtet, ihr weiter nachzustellen. Beim Frühstück könnte er immer noch das Gespräch auf den Vorfall bringen.

Das Rauschen der Dusche verklang.

Tries setzte die Füße auf den Boden, drückte den Rücken durch und gähnte herzhaft.

Er hatte eindeutig zu viel getrunken. Der Rotwein war aber

auch ein leckeres Tröpfchen gewesen. An der Bar hatte er sich eine Flasche zeigen lassen. »Weingut Sonnenberg, Bad Neuenahr«, hatte auf dem Etikett gestanden. Dort würde er in den nächsten Tagen einmal vorbeischauen und sich mit einigen Kisten eindecken. Der Rebensaft von der Ahr konnte ohne Zweifel mit den italienischen Weinen, die er von einem Winzer in der Toskana bezog, mithalten.

Sein Schädel fühlte sich an wie in Watte gepackt. Er krümmte die Zehen, streckte sie wieder. Zumindest die grundlegenden Befehle liefen einwandfrei über die Nervenbahnen.

Nur mit einer Unterhose bekleidet schlurfte er zu seiner Tasche. Zwei Aspirin würden ihm helfen, einen klaren Kopf zu bekommen.

Die Badtür schwang auf, feuchtwarme Luft strich über seine Haut. Splitterfasernackt lehnte sich Camilla von Pallandt lasziv an den Türrahmen. »Guten Morgen«, hauchte sie. »Würde es dir etwas ausmachen, mir den Rücken einzucremen?«

Tries' Blick glitt an dem makellosen Körper hinab. Er schluckte. Obwohl er es nicht wollte, fühlte er Erregung in sich aufsteigen. »Klar … äh … Moment«, stammelte er, drehte sich ab und schlüpfte auf einem Bein hüpfend in die Jeans. Dann endlich konnte er den Reißverschluss nach oben ziehen. Trotzdem war da eine deutlich sichtbare Beule im Schritt.

Sie lachte. »Verstehe. Du stehst aufs Ausziehen.« Sie kam auf ihn zu und umschlang mit beiden Armen seinen Hals. Ihre Brüste pressten sich warm gegen seine Brust. »Gefällt dir, was du siehst?«

»Äh …«

Verdammt. Was war nur mit seinem Sprachzentrum los? Ihr Parfüm betäubte seine Sinne.

»Ich habe mir noch nicht die Zähne geputzt«, krächzte er.

Verflixt, was redete er da für einen Mist? Als wenn das nicht egal wäre.

Er legte seine Hände auf ihren Rücken, sie glitten hinab und umfassten ihren festen Hintern. Sie stöhnte auf, drängte sich an ihn. »Ja«, hauchte sie ihm ins Ohr. »Mach weiter.«

Er senkte seinen Kopf, suchte ihre Lippen, strich mit der

Zunge darüber. Weich und warm, wie bei Charlotte. Wenn er mit ihr … dann vergaßen sie Raum und Zeit … Charlotte war unglaublich … noch nie hatte er eine solche Frau …

Tries riss den Kopf hoch, wand sich aus Camilla von Pallandts Umarmung und taumelte rückwärts. »Es … es … geht nicht.«

Sie trat einen Schritt vor. »Es bleibt unter uns. Mach dir keine Sorgen.«

Er stoppte sie mit ausgestrecktem Arm. »Nein.« Jetzt klang seine Stimme fest, worüber er sich freute. Er hatte den schwachen Moment überwunden. Rasch zog er sich sein Hemd über.

Ihre Miene verfinsterte sich. Sie stemmte die Fäuste in die Seite. »Das ist doch wohl nicht dein Ernst? Du kannst mich doch hier nicht unbefriedigt stehen lassen.«

Tries hatte seine Gelassenheit wiedergewonnen. »Du kannst das Bad ruhig noch einige Minuten nutzen – für was auch immer.«

»Du Mistkerl.« Sie hob einen Schuh auf und warf ihn nach ihm.

Geistesgegenwärtig wich Tries nach links aus. Der Schuh traf die Vase auf der Vitrine. Sie zersprang klirrend.

In dem Moment klopfte es.

Froh über die Ablenkung stürzte er vor, drängte sich an Camilla von Pallandt vorbei. Dabei duckte er sich, um ihrer Ohrfeige zu entgehen. Ihre Hand ging ins Leere. »Das ist bestimmt der Weckdienst.« Tries drehte den Schlüssel und riss die Tür auf. »Diesmal hat Lou van Horten wirklich an alles …« Er stockte.

Charlotte fiel ihm um den Hals. »Überraschung«, trällerte sie. »Ich wollte mit dir zusammen frühstücken.« Sie ließ von ihm ab und schob ihn zur Seite. »Lass mal sehen, wo ich eigentlich mit dir das Bett unsicher …« Sie stoppte abrupt, als sie Camilla von Pallandts ansichtig wurde, die immer noch nackt mitten im Zimmer stand.

Tries schloss die Tür. »Ich kann alles erklären«, sagte er. »Es ist nicht so, wie es aussieht. Wirklich nicht.«

Charlotte wirbelte zu ihm herum. »So? Vermutlich ist es das Zimmermädchen. Und weil es hier drinnen so warm ist, hat sie sich rasch ihrer Kleidung entledigt.«

Tries hätte vor Verzweiflung am liebsten laut aufgeschrien. Es sah wirklich alles nach Stelldichein aus – und fast wäre es das ja auch geworden. Er glaubte nicht, dass er Charlotte mit der gezeigten Willensstärke besänftigen konnte.

»Charlotte, es ist nichts passiert.« Er hob die Hände, als wollte er sich ergeben. »Wirklich nicht!«

Unschlüssig glitt Charlottes Blick zwischen ihm und Camilla von Pallandt hin und her.

Einen winzigen Moment lang keimte in Tries die Hoffnung auf, dass Charlotte ihm tatsächlich glauben würde. Dann sagte Camilla von Pallandt: »Hm, wie man es sieht. Ich spüre jetzt noch deine Finger an meinem Hintern.«

Diesmal schaffte Tries es nicht, der Ohrfeige auszuweichen. Seine Wange glühte. Er rieb ernüchtert mit der Hand darüber, während er der davoneilenden Charlotte hinterherschaute.

43

Welscher schritt den Flur des Krankenhauses entlang. Müde rieb er sich die Augen.

Er hatte schlecht geschlafen. Immer wieder war ihm der gestrige Abend durch den Kopf gegangen. Beim Aufbruch nach dem Essen hatte Fischbach einen niedergeschlagenen und frustrierten Eindruck auf ihn gemacht. Welscher machte sich ernsthafte Sorgen. Es war unschwer zu erkennen gewesen, dass Sigrids Offenbarung Hotte schwer zugesetzt hatte. Hoffentlich bekam er das nicht in den falschen Hals. Schnell könnte das zu einer Übersprungshandlung führen.

Eine Krankenschwester kam ihm entgegen. Sie schob einen Transportwagen aus Edelstahl vor sich her. Darauf klapperten Teller und Tassen vernehmlich gegeneinander. Es roch nach Kaffee und Früchtetee. Demonstrativ sah sie auf die Uhr und bedachte ihn mit einem tadelnden Blick. »Ist aber noch sehr früh für einen Besuch.«

»Die Polizei schläft nie«, sagte Welscher und zeigte seinen Dienstausweis. »Ich will zu Max Gutmann.«

Sie warf nur einen kurzen Blick auf das Dokument. »Stecken Sie den ruhig wieder ein. Sie sind ohnehin nicht der Erste heute Morgen.« Sie stemmte sich gegen den Transportwagen und schob ihn an Welscher vorbei. »Übrigens: Sollten Sie Ihren Kollegen suchen, den, der hier Wache hält, finden Sie ihn in der Cafeteria. Er hat sich bei mir abgemeldet.«

»So? Und wer vertritt ihn in der Zeit?«

»Wie gesagt, Sie sind nicht der erste Besucher.«

Welscher brummte verstimmt. Er hätte den Posten niemals verlassen. Neugierig geworden klopfte er an Gutmanns Zimmertür und trat ein.

Max Gutmann lag im Bett, die Decke bis unters Kinn gezogen, den Kopf auf einem großen Kissen weich gebettet. Die Augen lagen tief in den Höhlen. Seine spröden Lippen waren farblos. Es schien ihm nicht besonders gut zu gehen. Trotzdem lächelte er verzückt die Frau an, die an seiner Seite saß.

Welscher stellte sich ans Bettende. »Frau Clerk, schön, dass ich Sie hier treffe. Wir haben versucht, Sie zu erreichen.«

Lea Clerk hob die Schultern und ließ sie wieder fallen. »Ich war bei Freunden in Amsterdam. Ich brauchte Abstand.« Ihr niederländischer Akzent schliff die Worte rund und weich.

»Ihr Handy hatten Sie nicht dabei?«

»Doch.«

»Warum haben Sie dann kein Gespräch angenommen?«

Sie seufzte. »Ich habe zwei Handys, eins für jedermann und eins nur für Notfälle. Die dazugehörige Nummer kennen nur Freunde. Sie haben auf dem anderen angerufen. Das Gerät hatte ich nicht dabei.«

Welscher zückte das Smartphone. »Die Adresse Ihrer Freunde bitte.«

Sie diktierte sie ihm, dazu noch drei weitere Namen und die Adresse eines Restaurants. »Wir haben gestern gemeinsam zu Abend gegessen. Sicher werden sich andere Gäste und die Bedienung an uns erinnern.« Ein Lächeln huschte über ihr Gesicht. »Bin ich immer noch verdächtig?«

Gutmann rappelte sich mühsam ein wenig hoch. »Lea hat nichts damit zu tun. Lassen Sie sie endlich in Ruhe.« Seine Kräfte verließen ihn, und er fiel auf den Rücken.

Fast mütterlich anmutend strich Lea Clerk ihm eine Haarsträhne aus der Stirn. »Herr Kommissar, ich bin nur wegen Max zurückgekommen.« Sie zeigte auf das Telefon, das auf dem fahrbaren Nachtschränkchen thronte. »Er hat mich gestern angerufen.«

Klar, dachte Welscher, als ehemaliger Liebhaber hat er die Geheimnummer.

Es konnte schon alles stimmen, was Lea Clerk ihm hier erzählte. Für den Anschlag auf Max Gutmann fiele sie dann als Täterin aus. Es war fast unmöglich, nachmittags in Fuchshofen auf ihn geschossen zu haben und zwei Stunden später in Amsterdam zu speisen.

Natürlich hätte sie es nicht selbst machen müssen. Es blieb immer noch die Möglichkeit, dass sie jemanden beauftragt hatte. Auch wenn Welscher nicht wusste, wie sie an diesen Kontakt gekommen sein sollte. Sie hatten Lea Clerks Vergangenheit durchleuchtet, da war alles sauber.

»Woher plötzlich die Sorge?«, fragte Welscher. »Sie hatten doch Schluss gemacht.«

Lea Clerk lächelte. »Ach, ihr Männer. Nur weil ich nicht mehr an einer Beziehung interessiert bin, heißt das doch nicht, dass mir Max egal ist. Wir sind weiterhin Freunde.«

Auf Max Gutmanns Wangen zeigte sich ein blassrosa Schimmer. Glücklich strahlte er Lea Clerk an. Zweifellos liebte er diese Frau noch immer wie am ersten Tag.

»Herr Gutmann, Sie fuhren doch den Wagen von Lou van Horten, richtig?«

Gutmann antwortete, ohne den verzückten Blick von Lea Clerk zu lösen. »Ja. Der Aston Martin gehört ihm. Ein toller Wagen.«

»Nun, jetzt nicht mehr«, murmelte Welscher. Er räusperte sich. »War das eine spontane Idee? Oder schon länger abgesprochen?«

Jetzt löste Gutmann doch den Blick von Lea Clerk und sah

Welscher an. »Das war so geplant. Der Aston dient Lou und mir als Begleitfahrzeug. Wir teilen uns die Aufgaben. Trotz des Stresses hat so jeder mal die Gelegenheit, ein wenig auszufahren und zu entspannen. Worauf wollen Sie hinaus?«

»Es könnte doch vielleicht sein, dass Sie nicht das eigentliche Ziel waren. Möglicherweise wollte der Täter Lou van Horten erwischen.«

»Lou?«

»Ja. Würde Ihnen da jemand einfallen? Hat Lou van Horten mit jemandem Ärger?

»Nicht, dass ich wüsste.«

Lea Clerk beugte sich über Max Gutmann und tätschelte ihm die Wangen. »Na, so ganz stimmt das aber nicht, oder?« Sie wandte sich an Welscher. »Es gab da einen heftigen Streit zwischen Lou und Camilla, also Camilla von Pallandt … kennen Sie die?«

Welscher nickte. »Der Name ist mir schon untergekommen.« Dass Lea Clerk von allein auf die Geliebte ihres Mannes zu sprechen kam, spielte ihm in die Karten. Er war gespannt, was sie über sie zu erzählen hatte.

»Lou und Camilla hatten was miteinander. Es kam zum Bruch, und Camilla rastete aus. Bei einem Treffen des Clubs machte sie ihm eine heftige Szene, warf ihm vor, ein Schwein zu sein. Vollkommen ausgerastet ist die.« Auf einmal wich sie Welschers Blick aus. »Ja, so ist es gewesen.«

Welscher lehnte sich auf die Stange am Bettende. Diese Camilla von Pallandt schien tatsächlich mit jedem in die Kiste zu steigen. »Was noch?«, fragte er neugierig und setzte einen wissenden Blick auf.

Lea Clerk wand sich. »Also gut, okay, das Biest hatte auch was mit Peer«, gab sie zu. Leise ergänzte sie: »Ich war so sauer und beseelt von dem Gedanken, es Peer heimzuzahlen.«

Welscher nickte. Das war nachvollziehbar, er hatte es ja bereits vermutet, als Frank Lux ihm davon berichtet hatte.

Gutmanns Wangen wurden wieder aschfahl. »Heimzahlen? Wie? Etwa mit mir? War ich nur ein Mittel zum Zweck?«

Lea Clerk schüttelte heftig den Kopf. »Nein, nein … zumindest später nicht … ich …« Sie brach ab. »Am Anfang schon«, flüsterte sie. »Es tut mir leid.«

Welscher hatte vorerst genug gehört. Die beiden würden jetzt viel zu besprechen haben – oder nie wieder etwas. Dabei musste er nicht zugegen sein. Er verabschiedete sich und verließ das Krankenhaus.

Im Porsche telefonierte er mit Andrea Lindenlaub und gab ihr alles durch. Sie versprach, das Alibi zu prüfen.

»Du, Andrea«, fragte Welscher zum Schluss, »diese Camilla von Pallandt, die war doch vorgestern am Unfallort, oder?«

»Moment.«

Er hörte Papier rascheln, dann sagte Andrea Lindenlaub: »Ja, du hast das richtig in Erinnerung. Sie ist mit einem der Rennteilnehmer unterwegs gewesen, Moment. Hier hab ich es: Stephan Tries, der mit dem beigefarbenen Mercedes. Die beiden fuhren direkt hinter dem Aston Martin. Die haben alles gesehen.«

»Dann kann sie unmöglich auf Max Gutmann geschossen haben.«

»Vollkommen ausgeschlossen.«

»Dachte ich es mir doch. Wäre auch zu schön gewesen, die Theorie von der Rache an Clerk und van Horten durch die Hand der verschmähten Geliebten. Suchen wir also weiter. Ich mache mich jetzt auf den Weg zu Lou van Horten.«

»Ach so, warte, zu dem musst du nicht mehr. Hotte hat ihn vorhin bereits erwischt und ausgequetscht. Van Horten hat Camilla von Pallandt dabei mit keinem Wort erwähnt. Fakt ist, er hält unsere Theorie für absoluten Blödsinn. Er sagte, er habe keine Feinde und könne sich daher niemanden vorstellen, der ihm an den Kragen will.«

»Ich habe gerade ein Déjà-vu. War das anfänglich nicht auch bei Peer Clerk so?«

»Du sagst es. Bin gespannt, ob da noch mehr ans Tageslicht kommt. Von den Koblenzer Kolleginnen gibt es übrigens leider auch nichts Neues.«

»Und nun?«

»Weiter wie gehabt. Aufpassen und bei Gelegenheit dumme Fragen stellen. Bis später.«

Welscher drückte das Gespräch weg.
Wieder eine Spur, die im Sande verlief.
Da wurde doch der Hund in der Pfanne verrückt.

44

Stunden später, die Sonne, die sich milchig hinter einer Schicht Wolken versteckte, kratzte bereits am Horizont, saß Welscher im Porsche und starrte zur Windschutzscheibe hinaus.

Was für ein eintöniger Tag.

Stetig waren die Oldtimer an ihm vorbeigezogen. Hatte der Letzte ihn passiert, hatte er die Position verändert und war eine Abkürzung zum nächsten Beobachtungsposten gefahren, wo alles wieder von vorne losging. Fast hatte sich bei ihm der Eindruck festgesetzt, die Oldtimer würden im Kreis an ihm vorbeifahren.

Ein endloses Band historischen Blechs.

Von Langweile getrieben, hatte er sogar angefangen, auf dem Smartphone nach Beschreibungen der alten Schmuckstücke zu suchen. Und obwohl er kaum Ahnung von Automobilen hatte, war er fündig geworden. Er wusste jetzt, dass unter anderem ein DKW Junior, ein NSU Prinz und ein Opel Rekord 1500 Olympia mitfuhren.

Vorhin hatte Andrea Lindenlaub zurückgerufen. Das Alibi von Lea Clerk war hieb- und stichfest. Sie war gestern um achtzehn Uhr von mehreren Personen im besagten Restaurant gesehen worden.

Welscher hatte nichts anderes erwartet.

Gerade röchelte ein himmelblauer Citroën 2CV vorbei. Welscher wusste, dass der Ente eine BMW Isetta folgte, etwa in einem Abstand von einer Viertelstunde. Sie war das letzte durchkommende Fahrzeug. Danach würde er nach Blankenheim fahren und sich im *parc fermé* noch eine Weile umhören. Dann reichte es für heute.

Er beschloss, sich einen Moment die Beine zu vertreten, und stieg aus.

Der Porsche stand auf dem Parkplatz gegenüber des Klosters Steinfeld. Ein Prachtbau aus dem 12. Jahrhundert. Es gab drei Türme. Zwei davon waren rund gemauert und trugen kegelförmige Spitzdächer. Welscher schmunzelte. Sie erinnerten ihn an die Pappraketen, die er als Kind mit seinem Vater zusammen aus Klorollen gebaut hatte.

Ob die Schüler des lange Zeit im Kloster befindlichen Internats ebenfalls aus Pappe Raketen gebaut hatten? Die Vermutung lag nahe, wurde man doch jeden Tag durch die Türme an den Aufbruch ins All erinnert.

Inzwischen gab es mangels Nachfrage in der Abtei kein Internat mehr. Eine ehrwürdige Institution weniger in der Eifel. Zumindest aber das Gymnasium selbst war erhalten geblieben.

Ein Wummern näherte sich.

Kurz darauf stoppte Fischbach neben dem Porsche und kickte mit der Stiefelspitze den Leerlaufgang ein.

Welscher versuchte, die Gemütslage seines Kollegen an Fischbachs Gesicht abzulesen. Doch der hatte ein Pokerface aufgesetzt und ließ nicht in sich blicken.

»Feierabend. Bis morgen übernehmen Gilles und die anderen Streifenhörnchen«, rief er Welscher zu. »Kommst du mit zu mir? Sigrid hat einen Sauerbraten im Ofen. Eigenes Rezept.«

»Nee, lass mal. Ich mag keine Rosinen.«

»Sind keine drin.«

»Auch keine Printen?«

»Auch nicht. Ich sag ja, sie hat ein eigenes Rezept.«

Welscher war trotzdem nicht überzeugt. In seiner Jugend war Sauerbraten das Essen gewesen, das er am meisten verabscheute. Das süßlich-saure Rindfleisch war einfach nicht nach seinem Geschmack. »Sauerbraten ist echt nicht mein Ding. Und ich will gleich noch nach Blankenheim.«

»Brauchst du nicht. Wie gesagt, Gilles passt auf. Der schiebt bis Mitternacht persönlich Dienst. Man kann über ihn sagen, was man will, Einsatz zeigt er.«

»Leider oft zu viel.«

»Ja. Ist wohl so. Also, was ist? Sauerbraten oder nicht?«

Welscher schüttelte den Kopf.

»Du verpasst was. Mach's gut. Wir sehen uns morgen früh«, sagte Fischbach und brauste davon.

Welscher schaute ihm hinterher, bis die Harley hinter der Kuppe verschwand.

Zumindest Fischbachs Appetit schien von seinen Launen nicht länger beeinträchtigt zu sein.

45

Fröstelnd saß Stephan Tries auf einer Bank oberhalb des Stadtkerns von Blankenheim. Seine dünne Jacke wärmte ihn kaum. Er hätte auf die Wettervorhersage achten und sich nicht von den warmen Temperaturen, die noch vor zwei Tagen herrschten, leichtsinnig beeinflussen lassen sollen.

Vergeblich hatte er während der letzten Stunden versucht, Schlaf zu finden. Nach Mitternacht hatte er es schließlich aufgegeben und war hinaus an die frische Luft gegangen. Bergauf, bergab war er durch das schlafende Blankenheim marschiert, durch enge Gassen, bis sein Weg ihn hierher zu dieser Bank geführt hatte.

Von seinem Sitzplatz aus hatte er nicht nur einen phantastischen Blick auf die verwinkelte Altstadt, sondern auch auf den Curtius-Schulten-Platz, auf dem sich der *parc fermé* befand. Im Licht der Straßenlaternen konnte er die Fahrzeuge erkennen. Dort unten stand Blech im Wert von einigen hunderttausend Euro. Die schönsten Stücke stachen heraus. Ein Bentley 8 Litre aus den dreißiger Jahren des letzten Jahrhunderts mit einer langen Schnauze und echten, frei stehenden Kotflügeln. Direkt daneben ein E-Type im originalen Jaguargrün. Weiter hinten stand ein orangefarbener Alfa Romeo Montreal. Mit dem war ein übergewichtiger Italiener unterwegs, der in Köln eine gut gehende Hinterhofwerkstatt betrieb. Tries hatte vor dem Start in Bad Münstereifel ein paar Worte mit ihm gewechselt. Der Onkel des Italieners fuhr früher einen Montreal, er hatte seinen Neffen als

Kind darin mitgenommen. Die Leidenschaft für dieses Fahrzeug hatte den Mann seitdem nicht mehr losgelassen. Weiter rechts, in Richtung der Ahrquelle, hob sich ein knallroter Mercedes-Benz 300 SL Roadster von den anderen Wagen ab. Den hätte Tries sofort gegen seinen W110 eingetauscht, auch wenn er damit ein Erinnerungsstück an seinen Vater verlieren würde.

Hinter Tries erhob sich die mittelalterliche Trutzmauer der Burg Grafenberg. Ritter gab es hier schon lange nicht mehr. Heute befanden sich in der Burg die Räume einer Jugendherberge. Lou van Horten hatte nicht nur alle Schlafsäle für die Rennteilnehmer reserviert, sondern auch wieder ein unterhaltsames Abendprogramm auf die Beine gestellt. Nach der Siegerehrung legte seit zehn Uhr DJ Steve Platten auf.

Heute allerdings verspürte Tries kein Verlangen auf Unterhaltung.

Am liebsten wäre er sofort aufgebrochen, um Charlotte alles zu erklären. Auf eine Nacht in einem Stockbett mit fünf anderen Rennteilnehmern in einem Zimmer konnte er sowieso verzichten. Was hatte er sich dabei nur gedacht? Warum hatte er nicht auch für den letzten Renntag einfach ein Doppelzimmer in einem gemütlichen Hotel gebucht?

Er seufzte.

Die Antwort kannte er. Er hatte mit Charlotte die Nacht durchfeiern wollen. Die Rallye richtig krachend ausklingen lassen und anschließend einfach nur irgendwo den Rausch ausschlafen, ohne einen weiten Weg zurücklegen zu müssen, war ihr Plan gewesen.

Der war kläglich gescheitert.

Durch seine eigene Dummheit.

Nun fürchtete er sich vor der Aussprache. Nur deswegen stieg er nicht in den Benz und kehrte heim. Er war ein elender Feigling.

Schritte knirschten im Kies auf dem schmalen Weg, der zur Bank führte.

Vermutlich ein Blankenheimer auf dem Heimweg nach einer Zechtour. Immerhin war Wochenende. Da schaute man schon mal zu tief ins Bitburger-Glas.

Die Schritte stoppten neben ihm.

»Darf ich mich zu dir setzen?«

Camilla von Pallandt. Die hatte ihm gerade noch gefehlt. Wie hatte sie ihn nur gefunden? Den ganzen Tag war er ihr aus dem Weg gegangen. Er wollte nichts mehr mit ihr zu tun haben. Musste sie ihn unbedingt aufspüren?

»Ich bin dir gefolgt.«

Das erklärte den vermeintlichen Zufall. Tries warf ihr einen eisigen Blick zu.

Seine Ablehnung schien sie nicht abzuschrecken. Sie nahm neben ihm Platz, die Beine züchtig angewinkelt und eng aneinandergepresst. Wieder stieg ihm ihr Parfüm in die Nase. Diesmal roch es seiner Ansicht nach schal und abgestanden.

»Es tut mir leid.«

Tries sagte nichts. Es gab nichts, was er mit ihr noch zu bereden hätte.

»Es war ungeschickt von mir.«

»Ungeschickt?«, entfuhr es ihm. »Ungeschickt? Es war eine Riesensauerei, das war es.«

Sie lehnte sich zurück und zog den Mantel enger. »Wie gesagt: Es tut mir leid.«

»Ja, ja, geschenkt.« Tries wollte sich von der Bank erheben. Sollte Camilla von Pallandt doch bleiben, wo der Pfeffer wächst.

Doch sie legte ihre Hand auf seine und hielt ihn damit zurück. »Warte.«

»Ich wüsste nicht, warum.«

»Das mit deiner Frau … Charlotte, richtig? Ich klär das. Ich fahre morgen mit dir nach Hause. Wir reden von Frau zu Frau. Ich bringe das ins Reine, das verspreche ich dir.«

Tries stutzte. Das hatte er nicht erwartet. Er blieb sitzen und sah sie argwöhnisch an. Meinte sie es ernst? »Das würdest du machen?«

»Ja«, sagte sie mit fester Stimme. Sie hakte sich bei ihm ein und rückte näher.

Tries ließ sie gewähren. Er wollte nicht riskieren, sie zu verärgern. Nicht mehr. Zu verlockend war der Gedanke, dass sie Charlotte alles erklärte. Gleichzeitig wärmte sie ihn.

Sie legte den Kopf an seine Schulter. »Ich wollte dir keinen Ärger bereiten. Es war einfach so aus mir … hm … ja, so … herausgesprudelt. Wie aus einer Mineralwasserflasche, die man vor dem Öffnen geschüttelt hat. Ich konnte es nicht kontrollieren. Zisch, und raus war der blöde Satz. Ich hatte sofort ein schlechtes Gewissen.«

»Für mich sah es hämisch aus, als hättest du Spaß daran gehabt.«

Mit großen Augen sah sie zu ihm auf. »Wirklich?«

Er nickte.

»Ach Gott, nein. Vielleicht habe ich versucht, meine Scham zu überspielen. Immerhin stand ich splitternackt vor einer Fremden. Ich weiß es nicht mehr so genau. Glaub mir, es war bestimmt nicht so. Ich hatte keinen Spaß daran.«

Er sagte weiter nichts dazu. Eigentlich war es Tries auch egal, solange sie ihr Versprechen einlösen würde. Sobald er sich wieder mit Charlotte vertrug, würde er Camilla von Pallandt aus dem Gedächtnis streichen.

»Da ist Lou.« Sie zeigte zum *parc fermé* hinunter.

Die Glocke von St. Mariä Himmelfahrt schlug ein Uhr.

Mit auf dem Rücken verschränkten Armen schlenderte Lou van Horten durch die Reihen der geparkten Oldtimer. Immer mal wieder hielt er inne und blickte in eins der Fahrzeuge. Seine Bewegungen wirkten müde, aber entspannt. Sicher war er froh, dass nach all dem Ungemach das Rennen doch noch einen guten Abschluss gefunden hatte. Wenn er um seinen Aston Martin trauerte, so zeigte er es nicht. Vermutlich würde er erst nach dem ganzen Trubel richtig begreifen, was für einen Schatz er verloren hatte.

Van Horten ging auf den Parkwächter zu und redete ein paar Worte mit ihm, zu weit entfernt, als dass Tries etwas hätte verstehen können. Nur das ausgelassene Gelächter der beiden schallte zu ihnen herauf.

Der Wächter schüttelte Lou van Horten die Hand und schlug dann den Weg zur Burg ein.

»Lou übernimmt die nächste Schicht«, sagte Camilla von Pallandt. »Das hat er beim Abendessen entschieden. Er wollte den Parkwächter ablösen, damit der auch noch ein wenig feiern kann.«

»Ein feiner Mensch.«

An seiner Seite versteifte sich Camilla von Pallandt.

»Was ist?«, fragte Tries.

»Mir ist kalt. Ich glaube …«

Im Augenwinkel bemerkte Tries einen hellen Blitz. Sein Kopf ruckte herum, und mit klopfendem Herzen suchte er das Häusermeer zu seinen Füßen nach der Ursache ab. »Was war das gera…« Er brach ab, als er Lou van Horten taumeln sah. Der Holländer krümmte sich und hielt sich die Arme vor den Bauch.

Ein weiterer Blitz flackerte auf, zu schwach, um einen Fotoapparat als Ursache zu vermuten, aber dennoch deutlich erkennbar.

Lou van Hortens Kopf flog nach hinten. Einige Sekunden schaffte der Mann es noch, sich auf den Beinen zu halten, dann brach er neben dem Bentley 8 Litre zusammen. Ein dunkler Fleck breitete sich unter seinem Körper aus.

Das konnte nur eins bedeuten.

Mündungsfeuer.

Tries schnellte von der Bank hoch. Der zweite Schuss hatte ihm den Standort des Schützen verraten.

»Ruf den Notarzt. Und die Polizei«, rief er Camilla von Pallandt zu.

Dann spurtete er los.

Völlig außer Atem, aber innerhalb kürzester Zeit erreichte Tries den Parkplatz und fiel neben Lou van Horten auf die Knie. Er umfasste dessen Handgelenk und versuchte, den Puls zu ertasten. Nichts.

»Scheiße!«, hörte er hinter sich jemanden ausrufen.

Er sah auf, während er sich über van Horten beugte und mit dem Handballen, unterstützt von der anderen Hand, auf dessen Brustkorb drückte.

Der Parkplatzwächter, der von van Horten abgelöst worden war, stand mit vor Entsetzen geweiteten Augen vor ihm. »Ich habe … ich wollte … mein Portemonnaie liegt noch im Auto. Ich wollt es …«

»Egal«, entgegnete Tries keuchend. »Können Sie Erste Hilfe?«

Der Mann nickte.

»Dann los«, wies Tries ihn an. Er stand auf und ließ den Parkwächter mit der Herzdruckmassage weitermachen. »Ich muss weiter. Erst aufhören, wenn Sie abgelöst werden, verstanden?«

»Ja … klar.« Der Parkplatzwächter konzentrierte sich auf Lou van Horten und begann zu pumpen.

Tries lief los. In Blankenheim kannte er sich gut aus. Charlotte und er legten hier bei ihren Ausfahrten häufig eine Pause ein und schlenderten nach einem Stück Kuchen durch die Gassen. Er war sich sicher, dass der Schütze Position auf der Ahrstraße bezogen hatte. Die Mündungsblitze waren nicht weit von Lou van Horten entfernt gewesen. Vielleicht fünfzig Meter. Damit war der Täter ein hohes Risiko eingegangen.

Tries stoppte am Ende der Johannesstraße. Von hier aus konnte er die Ahrstraße in beide Richtungen überblicken. Linker Hand befand sich das Museumscafé, rechts ging es hinauf zur Brasserie.

Niemand zu sehen.

Ärgerlich stampfte Tries mit dem Fuß auf. Die winzige Hoffnung, den flüchtigen Täter noch um eine Hausecke huschen zu sehen, war dahin.

Auf dem Boden vor seiner Schuhspitze funkelte etwas matt. Tries ging in die Hocke und wollte schon danach greifen. Da sah er, dass es sich um eine Patronenhülse handelte. Er suchte die Umgebung ab und entdeckte eine zweite Hülse im Rinnstein. Der Täter hatte sich also nicht die Zeit genommen, sie einzusammeln.

Hatte er es vergessen? Eine Unachtsamkeit? Oder glaubte er, sich die Mühe nicht machen zu müssen, weil er ohnehin nie erwischt werden würde? Vielleicht stand er auch einfach unter enormem Stress?

Letzteres wäre Tries am liebsten. Denn gestresste Personen machten unweigerlich Fehler.

Unschlüssig sah er sich um. Der Parkplatzwächter bearbeitete immer noch van Hortens Brust, Martinshörner waren nicht zu hören. Wieso dauerte das so lange? Die Polizei und die Rettungskräfte hätten schon lange eintreffen müssen.

Das Heulen eines durchdrehenden Anlassers durchschnitt die

nächtliche Stille. Es erstarb für einige Sekunden, bis es erneut losheulte.

Tries setzte sich zögernd in Bewegung. Wenn ihn nicht alles täuschte, kam das Geräusch von dem kleinen Parkplatz halbrechts. Er rannte über die Straße, umrundete die Hausecke und spähte nach vorne.

Erst bemerkte er nichts. Der Parkplatz lag im Halbdunkel, seine Augen mussten sich noch daran gewöhnen.

Wieder orgelte der Anlasser. Diesmal gab es einige Fehlzündungen, dann sprang der Motor an.

Aus dem Schatten eines Baumes löste sich ein schwarzes Motorrad, eine Enduro. Mit ausgeschaltetem Licht hielt der Fahrer direkt auf Tries zu. Er schien ihn nicht zu bemerken. Unbekümmert ließ er die Maschine rollen.

War bei dem Anschlag auf Max Gutmann nicht von einem Motorrad die Rede gewesen? Tries meinte, im Festzelt in Birgel so etwas gehört zu haben. Allerdings war dort eine Menge Blödsinn verzapft worden. Auf den Wahrheitsgehalt solcher Aussagen konnte man nicht viel geben. Trotzdem musste er jetzt schnell eine Entscheidung treffen.

Wie ferngesteuert umfasste er mit beiden Händen den metallenen Begrenzungspoller, der den Parkplatz für Pkws abriegelte. Er rüttelte daran. Wenn er verriegelt wäre, dann …

Mit einem metallischen Ratschen löste sich der Poller aus der Bodenhülse.

Das Motorrad kam näher.

Falls der Motorradfahrer nur ein nächtlicher Schwärmer war oder ein Berufspendler, der zur Frühschicht fuhr, würde Tries sich eine Menge Ärger einhandeln. Schwere Körperverletzung war kein Kavaliersdelikt.

Aber wieso fuhr er dann ohne Licht?

Jetzt hatte der Motorradfahrer ihn bemerkt. Er gab Gas. Die Maschine machte einen Satz.

Auf dem Rücken des Fahrers entdeckte Tries etwas Längliches, das bis über den Kopf ragte.

Das Futteral eines Gewehrs?

Oder nur gut verstaute Angelruten?

Noch wenige Sekunden, dann wäre das Motorrad an ihm vorbei und auf und davon.

Top oder Flop, dachte Tries und holte aus.

46

Erschöpft, aber zufrieden mit sich und der Welt saß Stephan Tries auf einem der Besucherstühle im Flur vor dem Büro, in dem die Kreispolizei Euskirchen in Blankenheim eine Bezirksdienststelle unterhielt.

Am frühen Morgen waren Fischbach und Welscher aufgetaucht. Die beiden nahmen gerade die junge Frau in die Mangel, die er mit dem Poller von dem Motorrad geschlagen hatte. Sie war dabei glücklicherweise nur leicht verletzt worden. Er hatte auf den Helm gezielt, der schließlich dafür gemacht war, schwere Stöße aufzufangen. Orientierungslos war sie quer über die Ahrstraße gefahren und von einer Hauswand gestoppt worden. Nur gut, dass die Frau nach dem Schlag das Gas losgelassen hatte. Der Einschlag war zwar heftig gewesen, doch sie war glimpflich davongekommen.

Er hatte sie auch nicht lange in Schach halten müssen, da kurz darauf endlich die Einsatzkräfte eingetroffen waren.

Bingo!

Tries hatte mit dem Schlag quasi den Haupttreffer gelandet. Die Frau hatte tatsächlich ein Scharfschützengewehr im Gepäck gehabt. Er war felsenfest davon überzeugt, dass es sich um die Tatwaffe handelte und diese Frau dort in dem Büro bei Welscher und Fischbach nicht nur van Horten auf dem Gewissen hatte, sondern auch Max Gutmann. Es passte alles zusammen, und es würde sicher nicht schwer werden, ihr das zu beweisen. Jetzt war er nur noch auf das Motiv gespannt.

Er hörte sie drinnen sprechen, verstand jedoch nur Wortfetzen. Sie hatten ihn gebeten, zu warten.

Ein Mann in dunkelblauer Dienstuniform schritt über den Flur und stoppte vor Tries. Die grauen Haare trug er akkurat gescheitelt, keine Falte verunzierte die perfekt gebügelte Uniform. Er drückte Tries eine Tasse mit dampfendem Kaffee in die Hand.

»Ich bin der Pressesprecher«, sagt er und tippte auf das Namensschild auf seiner Brust. »Zimmermann.«

Tries blies über den Tassenrand hinweg. »Aber nicht etwa Eduard mit Vornamen?«

Zimmermann lachte halbherzig. »Das fragt mich fast jeder.« Er setzte sich neben Tries auf einen freien Stuhl. »Wie geht es Ihnen? Kann ich etwas für Sie tun? Haben Sie Hunger?«

Tries nippte an seinem Kaffee. »Machen Sie sich keine Umstände, mir geht es gut. Aber danke.« Ihm brannte eine Frage auf der Seele, die ihm bisher noch niemand beantwortet hatte. Endlich konnte er sie stellen. »Wie geht es Lou van Horten?«

Zimmermanns ernste Miene sprach Bände. »Er ist an Ort und Stelle verblutet. Wenn der Notarzt doch nur schneller informiert worden wäre, vielleicht …« Er richtete sich auf und seufzte. »Aber die Grübelei hilft ihm jetzt auch nicht mehr.«

»Noch rascher ging es ja kaum«, sagte Tries. »Ich habe das Mündungsfeuer gesehen und meine Bekannte sofort angewiesen, den Notarzt zu informieren. Dann bin ich losgelaufen. Da war es kurz nach eins. Ich kann mich an den Glockenschlag erinnern.«

Zimmermann schaute skeptisch. »Der Anruf ging erst um siebzehn nach eins ein.«

»Unmöglich.«

Es entstand eine bedeutungsschwangere Pause.

»Sie sagten ›eine Bekannte‹. Also eine Frau?«

»Richtig. Camilla von Pallandt. Sie hat die Rallye begleitet und gehört zum Organisationsteam.«

»Es war aber ein Mann, der den Notruf abgesetzt hat. Ein nächtlicher Streuner. Er hat die Reanimation beobachtet und zum Handy gegriffen.«

»Das kann nicht sein. Sie müssen sich verhört haben.«

Zimmermann sprang auf. »Bitte entschuldigen Sie mich. Ich werde das sofort überprüfen.« Er hastete den Flur entlang und verschwand um die nächste Ecke.

Für Tries blieb keine Zeit, sich zu wundern. Die Tür zum Verhörzimmer schwang auf, und Welscher trat heraus.

»Und? Hat sie geschossen?« Tries stellte die Kaffeetasse auf den Boden und stand auf.

»So weit sind wir noch nicht.« Welscher machte eine kreisende Bewegung mit dem Zeigefinger. »Wir umzingeln sie gerade.«

»Verstehe.« Aus eigener Erfahrung wusste Tries, dass Verdächtige ihre Taten selten unverhohlen zugaben. Selbst dann nicht, wenn sie auf frischer Tat ertappt wurden. Fachleute hielten das für einen psychologischen Schutzmechanismus. Im Verhör musste man den Täter daher vorsichtig an die Tat heranführen. Ging man zu schnell vor, blockte der Verhörte ab.

»Es wird wohl noch eine Weile dauern«, sagte Welscher. »Daher schlage ich vor, Sie fahren nach Hause und ruhen sich aus. Wir haben gerade den Tatort freigegeben. Sie können also ihr Fahrzeug abholen. Wir reden dann später über alles. Ich werde mich telefonisch ankündigen. Ist das in Ordnung?«

Tries nickte müde. Wenn er ehrlich war, kam ihm der Vorschlag trotz seiner unbefriedigten Neugier sehr verlockend vor. Übergangslos sehnte er sich nach einem Bett. Das Grübeln über Charlotte, die Verfolgungsjagd, die Sekunden mit van Horten im Todeskampf und nicht zuletzt die schlaflose Nacht hatten an seinen Kräften gezehrt. »So können wir das machen.«

Welscher verabschiedete sich und kehrte in den Verhörraum zurück.

Tries verließ das Gebäude und machte sich auf den Weg zur Jugendherberge. Er wollte nur noch in sein Bett. Mit Charlotte würde er später sprechen. Dafür musste er ausgeruht sein.

Er bog in die Klosterstraße ein. Gleich darauf kam er am Marktplatz vorbei. Er entdeckte Camilla von Pallandt, die mit ausholenden Gesten die abfahrenden Oldtimer dirigierte. Sie schien sich in der Rolle zu gefallen. Sie lachte viel und scherzte mit den Teilnehmern, denen überwiegend der Schock über Lou van Hortens Tod im Gesicht stand.

Tries schüttelte den Kopf. Taktloser als Camilla von Pallandt konnte man sich kaum benehmen.

Sie erblickte ihn und winkte ihm zu.

Tries ignorierte sie, wandte sich ab und ging weiter. Er war sich nicht sicher, ob er diese Frau jemals wiedersehen wollte. Das mit Charlotte würde sich bestimmt auch ohne sie einrenken lassen. Und wenn nicht … Ach, daran wollte er nicht denken.

Ein Taxi stoppte neben ihm.

Die Tür im Fond flog auf. »Stephan!«

Tries blieb stehen. Sein übernächtigtes Gehirn benötigte einige Sekunden, bis ihm klar wurde, wer dort im Taxi saß. »Charlotte?«

Sie stieg aus.

»Hey«, rief der Fahrer ihr nach. »So geht das nicht. Sie schulden mir …«

»Bitte warten Sie«, unterbrach Charlotte ihn und wandte sich dann wieder Tries zu. Sie fasste ihn an den Oberarmen und musterte ihn von oben bis unten. »Alles in Ordnung mit dir? Ist dir wirklich nichts passiert?«

Tries lächelte. »Alles am rechten Fleck und ohne Einschussloch.«

Charlotte umarmte ihn fest. »Ich bin fast umgekommen vor Sorge. Warum ist dein Handy nicht an? Ich habe den ganzen Morgen versucht, dich zu erreichen.«

»Lange Geschichte. Aber jetzt sag schon: Wie hast du davon erfahren?«

Charlotte sah zu ihm auf. »Im Radio. Die Sieben-Uhr-Nachrichten.«

»Die haben mich namentlich erwähnt?«

»Nein. Aber sie sprachen von einem ehemaligen Polizeibeamten, der an der ›Eifel-Klassik‹ teilnimmt.«

»Verstehe. Davon wird es nicht viele geben.«

»Nur einen, darauf würde ich meine ganzen Ersparnisse verwetten. Jetzt aber los.« Sie löste sich von ihm. »Tasche gepackt und ab nach Hause.«

Sie setzten sich auf die Rückbank des Taxis.

»Immer noch hoch zur Jugendherberge?«, fragte der Fahrer.

»Ja«, bestätigte Charlotte.

Der Wagen rollte an.

Unruhig rutschte Tries auf dem Kunstleder hin und her. Eine Sache brannte ihm noch auf der Seele. »Du, Charlotte, die Sache gestern … also … im Hotel. Glaubst du mir? Hast du mir verziehen?«

»Verziehen?« Sie kaute einige Sekunden auf ihre Unterlippe. »Nein, das nicht. In einer ruhigen Minute werden wir darüber reden müssen.« Sie umschloss seine Hand. Ihre Finger fühlten sich warm an. »Aber im Moment bin ich einfach nur glücklich, dass es dir gut geht.«

47

Diese Hooligans machten ihr Angst.

Hannah sah zum Breslauer Platz vor dem Kölner Hauptbahnhof hinüber, auf dem der Mob wütete. Die Einsatzleitung hatte sich vollkommen verplant.

Die wilden Schreie der Männer schallten bis zu ihnen in den Wagen. Die Kollegen der Hundertschaft konnten den Ansturm kaum noch kanalisieren. Ihre Reihen wogten vor und zurück. Es waren viel zu wenige für diese Masse an Menschen. Lange würden sie nicht mehr standhalten können.

Guido schnaubte verächtlich, sagte aber nichts. Vermutlich verbot er in Gedanken die Demonstration und glaubte, damit wäre es getan. Hannah wusste, dass ihr Kollege die Grundrechte gern praktisch auslegte, sollte heißen: Jeder durfte sein verbrieftes Recht auf Meinungsäußerung ausüben, solange Guido dadurch keine Arbeit hatte. Auch jetzt zögerte er wieder, obwohl sie einen konkreten Auftrag hatten.

»Los! Fahr zu! Wir sollen doch die Kreuzung dichtmachen«, forderte Hannah ihn auf. Sie mochte sein arbeitsscheues Verhalten einfach nicht. Guido tat nie mehr, als unbedingt notwendig war, und bremste so ihren Eifer aus. Es war noch nicht allzu lange her, da hatte sie seine laxe Arbeitsauffassung beim obersten Chef gemeldet. Das hatte mächtig Ärger gegeben. Seitdem war er vorsichtiger. Gut so.

Normalerweise war Hannah nicht der Typ, der andere anschwärzte. Aber sie hatte diesen Beruf ergriffen, um Menschen zu helfen und ihnen beizustehen, nicht, um eine ruhige Kugel zu schieben.

Als er keine Anstalten machte, den Wagen zu starten, fischte sie ihre Schirmmütze vom Armaturenträger und griff nach dem Türöffner.

Er warf ihr einen ärgerlichen Blick zu. »Bleib mal schön sitzen. Das ist ein Himmelfahrtskommando. Wir haben kaum Schutzausrüstung dabei. Wenn die Bekloppten durchbrechen, stehen wir ganz schön beschissen da. Das kann mächtig nach hinten losgehen.«

Anklagend wies sie auf das Funkgerät. »Aber du hast doch …«

»Mensch, halt den Ball flach. Eigenschutz geht vor, oder etwa nicht? Das bringen die euch doch in der Ausbildung bei, oder?«

Sie biss sich auf die Unterlippe. Damit hatte er nicht unrecht. »Schon«, gab sie zu.

»Na siehst du. Die Situation erfordert eine genaue Analyse. So werden wir es dann auch in den Bericht schreiben.« Er lehnte sich zufrieden zurück und entspannte sich.

»Aber wenn wir die Kreuzung nicht abriegeln, kommt es hier zum Verkehrschaos«, fuhr Hannah auf. »Und wer weiß, vielleicht umgehen die Hooligans den Bahnhof und kommen als Nächstes von hinten. Dann stehen unsere Kollegen zwischen den Fronten.«

Nein, ganz klar, sie musste etwas unternehmen.

Entschlossen öffnete sie die Tür. Die wütenden Rufe schwollen auf eine bedrohliche Lautstärke an. Sie nahm die Kelle aus dem Seitenfach der Tür.

»Tu, was du nicht lassen kannst«, sagte Guido und schloss demonstrativ die Augen.

Hannah kämpfte gegen ihren Ärger an. Wenn sie Guido zurechtwies, würde er erst recht auf stur schalten. Von Frischlingen ließ er sich nichts sagen. Aber vielleicht konnte sie ihn zum Eingreifen bewegen, wurde sie selbst tätig. Sie stieg aus und setzte die Mütze auf. Dann beugte sie sich zum ihm hinunter. »Jetzt komm schon mit. Lass mich doch nicht so hängen.« Sie wartete auf eine Antwort, doch ihr Kollege zog es vor zu schweigen.

»Okay. Dann eben nicht«, sagte Hannah. Am liebsten hätte sie ihm mit ihrer Kelle einen Scheitel gezogen. Offensichtlich hatte er noch immer nichts dazugelernt, trotz des Anschisses neulich. Na gut, dann würde sie diesen Weg noch einmal gehen müssen. »Das wird ein Nachspiel haben«, drohte sie und warf verärgert die Tür ins Schloss.

Sie stellte sich auf die Straße und wies die einfahrenden Autos an, umzukehren. Die etwas begriffsstutzigeren Fahrer kanzelte sie heftiger ab als nötig. Es tat ihr gut, so ihre Wut ablassen zu können.

Als der schlimmste Ärger verraucht war, verspürte sie ein schlechtes Gewissen. So wollte sie eigentlich nicht auftreten. Sie wollte respektiert werden, nicht gefürchtet.

»Hey!«

Zufrieden drehte sich Hannah um, in der Erwartung, Guido würde ihr doch noch helfen. Warum sonst sollte er nach ihr rufen? Doch ihre Zuversicht verflüchtigte sich rasch, und zurück blieb ein schaler Geschmack von Enttäuschung. Der Einsatzwagen riegelte immer noch nicht die Fahrspur ab, Guido saß weiterhin untätig auf dem Fahrersitz. Er deutete lediglich in Richtung der Menge.

Was Hannah dann sah, ließ ihr Blut gefrieren. Die Hooligans hatten die Mauer der Kollegen durchbrochen und prügelten nach links und rechts auf alles ein, was ihnen im Weg stand. Noch schlimmer: Sie kamen direkt auf sie zu.

Für den Bruchteil einer Sekunde wollten Hannahs Muskeln ihr nicht gehorchen, dann aber rannte sie um die Motorhaube des Einsatzwagens herum. Sie hörte ein leises Klacken, konnte es aber nicht zuordnen, und riss am Türgriff der Beifahrerseite. Sie musste in den Wagen, nur dort war sie einigermaßen sicher.

Doch die Tür ließ sich nicht öffnen.

Sie sah über die Schulter nach hinten. Die Meute hatte sie fast erreicht. Panisch zog sie erneut, doch nichts geschah. Sie hämmerte mit der Faust gegen die Scheibe. Guido musste von innen öffnen, von außen schien es nicht zu gehen. Warum rührte er sich nicht?

Sie fing seinen Blick auf.

Häme und Spott lagen darin.

Ihre Knie wurden weich. Er würde sie doch hier nicht …

Das Klacken. Guido hatte die Zentralverriegelung betätigt und sie damit ausgeschlossen, ihr Schicksal besiegelt, sie der Meute zum Fraß vorgeworfen.

Im Wageninneren formte er stumme Worte: »Dumme Kuh.«

Das konnte er doch nicht machen! Bei allen Differenzen, sie waren schließlich ein Team. Man hatte es ihnen auf der Polizeischule beigebracht: Einer stand für den anderen ein.

Die ersten Hooligans erreichten sie. Ein Knüppel donnerte auf die

Motorhaube. Hannah sah alles wie in Zeitlupe. Die ersten beiden Schläge, die sie am Oberarm und an der Hüfte trafen, spürte sie kaum.

Guido legte den Rückwärtsgang ein und trat aufs Gas. Gekonnt wendete er den Wagen.

Er ließ sie tatsächlich zurück.

Ungläubig starrte sie ihm nach.

»Frau Ley? Haben Sie mich verstanden?«

Männer! Sie waren an allem schuld. Dieses Schwein. Noch mehr als der Schlag, der ihre Rippe brach und sie zu Boden gehen ließ, schmerzte der Verrat. Niemals hätte sie erwartet, in höchster Not von einem Kollegen im Stich gelassen zu werden. Guido hatte ihr einen glühenden Dolch tief in die Seele gerammt. Kein Chirurg würde ihn jemals wieder entfernen können. Ihre körperlichen Wunden waren mit der Zeit verheilt, aber der seelische Schmerz war geblieben.

Männer waren Abschaum.

Monster!

Alle!

Ausrotten sollte man sie, jeden einzelnen vernichten …

»Frau Ley! Ich habe Ihnen eine Frage gestellt.«

Hannah blinzelte. Vor ihr stand der junge Kommissar und sah erwartungsvoll zu ihr herunter. Der Dicke saß ihr gegenüber am Schreibtisch. Beide hatten sich vorgestellt, doch sie erinnerte sich nicht mehr an die Namen. Was spielte es auch für eine Rolle? In den nächsten Wochen würde sie Hunderte neue Gesichter sehen. Polizisten, Vollzugsbeamte, Gerichtsdiener, Verteidiger, Gefangene. Sie alle würden kommen und gehen, nicht wert, sich damit zu belasten. »Ich war in Gedanken«, gab sie zu.

»Sie arbeiten als Aushilfskraft bei dem Cateringunternehmen, das für die ›Eifel-Klassik‹ engagiert wurde?«

»Was wird aus meiner Schwester?«

»Was ist mit ihr?«, fragte der Dicke.

»Sie braucht mich. Ich pflege sie, wenn ich gerade nicht arbeiten muss. Sie hat außer mir niemanden mehr.«

»Da hätten Sie eher dran denken sollen«, brummte der Dicke. Ihn schien irgendetwas zu beschäftigen, er war nicht ganz bei der Sache. Hannah Ley war schon zu Beginn des Verhörs aufgefallen, dass er immer mal wieder geistesabwesend aus dem Fenster schaute.

Der Jüngere tippte etwas in sein Smartphone, legte es dann auf dem Tisch ab. »Wir werden uns darum kümmern, das verspreche ich Ihnen. Sie müssen sich also keine Sorgen machen. Zurück zu meiner Frage.«

»Das hatten wir doch schon. Ja, ich helfe in der Küche, spülen, Lebensmittel schnippeln, Salate anrichten und so weiter. Dann serviere ich und räume hinterher den Abfall fort. Viel Arbeit für so einen Hungerlohn.«

»Trotzdem fanden Sie am Donnerstag Zeit, um mit Ihrem Motorrad einen Abstecher nach Fuchshofen zu unternehmen.«

»Tagsüber gibt es immer mal wieder Leerlauf. Zwei, drei Stunden können das schon werden. Allerdings findet man nachts kaum Schlaf. Die Ruhezeiten sind äußerst kurz.«

Der Dicke grunzte. »Insbesondere wenn man bewaffnet mit einem Gewehr in der Hand durch das schlafende Blankenheim rennt und unschuldige Menschen erschießt.«

»Von wegen unschuldig«, sagte Hannah Ley. »Er war ein Mann. Die sind nie unschuldig.«

Der Jüngere setzte sich auf die Kante des Schreibtisches. »Wie darf ich das verstehen?«, fragte er.

»So, wie ich es gesagt habe. Ihr Männer seid für das Leid dieser Welt verantwortlich. Ihr führt Kriege, ihr schlachtet Frauen und Kinder ab. Eure Konzerne beuten die Menschen aus und verschmutzen die Umwelt. Euretwegen habe ich meine Heimat aufgeben müssen. Alles wurde einfach weggebaggert, nur wegen des Profits. Ihr nehmt euch Frauen gegenüber das Recht heraus …« Sie brach ab. An seinen Augen konnte sie ablesen, dass er ihr nicht folgen konnte. Wie sollte sie auch in Worte fassen, was sie zeit ihres Lebens ertragen musste? Und nicht nur sie. Ihrer Schwester war es unvergleichlich schlimmer ergangen. Seit dem Tag auf dem Feld, seit der Vergewaltigung, bei der der Täter ihr den Mund und die Nase zugehalten, ihr die Luft abdrückt hatte, damit sie nicht schrie, vegetierte sie nur noch dahin. Ein Pflegefall, der Körper eine nutzlose Hülle, der Geist in einer eigenen Welt unterwegs.

Sie blickte zum Fenster hinaus. Mausgraue Wolken zogen über den Himmel. Am Horizont brachen die Sonnenstrahlen durch eine Lücke und beleuchteten goldgelb den bewaldeten Hang.

»Was haben Peer Clerk, Max Gutmann und Lou van Horten mit Ihnen angestellt?«

Hannah Ley horchte auf. In der Stimme des Jüngeren klangen Mitgefühl und Verständnis mit. Argwöhnisch musterte sie ihn. Bei genauer Betrachtung fiel ihr auf, dass er sanfter wirkte als andere Männer. Die blonden Haare gingen ihm bis zur Schulter. Die Haut wirkte weich und gut gepflegt, die Fingernägel waren frisch manikürt. Schneeweiße Zähne blitzten hinter schmalen Lippen hervor. Er wirkte auf sie fast feminin. »Nichts.«

Der Dicke warf die Arme in die Luft. »So kommen wir nicht weiter.«

Der Jüngere ignorierte ihn und beugte sich zu ihr runter. »Dann verstehe ich nicht, warum Sie auf sie geschossen haben. Ich kann mir keinen Reim darauf machen. Bitte erklären Sie es mir.«

Sein Blick war intensiv, durchdringend. So lebendig, so … leidenschaftlich. Hannah Ley fühlte etwas, das sie irritierte. Was war das? Ein Kribbeln in ihrem Bauch, äußerst angenehm. Als würde sie jemand im Inneren mit einer Feder streicheln.

»Bitte«, wiederholte er.

Ihm konnte sie vertrauen, das erkannte sie jetzt. Ihm konnte sie alles enthüllen. Er würde sie nicht hintergehen oder im Stich lassen, nicht so wie ihr »Partner« Guido. Oder wie ihre Vorgesetzten, die den Scheißkerl vor Gericht noch in Schutz genommen hatten.

Diese Augen, dieser Blick. So muss Jesus auf seine Jünger gewirkt haben, dachte sie. Es lag so viel Verständnis darin. Etwas Derartiges hatte sie bei einem Mann noch nie gesehen.

Wie von allein kamen die ersten Sätze über ihre Lippen, erst stockend, dann immer flüssiger. Mit jedem Wort spürte sie, wie die tonnenschwere Last, die sich auf ihrer Seele angehäuft hatte, leichter wurde. Es versetzte sie in Euphorie. Sie musste nicht mehr allein damit fertigwerden. Sie hatte endlich jemanden gefunden, der ihr zuhörte.

Sie erzählte von ihrer Schulzeit, von dem Lehrer, der sie schikaniert hatte, von den Jugendlichen, die sie abgezockt und drangsaliert hatten. Vom Schicksal ihrer Schwester. Immer mehr, immer weiter.

Bis sie schließlich zu dem Nachmittag kam, an dem sie ihr das Angebot gemacht hatte.

48

Erschöpft betrat Hannah Ley die Bibliothek.

Als sie das erste Mal hier gewesen war, hatte sie staunend vor den Büchern in den bis zur Decke reichenden Regalen gestanden. Überwiegend alte Folianten mit Lederrücken und goldener Schriftprägung. Nur vereinzelt fanden sich Bildbände aus der Neuzeit oder Taschenbücher. Mit leiterähnlichen Treppen, auf jeder Seite eine, konnte man die oberen Reihen erreichen. Ein großes Fenster am Ende des länglichen Raums ließ tagsüber genug Licht zum Lesen herein. Davor standen zwei große Ohrensessel. Setzte man sich, konnte man einen großartigen Ausblick in den Garten genießen. Der Kronleuchter über ihr schien direkt aus einem Märchenfilm entnommen worden zu sein. Funkelnd brachen sich die Sonnenstrahlen in den unzähligen Kristallen.

Mittlerweile war sie jedoch an den Anblick gewöhnt und fing daher sofort mit dem Putzen an.

Seit dem Morgen hantierte sie mit dem Wedel, saugte Teppiche, bohnerte Dielenböden und schleppte Eimer hin und her. Das Wohnhaus der Burg war so riesig, dass sie mit dem Zählen der Zimmer jedes Mal durcheinanderkam. Irgendwann hatte sie aufgehört, es zu versuchen, und sich auf siebzehn festgelegt. Dazu vier Bäder, eine riesige Küche mit einer schrankwandgroßen Kupferesse, drei Abstellkammern, eine fürstliche Empfangshalle und die Verbindungsflure. Hatte man alle Räume durch, konnte man sofort wieder von vorne anfangen. Die Besitzerin legte Wert auf Sauberkeit. Sie duldete keinen Schlendrian, bezahlte aber einen guten Lohn. Damit unterschied sie sich von vielen anderen reichen Arbeitgebern, für die Hannah bisher geputzt hatte.

Sie drückte ihr Kreuz durch und stöhnte leise. Der Rücken fühlte sich an, als wäre er in der Mitte entzweigebrochen. Die durchweichte Haut ihrer Hände war schrumpelig und ungesund hell. Da half auf Dauer auch kein Eincremen mehr.

Was für ein Knochenjob.

Allerdings auch nicht schlimmer als der einer Polizistin. Zumindest musste sie keine Nachtschichten schieben.

Nur noch dieser Raum, und sie wäre für heute fertig. Die Aussicht auf den Feierabend mobilisierte ihre letzten Reserven.

Zu Hause wartete ihre Schwester auf sie. Hannah würde den alten Videorekorder starten, eine Aufnahme von »Fackeln im Sturm« einlegen und Emelie mit dem breiigen Abendessen füttern.

Die alten Videokassetten hatten die besten Tage hinter sich. Das Bild flackerte, die Stimmen der Schauspieler hörten sich dumpf an. Es waren die Originalaufnahmen der Erstausstrahlung.

Mit klopfendem Herzen hatten sie als Kinder vor dem Rekorder gesessen. Sobald die Eröffnungsmusik von »Fackeln im Sturm« aus dem Fernsehlautsprecher knarzte, hatten sie den Aufnahmeknopf gedrückt, sich auf dem Sofa aneinandergekuschelt und Chips und Cola verputzt. Glückliche Zeiten, unschuldige Zeiten. Die besten Wochen in ihrem Leben. Hannah hatte es einfach nicht übers Herz gebracht, die Kassetten durch DVDs zu ersetzen.

Hektisch wischte sie sich die aufkommenden Tränen aus den Augenwinkeln. Von ihrer Sentimentalität abgesehen, lohnte es sich jetzt ohnehin nicht mehr, das Geld für eine digitale Fassung zu verschwenden. Ihrer Schwester blieben nur noch wenige Monate, hatte der Arzt im Krankenhaus gesagt. Sie würde an dem Wasser, das sich allmählich in ihrer Lunge ansammelte, qualvoll ersticken.

Der Umzug hatte ihr den Rest gegeben. Seit sie die neue Wohnung bezogen hatten, ging es mit ihrer Schwester rapide bergab. Man konnte fast zusehen, wie das Leben aus ihrem mageren Körper wich. Sie war wie eine Blume, die ohne Wasser in der prallen Sonne stand.

Dabei wollten sie noch zusammen zu den Originalschauplätzen von »Fackeln im Sturm« fliegen. Sie hatten es einander versprochen.

Doch das war unbezahlbar.

Sogar für einen Normalsterblichen bedeute eine Reise nach Amerika einen finanziellen Kraftakt, auch wenn die Flugtickets in den letzten Jahren stetig preiswerter geworden waren. Für eine Schwerstmehrfachbehinderte, die neben diversen anderen medizinischen Hilfsmitteln einen elektrischen Rollstuhl benötigte, war es unerschwinglich.

Hannah hätte nicht gegen die Enteignung klagen sollen. Dieser An-

walt, Florian Lobowski, hatte recht behalten. Es war aussichtslos gewesen. Außer Spesen nichts gewesen, wie ihr Vater in solchen Situationen immer zum Besten gegeben hatte. Die Entschädigungszahlung war fast komplett von den Anwalts- und Gerichtskosten aufgezehrt worden. Der Rest hatte nur noch für die Eigentumswohnung in Eschweiler gereicht. Und der behindertengerechte Umbau hatte schließlich auch noch die letzten Groschen vom Ersparten verschlungen.

Wütend klatschte Hannah den Putzlappen in den Eimer. Das Wasser spritzte über und benetzte den Dielenboden. »Ach, verdammte Scheiße«, schimpfte sie. Jetzt ließ sie ihren Tränen freien Lauf.

»Was war das?«

Erschrocken hielt Hannah inne und sah sich um. Wer hatte da gesprochen?

Vor ihr in einem der Ohrensessel knarzte das Leder. Die Hausherrin lugte um die hohe Rückenlehne herum. »Ich möchte wissen, warum Sie hier herumfluchen.«

Hannah richtete sich kerzengerade auf. Ihr Rücken schickte zur Strafe stechende Schmerzen durch den Körper. Tapfer unterdrückte sie ein Stöhnen. Was machte die denn hier? Normalerweise saß sie um diese Uhrzeit noch in ihrer Firma. »Es tut mir leid. Ich hatte nicht mit Ihnen …«

Die Hausherrin winkte ab. »Interessiert mich nicht. Ich will wissen, was Ihnen derart auf der Seele brennt, dass Sie schmutzige Wörter in den Mund nehmen. Setzen Sie sich.« Sie wies auf den freien Sessel. Ihre Stimme ließ keinen Widerspruch zu.

»Wenn Sie wünschen«, sagte Hannah und nahm Platz.

Das Leder fühlte sich angenehm kalt an. Auf dem Tisch vor ihr lag ein Schreiben. Dem Briefkopf konnte sie den Absender entnehmen: Dr. phil. Kreuzer aus Aachen. Neben der vertraulichen Anrede – die Hausherrin schien mit dem Mann befreundet zu sein – fiel Hannah ein großgeschriebenes Wort auf. Deutlich hob es sich vom Rest des Textes ab: »Intimizid«.

Die Hausherrin schien ihre Neugierde bemerkt zu haben. Sie nahm den Brief, faltete ihn zusammen und schob ihn zurück in das Kuvert.

Hannah zupfte ihren Kittel zurecht. »Lange kann ich aber nicht.«

»Ich bin im Bilde. Ihre Schwester wartet, Sie haben mir bei der Einstellung von ihr erzählt.« Ihr Blick schweifte zur Standuhr neben

dem Fenster. »Sie können pünktlich Ihren Feierabend begehen, keine Sorge. Der Bibliothek können Sie sich morgen widmen. Also? Was ist los?«

»Ach, nicht so wichtig. Es läuft halt in letzter Zeit alles schief.«

»Männer?«

»Es sind doch immer die Männer.«

Die Hausherrin nickte. »Verstehe.« Ihre Gesichtszüge verhärteten sich. »Ich könnte das testosterondurchsetzte, schwanzgesteuerte Geschlecht manchmal selbst so was von … an den Eiern aufhängen.«

Verblüfft über den Ausbruch riss Hannah die Augen auf. »Aber Sie … Sie haben … Ich meine, Ihr Partner …«

»Lou?«

»Ja. Sie geben ein tolles Paar ab. Sie passen zusammen.«

»Mag sein. Nur sieht er das offenbar nicht so. Deswegen hat er mir heute den Laufpass gegeben.«

»Oh. Er ist … das wusste ich nicht.«

Die Hausherrin starrte zum Fenster hinaus. Ihre Kiefermuskeln arbeiteten unter der straffen Haut. »Am liebsten möchte ich ihn …« Sie verstummte und ließ ihre Absicht offen. Nur ihr eiskalter Blick ließ darauf schließen, was sie mit ihm anstellen würde. Hannah war sich sicher, dass er es nicht überleben würde.

Sie konnte die Hausherrin nur zu gut verstehen. Wie aus dem Nichts heizte sich ihr Hass auf Männer aufs Neue auf. Lavagleich brodelte es in ihr. Sie erlebte die Schrecken ihres Lebens noch einmal in einem atemberaubenden Zeitraffer, spürte alles gleichzeitig: Verzweiflung, Angst, Wut, Schmach, Scham, Panik, Erniedrigung. Was hatte sie nicht alles einstecken müssen, ohne es jemandem heimzahlen zu können. Sie konnte nie austeilen. Es hatte ihre Seele zersetzt wie hochprozentige Säure ein Stück Fleisch.

Hannah schwitzte.

Die Gesichter ihrer Peiniger umkreisten sie wie Monde. Fratzen, die sie hämisch auslachten. Augen, in denen kein Funken Mitleid glitzerte.

Wehr dich, kreischte es in ihr.

Aber es sind so viele, antwortete sie. Und sie sind stärker.

Egal. Zahl es ihnen heim. Lass sie deine Schmerzen fühlen.

Merze sie aus!

Töte sie!

Aus diesen zerstörerischen Gedanken kristallisierte sich eine Idee heraus. Die Fratzen zerplatzten wie Seifenblasen.

»Alles in Ordnung mit Ihnen? Sie sehen erhitzt aus.«

Hannah blinzelte sich in die Wirklichkeit zurück. Die Hausherrin war aufgestanden und sah besorgt zu ihr herunter.

Rasch zog Hannah ein Taschentuch aus ihrer Kitteltasche und wischte damit über ihre Stirn. »Was würden Sie dafür geben, wenn Lou van Horten etwas … äh … zustoßen würde?«, platzte sie heraus.

Gebannt wartete sie auf eine Antwort. Wenn die Hausherrin anbiss, konnte sie ihren eigenen Wunsch nach Rache vergolden. Im Geiste schob sie bereits ihre Schwester im Rollstuhl über die Terrasse von Mont Royal. Oder durch den Garten der Hazards in Charleston.

»Zustoßen? Wie meinen Sie das?«

»Das können Sie selbst entscheiden«, gab sich Hannah großzügig.

»Sie meinen … Sie wollen doch nicht …« Die Hausherrin sank in den Sessel. »Geht meine Phantasie mit mir durch? Bilde ich mir das nur ein? Wollen Sie mir allen Ernstes … nein, das wäre absurd. Oder?«

Hannah beschloss, nicht mehr um den heißen Brei herumzureden. Es war ein Gespräch unter vier Augen. Was sollte schon passieren? Im Zweifel würde Aussage gegen Aussage stehen.

»Sie haben mich richtig verstanden. Ich biete Ihnen an, Lou van Horten Schaden zuzufügen. Durch mich können Sie sich an ihm rächen.«

Die Hausherrin straffte sich. Sie schien nicht entsetzt zu sein. »Wie … wie weit würden Sie gehen?«

»Wie ich schon sagte: So weit, wie Sie es wünschen.«

»Töten?«

»Ja, auch das.«

»Warum?«

»Ich habe ebenfalls Rechnungen offen.«

»Mit Lou?«

»Nein. Aber mit Männern. Das muss als Erklärung genügen.«

Die Hausherrin überlegte einige Sekunden, dann nickte sie. »Damit kann ich leben. Was wollen Sie als Gegenleistung?«

Hannah zögerte. Wie viel konnte sie verlangen? Hastig überschlug sie die Kosten für die Amerikareise. »Zwanzigtausend?«

»Einverstanden. Aber unter einer Bedingung.« Die Hausherrin stand auf, holte einen Folianten aus einem Regal und klappte das Buch auf.

Sie nahm ein Foto heraus, das wohl als Lesezeichen diente, und drückte es Hannah in die Hand. Drei Männer, um die Hausherrin herum gruppiert, waren darauf zu sehen. In einem erkannte Hannah Lou van Horten wieder.

Sie sah auf. »Was ist damit?«

»Ich will nicht nur Lou tot sehen.« Sie tippte auf die anderen beiden Gesichter. »Peer Clerk und Max Gutmann. Jeweils zwanzigtausend auch für sie.«

Hannah spürte, dass die Hausherrin jetzt für den Plan brannte. Daher riskierte sie es, hoch zu pokern. »Hunderttausend, für alle drei. Bei mehreren steigt die Gefahr, erwischt zu werden.«

Die Hausherrin riss das Foto aus Hannahs Händen. »Sie sind ja verrückt. Pff, hunderttausend Euro, da könnte ich ja einen professionellen Auftragskiller arrangieren. Der ist garantiert preiswerter.«

»Mag sein. Aber Sie können nicht einfach das Branchenbuch aufschlagen und unter A wie Auftragsmord nachschauen, wer seine Dienste anbietet.«

»Über kurz oder lang würde sich jemand finden.«

»Eher lang.«

»Was qualifiziert Sie überhaupt?«

»Ich bin ausgebildete Polizistin und habe als Vorbereitung auf eine Karriere bei einem Sondereinsatzkommando ein Scharfschützentraining absolviert.«

»Polizistin? Sollten Sie da nicht anerzogene Skrupel haben?«

Hannah erkannte die Hinhaltetaktik. Sie wollte sie verunsichern, den Preis drücken. Es wurde Zeit, das Heft fest in die Hand zu nehmen. Entschlossen stand sie auf und strich ihren Kittel glatt. »Ich muss jetzt los. Überlegen Sie es sich.«

Sie war keine zwei Schritte weit gekommen, da hörte sie die Hausherrin sagen: »Also gut, einverstanden.«

Hannah blieb stehen und wandte sich um. »Es versteht sich, dass ich auf Barzahlung bestehen muss.«

»Selbstverständlich. Das regeln wir diskret. Allerdings werde ich erst zahlen, wenn alle drei erledigt sind.«

Hannah beschloss, ihr zu vertrauen. »Von mir aus. Aber ich warne Sie: Sollten Sie mir das Geld schuldig bleiben … na ja, ob nun drei oder vier ist auch egal.«

Zu ihrer Freude wich die Farbe aus dem Gesicht der Frau.

Hannah zupfte sich am Ohr. »Fast hätte ich es vergessen. Wir brauchen ein ausgezeichnetes Gewehr. Mit Zielfernrohr und Schalldämpfer.«

»Ich kümmere mich darum. Ich kenne da jemanden, der hat Freunde. Die Kosten dafür ziehe ich Ihnen allerdings vom Honorar ab. Schließlich müsste ich bei einem Auftragsk…«

»Hunderttausend, und das Gewehr wird gestellt«, widersprach Hannah. »Das sind meine Bedingungen. Sonst suchen Sie im Branchenbuch unter A.«

Die Hausherrin biss sich auf die Lippen. So überfahren zu werden, gefiel ihr nicht, das konnte Hannah ihr ansehen. Doch sie brauchte darauf keine Rücksicht nehmen. Sobald die Sache über die Bühne gegangen war, würden sie sich nicht mehr wiedersehen. Warum also auf Befindlichkeiten achten?

»Geben Sie mir vier Wochen«, sagte die Hausherrin. Sie drehte Hannah den Rücken zu und starrte zum Fenster hinaus. Das Gespräch war beendet.

Mit klopfendem Herzen verließ Hannah die Bibliothek. Während sie sich umzog, zitterte sie am ganzen Körper. Doch obwohl ihr jetzt mulmig war, überwog die Freude.

Amerika!

Innerhalb einer halben Stunde hatte ihr trostloses Leben wieder einen Sinn bekommen.

Sie würde ihr Versprechen einlösen.

Niemals hätte sie gedacht, dass sich doch noch alles zu einem guten Ende wenden könnte. Aber jetzt betrachtete sie es geradezu als göttliche Fügung, den Putzjob bei Camilla von Pallandt angenommen zu haben.

49

Erbost blickte Camilla von Pallandt dem davonfahrenden Taxi hinterher. Sie stampfte mit dem Fuß auf.

Das konnte doch nicht wahr sein!

Anscheinend hatte sich Stephan Tries mit seiner Frau versöhnt.

Was machte das Luder so früh am Morgen überhaupt schon wieder hier? Sollte sie nicht vor Kummer und Wut in ihr Kopfkissen heulen?

Dabei hatte Camilla von Pallandt sich alles so schön ausgemalt: Sie wäre mit Stephan Tries nach Bornheim gefahren. Dort hätte sie seine Frau unter vier Augen um Verzeihung gebeten, mit ihrem Mann geschlafen zu haben. Bestimmt hätte Charlotte eine Szene gemacht und ihren Mann mit ein wenig Glück hochkant rausgeschmissen.

Dann wäre sie zur Stelle gewesen, hätte Stephan Tries getröstet, ihn verwöhnt und ihm ins Ohr geflüstert, dass es noch andere schöne Frauen gab. Sie konnte sehr überzeugend sein. Im Bett hätte sie alle Register gezogen und ihn so wild und hemmungslos zugeritten, dass er niemals wieder an diese Charlotte denken würde. Den Sexhimmel auf Erden hätte sie ihm bereitet.

Und jetzt das.

Das Taxi entschwand ihrem Blick.

In ihren Ohren rauschte das Blut.

Der Drecksack war einfach davongefahren. Hatte sie hier zurückgelassen wie ein altes Möbelstück, das man zum Sperrmüll herausgestellt hatte. Keiner weiteren Beachtung wert.

Gestern auf der Bank hatte sie schon einmal seine Abneigung gespürt. Er hatte stocksteif an ihrer Seite gesessen. Als müsste er sich zwingen, nicht aufzuspringen und schreiend davonzurennen. Dabei war sie doch eine überaus attraktive Person und kein Monster. Sie wären fast zusammen im Bett gelandet, so schlimm konnte sie also nicht sein.

Was stimmte nur nicht mit ihr und den Männern? Sie war offenherzig, geizte nicht mit ihren Reizen, besaß Humor, und aushalten musste sie auch niemand. Trotzdem lief in ihren Beziehungen stets etwas schief. Spätestens nach einigen Tagen war Schluss.

In jüngeren Jahren hatte sie die Trennungen mit einem Achselzucken weggesteckt und sich damit getröstet, dass schon irgendwann der Richtige kommen würde. »Für jedes Leberwurstbrot findet sich jemand, der das Gürkchen sein möchte«, hatte ihr Großvater immer gesagt.

Doch die Jahre waren verstrichen, und niemand war geblieben.

Die Zurückweisungen quälten sie.

Mit jedem, der ging, war der Schmerz in ihrer Seele größer geworden. Inzwischen pegelte er sich auf »grausam unmenschlich« ein.

Alles in ihr schrie nach Vergeltung.

Sie musste handeln. *Sie* höchstpersönlich. Musste Dampf ablassen. Vorbei die Zeit, in der jemand anders für sie auf Rachefeldzug gegangen war.

Sie spürte, wie etwas in ihr zerbrach und die Wut jegliche Skrupel davonspülte. Sie würde Stephan Tries zeigen, was Schmerzen waren, was es bedeutete, allein zu sein, verletzbar und wehrlos.

Camilla von Pallandt sah rot.

50

Welschers Kopf ruckte hoch. Hatte er richtig gehört? »Wie bitte? Camilla von Pallandt? *Die* von Pallandt, die die Oldtimerrallye mitorganisiert hat?«

Hannah Ley nickte. »Genau die. Damals, nach dem Gespräch, habe ich mich hingesetzt und ›Intimizid‹ gegoogelt. So bezeichnet man das Verlangen, den Intimpartner zu töten. Es ist eine psychische Störung, hervorgerufen durch Kränkungen. Verstärkt wird sie durch die Furcht, die Achtung vor sich selbst und die der anderen zu verlieren.« Sie zuckte mit den Schultern. »Zumindest kann man es so in etwa auf den Punkt bringen. Wenn Sie mehr darüber wissen wollen, werden Sie unzählige medizinische Berichte im Internet finden. Die stellen die Krankheit ausführlich dar. Wie auch immer: Als ich Camilla von Pallandt meinen Vorschlag unterbreitete, wusste ich nichts davon, doch ich habe in einen gepflügten Acker gesät. Die Pallandt ist kaum mehr zurechnungsfähig, das können Sie mir glauben. In den letzten Tagen haben wir uns einige Male heimlich getroffen. Sie war richtig sauer, als Max Gutmann überlebt hat. Fast hatte ich den Eindruck, sie will die Sache selbst in die Hand nehmen, ohne Rücksicht auf Verluste. Sie hätten ihre Augen sehen sollen.« Hannah Ley schüttelte sich. »So viel Hass. Und der richtete sich auf einmal gegen mich. Unglaublich. Sie hat mich mit einer Pistole bedroht. Abknallen würde sie mich, wenn ich den Auftrag nicht schnellstmöglich erfüllen würde. Das hat sie gesagt. Und glauben Sie mir: Das waren keine leeren Worte.«

»Wann war das?«

»Am Ende des ersten Renntags, hinter einer Halle auf dem Mühlengelände in Birgel. Später noch mal, auf dem Gelände in Vogelsang. Ich wollte eine Aussprache, schließlich konnte ich nicht überall sein und musste für den nächsten Versuch auf die richtige Gelegenheit warten. Ich wollte sie beruhigen und erklären, dass gut Ding Weile braucht. Doch sie war unerbittlich.«

Fischbach griff zum Telefon und wählte eine Nummer. »Fischbach hier«, sagte er in den Hörer, »eine Streife soll Camilla von Pallandt festnehmen, Gefahr in Verzug. Sie wird im Umfeld der ›Eifel-Klassik‹ zu finden sein. – Ja, direkt zu uns bringen. Wir warten.« Er legte auf. »So, das wird bestimmt nur Minuten dauern.«

Welscher nahm eine Flasche aus dem Wasserkasten. Er fand Pappbecher auf der Fensterbank, schenkte ein und drückte Hannah Ley einen Becher in die Hand.

»Kann ich gleich mal telefonieren?«, fragte sie.

»Anwalt?«, fragte Welscher.

Sie schüttelte den Kopf. »Ich muss mit dem Pflegedienst … meine Schwester muss ja versorgt werden.«

Welscher verspürte Mitleid, nicht mit Hannah Ley, sondern mit deren Schwester. Vermutlich musste die jetzt ihre letzten Tage auf Erden in einem Heim verbringen. Allein, ohne jemanden, der ihr zum Zeitpunkt des Ablebens die Hand hielt. Und nur weil Hannah Ley ein dämliches Versprechen einlösen wollte, von dem die Schwester ohnehin nichts mehr mitbekommen hätte, und dafür zur Mörderin geworden war. »Selbstverständlich können Sie telefonieren«, sagte er. »Wir sind ja keine Unmenschen.«

Fischbach ergänzte: »Obwohl wir Männer sind.«

Welscher warf ihm einen tadelnden Blick zu. Der Seitenhieb wäre nicht nötig gewesen.

Das Telefon läutete, Fischbach hob ab. »Ja? – Bitte? Die hat was?« Fischbach sprang auf und rief: »Verfolgen! Findet Sie!« Dann knallte er den Hörer auf den Apparat. »Du glaubst es nicht. Die Pallandt hat einen Fahrer mit einer Pistole bedroht und sich dessen Camaro unter den Nagel gerissen. Die ist auf der Flucht.« Er nahm seinen Helm vom Schreibtisch.

»Was machst du?«, fragte Welscher.

»Glaubst du, ich werde hier untätig rumsitzen und abwarten?«

»Ja, genau das.«

Fischbach tippte sich an die Stirn. »Nie im Leben.«

»Hotte, lass den Quatsch. Du weißt gar nicht, wo du hinmusst. Lass das die Jungs von der Streife machen. Über kurz oder lang wird die Pallandt uns schon in die Fänge gehen. Es bringt doch gar nichts …«

»Ihr Kollege hat recht, Ihnen läuft die Zeit davon«, ging Hannah Ley dazwischen.

»Was?«, fuhr Welscher sie an. Er wollte Fischbach bremsen und dabei nicht gestört werden.

»Der Mann, der mich vom Motorrad geholt hat. Sie war beim Rennen seine Beifahrerin und wich ihm auch bei den Abendveranstaltungen selten von der Seite. Gestern habe ich sie beim Mittagessen getroffen, da hatte sie wieder diesen Blick. Ich bin mir sicher, da ist etwas vorgefallen. Wenn der Kerl sie abserviert hat …«

In Welschers Kopf rastete etwas ein. »Sie glauben, Camilla von Pallandt will ihm an den Kragen?«

»Genau das will ich damit sagen.«

Welscher sah zu Fischbach. »Ich finde das zwar unwahrscheinlich, aber wir sollten ihn zumindest warnen.«

Fischbach nickte und wollte zum Telefon greifen. »Ich ruf ihn an.«

Da schrillte Welschers Handy. Er sah auf das Display und runzelte die Stirn. »So ein Zufall. Wenn man vom Teufel spricht …« Er nahm das Gespräch an und meldete sich. Doch nicht Stephan Tries war zu hören, sondern eine hohe Stimme schrie etwas. Zunächst verstand er kein Wort, ein lautes Dröhnen überlagerte das Gespräch. Er stellte auf laut, damit Fischbach mithören konnte. »Hallo? Hören Sie mich?«, rief Welscher ins Mikrofon. »Herr Tries?«

»Wir werden verfolgt … bitte helfen Sie … halt nicht an, Stephan … fahr!«

Übergangslos schwitzte Welscher. Das war kein Spaß. Er hörte deutlich die Panik in der Stimme der Frau. »Wer sind Sie? Wo sind Sie?«

Das Dröhnen nahm zu. Welscher sah Fischbachs Gesicht und wusste auf einmal, was das war: ein hochdrehender Dieselmotor.

»… Frau von … Tries … wir sind … Richtung Tondorf.«

Mit zwei großen Schritten kam Fischbach um den Tisch herum und entwand Welscher das Handy. »Hören Sie mir genau zu. In Tondorf biegen Sie rechts ab auf die 79 in Richtung Rohr. Dort richten wir eine Straßensperre ein. Immer in Richtung Rohr fahren. Rohr! Verstanden?«

»Rohr. Ja, ja, verstanden. Ich … der Camaro ist zu schnell … wir … schaffen das nicht.«

Fischbach warf Welscher das Handy zu. Er winkte einen Kollegen herein, um Hannah Ley zu beaufsichtigen, wies ihn an, telefonisch eine Straßensperre anzufordern, und zog Welscher mit sich zur Tür hinaus.

»Die Verbindung ist abgebrochen«, informierte ihn Welscher, als sie das Gebäude verließen. »Wohin willst du eigentlich?«

Fischbach setzte den Helm auf und startete die Harley. »Wir fahren ihnen entgegen.«

»Warum? Willst du mit dem Motorrad die Straße sperren? Das ist doch kompletter Unsinn. Lass das die Kollegen erledigen.«

»Man weiß nie, wie sich die Dinge entwickeln. Vielleicht werden wir gebraucht. Los jetzt!« Er drehte den Motor hoch, kuppelte ein und brauste vom Parkplatz.

Welscher rannte zu seinem Leihporsche. »Dieser Idiot«, fluchte er, während er den Schlüssel ins Zündschloss steckte und drehte.

»Langsam komme ich mir vor, als müsste ich auf ein Kind aufpassen.«

Keine zehn Sekunden später folgte er Fischbach.

51

Charlotte drückte wild auf dem Smartphone herum. »Die Verbindung ist abgebrochen.«

Stephan Tries hörte nur mit halbem Ohr zu. Er blickte in den Rückspiegel. Der Camaro kam immer näher.

Das war Wahnsinn! Er spielte mit dem Gedanken, einfach anzuhalten. Niemals konnte er den viel schnelleren Sportwagen mit seinem Benz in Schach halten. Auf keinen Fall würden sie es so bis zur Straßensperre schaffen.

Er zermarterte sich den Schädel, wer es auf ihn abgesehen haben könnte. Ein Straftäter, den er geschnappt hatte und der dadurch für Jahre im Bau verschwunden war? Aber das war eine Ewigkeit her. Er konnte nicht glauben, dass ihn seine berufliche Vergangenheit nun ausgerechnet hier einholte.

Bisher war es ihm nicht gelungen, den Fahrer zu erkennen, da die Sonne sich auf der Windschutzscheibe des Camaros spiegelte.

»Drück auf Wahlwiederholung«, wies er Charlotte an. Vorhin hatte sie in ihrer Aufregung die erste Nummer aus der Anrufliste gewählt, anstatt direkt die Notrufnummer anzurufen. Nur gut, dass sie dabei an Welscher geraten war, mit dem er gestern nach dem Mord an Lou van Horten zuletzt telefoniert hatte.

»Was meinst du, was ich hier mache?«, giftete Charlotte und hielt anklagend das Smartphone hoch. Dann hämmerte sie wieder auf die Anruftaste.

Die Häuser längs der Rohrer Straße in Tondorf flogen an ihnen vorbei. Der Tacho pendelte über der Einhundertzehn. Hoffentlich verirrte sich niemand auf die Straße.

Ihr Verfolger lenkte den Camaro nach rechts, touchierte mit dem Kotflügel eine Mülltonne. Sie hob ab, wirbelte in einer irren

Drehung um die eigene Achse und landete auf dem Gehsteig, wo sich der Inhalt auf dem Boden verteilte.

Tries lenkte ebenfalls nach rechts. Er musste die Lücke schließen. Gelänge es dem Fahrer des Camaro, sich an die Seite des Benz zu setzen, wäre es ein Leichtes für ihn, sie von der Straße zu drängen.

Vor ihnen gabelte sich die Straße. Charlotte deutete auf das Hinweisschild. »Rohr! Er hat Rohr gesagt. Du sollst in Richtung Rohr …«

»Ja!«, brüllte Tries. »Ich hab's verstanden.« Er blinzelte sich den Schweiß aus den Augen.

Hinter dem Ortsausgang von Tondorf wand sich die Straße in einem lang gezogenen S durch die Landschaft.

Der Camaro setzte zum Überholen an.

Tries hörte das Wummern des Achtzylinders, das sogar das angestrengte Nageln des Dieselmotors seines Benz übertönte.

Hundertdreißig.

Viel mehr konnte er aus seinem alten Schätzchen nicht herauspressen. Er sah den Camaro im Seitenspiegel auftauchen. Der Kühlergrill wirkte auf ihn wie das aufgerissene Maul einer Bestie, die ihn verschlingen wollte.

Nebeneinander schossen die Fahrzeuge in ein Waldgebiet hinein.

Charlotte stemmte die Beine auf den Boden und drückte den Rücken in den Sitz, als würde sie darin verschwinden wollen. Ihre Hände krampften sich in das Kunstleder der Sitze, ihre Augen waren panisch geweitet.

Hundertvierzig.

Der Camaro zog auf gleiche Höhe.

Tries warf einen schnellen Blick in das andere Fahrzeug. Fast hätte er das Lenkrad verrissen.

»Camilla?«, schrie er.

Charlotte warf den Kopf herum. »Was? Das kann doch … Oh mein Gott! Tatsächlich. Sie ist es.« Wütend hieb sie auf Tries' Oberarm. »Was hast du gemacht? Warum ist die hinter uns her?«

Wenn ich das nur wüsste, dachte er.

Ein kurzer Schlenker, und der Camaro krachte in die Flanke

des Benz. Tries lenkte dagegen. Blech schob sich kreischend über Blech, Funken sprühten auf und wirbelten am Seitenfenster vorbei wie fliehende Glühwürmchen.

Zentimeter für Zentimeter schob Camilla von Pallandt sie mit dem Camaro nach rechts. Sosehr Tries sich auch in das Lenkrad stemmte, er konnte die Spur nicht halten. Die Bäume, die die Straße flankierten, waren schon bedrohlich nah.

Etwa zweihundert Meter voraus erkannte er eine sanfte Linkskurve. Auf keinen Fall würde er es schaffen, dort Seite an Seite mit dem Sportwagen durchzukommen. Ihnen blieben nur noch Sekunden. Er spürte den Puls, der seine Schläfen sprengen wollte, hörte Charlotte neben sich aufschreien. Immer noch wirbelten Funken an ihm vorbei.

»Festhalten!«, schrie er und trat mit beiden Füßen auf das Bremspedal.

Augenblicklich blockierten alle Räder. Der Camaro schoss an ihnen vorbei, um dann ebenfalls eine Vollbremsung hinzulegen.

Der Mercedes geriet mit den rechten Reifen in den Straßengraben und drehte sich um die eigene Achse. Plötzlich stand alles kopf. Über ihnen krachte es. Das Dach beulte sich ein, kam bedrohlich näher. Die Scheiben zerbarsten in einem Glasregen. Dann ließ der Druck auf die nachgerüsteten Sicherheitsgurte nach. Das Fahrzeug fiel zurück auf die Räder und überschlug sich erneut, um schließlich mitten auf der Straße auf dem Dach liegen zu bleiben.

Tries schmeckte Blut. Hatte er sich nur auf die Zunge gebissen? Oder war er ernsthaft verletzt? Sein Nacken schmerzte, doch den Kopf konnte er drehen. Der Rand des Sicherheitsgurtes schnitt hart in seinen Hals. Benommen tastete er sich ab. Es schien noch alles dort zu sein, wo es hingehörte. Erleichtert schnaufte er durch.

Charlotte stöhnte auf. Mit zittrigen Fingern versuchte sie, das Gurtschloss zu öffnen.

»Alles okay?«, fragte Tries mit belegter Stimme.

»Okay?«, kreischte sie. »Okay? Du hast uns fast umgebracht.«

Froh darüber, dass es ihr anscheinend gut ging, ignorierte er ihren Wutanfall. Stattdessen stemmte er sich mit einer Hand gegen das Wagendach, entlastete damit sein Gurtschloss und öffnete es mit der freien Hand. Es klackte, und Tries fiel kopfüber auf den Rücken. Glasstücke bohrten sich in seine Schulter. Er achtete nicht darauf, sondern half Charlotte, sich ebenfalls zu befreien. Kaum war sie ihren Gurt los, schlängelte sie sich wie ein Aal durch den zusammengestauchten Frontscheibenrahmen ins Freie.

Tries spannte die Beinmuskeln an und trat gegen die Fahrertür. Nach dem dritten Versuch sprang sie auf. Er krabbelte auf allen vieren hinaus und stemmte die Tür dabei mit der Schulter weiter auf. Quietschend protestierten die Scharniere.

Der Motor bollerte einen letzten Gruß, dann erstarb er mit einem Gurgeln.

In der einsetzenden Stille hörte Tries Schritte. Wenn ihn nicht alles täuschte, stöckelte da jemand herum.

Charlotte?

Nein, die trug bequeme Sneaker.

Es musste Camilla von Pallandt sein.

Die kam ihm gerade recht.

Vom Adrenalin gepusht, kämpfte Tries sich auf die Beine. »Du verdammtes Miststück!«, schrie er wütend. Was sollte das?«

Aus dem Augenwinkel heraus bemerkte er Charlotte, die wie zur Salzsäule erstarrt vor dem zischenden Kühler stand, und verstummte.

»*Wie* hast du mich genannt?«, fauchte Camilla von Pallandt. In ihren Augen glitzerte der Wahnsinn.

Tries entschied sich, auf eine Wiederholung zu verzichten, obwohl er nichts lieber getan hätte. Aber angesichts des Revolvers, mit dem diese Verrückte auf seine Stirn zielte, schien ihm Schweigen die deutlich bessere Alternative zu sein.

52

Fischbach beschleunigte auf dem kerzengeraden Stück der L 115. Der Fahrtwind zerrte an ihm. Er duckte sich, bis der Bauch den Tank berührte. Im Rückspiegel tauchte weit hinter ihm ein Blaulicht auf, zwei Scheinwerfer leuchteten grell. Bestens. Die Kollegen hatten also schnell reagiert und waren ebenfalls unterwegs.

Die Abzweigung nach Rohr nahm er im halsbrecherischen Tempo. Eine innere Unruhe trieb ihn an. Irgendetwas flüsterte ihm zu, dass es auf jede Sekunde ankam. Ein Bauchgefühl, das er hin und wieder verspürte und das ihn noch nie getrogen hatte. Was er tun würde, wenn er sein Ziel erreichte, wusste er nicht. Was könnte er mit dem Motorrad schon ausrichten, wenn ihm zwei Wagen mit hoher Geschwindigkeit entgegenkamen?

Durch Rohr hindurch verringerte er nur kurz das Tempo, beschleunigte am Ortsausgang sofort wieder.

Müssten ihm die Fahrzeuge nicht schon entgegenkommen? Innerlich wappnete er sich gegen einen schrecklichen Anblick: Stephan Tries und Charlotte von Berg, eingeklemmt in Tries' zerstörtem Wagen, überall Blut und abgerissene Körperteile.

Nein!

So weit durfte es nicht kommen.

Entschlossen drehte Fischbach den Gashebel auf Anschlag.

53

Stephan Tries schluckte schwer. »Camilla, reden wir doch über alles, ja?« Er versuchte, seine Stimme warm und freundlich klingen zu lassen.

»Nein!«, schrie sie. Ihr Speichel benetzte sein Gesicht.

»Können wir dann wenigstens von dem Wagen weggehen?« Tries nickte in Richtung des erkaltenden Motors. Es knisterte und zischte vernehmlich. »Nur ein Stück die Straße runter, okay? Hier ist es zu gefährlich.« Er sah, wie Charlotte zusammenzuckte. Ihre Gesichtsfarbe wurde aschfahl. »Der Wagen könnte in Flammen aufgehen.«

Camilla von Pallandt lachte auf. Es hörte sich an wie das wilde

Bellen eines Hundes. »Darüber musst du dir keine Gedanken mehr machen.«

Mit einer flüssigen Daumenbewegung spannte sie den Hahn des Revolvers.

54

Rechts standen Leute am Straßenrand und blickten in nördliche Richtung. Mit den Händen schirmten sie ihre Augen ab. Ein Jugendlicher lief zu dem Haus zurück, das allein am Waldrand stand.

Fischbach legte sich in die Kurve. Wenige Zentimeter mehr, und das Fußpedal wäre über den Asphalt geschrammt.

Mit hektischen Bewegungen versuchten die Leute ihm zu signalisieren, er solle langsamer fahren.

Fischbach wusste, was das bedeutete.

Kaum dass er aus der Kurve heraus war, sah er in etwa einhundert Meter Entfernung zwei Wagen vor sich auf der Straße stehen. Das heißt, nicht beide standen auf der Straße. Vielmehr lag das eine Fahrzeug auf dem Dach. Er konnte drei Personen daneben ausmachen.

Eine davon hielt eine Waffe in der Hand.

55

Tries schloss die Augen.

Er konnte nichts mehr unternehmen. Zwischen ihm und Camilla von Pallandt hing die zerbeulte Fahrertür. Sie verhinderte einen Angriff. Inständig betete er, Charlotte würde die Ruhe bewahren und sich nicht unnötig in Gefahr bringen. Für einen Überraschungsangriff war sie einfach zu weit entfernt. Sie würde bestenfalls zwei Schritte weit kommen, bevor Camilla von Pallandt ihr eine Kugel in den Leib jagte.

Aussichtslos.

Er würde hier, in diesem Eifeler Wäldchen, sterben.

Hingerichtet von einer Amok laufenden Irren.

Er vernahm ein näher kommendes Grollen. Es hörte sich an wie die Posaunen des Jüngsten Gerichts.

Als der erwartete Schuss jedoch ausblieb, erlaubte er sich, ein Auge zu öffnen.

In Camilla von Pallandt war Bewegung gekommen. Sie drehte den Kopf, blickte die Straße entlang.

Das Grollen wurde ohrenbetäubend laut.

Sie wirbelte herum, taumelte einen Schritt zurück und schoss.

»Was zum Teufel?«, murmelte Tries.

In dem Moment flog etwas Schwarzes in sein Blickfeld.

Ein schwarzes Motorrad raste an ihm vorbei, es verfehlte Camilla von Pallandt nur um Haaresbreite. Der Fahrer dagegen hatte sich aus dem Sitz gestemmt, er flog durch die Luft und prallte wie eine menschliche Kanonenkugel auf Camilla von Pallandt. Sie wurde von den Beinen geholt. Ein weiterer Schuss krachte, dann schlitterte der Revolver über den Asphalt, und zusammen mit dem Fahrer kugelte sie über die Straße, bis beide regungslos im Straßengraben liegen blieben.

Das Motorrad schlängelte führerlos hin und her, stellte sich quer und überschlug sich mehrere Male. Trümmerstücke flogen durch die Luft und krachten auf die Straße. Der Motorblock löste sich aus dem Fahrgestell, rollte wie ein Fußball durch den Straßengraben und verschwand im Wald. Kurz darauf hörte Tries Holz splittern.

Dann kehrte Ruhe ein.

Er griff geistesgegenwärtig nach dem Revolver und hielt ihn Charlotte hin. »Pass auf, dass die Furie keinen Unfug macht.«

»Nichts lieber als das«, entgegnete sie und stellte sich breitbeinig vor Camilla von Pallandt auf, die sich gerade stöhnend aufsetzte. Ihre Kleidung war an einigen Stellen zerrissen. Darunter konnte man aufgeschürfte Haut sehen. »Eine Bewegung, und du bist tot, Miststück«, knurrte Charlotte.

Tries achtete nicht weiter auf die beiden, sondern lief zu dem Motorradfahrer. Der lag im Graben kopfüber auf dem Rücken und sah zu ihm auf. Er hielt sich den Bauch, die Finger waren blutbesudelt.

»Fischbach«, stieß Tries aus.

Der Kommissar lächelte. Mit einer Hand zog er Tries zu sich herunter. »Hast du das … gesehen? Ich bin … bin nicht … *alt.* Du bist … mein … Zeu…«

Kraftlos fiel sein Arm herab. Die Lider flatterten.

»Scheiße!«, schrie Tries entsetzt und begann sofort mit der Herzdruckmassage. »Mann, mach keinen Scheiß, Mann! Atme gefälligst!«

56

Welscher zerknüllte den Pappbecher und steckte ihn sich in die Manteltasche.

Das Warten machte ihn irre, die Nerven lagen blank.

Er saß im Flur des Krankenhauses vor dem Operationssaal. An seiner Schulter weinte Sigrid stumme Tränen. Grün gekleidetes Klinikpersonal huschte vorüber. Ab und zu schenkte ihnen jemand ein aufmunterndes Lächeln. Wie es um Fischbach stand, diese Frage hatte bisher niemand beantworten können.

Fischbach hatte viel Blut verloren, so viel wussten sie. Die Kugel hatte die Baucharterie angeritzt. Ohne Rettungshubschrauber wäre es mit ihm vorbei gewesen. Ein Krankenwagen hätte ihn niemals rechtzeitig auf einen OP-Tisch befördern können.

Welscher sah auf die Uhr. Drei Stunden kämpften die Ärzte nun schon um Fischbachs Leben.

Drei Stunden zwischen Hoffen und Bangen, Verzweiflung und Trauer. Hilflos mussten sie ausharren und am Ende hinnehmen, was das Schicksal für sie bereithielt.

Welscher ertappte sich dabei, wie er sich wünschte, Fischbach hätte nicht eingegriffen. Auch wenn das den sicheren Tod für Stephan Tries bedeutet hätte. Aber wer wollte ihm das übel nehmen? War es nicht normal, sich die Menschen unter den Lebenden zu wünschen, die einem nahestanden? Würde nicht jeder dafür einen anderen opfern?

Welscher konnte immer noch nicht glauben, wie mutig Fischbach gewesen war. Einfach so von einer rasenden Harley abzuspringen. Und wie scharfsinnig, denn ohne Zweifel war das die einzige Möglichkeit gewesen, Stephan Tries' Leben zu retten, nachdem Camilla von Pallandt dem Motorrad ausgewichen war. Eine andere Option hatte nicht bestanden.

Welscher lächelte traurig.

Nein, der Dicke hatte es faustdick hinter den Ohren und gehörte noch lange nicht zum alten Eisen. Jetzt musste er nur wieder auf die Beine kommen.

Er hörte Schuhe quietschen und sah den Gang entlang.

Eine Frau kam auf sie zu. Sie zog eine OP-Haube von ihren Haaren. Sie wirkte erschöpft. »Frau Fischbach?«, fragte sie Sigrid.

»Ja«, sagte Sigrid und wollte sich erheben. Welscher half ihr auf die Beine. Er spürte, wie sie am ganzen Leib zitterte.

Die Frau holte tief Luft. Ein Namensschild wies sie als Dr. F. Langbein aus. »Ich habe Ihren Mann operiert.«

Sachlich vorgetragen, fast wie eine Computerstimme. Man konnte nichts daraus schließen, alles war offen.

Welscher konnte nicht anders. Er hielt die Luft an und machte sich auf das Schlimmste gefasst.

Dr. Langbein straffte sich, wie um ihre Müdigkeit abzustreifen. Ein Lächeln erschien in ihrem Gesicht. »Ihr Mann ist von der unverwüstlichen Sorte. Ich denke, er wird es schaffen.«

Epilog

Wochen später

Im Haus war es still.

Fischbach saß auf der Bettkante.

Sigrid wartete unten auf ihn. Doch er fand nicht die Kraft, sich zu erheben und die Treppenstufen zu bewältigen. Das Heimweh nagte bereits heftig an ihm, obwohl er noch gar nicht fort war. Aber damit würde er fertigwerden. Dachte er allerdings an das Taxi, das ihn gleich in die Klinik bringen sollte, wurde ihm übel.

Ein fahrender Sarg.

Vor einiger Zeit hatte er es mit einer Therapie versucht. Relativ erfolgreich sogar. Zumindest hielt er es inzwischen für möglich, eine Autofahrt zu ertragen, ohne laut aufzuschreien. Allerdings nicht eine Autofahrt dieser Länge.

Etwa anderthalb Stunden Höllentrip lagen vor ihm.

Sein Hals schnürte sich zu, die Wände kamen näher und schienen ihn erdrücken zu wollen.

Fischbach zog das Kopfkissen auf seinen Schoß und krampfte die Finger hinein. Er schloss die Augen und versuchte, seinen Atem zu kontrollieren, wie er es in der Therapie gelernt hatte.

Ein. Aus. Ein. Aus.

Nach einer gefühlten Ewigkeit kroch seine Panik in ihr Versteck zurück, in irgendein Hinterstübchen seines Gehirns, jederzeit bereit, ihn wieder zu überfallen.

Er öffnete die Augen.

Der Morgen dämmerte und schickte das erste Licht des Tages ins Schlafzimmer. Er hörte Motoren, Autotüren, Schritte. Normale Geräusche für einen Montagmorgen.

Der Bettpfosten warf einen langen Schatten auf Fischbachs Koffer, der aufgeklappt auf dem Boden lag. Die geliebte graue Cordhose auf der linken Seite obenauf, rechts die bequeme schwarze Strickjacke.

»Der Winter steht vor der Tür. Du musst auch was Warmes

mitnehmen, nicht nur deine Hemden«, hatte Sigrid gesagt und die Jacke als Letztes eingepackt. Sie hatte versucht, tapfer zu wirken. Doch immer wieder hatte sie sich verstohlen mit dem Ärmel über die Augen gewischt.

Fischbach stand auf. Immerhin schaffte er es, sich auf den Beinen zu halten.

Die Schusswunde spürte er kaum noch. Das hatten die Ärzte ausgezeichnet hinbekommen. *Körperlich* ging es ihm wieder gut.

Er klappte den Koffer zu und verriegelte die Schlösser. Die nächsten sechs Wochen musste er mit dem Inhalt über die Runden kommen. Erst dann durfte er Besuch empfangen.

»Bist du so weit?«, rief Sigrid aus dem Hausflur. »Dein Taxi ist da.«

Augenblicklich setzte Fischbachs Herz zu einem Sprint an. Wild klopfte es in seiner Brust und schien ausbrechen zu wollen. Eine Hitzewelle rollte durch seinen Körper, die Nerven surrten. Schweiß rann ihm in die Augen. Hastig wischte er mit dem Hemdsärmel darüber.

Wie in Trance nahm er den Koffer und taumelte aus dem Schlafzimmer. Die Treppe schwankte unter ihm wie ein Schiffsniedergang während eines Orkans, jede Stufe war eine Herausforderung.

Sigrid wartete am Treppenabsatz auf ihn. Sie lächelte ihm zu und streckte die Hand aus, um ihm über die letzten Stufen zu helfen.

Unwirsch wischte Fischbach ihre Hand beiseite. »Das schaff ich schon.«

Endlich stand er unten.

Ungelenk umarmte er Sigrid.

Sie legte ihren Kopf an seine Brust. »Alles wird gut«, murmelte sie.

Ihre frisch gewaschenen Haare rochen nach Orange. Fischbach vergrub die Nase darin und presste Sigrid an sich. »Ja«, quetschte er mit wenig Zuversicht heraus.

Im Moment konnte er sich nicht vorstellen, dass ihm tatsächlich geholfen werden würde. Am liebsten hätte er Sigrid nicht mehr losgelassen. In den letzten Jahren war sie der Anker in seinem Leben gewesen. Jetzt musste er die Verbindung für einige Zeit kappen. Wohin würde er ohne sie treiben? In einen sicheren Hafen? Oder würde er sich auf hoher See verlieren?

Sanft wand sich Sigrid aus seinen Armen. Sie drückte ihm einen Kuss auf die Lippen und sagte: »Dein *Taxi* wartet.«

Fischbach fragte sich, was die dämliche Betonung sollte.

Schnüffel trottete mit gesenktem Kopf aus der Küche heran. Das Tier schien die bevorstehende Veränderung instinktiv zu spüren. Fischbach ging in die Knie und massierte dem Schwein den Rücken. Anders als sonst grunzte es nicht vergnügt, sondern drückte sich fast ängstlich an seine Beine. Ein letztes Mal wuschelte Fischbach Schnüffel über den Kopf, dann erhob er sich. Er musste beim Atmen gegen die Steine auf seiner Brust ankämpfen.

Über Sigrids Wangen rannen Tränen, gleichzeitig lächelte sie verschmitzt.

»Was ist?«, fragte Fischbach. »Was belustigt dich?«

»Nichts, nichts«, behauptete sie, packte den Griff des Koffers und zerrte ihn hinter sich zur Tür hinaus.

Fischbach folgte ihr.

Als er über die Schwelle trat, dröhnte ein Motor los. Nach einigen Fehlzündungen lief er geschmeidig rund.

Verblüfft öffnete Fischbach den Mund. Sollte morgen früh die Sonne im Westen aufgehen, wäre er weniger erstaunt.

Bönickhausen saß auf dem Fahrersitz von Fischbachs BMW mit Fender-Beiwagen. Die Maschine hatte Fischbach vor einiger Zeit von Grund auf restauriert. Damit wollte er irgendwann mit Sigrid, die es ablehnte, als Sozius auf der Harley mitzufahren, durch die Eifel cruisen. Bisher war aber der einzige Einsatz des Gespanns ein Polizeieinsatz gewesen.

Bönickhausen grinste breit unter der Schutzbrille mit den großen runden Gläsern. Wie ein Lausbub, dem ein guter Streich gelungen war. Thomas Gilles, Welscher, Andrea Lindenlaub und Feuersänger standen zur Verabschiedung Spalier.

Sigrid stellte den Koffer ab und hakte sich bei Fischbach ein. Mit der freien Hand deutete sie auf den Beiwagen. »Dein *Taxi*, Schnäuzelchen. Dieter fährt dich.«

Vor Rührung konnte Fischbach kaum atmen. Er schluckte den großen Kloß in seinem Hals hinunter. »Ihr habt … ihr habt … Mensch, wer hatte denn *die* Idee?«, rief er erleichtert aus. Er musste nicht in einen blechernen Sarg einsteigen. Sein alter Freund nahm sich die Zeit, ihn zu chauffieren. »Ihr seid verrückt!« Von einer Sekunde auf die andere erschien ihm die Welt eine Spur weniger grau.

»Jetzt aber los«, sagte Gilles, schnappte sich den Koffer und band ihn auf dem Heck des Beiwagens fest. »Wird Zeit, dass wir dich Bekloppten endlich loswerden.« Er zwinkerte Fischbach zu.

Fischbach gab Sigrid zum Abschied einen zärtlichen Kuss. »Ich liebe dich«, flüsterte er ihr ins Ohr, löste sich aus ihren Armen und schritt die Reihe ab. Andrea Lindenlaub herzte ihn, Feuersänger klopfte ihm aufmunternd auf die Schulter, und Gilles zerdrückte ihm fast die Hand.

Vor Welscher blieb Fischbach stehen und streckte die Hand aus. »Mach es gut.«

In Welschers Augen schimmerte es feucht. Er ignorierte die ausgestreckte Hand, stattdessen umarmte er Fischbach. »Ich werde auf Sigrid aufpassen. Und sobald wir dürfen, kommen wir vorbei. Das verspreche ich dir, Dicker.« Er ließ ihn los und schob ihn zum Beiwagen.

Umständlich stieg Fischbach ein. Die Federn ächzten angestrengt. Er ließ sich von Gilles eine Schutzbrille und seinen Stahlhelm reichen, den er gelegentlich als Helmersatz nutzte. Dann signalisierte er Bönickhausen, dass es losgehen konnte.

Der nickte, drehte am Gasgriff und kuppelte ein.

Die Maschine bockte, rollte dann aber an.

Am Tor zur Straße angekommen, schoss von rechts ein silberner Roadster heran. Er stoppte genau vor dem Gespann. Die Tür schwang auf, und Stephan Tries sprang heraus. Er kam auf Fischbach zu. »Tut mir leid. Ich wäre eher hier gewesen, doch auf der A 553 gab es in Höhe des Phantasialandes … Ach, egal. Hat ja noch geklappt.«

Fischbach schob sich ein wenig im Sitz hoch. »Mit dir hätte ich niemals gerechnet.«

Tries lachte. »Immerhin verdanke ich dir mein Leben.«

»Übertreib nicht. Gehört nun mal zu meinen Pflichten.«

»Nicht so bescheiden, alter Junge. Also, halt die Ohren steif und komm mir gesund wieder.« Tries streckte die Hand aus. »Freundschaft?«

Fischbach musste nicht lange überlegen. Er schlug ein. »Freundschaft.«

Bönickhausen fuhr an, umrundete geschickt die Front des Roadsters und gab Gas.

Fischbach warf einen letzten Blick zurück.

Alle standen sie auf der Straße und winkten ihm. Gilles, Andrea Lindenlaub, Welscher, Stephan Tries.

Und Sigrid.

Seine große Liebe.

Fischbach zog die Decke aus dem Fußraum und mummelte sich darin ein.

Er freute sich jetzt schon riesig auf das Wiedersehen.

Rezepte

Eifeler Buureschlaat

6 Kartoffeln
400 g magerer Räucherspeck
1 Zwiebel
1 Endiviensalat
Petersilie, Schnittlauch
Essig
Salz, Pfeffer

Die Kartoffeln schälen, in mundgerechte Stücke schneiden und kochen. Den Speck und die Zwiebel in kleine Würfel schneiden und in einer Pfanne auslassen. Den Salat waschen, in feine Streifen schneiden und mit den Kartoffeln und der Specksoße in eine große Schüssel geben. Petersilie und Schnittlauch hacken, zum Salat geben und alles vermischen. Mit Essig, Salz und Pfeffer abschmecken.

Eifeler Döppekooche

2 kg Kartoffeln
3 Zwiebeln
4 Eier
6 EL Haferflocken (zart)
Salz, Pfeffer, Muskat
500 g Mettenden
300 g Bacon in Scheiben
4–6 EL Rapsöl
Fett für die Form

Kartoffeln und Zwiebeln schälen, anschließend grob reiben. Kartoffelmasse in ein Tuch geben und auspressen. Eier, geriebene Zwiebeln und Haferflocken hinzufügen und mit Salz, Pfeffer und etwas Muskat würzen. Alles gut miteinander vermengen. Mettenden in Scheiben schneiden.
Eine große Auflaufform sehr gut einfetten und mit den Baconscheiben (bis an den Rand der Form) auslegen. Die Hälfte der Kartoffelmasse einfüllen und mit den Mettwurstscheiben belegen. Die restliche Kartoffelmasse darauf verteilen und mit Rapsöl bestreichen.
Döppekooche im vorgeheizten Backofen ca. 1,5–2 Stunden auf mittlerer Schiene bei 180 Grad backen. Eventuell vor Ende der Garzeit mit Alufolie abdecken, damit er nicht zu braun wird.

Hotte isst den Döppekooche am liebsten mit Apfelmus.

Apfelmus

1,5 kg Äpfel (Boskop)
Saft von einer Zitrone
150 ml Wasser
150 ml Weißwein
1 Zimtstange
150 g Zucker

Die Äpfel schälen, vom Kerngehäuse befreien und in kleine Stücke schneiden. Damit sie nicht braun werden, mit etwas Zitronensaft beträufeln. Das Wasser mit dem Wein vermischen, die Zimtstange hinzufügen und alles aufkochen. Dann die Temperatur verringern und einige Minuten leicht köcheln lassen. Die Apfelstücke und den Zucker hinzufügen, so lange köcheln lassen, bis die Obststücke weich sind. Die Zimtstange entfernen und die Masse pürieren.

Brot-Kohl-Auflauf

400 g Weißkohl
1 Bund Suppengemüse
Salz
2 Zwiebeln
40 g Butter
30 g Mehl
250 ml Gemüsebrühe
250 ml Milch
30 g geriebener Parmesan
Pfeffer, Muskat
4–6 Scheiben Bauernbrot
1 Bund glatte Petersilie
200 g Emmentaler

Weißkohl in feine Streifen schneiden. Suppengemüse putzen und waschen. Porree und Möhren in Scheiben schneiden, Sellerie würfeln und mit dem restlichen Gemüse in kochendem Salzwasser 3 Minuten blanchieren, abgießen und abschrecken.
Zwiebeln würfeln und in der Butter glasig dünsten. Mehl darüberstäuben, kurz anschwitzen und mit Brühe und Milch ablöschen. Parmesan zugeben, mit Salz, Pfeffer und Muskat würzen und alles unter Rühren 5 Minuten köcheln lassen.
Brotscheiben toasten. Petersilie hacken und unter die Soße rühren. Emmentaler reiben.
Die Brotscheiben mit dem Gemüse in eine Auflaufform schichten, die Soße gleichmäßig darüber verteilen und den Emmentaler drüberstreuen.
Den Auflauf im vorgeheizten Backofen bei 200 Grad 35–40 Minuten goldbraun backen.

Sauerbraten

Sigrids Spezialrezept

2 bis 2,5 kg Rinderhüfte
500 ml hellen Balsamicoessig (mild)
1500 ml Wasser
5 EL Sauerbratengewürz von Fuchs
5 Zwiebeln (für den Sud)
Zwiebeln (Menge nach Geschmack, für die Soße)
einige Scheiben Pumpernickel
Salz, Pfeffer

Essig, Wasser, etwas Salz und Sauerbratengewürz vermischen. Zwiebeln schälen, vierteln und hinzugeben.
Alles aufkochen, Fleisch zugeben und kurz mitkochen lassen. Den Braten (das Fleisch muss vollständig mit dem Sud bedeckt sein) in einem geeigneten Behälter kühl stellen und 2- bis 3-mal am Tag wenden.

Nach 2 bis 3 Tagen das Fleisch aus dem Sud nehmen und scharf anbraten.
Frische Zwiebeln nach Geschmack zugeben und kurz mitbraten. Anschließend etwas von dem Sud und die zerkleinerten Scheiben Pumpernickel zu dem Braten geben und 2 bis 3 Stunden (je nach Größe des Bratens) zugedeckt schmoren lassen. Nach und nach von dem Sud (je nach gewünschter Menge für die Soße) dazugeben und das Fleisch damit übergießen.
Nach Ende der Garzeit das Fleisch aus dem Bräter heben und warm stellen. Die übrig gebliebene Flüssigkeit zu einer Soße verarbeiten, eventuell mit etwas Stärke andicken. Mit Salz und Pfeffer abschmecken. Sollte die Soße zu sauer sein, kann bei Bedarf noch Rübensirup oder Zucker zugegeben werden.
Als Beilage passen Kartoffelklöße und Rotkohl.

Kürbiscremesuppe

2 Kürbisse (Hokkaido)
6 Kartoffeln
2 Süßkartoffeln
1 Bund Suppengemüse
1 Zwiebel
200 g Speck, gewürfelt
1 Glas Rinderfond
250 ml Sahne
Salz, Pfeffer
Rinderbrühe
6 Mettwürstchen

Kürbis, Kartoffeln und Süßkartoffeln schälen und in Stücke schneiden. Suppengemüse putzen und ebenfalls klein schneiden. Zwiebel würfeln und mit dem Speck in einem großen Topf andünsten. Kürbis und anderes Gemüse zugeben und alles gut anbraten. Mit Rinderfond und Wasser auffüllen, sodass alles mit Wasser bedeckt ist, und köcheln lassen. Wenn der Kürbis weich ist, die Suppe mit dem Mixstab pürieren. Anschließend die Sahne einrühren und nach Belieben mit Salz, Pfeffer und Rinderbrühe abschmecken.
Die Mettwürstchen in Scheiben schneiden und in einer Pfanne anbraten. Vor dem Servieren die Wurststücke in die Suppe geben.

Weckpudding

5 altbackene Brötchen
300 ml heiße Milch
80 g weiche Butter
80 g Zucker
4 Eier
30 g Sultaninen
30 g gehackte Mandeln
Salz
Butter und Grieß für die Form
Vanillesoße

Brötchen in dünne Scheiben schneiden und mit heißer Milch übergießen. 10 Minuten quellen lassen. In der Zwischenzeit die Butter mit dem Zucker schaumig rühren, Eier trennen und die Eigelbe unterrühren. Die entstandene Eiercreme, Sultaninen und Mandeln zum Brot geben und gründlich verrühren.
Eiweiß mit einer Prise Salz zu steifem Schnee schlagen und unter den Teig ziehen. Die Masse in eine gefettete und mit Grieß ausgestreute Puddingform füllen. Zugedeckt im heißen Wasserbad im vorgeheizten Backofen bei 180 Grad 1 Stunde garen.
Den Weckpudding auf Vanillesoße heiß servieren.

Apfel-Gewürzkuchen

Hottes Lieblingskuchen

4 Eier
2 Tassen Zucker
1 Prise Salz
1,5 Tassen Rapsöl
2 Tassen Mehl
1 TL Backpulver
1 TL Natron
1 TL Zimt
1 TL gemahlene Nelken
1 TL Lebkuchengewürz
1,5 Tassen Kölln Instant Flocken
2 Tassen grob geriebene Äpfel (Boskop)
100 g gehackte Mandeln
1 Pck. Zartbitterkuvertüre

Eier, Zucker und Salz schaumig schlagen. Öl nach und nach dazugeben. Mehl, Backpulver, Natron, Gewürze und Instantflocken unterrühren. Zum Schluss die geriebenen Äpfel und die gehackten Mandeln zufügen. Den Teig in eine gefettete Springform füllen und bei 165 Grad 60 bis 70 Minuten backen. Den Kuchen nach dem Auskühlen aus der Form nehmen und mit Kuvertüre überziehen.

Strammer Max

Wie der Autor ihn liebt

1 kleine gelbe Paprikaschote
1 Bund Schnittlauch
175 g Frischkäse
Salz, Pfeffer
4 Scheiben Bauernbrot
125 g geräucherter Schinken
1 TL Butter
4 Eier

Paprika fein würfeln, Schnittlauch klein schneiden und mit dem Frischkäse verrühren. Mit Salz und Pfeffer abschmecken.
Brotscheiben mit der Frischkäsecreme bestreichen und mit dem Schinken belegen.
Die Butter in einer Pfanne erhitzen, und die Eier bei mittlerer Hitze zu Spiegeleiern braten. Spiegeleier auf die Brote geben und mit Schnittlauch bestreut servieren.

Tiramisu

Stephan Tries' Rezept

75 g Zucker
4 EL Vin Santo
250 g Mascarpone
150 ml Rama Cremefine
350 g Cantuccini (grob zerkleinert)
180 ml Espresso
90 ml Vin Santo
Kakao zum Bestäuben

Zucker mit 4 EL Vin Santo verrühren. Mascarpone und steif geschlagene Cremefine unterrühren.
Die Hälfte der Cantuccini in eine Auflaufform füllen und mit Espresso und Vin Santo beträufeln. Danach die Hälfte der Mascarponecreme auf die Cantuccini streichen. Noch mal Cantuccini auf die Creme geben und mit Espresso und Vin Santo beträufeln. Nun die restliche Creme darauf verteilen und über Nacht im Kühlschrank ziehen lassen. Vor dem Servieren mit Kakao bestäuben.

Die folgenden vier Rezepte stammen aus der Küche des Monschauer Restaurants »Schnabuleum«, in dem Stephan Tries mit Camilla von Pallandt zu Mittag gegessen hat. Freundlicherweise dürfen sie an dieser Stelle mit Genehmigung des Koches abgedruckt werden.
Dafür möchte ich mich herzlich bedanken.

Sollten Sie den Wunsch verspüren, auf Spuren der »Eifel-Klassik« zu wandeln, dann planen Sie auch einen Besuch im »Schnabuleum« ein. Sie werden es nicht bereuen.

Kontakt:
Restaurant »Schnabuleum«
Laufenstraße 118
52156 Monschau
02472 909840

Und wer weiß, vielleicht sehen wir uns dort ja eines Tages.
Ich würde mich freuen.

Ihr Rudolf Jagusch

Rostbraten mit Monschauer Senf-Apfel-Meerrettich

4 Scheiben Rostbraten à 200 g
Salz und Pfeffer
2 EL Monschauer Senf-Apfel-Meerrettich
3 EL natives Olivenöl
1 Zwiebel
1 EL Butter
1 EL Mehl
500 ml Brühe aus dem Glas
8 Kapern, gehackt
1 unbehandelte Zitrone
300 g Gemüse (z. B. Sellerie, Möhren)
2 EL Petersilie
etwas saure Sahne

Die 4 Scheiben Rostbraten leicht klopfen, salzen und von beiden Seiten mit Monschauer Senf bestreichen. 3 EL Olivenöl erhitzen, das Fleisch von beiden Seiten kräftig anbraten, herausnehmen und in eine Kasserolle geben.
Die Zwiebel schälen, in Streifen schneiden und mit 1 EL Butter im Bratensatz glasig dünsten. Mit dem EL Mehl bestäuben, umrühren, mit 500 ml Brühe ablöschen und einmal aufkochen lassen. 8 gehackte Kapern und die abgeriebene Schale der Zitrone unter die Soße mischen, über die Rostbratenscheiben gießen und im Backofen bei 180 Grad ca. 40 Minuten dünsten, häufig wenden und in der Zwischenzeit 300 g Mischgemüse in dünne Streifen schneiden und in 1 EL Butter weich dünsten, salzen und pfeffern. Das Gemüse mit 2 EL Petersilie bestreuen und einen Klacks saure Sahne daraufsetzen. Dazu Spätzle reichen.

Schweinerücken mit Monschauer-Kümmelsenf-Soße

Schweinerücken mit Schwarte (ca. 1500 g)
100 g Walnusskerne
2 Knoblauchzehen
1 Zwiebel, gewürfelt und glasig gedünstet
2 EL Monschauer Kümmelsenf »Schlesische Art«
Rapsöl
2 Zwiebeln
2 Karotten
¼ Sellerieknolle
1 Lorbeerblatt
2 Nelken
10 Pfefferkörner
2 EL Tomatenmark

Die Schwarte des Schweinerückens rautenförmig einschneiden – auch die darunterliegende Fettschicht bis knapp über das Fleisch. Walnusskerne und Knoblauch hacken, mit der gewürfelten Zwiebel und dem schlesischen Senf mischen. Die Paste in die Einschnitte des Schweinerückens einarbeiten und über Nacht im Kühlschrank ruhen lassen.
Den Rücken bei kleiner Hitze rundum anbraten, ohne dass die Kruste zu dunkel wird. Aus dem Bräter nehmen und darin aus den restlichen Zutaten eine Soße ansetzen – jedoch nur so weit auffüllen, dass der Braten auf dem Knochen über der Soße liegt. Nun die Soße mit dem Braten im Backofen (Umluft, 140 Grad) garen. Nach ca. 1 Stunde den Braten herausnehmen und warm stellen.
Die Soße leicht binden, mit 1 EL Monschauer Senf abschmecken und passieren.
Dazu reichen wir Spätzle und Rotkohl.

Honig-Mohn-Parfait

6 Eigelbe
100 g Honig
250 ml Milch
150 g Monschauer Honig-Mohn-Senf
350 ml Sahne

Die Eigelbe mit dem Honig schaumig rühren. Die Milch erhitzen und langsam in die Ei-Honig-Masse einrühren. Das Ganze über dem Wasserbad heiß aufschlagen bis zur Rose.
Nun den Monschauer Honig-Mohn-Senf unterheben und über einem kalten Wasserbad einrühren.
Die steif geschlagene Sahne unter die kalte Masse heben, in eine Form abfüllen und einfrieren.
Dies ist ein Rezept mit sehr mildem Senfgeschmack. Sollten Sie es kräftiger mögen, so können Sie die Senfmenge beliebig bis ca. 250 g erhöhen.
Dazu empfehlen wir heißes Pflaumenkompott, Rumtopf oder heiße Brombeeren.

Fruchtige Honig-Senf-Sahne

0,02 l Mangosirup
0,04 l Maracujasirup
Saft einer halben Zitrone
2 EL Monschauer Honig-Mohn-Senf
250 ml Schlagsahne

Den Sirup mit dem Zitronensaft und dem Senf verrühren. Anschließend die steif geschlagene Sahne vorsichtig unterheben. Schmeckt hervorragend zu Vanilleeis und frischen Früchten.

Rudolf Jagusch
NEBELSPUR
Broschur, 272 Seiten
ISBN 978-3-89705-675-6

»Rudolf Jagusch versteht es geschickt, Gegenwart und Vergangenheit zu verweben.« Stadtzeitung Bad-Neuenahr/Ahrweiler

Rudolf Jagusch
TODESQUELLE
Broschur, 256 Seiten
ISBN 978-3-89705-755-5

»Stephan Tries ist für das Vorgebirge das, was ›Siggi Baumeister‹ für die Eifel ist. Die perfekte Unterhaltung für ein langes verregnetes Herbstwochenende!« www.leser-welt.de

www.emons-verlag.de

RUDOLF JAGUSCH
Eifelbaron
EIFEL KRIMI

RUDOLF JAGUSCH
Eifelheiler
EIFEL KRIMI